O Segredo Mais Bem Guardado

Do autor:

O Quarto Poder
O Décimo Primeiro Mandamento
O Crime Compensa
Filhos da Sorte
Falsa Impressão
O Evangelho Segundo Judas
Gato Escaldado Tem Nove Vidas
As Trilhas da Glória
Prisioneiro da Sorte

As Crônicas de Clifton
Só o Tempo Dirá
Os Pecados do Pai
O Segredo Mais Bem Guardado

JEFFREY ARCHER

O Segredo Mais Bem Guardado

AS CRÔNICAS DE CLIFTON
(VOLUME 3)

Tradução:
Milton Chaves de Almeida

1ª edição

BERTRAND BRASIL
Rio de Janeiro | 2017

Publicado originalmente por Macmillan, um selo da Pan Macmillan, divisão da Macmillan Publisher Limited

Título original: *Best Kept Secret*

Texto revisado segundo o novo
Acordo Ortográfico da Língua Portuguesa

2017
Impresso no Brasil
Printed in Brazil

CIP-BRASIL. CATALOGAÇÃO NA PUBLICAÇÃO
SINDICATO NACIONAL DOS EDITORES DE LIVROS, RJ

A712s

Archer, Jeffrey, 1940-
O segredo mais bem guardado / Jeffrey Archer; tradução de Milton Chaves de Almeida. – 1ª ed. – Rio de Janeiro: Bertrand Brasil, 2017.
23 cm. (As crônicas de Clifton; 3)

Tradução de: Best kept secret
Sequência de: Os pecados do pai
ISBN 9785-85-286-1824-2

1. Ficção inglesa. I. Almeida, Milton Chaves de. II. Título. III. Série.

16-37412

CDD: 823
CDU: 821.111-3

EDITORA BERTRAND BRASIL LTDA.
Rua Argentina, 171 – 2º andar – São Cristóvão
20921-380 – Rio de Janeiro – RJ
Tel.: (0xx21) 2585-2000 – Fax: (0xx21) 2585-2084

Atendimento e venda direta ao leitor:
mdireto@record.com.br ou (0xx21) 2585-2002

A

SHABNAM E ALEXANDER

Gostaria de agradecer às seguintes pessoas por seus conselhos inestimáveis e sua ajuda no trabalho de pesquisa:

Simon Bainbridge, Robert Bowman, Eleanor Dryden,
Alison Prince, Mari Roberts e Susan Watt

OS BARRINGTON

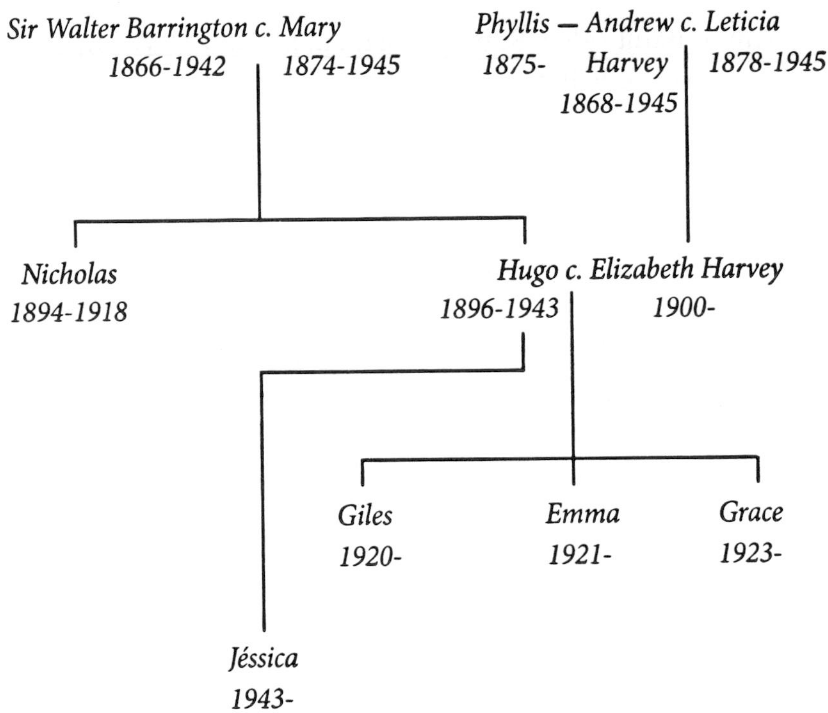

OS CLIFTON

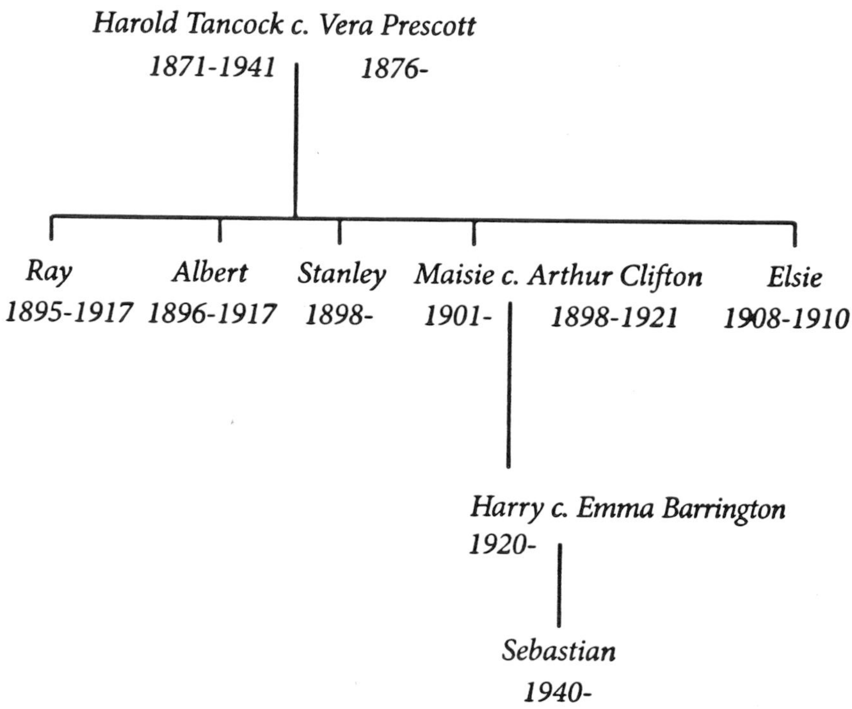
Harold Tancock c. Vera Prescott
1871-1941
1876-
Ray
1895-1917
Albert
1896-1917
Stanley
1898-
Maisie c. Arthur Clifton
1901-
1898-1921
Elsie
1908-1910
Harry c. Emma Barrington
1920-
Sebastian
1940-

Prólogo

O Big Ben soou quatro vezes.

Embora o Lorde Chanceler estivesse exausto e mentalmente esgotado devido ao ocorrido na noite anterior, havia tanta adrenalina correndo por suas veias que ele não conseguia dormir. Havia garantido a seus pares que tomaria uma decisão a respeito do caso da pendência judicial entre Barrington e Clifton, determinando qual dos dois jovens herdaria o antigo título nobiliárquico, as imensas propriedades e os outros bens da família.

Ele analisava os fatos mais uma vez, pois acreditava que os fatos, e somente os fatos, deveriam ditar sua decisão.

Quando, cerca de quarenta anos antes, iniciara o estágio de advogado, seu supervisor o aconselhara a ignorar todo tipo de impressões pessoais, compaixão ou preconceito ao ter de tomar uma decisão, tanto com relação aos clientes quanto com respeito aos casos com os quais estivesse lidando, salientando que a advocacia não era para os medrosos ou para os românticos. Contudo, após ter seguido tal mantra por quatro décadas, o juiz teve que reconhecer que nunca havia lidado com um caso tão difícil de decidir. Desejou muito que F. E. Smith ainda estivesse vivo, de modo que, nesse momento, pudesse ouvir os seus conselhos.

Por um lado... Como ele detestava essa expressão batida. Por um lado, Harry Clifton tinha nascido três semanas antes de seu maior amigo, Giles Barrington. Por outro, havia também o fato inquestionável de que Giles era filho legítimo de Sir Hugo Barrington e sua esposa, Elizabeth. Isso não fazia dele o filho primogênito de Sir Hugo, porém. E era essa primogenitura justamente o ponto crucial do testamento.

Por um lado, era preciso considerar que Maisie Tancock dera à luz Harry no dia 28, nove meses depois de uma breve e confessa aventura amorosa com Sir Hugo Barrington durante uma excursão da fábrica a Weston-super-Mare. Também por esse lado, Maisie Tancock era casada com Arthur Clifton à época do nascimento de Harry, cuja certidão de nascimento atestava incontestavelmente que Arthur era o pai da criança. Eis, portanto, mais um fato.

Ainda por esse lado... o Lorde Chanceler recordou o que tinha acontecido na câmara depois que os membros da instituição finalmente se separaram para decidir, em votação, quem terá o direito de herdar o título — e *tudo o mais aí incluído*. Ele se lembrou de cada palavra dita pelo líder de bancada ao anunciar o resultado perante a câmara lotada.

"À direita, os favoráveis: duzentos e setenta e três votos. À esquerda, os contrários: duzentos e setenta e três votos."

Um burburinho de assombro havia varrido como uma onda os assentos vermelhos da casa, e ele soubera de pronto que o empate na votação fazia com que coubesse a si a tarefa nada invejável de decidir quem deveria ter o direito legal de herdar o título familiar dos Barrington, sua companhia de transportes marítimos, seus imóveis, suas terras e seus bens. Se ao menos não fosse o tanto que estava em jogo com aquela decisão que selaria o futuro daqueles dois jovens... Enfim, deveria ele deixar-se influenciar pelo fato de que Giles Barrington desejava herdar o título nobiliárquico e Harry Clifton não? Não, ele não podia deixar isso acontecer. Até porque, conforme advertira Lorde Preston com seu convincente discurso da bancada da oposição, isso criaria um péssimo precedente, mesmo que, na ocasião, fosse conveniente.

Agora, por outro lado, caso ele se decidisse a favor de Harry... Finalmente adormeceu, apenas para ser despertado por uma leve batida na porta às sete horas, inabitualmente tarde para alguém como ele.

Ele resmungou e permaneceu de olhos fechados enquanto contava as badaladas do Big Ben. Viu que lhe restavam apenas três horas para refletir um pouco mais e apresentar o veredicto, mas ainda não havia tomado uma decisão.

Com mais um resmungo, o Lorde Chanceler se sentou na cama, calçou o chinelo e arrastou-se, sonolento, para o banheiro. Mesmo imerso na banheira, continuou a remoer o problema.

Fato. Assim como Sir Hugo, Harry Clifton e Giles Barrington eram daltônicos. Fato. Uma vez, porém, que o daltonismo só pode ser herdado do lado materno, esse aspecto da questão não passa de simples coincidência e, por isso, deve ser desprezado.

Pouco depois, saiu da banheira, secou-se e vestiu um roupão. Em seguida, deixou a suíte e atravessou o corredor acarpetado em direção ao gabinete.

Logo que se sentou, o juiz pegou uma caneta-tinteiro e escreveu os nomes "Barrington" e "Clifton" na primeira linha da página, embaixo dos quais começou a listar os prós e os contras de cada um dos jovens no caso. Quando encheu de anotações três páginas inteiras com letra legível e elegante, o Big Ben tinha soado oito vezes. E ainda não havia decisão formada.

Por fim, largou a caneta e, a contragosto, foi procurar algo para comer.

O Lorde Chanceler se sentou sozinho à mesa, fazendo o desjejum em silêncio. Recusava-se a sequer olhar para os jornais matinais, tão bem-arrumados na outra extremidade da mesa, ou até mesmo ligar o rádio, já que não queria que algum analista mal-informado influenciasse sua decisão. Enquanto os jornais respeitáveis pontificavam sobre qual seria o futuro do princípio de hereditariedade caso ele se decidisse em favor de Harry, os tabloides pareciam apenas interessados em saber se Emma conseguiria casar-se ou não com o homem que amava.

Quando ele voltou ao banheiro para escovar os dentes, a balança da Justiça ainda não havia pendido a favor de nenhum dos lados.

Logo depois que o Big Ben soou nove horas, ele voltou para o gabinete e tornou a examinar suas anotações, na esperança de que um dos pratos da balança finalmente pesasse a favor de umas das partes, mas nada: continuavam perfeitamente equilibrados. Ele estava examinando suas anotações pela segunda vez quando, de repente, alguém bateu à porta, lembrando-o de que, por mais poderoso que achava que fosse, ainda não era capaz de parar o tempo. Suspirou forte, arrancou três folhas de seu bloco de notas, levantou-se e continuou lendo enquanto saía do gabinete e avançava pelo corredor. Quando entrou no quarto, deparou-se com East, seu camareiro, parado ao pé da cama, aguardando o momento de iniciar o ritual de todas as manhãs.

East começou tirando habilmente o roupão de seda do patrão, antes de ajudá-lo a vestir uma camisa branca, ainda levemente aquecida pelo ferro de passar. Em seguida, veio um colarinho engomado, acompanhado por um lenço de renda finamente trabalhada preso ao pescoço. Ao vestir as calças pretas típicas dos magistrados, ocorreu-lhe ter engordado alguns quilos desde que assumira o cargo. East, então, o ajudou a vestir a longa toga preta e dourada antes de passar a cuidar dos detalhes finais da vestimenta do patrão. A longa peruca foi cuidadosamente ajustada em sua cabeça antes que ele calçasse seu tradicional sapato afivelado. Foi somente quando passou pelo pescoço e os ombros o cordão de ouro da magistratura, ostentado por outros trinta e nove Lordes Chanceleres antes dele, que o aspecto de ator de teatro de pantomima travestido de mulher deu lugar ao vulto inconfundível da maior autoridade judiciária do país. Após uma rápida olhada no espelho, sentiu que estava pronto para entrar em cena e desempenhar o papel que lhe cabia no drama em andamento. Pena que ele ainda não sabia qual seria a sua fala.

A pontualidade da entrada e saída do Lorde Chanceler da Torre Norte do Palácio de Westminster teria impressionado um subtenente de regimento. Às 9h47, o juiz ouviu alguém bater à porta e, logo em seguida, materializou-se na sala a figura de seu secretário, David Bartholomew.

— Bom dia, milorde! — disse o secretário, hesitante.

— Bom dia, sr. Bartholomew.

— Sinto muito informar que Lorde Harvey faleceu ontem à noite numa ambulância a caminho do hospital.

Ambos sabiam que não fora bem isso o ocorrido. Lorde Harvey — o avô de Giles e Emma Barrington — desmaiara bem no meio da sessão da câmara, pouco antes que soasse a campainha informando que as partes deveriam encaminhar-se para votação. Ambos, porém, acatavam a antiga convenção: se um membro da Câmara dos Comuns ou da Câmara dos Lordes morresse durante uma das sessões, devia-se formar um inquérito para apurar as circunstâncias da morte. Para evitar o trabalho desnecessário e desagradável, portanto, "morreu a caminho do hospital" era a expressão aceita e consagrada para lidar com eventualidades como essa. O costume remontava aos distantes tempos de Oliver Cromwell, quando membros tinham permissão de portar espadas nas sessões da câmara, e perfídias assassinas eram uma clara possibilidade de *causa mortis* sempre que um deles morria.

O Lorde Chanceler se viu entristecido pela morte de Lorde Harvey, colega por quem nutria afeição e admiração. Ele só queria que seu secretário não o tivesse lembrado de um dos fatos que ele havia anotado, em letras legíveis e elegantes, abaixo do nome de Giles Barrington: que Lorde Harvey ficara impossibilitado de participar da votação ao desfalecer no meio da sessão e que, houvesse ele participado, teria dado o voto em favor da concessão do direito de herança a seu neto Giles. Isso teria solucionado o problema de uma vez por todas e, à noite, ele poderia ter dormido uma boa noite de sono. Agora, esperavam que ele decidisse a questão de uma vez e *por todos.*

Abaixo do nome de Harry Clifton, ele havia assinalado outro fato. Quando, seis meses antes, o recurso original chegara à apreciação dos Lordes da Lei, eles realizaram uma votação que resultara em quatro votos a favor e três votos contrários à concessão do direito a Clifton de herdar o título e, conforme estipulado no testamento, *e tudo o mais aí incluído.*

Após uma segunda batida na porta, apareceu no recinto o seu caudatário, trajando outra vestimenta ao estilo das usadas pelas personagens das operetas cômicas de Gilbert e Sullivan para indicar que a tradicional cerimônia estava prestes a começar.

— Bom dia, milorde!

— Bom dia, sr. Duncan.

Assim que o caudatário levantou pela bainha a longa toga negra do Lorde Chanceler, David Bartholomew se adiantou e abriu rapidamente a ampla porta de duas folhas do salão, de forma que seu chefe pudesse iniciar a caminhada de sete minutos até a Câmara dos Lordes.

Membros da instituição, mensageiros e altos funcionários da câmara, movimentando-se pelas dependências da instituição no rotineiro cumprimento de suas atribuições, desviaram depressa ao ver o Lorde Chanceler se aproximando, de forma que nada impedisse seu avanço em direção à câmara. Quando passava, eles se curvavam para reverenciá-lo — não exatamente a ele, na verdade, mas ao soberano que representava. O juiz prosseguia em sua travessia do longo corredor de tapete vermelho, no mesmo ritmo em que fizera todos os dias, nos últimos seis anos, de forma que entrasse na câmara na primeira badalada com que o Big Ben anunciasse as dez da manhã.

Em dias normais, e esse não era um dia normal, toda vez que entrava na câmara, o magistrado era saudado por alguns membros, que faziam isso levantando-se educadamente de seus assentos vermelhos, curvando-se reverentes ante o vulto imponente do Lorde Chanceler e continuando em pé enquanto o bispo oficiante realizava as preces matutinas, após as quais se iniciavam os trabalhos do dia.

Mas, nesse dia, isso não aconteceu, pois, muito antes de o supremo juiz ter chegado à câmara, pôde ouvir o murmurinho de vozes em expectativa. Até mesmo o Lorde Chanceler se surpreendeu com a cena ao entrar no salão da câmara. As bancadas estavam tão cheias que alguns membros estavam acomodados nos degraus que davam acesso ao trono, enquanto outros se mantinham de pé no plenário, já que não havia mais assentos vagos. Pelo que se lembrava, a única outra ocasião em que a câmara ficara tão cheia foi quando Sua Majestade proferira o Discurso do Rei, com a qual informara a ambas as câmaras a respeito da legislação que seu governo propunha instituir durante a próxima sessão do Parlamento.

À entrada do Lorde Chanceler na câmara, seus pares interromperam as conversas imediatamente, levantaram-se todos ao mesmo tempo e curvaram-se, reverentes, conforme ele se punha à frente da Woolsack, sua cátedra estofada na Câmara dos Lordes.

A suprema autoridade judiciária do reino observou lentamente o recinto, deparando-se com mais de mil olhares de impaciência. Seu olhar finalmente pousou nas figuras de três jovens sentados na extremidade oposta da câmara, na Galeria dos Ilustres Desconhecidos, parte do salão situada logo acima dele, reservada ao público. Giles Barrington, sua irmã Emma e Harry Clifton trajavam luto de um negro fechado, em respeito ao amado avô e, no caso de Harry, a um mentor querido e grande amigo. Condoía-se muito o juiz da situação dos três, ciente de que a decisão que estava prestes a tomar mudaria para sempre a vida deles. Rezou para que fosse a melhor solução.

Assim que o Reverendíssimo Peter Watts, bispo de Bristol, abriu o livro de orações — "muito oportuno", pensou o Lorde Chanceler —, os outros lordes abaixaram as cabeças e só voltaram a levantá-las quando ele proferiu as palavras: "Em nome do Pai, do Filho e do Espírito Santo."

Todos na assembleia voltaram a sentar-se, permanecendo em pé apenas o Lorde Chanceler. Depois de acomodados em seus respectivos lugares, assim permaneceram, aguardando o veredicto.

— Milordes — disse ele, abrindo o pronunciamento —, não posso fingir que foi fácil chegar à decisão que Vossas Excelências me incumbiram de tomar. Confesso que, ao contrário, foi uma das mais difíceis decisões que tive de tomar em minha longa carreira jurídica. Por outro lado, precisamos lembrar que foi Thomas More quem advertiu que, quando passamos a envergar estas togas, devemos estar dispostos a tomar decisões que raramente agradarão a todos. Aliás, milordes, em três ocasiões num passado não muito distante, o Lorde Chanceler, após proferir sua decisão, foi decapitado no mesmo dia, horas depois.

A explosão de risadas que se deflagrou na assembleia minorou um pouco o clima de tensão, mas apenas por um momento.

— Todavia, cumpre-me ainda observar que — acrescentou ele depois que as risadas cessaram —, em última instância, somente ao Todo-Poderoso deverei prestar conta de meus atos. Com isso em mente, Excelências, no caso da pendência entre o senhor Barrington e o senhor Clifton, no que tange à qual dos dois cabe tornar-se, de fato e de direito, o legítimo herdeiro de Sir Hugo Barrington e herdar o título familiar, suas terras e tudo o mais aí incluído...

Depois de olhar mais uma vez para a galeria, o magistrado viu-se tomado de certa hesitação. Com o olhar fixo nos três inocentes jovens sentados na tribuna que não paravam de fitá-lo, rezou para que tivesse a sabedoria do rei Salomão antes de acrescentar:

— Depois de ter analisado bem todos os fatos, eu me decido em favor de... Giles Barrington.

O veredicto provocou intenso burburinho na assembleia, fazendo que os jornalistas deixassem às pressas a tribuna da imprensa para informar a seus ansiosos editores que, com a decisão do Lorde Chanceler, o princípio de hereditariedade permanecia intacto e que Harry Clifton poderia pedir que Emma Barrington se tornasse sua legítima esposa, enquanto o público nas galerias dos visitantes mantinha-se debruçado sobre os parapeitos para observar a reação dos pares da câmara à decisão. Mas isso não era uma partida de futebol, e ele não era um simples árbitro esportivo. Tampouco haveria a necessidade de soprar um apito, pois todos os membros da câmara acatariam a decisão do Lorde Chanceler sem discórdia ou discussão. Enquanto esperava extinguir-se o burburinho, olhou mais uma vez para os três jovens na galeria afetados por sua decisão de forma a ver sua reação. Harry, Emma e Giles continuavam a fitá-lo sem o menor indício de emoção, como se ainda não se houvessem dado conta de todo o peso e significado da decisão.

Após meses de incerteza, Giles experimentou um alívio instantâneo, ainda que a morte de seu adorado avô sufocasse qualquer sensação de vitória. Harry, por sua vez, só conseguia pensar em uma única coisa enquanto continuava a segurar firme a mão de Emma. Agora, podia casar-se com a mulher que amava.

Já Emma parecia à deriva num mar de dúvidas. Afinal de contas, com essa decisão, o Lorde Chanceler havia criado uma série de novos problemas para os três, os quais os jovens teriam que enfrentar sem que pudessem apelar para seus préstimos de magistrado.

Àquela altura, o Lorde Chanceler tinha aberto sua pasta com borlas de ouro e examinava as ordens do dia. Um debate sobre a proposta de criação do Serviço Nacional de Saúde era o segundo item da pauta do dia. Notou também que vários de seus pares haviam deixado a câmara, já que a situação voltara ao normal.

O Lorde Chanceler jamais revelaria, nem mesmo ao mais íntimo de seus confidentes, que havia mudado de ideia no último instante.

HARRY CLIFTON
E
EMMA BARRINGTON

1945-1951

1

— Portanto, se alguém tiver algo contra esse matrimônio, fale agora ou cale-se para sempre.

Harry Clifton jamais se esqueceria da primeira vez em que ouvira estas palavras, tampouco do fato de que, pouco tempo depois, toda a sua vida se transformaria num verdadeiro inferno. Tudo devido ao fato de o Velho Jack, homem que, assim como George Washington, era incapaz de mentir, ter revelado, numa reunião feita às pressas na sacristia, que era possível que Emma Barrington, a mulher que Harry idolatrava e estava prestes a desposar, poderia ser na verdade sua meia-irmã.

O mundo viera abaixo quando a mãe de Harry confessou que uma vez, e apenas uma vez, tivera uma aventura amorosa com o pai de Emma, Hugo Barrington. Portanto, havia a possibilidade de que ele e Emma fossem realmente filhos do mesmo pai.

Na época da fugaz aventura amorosa com Hugo Barrington, a mãe de Harry iniciava um romance com Arthur Clifton, um estivador que trabalhava no estaleiro de Barrington. Apesar do fato de que Maisie se casara com Arthur pouco depois, o padre recusou-se a prosseguir com a cerimônia de casamento de Harry e Emma, pelo menos enquanto houvesse a possibilidade de que isso pudesse infringir os antigos preceitos da igreja relacionados à consanguinidade.

Momentos depois, Hugo, o pai de Emma, fugira pelos fundos da igreja, como um covarde fugindo sorrateiramente do campo de batalha. Quanto a Emma e sua mãe, acabaram transferidas para a Escócia, ao passo que Harry, com a alma desolada, continuara na faculdade em Oxford, sem saber o que faria após o triste episódio. Mas Adolf Hitler tomara a decisão por ele.

Harry tinha abandonado a faculdade alguns dias depois, trocando a beca acadêmica pelo uniforme de um marinheiro raso. Contudo, menos de quinze dias depois de começar a servir em alto-mar, um torpedo alemão destruiu o seu navio, levando o nome de Harry Clifton a aparecer numa lista de pessoas desaparecidas em águas oceânicas.

— *Aceitas esta mulher como tua legítima esposa e juras manter-te fiel a ela até que a morte vos separe?*

— *Aceito.*

Somente quando cessaram as hostilidades e Harry voltara dos campos de batalha coberto de glória e cicatrizes, ele descobriu que Emma dera à luz Sebastian Arthur Clifton. Mas foi só depois de recuperar-se plenamente dos ferimentos que descobriu que Hugo Barrington havia sido morto na mais terrível das circunstâncias, legando à família Barrington mais um problema, algo tão desolador para Harry quanto o fato de não poder casar-se com a mulher que amava.

Harry nunca considerara importante o fato de ser algumas semanas mais velho do que Giles Barrington, o irmão de Emma e seu melhor amigo, pelo menos até quando soube que poderia ser o primeiro na linha de sucessão ao título nobiliárquico da família, bem como herdeiro de suas imensas propriedades, seus inúmeros bens e, nos termos do testamento, *tudo o mais aí incluído*. Não obstante, tratou logo de deixar claro que não tinha nenhum interesse na herança de Hugo Barrington e se mostrou incondicionalmente disposto a abrir mão, em favor de Giles, de todo direito de primogenitura que porventura considerassem seu. O Rei de Armas da Ordem da Jarreteira parecia disposto a pôr em prática a aventada solução e tudo poderia ter transcorrido sem problemas não tivesse Lorde Preston, um parlamentar de segundo escalão do Partido Trabalhista na Câmara Alta, que assumiu a defesa da suposta reivindicação de Harry ao título sem ao menos consultá-lo.

— É uma questão de princípio — explicara Lorde Preston a todo jornalista que o questionara sobre tal atitude.

— *Aceitas este homem como teu legítimo esposo para conviver contigo de acordo com a vontade de Deus ao abrigo do santo matrimônio?*

— *Aceito.*

Harry e Giles haviam mantido íntegros seus laços de amigos inseparáveis durante todo o episódio, ainda que, oficialmente, os tivessem levado a confrontar-se no mais alto tribunal da nação, bem como nas primeiras páginas dos veículos da imprensa nacional.

Ambos teriam ficado exultantes com a decisão do Lorde Chanceler caso Lorde Harvey, o avô de Emma e Giles, houvesse estado presente em seu assento na primeira bancada para conhecer o veredicto, mas ele se foi sem antes ter podido tomar conhecimento da vitória. A nação permanecia dividida com o desfecho do caso, enquanto as duas famílias foram deixadas à própria sorte em sua tentativa de retomar a vida normal.

A outra consequência da decisão do Lorde Chanceler, conforme a imprensa tratou logo de divulgar entre seus leitores ávidos de sensacionalismo, foi que o mais alto tribunal do país estabelecera que Harry e Emma não pertenciam à mesma linhagem e que, portanto, Harry tinha todo o direito de pedir que ela se tornasse sua legítima esposa.

— *Com este anel, uno-me a ti em matrimônio; com este corpo, venero-te; e, com todos os meus bens terrenos, enriqueço-te a alma.*

Harry e Emma sabiam, porém, que uma decisão tomada pelo homem não provava, de forma inquestionável, que Hugo Barrington não era pai de Harry, e, como cristãos praticantes, preocupava-lhes a possibilidade de que estivessem infringindo a Lei de Deus.

Apesar de toda a amargura pela qual passaram, porém, a intensidade do amor que sentiam um pelo outro não havia minguado. O amor, na verdade, tinha aumentado ainda mais e, com o incentivo de sua mãe, Elizabeth, e a bênção de Maisie, a mãe de Harry, Emma aceitou a proposta de casamento de seu amado. A única coisa que a deixava triste era o fato de que, falecidas, nenhuma de suas avós poderia estar presente em seu casamento.

Os noivos não se casaram em Oxford, conforme originalmente planejado, com toda a pompa e circunstância de um casamento numa universidade, acompanhado de toda a esplendorosa notoriedade que viria com a realização do evento, mas numa simples cerimônia matrimonial nas dependências de um cartório em Bristol, apenas com a presença dos familiares e de uns poucos amigos.

Com relação ao futuro da recém-formada família em si, talvez a mais triste decisão tomada por Harry e Emma — embora com certa relutância —, tivesse sido a de que Sebastian Arthur Clifton seria a única flor no jardim do novo lar.

2

Harry e Emma partiram para a Escócia, onde passariam a lua de mel no Castelo de Mulgelrie, a residência familiar de Lorde e Lady Harvey, os finados avós de Emma, não sem antes terem deixado Sebastian aos cuidados de Elizabeth.

O castelo despertava na alma de ambos muitas lembranças felizes, da época em que passaram um período de férias lá, pouco antes de Harry ter partido para os estudos em Oxford. Durante o dia, passeavam juntos pelas colinas da região, raramente voltando para o castelo antes que o sol desaparecesse atrás da montanha mais alta. Após o jantar, o cozinheiro tendo se lembrado de quanto o patrão Clifton gostava de saborear três pratos de caldo, ficaram acomodados diante de uma lareira acesa, a lenha crepitante, para ler Evelyn Waugh, Graham Greene e P. G. Wodehouse, o autor favorito de Harry.

Quinze dias depois, nos quais se depararam com mais cabeças de gado no Planalto Escocês do que com seres humanos, relutantemente tomaram a decisão de partir em viagem de volta para Bristol. Chegaram à Manor House acalentando sonhos de uma vida tranquila, mas esse não seria o caso.

Elizabeth confessou que ficara ansiosa por se ver livre da responsabilidade de cuidar de Sebastian; não tinham sido poucos os choros infantis antes da hora de dormir, segundo contara ela, enquanto Cleópatra, sua gata siamesa, subia em seu colo e adormecia instantaneamente.

— Francamente, não posso dizer que vocês voltaram cedo demais — acrescentou ela. — Não consegui sequer completar as palavras cruzadas do *The Times* nesses últimos quinze dias.

Harry agradeceu à sogra a compreensão e partiu com Emma, levando consigo para Barrington Hall o pequeno hiperativo de cinco anos.

Antes que Harry e Emma se casassem, Giles insistira para que o casal considerasse Barrington Hall como sua própria casa, já que ele, Giles, passava a maior parte do tempo no Parlamento, em Londres, cuidando de suas obrigações como membro do Partido Trabalhista. Com uma biblioteca de mais de dez mil volumes, um parque enorme e amplos estábulos, o lugar revelou-se ideal para eles. Ali, Harry pôde escrever seus romances policiais protagonizados por William Warwick em paz, enquanto Emma desfrutava do prazer de andar a cavalo todos os dias e Sebastian brincava em suas vastas áreas de lazer, muitas vezes levando estranhos animais para casa como companhia para a hora do chá.

Giles, por sua vez, ia frequentemente de carro a Bristol nas noites de sexta-feira para jantar com eles. Nas manhãs de sábado, fazia uma reunião com seus eleitores distritais antes de passar no clube dos trabalhadores do porto para tomar umas canecas de cerveja com seu chefe de campanha, Griff Haskins. À tarde, ele e Griff juntavam-se aos dez mil eleitores de Giles no Eastville Stadium para ver o Bristol Rovers mais perder do que vencer partidas. Giles jamais confessou, até mesmo a seu chefe de campanha, que preferia ver seu Bristol jogar rúgbi; porém, tivesse ele feito isso, Griff teria advertido que raramente os torcedores no Memorial Ground passavam de duas mil almas e que a maioria votava em candidatos do Partido Conservador.

Nas manhãs de domingo, Giles poderia ser visto ajoelhado na St. Mary Redcliffe, com Harry e Emma ao seu lado. Harry presumia que essa atitude do amigo era mais uma forma de fazer uma média com seus eleitores, já que, na escola, Giles sempre apresentava um pretexto para deixar de ter que comparecer à capela. Contudo, ninguém podia negar que ele vinha conquistando rapidamente a fama de membro do Parlamento sempre empenhado em suas obrigações políticas.

Então, de repente, sem qualquer explicação, as visitas de Giles nos fins de semanas foram se tornando menos e menos frequentes. E toda vez que Emma tocava no assunto com o irmão, ele murmurava, vago e evasivo, algo relacionado a seus compromissos de parlamentar. Sem jamais se convencer dessas justificativas, Harry nutria a esperança de que as longas ausências do cunhado de seu distrito eleitoral não acabassem minando a parca maioria de que desfrutava então, da qual precisaria na eleição seguinte.

Em uma noite de sexta-feira, eles descobriram a verdadeira razão pela qual Giles vinha dando prioridade a outros compromissos nos últimos meses.

Dias antes, ele havia telefonado para Emma, objetivando avisá-la de que iria passar o fim de semana em Bristol com o casal e que chegaria a tempo para o jantar na sexta. Mas o que ele deixou de informar foi que iria para lá acompanhado.

Geralmente, Emma simpatizava com as namoradas de Giles, que eram sempre atraentes, ainda que, na maioria dos casos, um tanto desmioladas. Todas, sem exceção, adoravam Giles, apesar de a maioria não durar muito como namorada para que Emma pudesse conhecê-las melhor. Não foi o caso daquela vez.

Quando, naquela noite de sexta-feira, Giles lhe apresentou Virginia, Emma se perguntou o que seu irmão teria visto de interessante na mulher, embora concordasse que ela era bonita e bem-relacionada. Como que para confirmar, Virginia mencionou mais de uma vez que tinha sido eleita Debutante do Ano (em 1934) e, em três ocasiões, que era filha do conde de Fenwick, antes mesmo que eles se sentassem para jantar.

Emma poderia não ter dado muita importância a essas coisas, simplesmente as considerando fruto de mero nervosismo, não fosse pelo fato de que Virginia nem sequer houvesse beliscado a comida e ficasse cochichando ao pé do ouvido de Giles, durante o jantar, sobre como era difícil achar criados decentes em Gloucestershire. Para surpresa de Emma, Giles apenas sorria diante dessas observações, sem jamais discordar da namorada. Emma se achava prestes a dizer algo do qual sabia que se arrependeria quando Virginia anunciou que, após um dia longo e desgastante, estava exausta e gostaria de se deitar.

Assim que a mulher se levantou e se retirou, com Giles seguindo logo atrás, Emma atravessou a sala de estar, encheu um grande copo de uísque e se sentou pesadamente na poltrona mais próxima.

— Só Deus sabe o que minha mãe achará de Lady Virginia.

Harry sorriu.

— Não acho que a opinião de Elizabeth terá muita importância, já que tenho a impressão de que esse relacionamento com Virginia durará tanto quanto o das outras namoradas dele.

— Não tenho tanta certeza disso — discordou Emma. — Mas o que me intriga é o que ela espera ganhar com ele, pois está claro que não o ama.

Quando, depois do almoço, no domingo à tarde, Giles e Virginia voltaram de carro para Londres, Emma esqueceu-se rapidamente da filha do conde de Fenwick, já que precisava tratar de um problema muito mais importante. É que mais uma babá lhe havia apresentado o pedido de demissão, afirmando que para ela fora a gota d'água quando se deparara com um porco-espinho em cima da cama. Harry chegou a sentir pena da pobre mulher.

— Não ajuda muito o fato de ele ser filho único — observou Emma depois de ter conseguido finalmente fazer que Sebastian adormecesse naquela noite. — Não deve ser nem um pouco divertido não ter com quem brincar.

— Isso nunca me preocupou — respondeu Harry, sem desgrudar os olhos do livro.

— Sua mãe me disse que você deu muito trabalho antes de ter ido para o internato de St. Bede. Aliás, quando você tinha a idade dele, passava mais tempo nas docas do que em casa.

— Ora, em breve ele estará no St. Bede.

— E o que espera que eu faça enquanto isso? Que eu o deixe nas docas todas as manhãs?

— Até que não é má ideia.

— Deixe de brincadeiras, querido. Se não tivesse sido pelo Velho Jack, você estaria lá até hoje.

— Concordo — assentiu Harry, erguendo o copo em gratidão ao bom homem. — Mas o que podemos fazer com relação a isso?

Emma demorou tanto a responder que Harry chegou a achar que ela tinha adormecido.

— Talvez tenha chegado a hora de termos outro filho.

Foi tamanha a surpresa de Harry com a resposta que fechou o livro e ficou olhando fixa e atentamente para a esposa, como se não tivesse certeza de que tinha ouvido bem o que ela acabara de dizer.

— Achei que tínhamos concordado que...

— É verdade. E não mudei de ideia, mas não existe razão para que não pensemos na possibilidade de adotar uma criança.

— E o que a fez pensar nisso, querida?

— É que não consigo deixar de pensar na garotinha que acharam no escritório de meu pai na noite em que ele morreu — explicou Emma, sem conseguir criar coragem para dizer que, na verdade, o tinham assassinado — e na possibilidade de que talvez ela seja filha dele.

— Não existe nenhuma prova com relação a isso. E, de qualquer forma, não sei se você conseguiria localizá-la depois de tanto tempo.

— Estive pensando em recorrer à ajuda de um famoso detetive particular.

Harry pensou bem antes de voltar a falar.

— Provavelmente, William Warwick recomendaria que você tentasse localizar Derek Mitchell.

— Mas não é possível que você tenha se esquecido de que Mitchell trabalhou para meu pai e que a maior de suas preocupações não era exatamente com o que fosse o melhor para nós.

— Concordo — disse Harry — e confesso que é justamente por isso que eu procuraria a ajuda dele. Afinal de contas, ele é a única pessoa que sabe dos esqueletos no armário.

Eles combinaram de encontrar-se no Grand Hotel. Emma chegou alguns minutos antes da hora marcada, escolhendo para sentar-se um local no canto do saguão em que ninguém pudesse ouvir a conversa deles. Enquanto aguardava a chegada do detetive, ficou recapitulando mentalmente as perguntas que pretendia fazer.

O sr. Mitchell entrou no saguão às quatro horas. Embora houvesse engordado alguns quilos desde a última vez em que ela o vira e seus cabelos estivessem mais grisalhos, o mancar inconfundível ainda era sua marca registrada. A primeira coisa que lhe ocorreu ao vê-lo de novo foi que o sujeito mais parecia um gerente de banco do que um detetive particular. Deu a impressão de que a reconhecera, pois seguiu diretamente para o lugar em que ela se achava.

— É um prazer vê-la novamente, sra. Clifton — disse ele.

— Por favor, sente-se — disse Emma, perguntando-se se ele por acaso estava tão nervoso quanto ela. Em todo caso, resolveu ir direto ao assunto: — Pedi esse encontro, sr. Mitchell, porque preciso da ajuda de um detetive particular.

Mitchell se remexeu na cadeira, parecendo inquieto.

— Em nosso último encontro, prometi que saldaria o restante da dívida deixada pelo meu pai para com o senhor. — Aquilo fora ideia de Harry, que havia dito à esposa que isso faria com que Mitchell visse a seriedade da intenção dela em contratá-lo. Assim, ela abriu a bolsa, pegou um envelope e o entregou ao homem.

— Obrigado — agradeceu Mitchell, claramente surpreso.

— O senhor deve lembrar-se — prosseguiu Emma — de que, em nosso último encontro, conversamos sobre a bebê achada no cesto de vime no escritório de meu pai. Tenho certeza de que o senhor se lembra também de que o inspetor-chefe Blakemore, que estava encarregado do caso, disse ao meu marido que a garotinha havia ficado sob os cuidados das autoridades locais.

— Esse seria o procedimento de praxe, presumindo que ninguém tenha aparecido para reivindicar a criança.

— Sim. Eu confirmei essas informações e ontem mesmo falei com o homem encarregado desse departamento na prefeitura, mas ele se recusou a fornecer detalhes a respeito de onde a garotinha possa estar agora.

— Ele deve ter feito isso por orientação do médico-legista depois da investigação para proteger a criança da curiosidade de jornalistas. Isto não significa que não existam meios de se descobrir onde ela está.

— Fico feliz por saber disso — disse Emma, hesitando antes de prosseguir. — Mas, antes disso, preciso ter certeza de que a garotinha era filha de meu pai.

— Posso assegurar, sra. Clifton, que não existe a menor dúvida em relação a isso.

— E como o senhor pode ter tanta certeza?

— Posso fornecer todos os detalhes, mas é possível que isso cause certo constrangimento à senhora.

— Sr. Mitchell, não posso crer que qualquer coisa que o senhor me disser a respeito de meu pai seja capaz de me surpreender.

Mitchell permaneceu em silêncio por alguns segundos. Passado certo tempo, disse:

— A senhora sabe que, durante o tempo em que trabalhei para Sir Hugo, houve um momento em que ele se mudou para Londres.

— Que ele fugiu no dia do meu casamento, você quer dizer.

Mitchell preferiu não comentar nada a respeito disso.

— Cerca de um ano depois, ele foi morar com uma jovem chamada Olga Piotrovska em Lowndes Square.

— Como ele teve condições de bancar algo assim depois que meu avô o deserdou e o deixou sem um centavo sequer?

— Na verdade, não teve. Para ser franco, eu diria que ele não estava apenas vivendo com a srta. Piotrovska, mas vivendo também *à custa* dela.

— O senhor poderia contar-me algo a respeito dessa mulher?

— Muita coisa. Ela era polonesa de nascença e fugiu de Varsóvia em 1941, logo depois de ter os pais presos.

— Por que crime?

— O fato de serem judeus — respondeu Mitchell sem nenhum sinal de emoção. — Ela conseguiu atravessar a fronteira com alguns bens da família e acabou chegando a Londres, onde alugou um apartamento em Lowndes Square. Não muito depois, conheceu seu pai num coquetel organizado por um amigo de ambos. Seu pai namorou a jovem durante algumas semanas e depois se mudou para o apartamento dela, prometendo-lhe que se casariam assim que ele conseguisse o divórcio.

— Eu disse que nada me surpreenderia, mas me enganei.

— Essa não é a pior parte — acrescentou Mitchell. — Quando seu avô morreu, Sir Hugo imediatamente abandonou a srta. Piotrovska e voltou para Bristol com o objetivo de reivindicar sua parte da herança e assumir a presidência da companhia de transportes marítimos dos Barrington. Mas só depois de ter roubado todas as joias da srta. Piotrovska, assim como vários quadros valiosos.

— Se isto é verdade, por que ele não foi preso?

— Ele foi — respondeu Mitchell. — Estava prestes a ser condenado quando o cúmplice dele, Toby Dunstable, que havia aceitado um acordo de delação premiada, cometeu suicídio na cela na noite anterior ao julgamento.

Emma abaixou a cabeça.

— Prefere que eu pare por aqui, sra. Clifton?

— Não — respondeu Emma, olhando diretamente para ele. — Preciso saber de tudo.

— Embora seu pai não soubesse quando voltou para Bristol, a srta. Piotrovska estava grávida. Ela deu à luz uma menininha, cujo nome, conforme consta na certidão de nascimento, é Jessica Piotrovska.

— Como o senhor sabe disso?

— Porque a srta. Piotrovska me contratou quando seu pai não pôde mais pagar as despesas de meus serviços. O irônico é que o dinheiro dela acabou justamente quando seu pai herdou uma fortuna. Foi por isso que ela viajou a Bristol com Jessica. Queria que Sir Hugo soubesse que tinha outra filha, já que achava que era responsabilidade dele cuidar da criação da menina.

— E agora a responsabilidade é minha — observou Emma baixinho, silenciando por alguns segundos. — Não faço a mínima ideia de por onde devo começar a procurá-la, mas venho nutrindo a esperança de que talvez o senhor possa me ajudar.

— Farei tudo ao meu alcance, sra. Clifton. Porém, depois de tanto tempo assim, não será fácil. Se eu descobrir alguma pista, a senhora será a primeira a saber — prometeu o detetive, levantando-se da cadeira.

Enquanto observava Mitchell retirar-se aos mancos, Emma sentiu um peso na consciência. Afinal, não tinha oferecido sequer uma xícara de chá ao detetive.

Emma não via a hora de chegar em casa e conversar com Harry a respeito da reunião que tivera com Mitchell. Quando ela entrou apressada na biblioteca de Barrington Hall, ele estava pondo o telefone no gancho. Era tão grande o sorriso estampado no rosto do marido que tudo que ela conseguiu dizer foi:

— Você primeiro.

— Meus editores americanos querem que eu faça uma turnê publicitária pelos Estados Unidos quando lançarem meu novo livro no mês que vem.

— Que notícia maravilhosa, querido! Finalmente você terá a chance de conhecer minha tia-avó Phyllis, sem falar no primo Alistair.

— Mal posso esperar,

— Não caçoe, menino!

— Claro que não: meus editores recomendaram que eu a leve comigo nessa viagem, ou seja, você poderá revê-los também.

— Eu adoraria ir com você, querido, mas o momento não poderia ser pior. A babá Ryan pediu demissão, e fico constrangida de dizer que a agência de empregados domésticos nos riscou da lista de clientes.

— Talvez eu consiga convencer meus editores a deixar que nosso querido Seb vá conosco também.

— O que provavelmente faria com que acabássemos sendo todos deportados — advertiu Emma. — Não. Ficarei em casa com Seb, enquanto você parte para conquistar as colônias.

Harry enlaçou a esposa com os braços.

— Que pena! Eu já estava animado para uma segunda lua de mel. A propósito, como foi sua reunião com Mitchell?

Harry estava em Edimburgo dando uma palestra no almoço de um círculo de leitura quando Derek Mitchell telefonou para Emma.

— Acho que descobri uma pista — disse sem dizer quem falava. — Quando podemos nos encontrar?

— Que tal amanhã de manhã, às dez, no mesmo lugar?

Tinha acabado de pôr o telefone no gancho quando o aparelho voltou a tocar. Logo que atendeu, surpreendeu-se ao saber que era sua irmã.

— Que surpresa agradável, Grace, mas, conhecendo você, imagino que deve ter uma boa razão para me ligar.

— É que alguns de nós trabalhamos o dia inteiro — observou. — Mas tem razão. Liguei porque, ontem à noite, participei de uma palestra proferida pelo professor Cyrus Feldman.

— O ganhador do Pulitzer? — perguntou Emma, esperando impressionar a irmã. — De Stanford, se não me falha a memória.

— Estou impressionada — admitiu Grace. — Porém, de momento, o mais importante é saber que você teria ficado fascinada com a palestra que ele deu.

— Ele é economista, não? — indagou Emma, tentando ficar por cima. — Não é bem a minha área de especialidade.

— Nem a minha. Mas, quando ele falou a respeito de transportes...

— Deve ter sido fascinante.

— E foi mesmo — confirmou Grace, ignorando o sarcasmo. — Principalmente quando ele falou sobre o futuro dos transportes marítimos, agora que a British Overseas Airways Corporation está fazendo planos para criar um serviço de voos regulares entre Londres e Nova York.

De repente, Emma percebeu o motivo do telefonema.

— E existe a possibilidade de se conseguir uma transcrição da palestra?

— Algo ainda melhor. Como o próximo porto de escala dele será em Bristol, você estará a um pulo do local da palestra e poderá ouvi-lo pessoalmente.

— Talvez eu pudesse ter uma pequena conversa com ele após a palestra. Tenho tantas perguntas que gostaria de fazer...

— Boa ideia, mas, se fizer isso, fique sabendo que, embora o sujeito seja um daqueles raros homens que pensa com a cabeça de cima, ele já está no quarto casamento e não havia nenhum sinal da esposa dele noite passada.

— Você é tão indecente, mana! — comentou Emma, rindo. — Mas obrigada pelo conselho.

Harry pegou o trem de Edimburgo para Manchester na manhã seguinte e, depois de palestrar numa pequena reunião na biblioteca municipal, abriu-se para perguntas.

Como não poderia deixar de ser, a primeira foi feita por um jornalista. Eles raramente se anunciavam e pareciam ter pouco ou nenhum interesse por seu último livro. Nesse dia, foi a vez de um repórter do *The Manchester Guardian*.

— Como vai a sra. Clifton?

— Bem, obrigado — respondeu Harry com cautela.

— É verdade que vocês dois estão morando na mesma casa que Sir Giles Barrington?

— A casa é muito grande.

— O senhor guarda alguma mágoa por ter Sir Giles ficado com toda a herança do pai e o senhor não tenha conseguido nada?

— Claro que não. Fiquei com Emma, que é tudo o que eu sempre quis.

Isso pareceu levar o jornalista a achar que era melhor calar-se por algum tempo, permitindo com isso que um membro do público se intrometesse na entrevista.

— Quando William Warwick assumirá a função do inspetor-chefe Davenport?

— Não no próximo livro — respondeu Harry, sorrindo. — Isso eu garanto.

— É verdade, sr. Clifton, que vocês perderam sete babás em menos de três anos?

Ficou claro que Manchester tinha mais de um jornal.

Dentro do carro, na volta para a estação, Harry começou a queixar-se da imprensa, ainda que o jornalista de Manchester houvesse observado que toda aquela exposição não parecia estar prejudicando a venda de seus livros. Mas Harry sabia que Emma estava ficando preocupada com o incessante interesse da imprensa e o efeito que isso poderia ter em Sebastian assim que ele começasse a frequentar a escola.

— Garotos podem ser bem cruéis — advertiu ela.

— Bem, pelo menos ele não vai apanhar por lamber a tigela de mingau — observou Harry.

Embora Emma tivesse chegado alguns minutos adiantada, Mitchell já estava sentado no recesso privativo do hotel quando ela adentrou o saguão. O detetive se levantou assim que a viu se aproximar. Desta vez, a primeira coisa que ela disse, antes mesmo de se sentar, foi:

— Aceita uma xícara de chá, sr. Mitchell?

— Não, obrigado, sra. Clifton. — Mitchell, que não era homem de conversa fiada, voltou a sentar-se, abrindo seu caderno de anotações. — Parece que as autoridades locais puseram Jessica Smith...

— Smith? — interrompeu Emma. — Por que não Piotrovska ou mesmo Barrington?

— Assim ficaria fácil demais localizá-la, eu diria, e imagino que o médico-legista tivesse feito questão de manter o caso anônimo após a investigação. Enfim: as autoridades locais enviaram a srta. J. Smith para um orfanato chamado Dr. Barnardo, em Bridgwater.

— Por que Bridgwater?

— Provavelmente porque era o orfanato mais próximo com um lugar vago na época.

— E ela ainda está lá?

— Que eu saiba, sim. Mas descobri recentemente que o pessoal do Dr. Barnardo está planejando enviar várias de suas meninas para orfanatos na Austrália.

— Por que eles fariam isso?

— Faz parte da política de imigração dos australianos pagar dez libras esterlinas para ajudar a transferência de pessoas jovens para o seu país, e eles gostam muito de meninas.

— Acho que seria mais razoável pensar que eles se interessam mais por meninos.

— Parece que já tem muitos deles por lá — explicou Mitchell, exibindo um raro sorriso.

— Então acho melhor fazermos uma visita a Bridgwater o mais cedo possível.

— Vá com calma, sra. Clifton. Se a senhora demonstrar muito entusiasmo, eles poderão juntar uma coisa com a outra, acabar descobrindo por que a senhora está tão interessada na srta. J. Smith e achar que a senhora e o sr. Clifton não seriam bons pais adotivos.

— Mas por que motivos?

— Principalmente por causa de seu nome. Sem falar no fato de que a senhora e o sr. Clifton não eram casados quando seu filho nasceu.

— Então o que você recomendaria? — perguntou Emma baixinho.

— Fazer um pedido de adoção pelas vias normais. Não parecer apressados e fazê-los pensar que são eles que estão tomando a decisão.

— Mas como vamos saber que, no fim das contas, eles não acabarão nos rejeitando de qualquer jeito?

— Vocês terão que dar um jeito de induzi-los a seguir na direção certa, sra. Clifton.

— O que está querendo dizer com isso?

— Quando o solicitante preenche o formulário de requerimento de adoção, eles pedem que a pessoa informe todas as preferências que possa ter. Isso poupa muito tempo e trabalho. Portanto, se vocês deixarem claro que estão querendo adotar uma menina de 5 ou 6 anos de idade, como vocês já têm um filho que é um pouco mais velho, isso poderia facilitar as coisas.

— Mais alguma outra sugestão?

— Sim — respondeu Mitchell. — No espaço reservado a religião, marque o quadrículo indicando nenhuma preferência.

— E por que isso ajudará?

— Porque, na ficha de cadastro da srta. Jessica Smith, consta que ela é filha de mãe judia e de pai desconhecido.

3

— Como é possível que um britânico tenha conseguido ganhar uma Estrela de Prata americana? — perguntou o funcionário do serviço de imigração em Idlewild enquanto examinava o visto de entrada de Harry.

— É uma longa história — respondeu Harry, achando que talvez não fosse inteligente contar a ele que, na última vez que pusera os pés em Nova York, fora preso por suspeita de assassinato.

— Espero que se divirta bastante enquanto estiver no país — disse-lhe o funcionário da imigração, apertando a mão de Harry.

— Obrigado — agradeceu ele, tentando não aparentar surpresa enquanto atravessava o setor do serviço de imigração e se orientava pelas placas até chegar à área de recebimento de bagagens. Enquanto esperava sua mala, verificou mais uma vez as instruções que deveria seguir assim que houvesse chegado ao país. De acordo com elas, seria recebido pelo principal agente publicitário da Viking, que o acompanharia até o hotel, onde lhe repassaria um resumo de seus compromissos. Como toda vez que visitava uma cidade na Grã-Bretanha era sempre acompanhado por um representante de vendas local, ele não tinha muita certeza de o que seria exatamente um agente publicitário.

Ao apanhar sua velha mala de escola, Harry dirigiu-se à alfândega, onde um funcionário pediu que ele a abrisse, fez uma rápida vistoria e, com um giz, riscou uma grande cruz num de seus lados, antes que fizesse sinal para que Harry seguisse em frente. Mais adiante, Harry passou embaixo de uma enorme placa semicircular com a mensagem *Bem-Vindo a Nova York*, fixada acima de um pôster do sorridente prefeito William O'Dwyer.

Assim que entrou no saguão de desembarque foi recebido por uma fila de motoristas uniformizados segurando cartões com os nomes das pessoas esperadas. Procurou o que continha "Clifton" e, quando o localizou, sorriu para o motorista e informou:

— Eu sou Clifton.

— Prazer em conhecê-lo, sr. Clifton. Meu nome é Charlie — apresentou-se o motorista, pegando em seguida a pesada mala de Harry como se fosse uma simples pasta de executivo. — E esta é Natalie, sua agente publicitária.

Quando se virou, Harry deparou com uma jovem cujo nome nas instruções constava como "N. Redwood". Ela era quase da mesma altura que ele, com cabelos louros cortados segundo os ditames da moda, olhos azuis e dentes mais alinhados e mais brancos do que quaisquer outros que ele tinha visto na vida, a não ser nos exibidos em outdoors de pasta de dente. Como se não bastasse, abaixo da bela cabeça da jovem havia um corpo de cintura fina e formas opulentas. Na Grã-Bretanha do pós-guerra e das cadernetas de ração, Harry nunca havia topado com uma escultura viva como Natalie.

— Prazer em conhecê-la, srta. Redwood — disse ele, cumprimentando-a com um aperto de mão.

— O prazer é meu, Harry, mas pode me chamar de Natalie — disse a jovem enquanto seguiam atrás de Charlie na saída do saguão. — Sou uma grande fã. Simplesmente adoro William Warwick e não tenho dúvida de que seu último livro será mais um grande sucesso.

Assim que alcançaram o meio-fio, Charlie abriu a porta traseira da limusine mais comprida que Harry tinha visto na vida. O escritor afastou-se para que Natalie entrasse primeiro.

— Ah, como adoro os ingleses! — observou ela quando ele entrou e sentou-se ao seu lado, com a limusine logo mergulhando no rio de veículos escoando lentamente em direção a Nova York. — Em primeiro lugar, iremos para o hotel. Fiz reserva para você no Pierre, onde ficará hospedado numa suíte do décimo primeiro andar. Deixei também tempo suficiente em seu programa de compromissos para que possa refrescar-se antes de seguir para um almoço com o sr. Guinzburg no Harvard Club. Aliás, ele não vê a hora de conhecer o senhor.

— Eu também — revelou Henry. — Afinal, foi ele que publicou meus diários dos tempos de prisão, bem como meu primeiro romance policial estrelando William Warwick. Portanto, tenho muito lhe agradecer.

— E ele investiu muito tempo e dinheiro para fazer *Quem não arrisca* acabar figurando na lista dos best-sellers. E me pediu, aliás, que o deixasse plenamente informado a respeito do que pretendemos fazer para isso.

— Sim, claro — disse Henry, olhando para fora, ansiando apreciar as cenas urbanas que ele tinha visto pela última vez da traseira de um ônibus amarelo que o levara para uma cela de prisão em vez de para uma suíte do Pierre Hotel.

De repente, sentiu um toque na perna.

— Tenho muita coisa para lhe passar antes de seu encontro com o sr. Guinzburg — informou Natalie, entregando-lhe uma grossa brochura azul. — Acho melhor eu começar explicando o que pretendemos fazer para que seu livro entre na lista dos mais vendidos, pois fazemos as coisas aqui de uma maneira muito diferente da qual vocês costumam fazer na Inglaterra.

Harry abriu a pasta e tentou concentrar-se. Ele nunca tinha se sentado ao lado de uma mulher cujo vestido se ajustava tão perfeitamente às belas curvas do corpo.

— Nos Estados Unidos — prosseguiu Natalie — só dispomos de três semanas para fazer o livro desse ou daquele autor entrar na lista dos best-sellers do *The New York Times*. Portanto, se não conseguirmos fazer com que seu livro esteja entre os quinze mais vendidos dentro desse prazo, as livrarias empacotarão seus estoques de *Quem não arrisca* e os devolverão à editora.

— Que loucura! — indignou-se Harry. — Na Inglaterra, quando uma livraria faz um pedido, a editora já vê o livro como vendido. E ponto final.

— Vocês não concedem certas condições de venda ou de devolução às livrarias?

— Claro que não — afirmou Harry, constrangido com a ideia.

— E é verdade também que vocês ainda vendem livros sem dar nenhum tipo de desconto?

— É claro que sim.

— Bem, vocês verão que essa é a outra grande diferença com relação a nós aqui, pois, caso seu livro conste na lista dos quinze mais vendidos, o preço de capa cairá automaticamente pela metade e sua obra será transferida para os fundos da loja.

— Por quê? Ora, certamente, a uma obra campeã de vendas, deveria ser dado o máximo de destaque, mantendo-a na frente da loja e até mesmo na vitrine, e nunca ser vendida com desconto.

— De forma alguma, pois o pessoal da área de *marketing* descobriu que um em cada cinco clientes que entra na loja em busca de um best-seller qualquer, vendo-se obrigado a ir até os fundos da loja para localizá-lo, acaba comprando mais dois livros enquanto se dirige ao caixa, ao passo que um em cada três desses clientes adquire pelo menos mais um.

— Medida inteligente, mas não tenho certeza se, na Inglaterra, os comerciantes a adotariam.

— Acho que é apenas uma questão de tempo para que isso aconteça, mas talvez pelo menos agora você tenha entendido por que é tão importante fazer seu livro entrar nessa lista o mais cedo possível, pois, sempre que o preço cai pela metade, há uma grande possibilidade de continuar entre os quinze mais vendidos durante várias semanas. Aliás, é mais difícil sair da lista do que entrar. Se você não conseguir, porém, *Quem não arrisca* terá desaparecido das prateleiras daqui a um mês e teremos perdido muito dinheiro.

— Entendi tudo — disse Harry enquanto a limusine atravessava lentamente a Ponte do Brooklyn e ele se via novamente cercado por táxis amarelos conduzidos por motoristas com cotos de charuto pendendo de um dos cantos da boca.

— E o que torna a coisa ainda mais difícil é que temos de visitar dezessete diferentes cidades em 21 dias.

— Nós?

— Sim. Estarei ao seu lado o tempo todo durante a turnê — disse ela com naturalidade. — Geralmente fico em Nova York e deixo que um agente publicitário local de cada cidade cuide do autor visitante, mas não desta vez, pois o sr. Guinzburg insistiu para que eu nunca saísse do seu lado — explicou ela, mais uma vez lhe tocando de leve a perna antes de virar a página da pasta que mantinha no colo.

Quando Harry olhou para ela, a agente lhe lançou um sorriso sedutor. Será que estaria flertando com ele? Não, não era possível. Afinal de contas, eles tinham acabado de se conhecer.

— Já providenciei para que você participe de programas de várias estações de rádio importantes, incluindo o *Matt Jacobs Show*, que conta com 11 milhões de ouvintes todas as manhãs. Não existe ninguém mais eficiente do que Matt quando se trata de fazer os livros saírem aos montes das prateleiras das livrarias.

Harry tinha várias perguntas que gostaria de fazer, mas Natalie era como um rifle Winchester, disparando uma bala toda vez que ele levantava a cabeça.

— Mas saiba — prosseguiu a jovem, sem uma pausa sequer para respirar — que os produtores da maioria dos grandes programas de rádio não lhe darão mais do que uns poucos minutos. Aqui, não é como na BBC. Essa coisa de "a fundo" é um conceito que eles simplesmente não entendem. Durante o programa, lembre-se de repetir o título do livro o maior número de vezes possível.

Harry começou a virar as páginas da pasta com o programa da turnê. Viu que cada dia parecia começar com uma série de compromissos numa nova cidade, onde ele participaria de um programa de rádio de manhã cedo, participação seguida por inúmeras entrevistas com representantes de outras estações e de veículos impressos, antes de partir às pressas para o aeroporto.

— Todos os seus autores recebem este tipo de tratamento?

— Certamente que não — respondeu Natalie, roçando mais uma vez a mão na perna dele. — E é aí que chegamos ao maior problema que temos com você.

— Vocês têm um problema comigo?

— Claro que sim. A maioria dos entrevistadores vai querer indagá-lo a respeito de seu tempo na prisão e como é possível que um inglês tenha sido condecorado com uma Estrela de Prata, mas você deve sempre mudar de assunto, voltando a falar do livro.

— Na Inglaterra, isso seria considerado um tanto rude.

— Nos Estados Unidos, rude é o que faz com que seus livros figurem na lista dos mais vendidos.

— Mas os entrevistadores não vão querer falar a respeito do livro?

— Harry, você deve pressupor que nenhum deles terá lido o livro. Afinal, como uma dúzia de novos romances vão parar em suas mesas todos os dias, você poderá considerar-se sortudo se alguns deles tiverem lido algo mais do que o título. E se pelo menos conseguirem lembrar-se de seu nome, considere isto um prêmio. Eles somente concordaram em deixar que você participasse de seus programas porque você é um ex-presidiário ganhador da Estrela de Prata. Portanto, vamos procurar explorar isso em nosso benefício e promover o livro ao máximo — argumentava ela quando a limusine parou na frente do Pierre Hotel.

Harry teve vontade de estar de volta à Inglaterra.

O motorista saiu rapidamente do carro e abriu o porta-malas, enquanto o carregador se aproximava do veículo para ajudar. Natalie entrou com Harry no hotel, atravessando o saguão e dirigindo-se com ele para a recepção, onde tudo que ele precisou fazer foi mostrar o passaporte e assinar a ficha de hospedagem. Natalie parecia já ter providenciado tudo.

— Bem-vindo ao Pierre, sr. Clifton — disse o recepcionista enquanto lhe entregava uma grande chave.

— Vejo você aqui no saguão de novo — disse Natalie, olhando para o relógio — daqui a uma hora. Então, o motorista da limusine o levará ao Harvard Club para almoçar com o sr. Guinzburg.

— Obrigado — agradeceu Harry e ficou observando-a atravessar o saguão, vendo-a desaparecer na rua depois que saíra pela porta giratória. E não deixou de notar que não foi o único homem cujos olhos não desgrudaram da mulher enquanto ela se manteve à vista.

Um carregador o acompanhou até o décimo primeiro andar e entrou com ele na suíte, explicando como tudo funcionava. Harry jamais se hospedara num hotel que tivesse uma banheira *e* um chuveiro ao mesmo tempo. E resolveu fazer anotações, de forma que pudesse contar tudo à mãe quando voltasse para Bristol. Ele agradeceu ao carregador, que se retirou com o único dólar que o escritor tinha no bolso.

A primeira coisa que Harry fez, antes mesmo de ter desfeito a mala, foi pegar o telefone no criado-mudo e fazer uma ligação para Emma via telefonista.

— Retorno a ligação daqui a uns quinze minutos, senhor — informou a telefonista internacional.

Harry demorou demais no chuveiro e, assim que acabou de se secar com a maior toalha que tinha visto na vida e começou a desfazer a mala, o telefonou tocou.

— Sua ligação internacional, senhor — informou a telefonista.

A próxima voz que ouviu era de Emma.

— É você, querido? Está me ouvindo?

— Claro, amor — respondeu Harry, sorrindo.

— Você já está falando como americano. Imagine como estará daqui a três semanas.

— Acho que seria mais plausível dizer que estarei pronto para voltar para Bristol, principalmente se o livro não entrar na lista dos best-sellers.

— E se ele não entrar?

— É possível que eu volte para casa mais cedo.

— Para mim, seria bom. E de onde você está falando?

— Do Pierre Hotel, onde me hospedaram no maior quarto que já vi na vida. A cama tem espaço para quatro pessoas.

— Só faça questão de que apenas uma durma nela.

— O quarto tem ar-condicionado e um rádio no banheiro. Mas o problema é que ainda não aprendi a ligar nem desligar tudo isso.

— Você deveria ter levado o Seb com você. A esta altura, ele já teria aprendido a mexer em tudo aí.

— Ou teria desmontado tudo e depois eu é que teria de remontar tudo. Mas como está o garoto?

— Está bem. Aliás, ele parece melhor sem a babá.

— Que alívio. E como anda sua tentativa de localizar a srta. J. Smith?

— Muito lenta, mas fiz um pedido de entrevista com o pessoal do Dr. Barnardo para amanhã à tarde.

— Isso já nos dá alguma esperança.

— Vou me encontrar com o sr. Mitchell amanhã de manhã. Portanto, saberei o que poderei falar, mas talvez o mais importante é que saberei também o que não deverei falar.

— Vai dar tudo certo, Emma. Mas não se esqueça de que eles têm o dever de colocar as crianças em bons lares. Minha única preocupação é com o Seb, com a reação dele quando souber o que você está fazendo.

— Ele já sabe. Conversamos sobre o assunto ontem à noite, pouco antes da hora de ele dormir, e, para minha surpresa, parece que adorou a ideia. Mas, com o Seb envolvido na questão, sempre surge um outro problema.

— E o que aconteceu desta vez?

— Ele espera poder ajudar a escolher quando chegar a hora de decidirmos quem devemos adotar. A boa notícia é que ele quer uma irmãzinha.

— Isso pode ficar complicado se ele se antipatizar com a srta. J. Smith e ficar obcecado com a ideia de que temos que adotar outra criança.

— Não sei o que faremos se isso acontecer.

— Teremos que achar um jeito de convencê-lo de que foi ele mesmo que escolheu Jessica.

— E como acha que poderemos fazer isso?

— Preciso pensar.

— Mas lembre-se de que não se deve subestimá-lo. Se fizermos isso, é bem possível que o tiro saia pela culatra.

— É melhor deixarmos para tratar do assunto quando eu voltar para casa — propôs Harry. — Preciso correr, querida. Vou participar de um almoço de negócios com Harold Guinzburg.

— Diga que mandei um abraço e lembre-se: ele é outra pessoa que você não pode subestimar. E não se esqueça de perguntar a ele o que aconteceu com...

— Não vou esquecer.

— Boa sorte, querido — disse Emma. — E faça tudo para que seu livro entre nessa lista de best-sellers!

— Você é pior do que a Natalie.

— Quem é Natalie?

— Uma loura deslumbrante que não desgruda de mim.

— Você é mesmo um tremendo contador de histórias, Harry Clifton.

Emma foi uma das primeiras a chegar ao teatro da universidade na noite em que pretendia ouvir o professor Cyrus Feldman falar sobre o tema *A Inglaterra venceu a guerra, mas será que perdeu a paz?*

Ela se acomodou numa vaga na extremidade de uma de muitas fileiras de assentos fixadas num plano inclinado, situada mais ou menos no meio da metade posterior da plateia. Muito antes do início da palestra, o auditório ficou tão cheio que os retardatários tiveram que se sentar nos degraus do corredor, chegando um ou dois deles a acomodar-se em parapeitos.

A plateia deu uma salva de palmas quando o ganhador de dois Pulitzers entrou no auditório, acompanhado pelo reitor da universidade. Logo que todos voltaram a acomodar-se em seus assentos, Sir Philip Morris fez a apresentação do convidado, apresentando também um resumo da brilhante carreira de Feldman, abrangendo desde seus dias de aluno em Princeton ao dia em que se transformara no mais jovem professor de Stanford e a ocasião em que ganhou seu segundo Pulitzer, concedido no ano anterior. Quando o breve relato chegou ao fim, mais aplausos irromperam no auditório. Logo depois, o professor se levantou e se dirigiu ao palco.

A primeira coisa que deixou Emma impressionada em relação a Cyrus Feldman, antes mesmo que ele começasse a falar, foi sua boa aparência, algo que Grace deixara de mencionar quando lhe telefonara. Calculou que o homem devia ter pouco mais de 1,80 metro de altura, e a impressionaram também a juba de cabelos grisalhos e o rosto bronzeado que certamente levavam todos a imaginar a universidade em que ele devia lecionar. Seu corpo atlético fazia parecer mais jovem e revelava que talvez gastasse quase tanto tempo na academia quanto na biblioteca.

Assim que ele começou a falar, Emma ficou encantada com a força da eloquência vibrante de Feldman, e, minutos depois, todos na plateia pareciam galvanizados pela retórica enérgica do professor. Os alunos começaram a anotar freneticamente todas as palavras que lhe saíam da bocam, e Emma se arrependeu de não ter levado seu caderno e sua caneta.

Sem consultar nota alguma, o professor transitou habilmente do terreno de um assunto para outro: o papel de Wall Street após a guerra, o dólar como nova moeda internacional, o petróleo tornando-se, na segunda metade do século e possivelmente nas décadas vindouras também, o principal bem de consumo, o futuro papel do Fundo Monetário Internacional, além da questão de se os Estados Unidos continuariam atrelados ou não ao padrão-ouro.

Quando a palestra terminou, o único desapontamento de Emma foi ele não ter falado praticamente nada a respeito de transportes, limitando-se a mencionar brevemente o quanto o transporte aéreo transformaria a nova ordem mundial, tanto nos negócios em geral quanto na área do turismo. Todavia, como seria de esperar de um profissional daquele porte, não deixou de informar à plateia que tinha escrito um livro sobre o assunto. Emma, por sua vez, decidiu que não iria esperar até o Natal para comprar um exemplar da obra, o que a fez lembrar-se de Harry e torcer para que sua campanha publicitária em torno do livro nos Estados Unidos fosse bem-sucedida.

Assim que comprou um exemplar de *A Nova Ordem Mundial*, Emma entrou na fila dos que aguardavam a vez de terem os seus autografados. Ela tinha quase terminado de ler o primeiro capítulo quando chegou a sua vez de obter o autógrafo e ficou se perguntando se o autor não estaria disposto a gastar alguns minutos expondo com mais detalhes o que pensava do futuro da indústria de transportes marítimos britânica.

Quando chegou de fato a sua vez, ela pôs o livro na frente do professor, que lhe sorriu com imensa simpatia.

— A quem devo fazer a dedicatória?

— Emma Barrington — respondeu ela, depois que chegara à conclusão de que seria melhor tentar a sorte.

Surpreso com o que acabara de ouvir, o professor concentrou nela toda a atenção.

— Por acaso você não seria parenta do falecido Sir Walter Barrington?

— Sim, ele era meu avô — respondeu ela com orgulho.

— Muitos anos atrás, assisti a uma palestra dele sobre o papel que teria a indústria de transportes marítimos caso os Estados Unidos entrassem na Primeira Guerra Mundial. Eu era estudante na época e ele me ensinou mais coisas em uma hora de palestra do que meus professores tinham conseguido fazê-lo durante um semestre.

— Ele me ensinou muitas coisas também — revelou Emma, retribuindo-lhe o sorriso.

— São muitas as perguntas que eu gostaria de ter feito a ele — acrescentou Feldman —, mas, como ele tinha que pegar o trem de volta para Washington naquela noite, eu nunca mais o vi.

— Eu também tenho muitas perguntas que gostaria de fazer ao senhor — disse Emma. — Na verdade, "que preciso fazer", para ser mais exata.

Feldman olhou de relance para as pessoas aguardando a vez na fila e disse:

— Acho que respondê-las não tomaria mais do que outros trinta minutos de meu tempo, e, como não preciso pegar o trem de volta para Washington esta noite, que tal se pudéssemos ter uma conversa em particular, srta. Barrington?

4

— E como vai a minha querida Emma? — perguntou Harold Guinzburg depois que cumprimentou Harry, dando-lhe as boas-vindas ao Harvard Club.

— Acabei de falar com ela pelo telefone — informou Harry. — Ela mandou um abraço e ficou triste por não ter sido possível estar presente.

— Lamento também. Mas, por favor, diga que não aceitarei desculpas na próxima vez. — Guinzburg o conduziu para o restaurante, onde se sentaram a uma mesa de canto que era claramente a preferida do empresário. — Espero que esteja gostando do Pierre — disse enquanto o garçom entregava cardápios a ambos.

— Claro, mas seria bom se eu aprendesse a desligar o chuveiro — respondeu Harry, ao que o outro respondeu com uma risada.

— Talvez fosse melhor que você pedisse que a srta. Redwood fosse lá ajudá-lo.

— Se ela fosse lá, não sei se eu saberia desligá-la.

— Ah, então ela já lhe passou um sermão sobre a importância de fazer seu livro entrar na lista dos best-sellers o mais cedo possível.

— Uma mulher formidável.

— Foi por isso que a tornei diretora — revelou Guinzburg —, apesar dos protestos de vários diretores, que não queriam uma mulher na diretoria.

— Emma ficaria orgulhosa de você — observou Harry. — Aliás, posso assegurar-lhe que a srta. Redwood me advertiu das consequências caso eu fracasse.

— Típico de Natalie. Lembre-se: é só ela quem decide se você volta para casa de avião ou de barco a remo.

Harry teria rido da observação, mas não tinha certeza se o editor estava brincando ou não.

— Eu a teria convidado para almoçar conosco — disse Guinzburg —, mas, como talvez você tenha notado, o Harvard Club não permite a presença de mulheres... Não diga isso a Emma.

— Tenho o pressentimento de que vocês verão mulheres frequentando o Harvard Club antes que consigam ver uma delas em qualquer dos clubes masculinos da Pall Mall ou da St. James's.

— Antes de conversarmos a respeito da turnê — continuou Guinzburg —, gostaria de saber tudo que você e Emma andaram fazendo desde que ela deixou Nova York. Como foi que você conseguiu ganhar a Estrela de Prata? Emma trabalha? Como Sebastian reagiu quando viu o pai pela primeira vez? E...

— E Emma insistiu para que eu não voltasse para a Inglaterra sem antes descobrir o que aconteceu com Sefton Jelks.

— Não acha melhor fazermos os pedidos primeiro? Não quero nem pensar em Sefton Jelks de estômago vazio.

— Realmente, não tenho que pegar o trem para Washington, mas lamento dizer que preciso voltar para Londres esta noite, srta. Barrington — explicou o professor Feldman depois que autografara o último livro. — E, como terei que dar uma palestra na London School of Economics às dez horas de amanhã, só posso conceder-lhe alguns minutos de atenção.

Emma tentou não parecer desapontada.

— A menos que... — disse Feldman.

— A menos?

— A menos que você se disponha a seguir viagem comigo para Londres, caso em que teria toda a minha atenção por pelos menos algumas horas.

Emma hesitou, mas logo depois avisou:

— Preciso dar um telefonema.

Vinte minutos depois, ela estava num vagão da primeira classe, sentada de frente para o professor Feldman. Foi ele que fez a primeira pergunta.

— Então, srta. Barrington, sua família ainda é dona da companhia de transportes marítimos que ostenta seu ilustre nome?

— Sim. Minha mãe é dona de 22% do negócio.

— Isso deve dar à família um grau de controle considerável sobre o negócio, e é isso o que mais importa numa companhia, desde que ninguém se aposse de mais de 22%.

— Meu irmão Giles não se interessa muito pelos assuntos da companhia. Ele é membro do Parlamento e nem sequer participa da assembleia geral anual. Mas eu sim, professor, e é por essa razão que preciso falar com o senhor.

— Por favor, chame-me de Cyrus. Cheguei a uma idade em que não quero ser lembrado por uma linda e jovem mulher de quanto estou velho.

Grace tinha razão com relação a uma coisa, pensou Emma, e resolveu aproveitar-se disso. Ela sorriu para ele também antes de perguntar:

— Quais problemas você acha que o setor de transportes marítimos terá na próxima década? Nosso presidente, Sir William Travers...

— Homem de primeira categoria. Cunard foi um tolo quando deixou que alguém tão capaz partisse — interrompeu Feldman.

— Sir William está pensando na ideia de acrescentar um novo transatlântico à nossa frota.

— Loucura! — afirmou Feldman, golpeando forte o assento ao lado dele com o punho, fazendo uma nuvem de poeira se elevar no ar. Antes que Emma pudesse perguntar por que o professor pensava assim, ele acrescentou: — A menos que vocês tenham lucros acumulados que precisem investir ou existam benefícios fiscais para o setor britânico de transportes marítimos a respeito dos quais ninguém me disse nada.

— Que eu saiba, nenhuma coisa nem outra — respondeu Emma.

— Então, está na hora de vocês encararem a realidade. Os aviões estão prestes a transformar os navios de transporte de passageiros numa espécie de dinossauros flutuantes. Por que pessoas sãs levariam cinco dias atravessando o Atlântico quando poderiam fazer essa mesma viagem de avião em apenas dezoito horas?

— Talvez por ser mais relaxante? Ou por medo de voar? Ou até porque chegariam ao destino em melhor estado físico e mental? — aventou Emma, lembrando-se das palavras de Sir Williams na reunião geral.

— Coisa fora da realidade e desatualizada, minha jovem — observou Feldman. — Se, de algum modo, você quiser me convencer, terá que apresentar algo melhor do que isso. Não. A verdade é que o homem de negócios moderno e até um turista mais aventureiro querem reduzir o tempo que levam para alcançar o destino visado, o que, dentro de muito poucos anos, afundará... e quero dizer afundará mesmo... a indústria de transporte marítimo de passageiros.

— E a longo prazo?

— Vocês não terão tanto tempo assim.

— Então o que você nos recomenda?

— Investir todo excedente que vocês tiverem na construção de mais navios cargueiros. Porquanto os aviões nunca conseguirão transportar produtos grandes ou pesados, como automóveis, maquinário industrial ou até cargas volumosas de alimentos.

— E como posso convencer Sir William disso?

— Deixando sua posição clara na próxima reunião da diretoria — aconselhou Feldman, socando mais uma vez o assento ao lado.

— Mas não faço parte da diretoria.

— Não faz?

— Não. E nem consigo imaginar os dirigentes da Barrington nomeando uma mulher para integrá-la.

— Eles não têm como impedir isso — advertiu Feldman, aumentando o tom de voz. — Afinal, sua mãe detém 22% das ações. Você pode exigir um cargo na diretoria.

— Mas não tenho as qualificações necessárias, e duas horas de viagem de trem a Londres, mesmo na companhia de um ganhador do Pulitzer, não resolverão o problema.

— Então, chegou a hora de você se qualificar.

— E o que sugere que eu faça? — indagou Emma. — Pois, que eu saiba, na Inglaterra não existe uma universidade com curso de administração de empresas em seu programa.

— Então você terá que passar três anos fora, estudando comigo em Stanford.

— Acho que meu marido e meu filhinho não gostariam muito da ideia — respondeu Emma, abrindo o coração.

Sua atitude emudeceu o professor, que levou algum tempo antes de perguntar:

— Você se disporia a arcar regularmente com despesas postais de dez centavos?

— Sim — disse Emma hesitante, sem saber exatamente qual seria o propósito disso.

— Então, terei o prazer de matriculá-la num curso de graduação na Stanford no outono.

— Mas, conforme expliquei...

— Você disse, sem nenhuma ressalva, que se disporia a gastar algum dinheiro com selos.

Emma assentiu com um meneio da cabeça.

— Bem, o Congresso acabou de aprovar uma lei que permitirá que militares americanos servindo no exterior façam cursos universitários de administração de empresas sem que tenham de frequentar salas de aula de fato.

— Mas não sou americana e, com certeza, não estou servindo no exterior.

— É verdade — concordou Feldman —, mas consta, em letras miúdas, na parte de exceções especiais do texto da lei, a palavra "aliados", da qual tenho certeza de que conseguirei beneficiar-me. Digo isto supondo que você está mesmo disposta a levar a sério a questão do futuro da companhia de sua família.

— Sim, estou — garantiu Emma. — Mas o que espera que eu faça?

— Assim que você tiver se matriculado como aluna de graduação a distância na Stanford, eu lhe enviarei uma lista dos livros de leitura curricular do primeiro ano de curso, juntamente com fitas gravadas de todas as minhas aulas e palestras. Além disso, você deverá enviar-me um artigo toda semana que devolverei assim que o tiver avaliado e atribuído nota. E, caso você possa despender mais do que os cinco centavos de que falei, poderíamos até conversar por telefone de vez em quando.

— Quando começo?

— No outono, mas fique logo sabendo que você será submetida a testes a cada trimestre, os quais atestarão se você tem ou não condições de permanecer no curso — advertia o professor quando o trem entrou na estação de Paddington. — Se não passar nos testes, você será desligada do curso.

— Você está disposto a fazer tudo isso por causa de um simples encontro com meu avô?

— Bem, confesso que nutria alguma esperança de que você fosse jantar comigo no Savoy hoje à noite, onde poderíamos conversar sobre o futuro do setor de transportes marítimos com mais detalhes.

— É uma excelente ideia — concordou Emma, dando-lhe um beijo na bochecha. — Mas, infelizmente, comprei a passagem de volta e terei que voltar para o meu marido hoje à noite.

Embora Harry ainda não tivesse conseguido aprender a ligar o rádio, pelo menos aprendera a mexer nas torneiras de água quente e fria do chuveiro. Assim que acabou de secar-se, escolheu entre as roupas uma camisa recém-passada, uma gravata de seda que Emma lhe dera como presente de aniversário e um terno que sua mãe teria classificado como o melhor dos trajes domingueiros. Contudo, após uma olhada no espelho, teve que reconhecer que ninguém, em ambos os lados do Atlântico, diria que ele estava na moda.

Saindo do hotel, Harry pôs os pés na Quinta Avenida pouco antes das oito e iniciou a caminhada em direção à Rua 64 e Park Avenue. Poucos minutos depois, parou na frente de uma magnífica casa de tijolinhos vermelhos. Logo depois, deu uma olhada no relógio, perguntando-se até onde os nova-iorquinos consideravam elegante alguém chegar atrasado a um encontro. Lembrou-se de que Emma lhe havia dito que ela ficara tão nervosa com a perspectiva de se encontrar com sua tia-avó Phyllis que dera a volta no quarteirão antes de conseguir criar coragem para subir a escada para a porta principal da mansão e, mesmo assim, só fora capaz de apertar o botão da campainha que indicava "Serviço".

Harry subiu a escada e bateu forte com a aldrava na porta. Enquanto esperava alguém atender, ouviu Emma em uma bronca mental: "Não caçoe, menino."

Quando a porta se abriu, um mordomo trajando fraque e com nítidos ares de que o estivera esperando, disse:

— Bom dia, sr. Clifton. A senhora Stuart está esperando pelo senhor na sala de estar. Queira acompanhar-me, por gentileza.

— Boa noite, Parker — respondeu Harry, embora nunca tivesse visto o sujeito. Chegou a achar que notara no mordomo uma ponta de sorriso vago enquanto o conduzia pelo corredor até um elevador com a porta aberta. Assim que Clifton entrou, Parker fechou a porta de grade, apertou um botão e não disse uma palavra sequer até o terceiro andar, onde abriu a porta, antecipou-se a Harry no acesso à sala de estar e anunciou:

— O senhor Harry Clifton, madame!

Harry viu uma mulher alta, elegantemente vestida, em pé no meio da sala, conversando com um homem que presumiu ser o filho dela.

Nisso, tia Phyllis interrompeu imediatamente a conversa, atravessou a sala na direção de Harry e, sem dizer nada, deu-lhe um abraço tão apertado que teria impressionado um zagueiro parrudo de futebol americano. Quando finalmente o soltou, apresentou-o a seu filho Alistair, que cumprimentou Harry com um forte e caloroso aperto de mão.

— É uma honra conhecer o homem que acabou com a carreira de Sefton Jelks — observou Harry.

Alistair devolveu o elogio com uma ligeira e elegante inclinação do corpo.

— Eu também tive uma pequena participação na ruína desse homem — acrescentou Phyllis com desdém enquanto Parker entregava um copo de xerez ao convidado. — Mas não me fale nesse sujeito, senão eu começo a falar também e não paro mais — advertiu ela enquanto conduzia Harry para uma cadeira confortável perto da lareira. — Pois estou muito mais interessada em saber notícias de Emma e do que ela tem feito.

Harry passou um bom tempo pondo tia Phyllis a par de tudo que Emma vinha fazendo desde que ela partira de Nova York, principalmente porque a anfitriã e Alistair o interromperam várias vezes para fazer perguntas. Somente mudaram de assunto quando o mordomo voltou para anunciar que o jantar estava à mesa.

— Então? Está gostando de sua visita ao país? — perguntou Alistair enquanto se sentavam à mesa de jantar.

— Acho que eu preferia ser preso por assassinato — respondeu Harry. — Algo muito mais fácil de lidar.

— Tem sido tão ruim assim?

— Pior que isso, em certo sentido. É que não sou muito bom nessa coisa de autopromoção — confessou Harry enquanto uma criada punha uma tigela de sopa escocesa na frente dele. — Seria melhor se o livro fosse capaz de falar por si mesmo.

— Talvez esteja enganado — observou tia Phyllis. — Considere que Nova York não é uma espécie de filial de Bloomsbury. Portanto, esqueça essa história de requinte, sutilezas e ironia refinada. Por mais que isto contrarie sua natureza, você terá que aprender a vender seu peixe como os ambulantes que vendem frutas, peixes e verduras de East End.

— Eu me orgulho de ser o autor de maior sucesso da Inglaterra — disse Alistair, alteando a voz.

— Eu não — reconheceu Harry. — Longe disso.

— Estou impressionado com a reação dos americanos em relação a *Quem não arrisca* — disse Phyllis, entrando no jogo de encenação.

— Você quer dizer impressionado com o fato de ninguém o ter lido — observou Harry enquanto comia.

— Assim como Dickens, Conan Doyle e Wilde, tenho certeza de que os Estados Unidos se tornarão o maior mercado de minhas obras — acrescentou Alistair.

— Consigo vender mais livros na pequena Market Harborough do que em Nova York — observou Harry enquanto uma criada recolhia sua tigela de sopa. — Não me resta dúvida de que tia Phyllis deveria assumir o meu lugar na turnê de promoção do livro e eu, ser enviado de volta para a Inglaterra.

— Seria um imenso prazer — respondeu Phyllis. — É uma pena que eu não tenha o seu talento — acrescentou, em tom de lamentação.

Harry se serviu de uma fatia de carne assada e uma quantidade enorme de batatas. E não demorou muito para começar a relaxar quando Phyllis e Alistair começaram a entretê-lo com relatos sobre as aventuras de quando Emma apareceu em Nova York à procura do marido. Achou divertido ouvir a versão deles do que tinha acontecido, o que serviu para lembrá-lo de quanto a sorte lhe sorrira, na ocasião que fizera sua cama ficar ao lado da de Giles Barrington, no dia em que o conhecera na St. Bede. Lembrou-se também de que, se não tivesse sido convidado para tomar chá em Manor House no aniversário de Giles, talvez não tivesse conhecido Emma. Não que tivesse lançado uma olhadela sequer na direção da jovem na ocasião.

— Vejo que entende que você nunca será bom o suficiente para ela — observou Phyllis enquanto acendia um *cheroot.*

Harry concordou, meneando a cabeça, finalmente entendendo por que essa mulher indomável acabara se tornando uma espécie de Velho Jack para Emma. Achou também que, se a tivessem enviado para a guerra, com certeza ela teria voltado para casa com uma Estrela de Prata.

Quando o relógio soou onze horas, Harry, que talvez houvesse exagerado nas doses de conhaque, levantou-se um tanto bamboleante da cadeira. Afinal, apesar de seu estado, ninguém precisava lembrá-lo de que, às seis da manhã seguinte, Natalie estaria esperando por ele no saguão do hotel, pronta para levá-lo às pressas à sua primeira entrevista do dia numa estação de rádio. Ele agradeceu à anfitriã pela noite memorável e, quase para desespero seu, ela lhe deu outro daqueles abraços de urso.

— E não se esqueça — aconselhou ela. — Toda vez que for entrevistado, pense como um britânico e aja como um judeu. E se algum dia precisar de um ombro amigo ou de uma refeição bem razoável somos como o Windmill Theater: estamos sempre de portas abertas.

— Obrigado — agradeceu Harry.

— E, quando voltar a falar com Emma — recomendou Alistair —, mande lembranças nossas e não deixe de repreendê-la por não ter vindo com você nesta viagem.

Harry concluiu que essa não era a melhor ocasião para falar a respeito de Sebastian e sobre aquilo que os médicos classificaram como problema de hiperatividade do garoto.

Os três deram um jeito de espremer-se dentro do elevador, onde Harry recebeu um último abraço apertado de Phyllis antes que Parker abrisse a porta e ele se visse de volta às ruas de Manhattan.

— Ai, droga! — disse Harry depois de ter percorrido um pequeno trecho da Park Avenue. Ele se virou e voltou às pressas para a casa de Phyllis, subiu a escada e bateu à porta. Desta vez, o mordomo demorou um pouco a atender.

— Preciso falar urgentemente com a sra. Stuart — explicou Harry. — Espero que ela não tenha ido para a cama ainda.

— Que eu saiba, não, senhor — respondeu Parker. — Por favor, siga-me. — Ele conduziu Harry pelo corredor de novo e entrou com ele no elevador, onde premeu mais uma vez o botão do terceiro andar.

Phyllis estava em pé ao lado do consolo da lareira fumando seu *cheroot* quando Harry voltou a entrar na sala. Foi a vez de ela manifestar sua surpresa.

— Peço mil desculpas — disse ele —, mas Emma jamais me perdoará se eu voltar para a Inglaterra sem descobrir o que aconteceu com aquele advogado que cometeu a tolice de subestimá-la.

— Sefton Jelks — disse Alistair, sentado ao lado da lareira e levantando a cabeça ao falar. — O desgraçado finalmente deixou a sociedade na Jelks, Myers and Abernathy, embora um pouco relutantemente.

— Logo depois, foi-se embora para Minnesota — acrescentou Phyllis.

— E não voltará a aparecer tão cedo — observou Alistair —, já que morreu há alguns meses.

— Meu filho é um advogado típico — comentou Phyllis, apagando o charuto. — Sempre conta só metade da história. O primeiro ataque cardíaco de Jelks foi considerado digno de uma pequena menção no *The New York Times*, mas foi somente depois do terceiro ataque que publicaram um pequeno parágrafo a respeito dele, nada lisonjeiro, por sinal, ao pé da página de óbitos do jornal.

— O que foi mais do que ele merecia — asseverou Alistair.

— Concordo — anuiu Phyllis. — Embora tenha me dado um enorme prazer saber que apenas quatro pessoas foram ao enterro.

— Como você soube disso? — perguntou Alistair.

— Porque eu fui uma delas — revelou Phyllis.

— Você foi a Minnesota só para acompanhar o enterro de Jelks? — indagou Harry, espantado.

— Com certeza.

— Mas por quê? — perguntou Alistair.

— Porque não se dá pra confiar em Sefton Jelks — explicou ela. — Eu não teria ficado plenamente convencida de que tinha morrido até ver o caixão sendo baixado até o fundo da cova. Mesmo assim, só fui embora depois de os coveiros terem enchido o buraco de terra.

— Por favor, sente-se, sra. Clifton.

— Obrigada — agradeceu Emma enquanto se sentava numa cadeira de madeira de frente para os três dirigentes da instituição que se acomodavam em assentos confortáveis do lado oposto de uma grande mesa sobre um estrado.

— Meu nome é David Salter — apresentou-se o homem do centro — e presidirei a reunião desta tarde. Permita-me lhe apresentar meus colegas: srta. Braithwaite e sr. Needham.

Emma tentou fazer um rápido exame dos três avaliadores diante de si. Viu que o presidente da instituição usava um terno de três peças, entre as quais uma antiga gravata de escola que ela conhecia, e dava a impressão de que essa não era a única comissão que ele comandava. A srta. Braithwaite, sentada à direita, vestia um terninho de lã inglesa macia e grossas meias compridas de lã. Trazia os cabelos enrodilhados num coque, levando Emma a não ter dúvidas de que era a solteirona da paróquia e a julgar que, pela aparência de seus lábios, ela não costumava sorrir com frequência. Reparou que o cavalheiro sentado à esquerda do presidente era mais jovem do que os outros dois, fazendo Emma lembrar-se de que não fazia muito tempo desde a guerra. Além disso, o bigode espesso logo lembrava a Força Aérea Real.

— A diretoria analisou seu pedido com cuidado, sra. Clifton — informou o presidente, iniciando a entrevista. — E, com a sua permissão, gostaríamos de lhe fazer algumas perguntas.

— Sim, claro — concordou Emma, tentando relaxar.

— Há quanto tempo vem pensando em adotar uma criança, sra. Clifton?

— Desde que percebi que não poderia ter outro filho — respondeu Emma, sem fornecer detalhes. Os dois homens sorriram com certos ares de compaixão, mas a srta. Braithwaite manteve a cara amarrada.

— A senhora declarou na ficha de adoção — prosseguiu o presidente, baixando a cabeça para examinar seus papéis — que tem preferência pela adoção de uma criança com idade entre 5 e 6 anos. Existe alguma razão especial para isso?

— Sim — respondeu Emma. — Meu Sebastian é filho único e meu marido e eu achamos que seria bom que ele fosse criado com alguém que não teve todas as vantagens e privilégios que ele, desde que nascera, ainda não pôde aprender a dar valor — argumentou ela, esperançosa de que sua resposta não soasse muito ensaiada, tendo quase certeza de que o presidente ticou um quadrículo.

— Podemos supor, com base em sua resposta — perguntou o presidente —, que não existem restrições financeiras que poderiam atrapalhar o desejo de vocês de criar uma segunda criança?

— Nenhuma mesmo, sr. Presidente. Meu marido e eu estamos muito bem de vida — afirmou Emma, notando que a resposta o fez marcar outro quadrículo.

— Tenho só mais uma pergunta — informou o presidente. — A senhora declarou na ficha que estaria disposta a adotar uma criança proveniente de qualquer ambiente religioso. A senhora poderia dizer se professa alguma religião?

— Assim como o Dr. Barnardo — informou Emma —, sou cristã, senhor. Meu marido foi bolsista do coral do St. Mary Redcliffe. — Ainda olhando diretamente para o presidente, acrescentou: — Antes disso, ele estudou na Bristol Grammar School, onde acabou se tornando o principal corista da instituição. Quanto a mim, estudei na escola Red Maids, antes de ganhar um bolsa de estudos em Oxford.

Impressionado com a resposta, o presidente fez que ajeitou a gravata, levando Emma a sentir que as coisas estavam indo melhor do que o esperado, até que a srta. Braithwaite bateu o lápis na mesa, atitude que fez com que o presidente lhe acenasse positivamente com a cabeça.

— A propósito de seu marido, sra. Clifton. Poderia dizer por que ele não veio com a senhora?

— Ele está participando de uma turnê de lançamento de seu último livro nos Estados Unidos e só voltará daqui a algumas semanas.

— Ele costuma ausentar-se do lar com frequência?

— Não. Na verdade, muito raramente. Como meu marido é escritor, fica em casa quase o tempo todo.

— Mas certamente precisa visitar uma biblioteca de vez em quando — observou a srta. Braithwaite, desenhando no rosto algo que, com boa vontade, poderia ser considerado um sorriso.

— Não, pois temos uma biblioteca em casa — explicou Emma, logo se arrependendo de ter feito a revelação.

— E a senhora trabalha? — perguntou ainda a srta. Braithwaite, num tom de voz que dava a impressão de que achava que não trabalhar era um crime.

— Não, embora eu ajude o meu marido de todas as formas possíveis. Porém, para mim, ser esposa e mãe é como trabalhar em tempo integral. — Embora tivesse sido Harry que houvesse recomendado que ela dissesse isso, ele sabia muito bem que Emma não acreditava nesse tipo de coisa, e muito menos agora, após o encontro com Cyrus Feldman.

— E há quanto tempo vocês estão casados, sra. Clifton? — insistiu a srta. Braithwaite.

— Há pouco mais de três anos.

— Mas vejo em sua ficha que seu filho Sebastian tem 8 anos de idade.

— Sim, tem. Harry e eu noivamos em 1939, mas ele achou que tinha o dever de alistar-se no exército antes mesmo que a guerra fosse declarada.

A srta. Braithwaite estava prestes a fazer outra pergunta quando o homem sentado à esquerda do presidente se inclinou para a frente e perguntou:

— Então vocês se casaram logo depois da guerra, sra. Clifton?

— Infelizmente, não — respondeu Emma, olhando para o interpelante, que tinha apenas um braço. — Meu marido ficou gravemente ferido na explosão de uma mina terrestre apenas alguns dias antes do fim da guerra e demorou algum tempo para se recuperar e poder receber alta do hospital.

Vendo que a srta. Braithwaite continuava impassível, Emma se perguntou se não seria melhor que... E resolveu correr um risco que sabia que Harry não teria aprovado.

— Mas, sr. Needham — argumentou ela, sem desgrudar os olhos do sujeito maneta —, eu me considero uma pessoa de sorte. Sinto muita compaixão pelas mulheres cujos maridos, noivos e entes queridos não voltaram para os braços de suas famílias depois de terem feito o derradeiro sacrifício por seu país.

A senhorita Braithwaite baixou a cabeça, e o presidente disse:

— Obrigado, sra. Clifton. Alguém da instituição entrará em contato com vocês em breve.

5

Às seis, Natalie estava esperando por ele em pé no saguão. Parecia animada e elegante, tal como quando o deixara no hotel e partira no dia anterior. Assim que se sentaram no banco traseiro da limusine, ela abriu a inevitável brochura.

— Seu dia começará com uma entrevista com Matt Jacobs, da NBC, o programa matinal de maior audiência do país. A boa notícia é que eles lhe concederam a parte de maior atração do programa, o que significa que você entrará no ar entre as 7h45 e as 8 horas. Já a notícia não muito boa é que você dividirá o espaço com Clark Gable e Mel Blanc, o dublador dos personagens dos desenhos animados Pernalonga e Piu-Piu. Gable está promovendo seu último filme, *O Amor que me Deste*, em que estrela ao lado de Lana Turner.

— E quanto a Mel Blanc? — indagou Harry, contendo uma risada.

— Está comemorando uma década de trabalho com a Warner Brothers. Agora, levando em conta os intervalos comerciais, calculo que você ficará no ar por quatro ou cinco minutos, os quais sugiro que encare mais como algo entre 240 e 300 segundos. Porém, jamais me cansaria de frisar — advertiu Natalie — quanto esse programa é importante para o deslanche de nossa campanha e tudo o que vier depois. Você não participará de nada mais importante nas próximas três semanas. Esse programa pode não apenas fazer seu livro entrar na lista dos mais vendidos, mas também, se tudo correr bem, levar os produtores de todos os outros importantes programas do país a querer reservar um espaço para você neles.

Harry sentiu sua pulsação aumentando a cada segundo.

— Tudo que você precisa fazer é aproveitar toda oportunidade possível para mencionar *Quem não arrisca* — acrescentou ela enquanto a limusine parava na frente dos estúdios da NBC, no Rockefeller Center.

Harry mal pôde acreditar na cena com a qual se deparou quando pôs os pés na calçada. Viu que a estreita via de acesso à frente do edifício tinha sido cercada com um cordão de isolamento e que ambos os lados da passagem estavam lotados de fãs delirantes, gritando e agitando os braços. Enquanto passava pelas multidões de espectadores ansiosos, ninguém lhe precisou dizer que noventa por cento deles estavam ali para babar por Clark Gable, ao passo que nove por cento para ver Mel Blanc e talvez um por cento para...

— Quem é esse? — gritou alguém enquanto Harry atravessava a passagem às pressas.

Talvez nem mesmo um por cento.

Assim que se viu seguro dentro do edifício, um supervisor o acompanhou até o camarim e lhe passou informações a respeito de horários.

— O sr. Gable entrará no ar às 7h45. Mel Blanc será o próximo, entrando às 7h50, e esperamos pô-lo no ar às 7h55, antes do noticiário.

— Obrigado — agradeceu Harry enquanto se sentava, procurando relaxar.

Às 7h30, Mel Blanc entrou animado no camarim e olhou para Harry como se estivesse esperando um pedido de autógrafo. Gable, acompanhado por sua comitiva, chegou alguns minutos depois. Harry ficou surpreso quando viu o ídolo das telas de cinema usando *smoking* e com um copo de uísque na mão. Gable explicou a Mel Blanc que aquilo não contava como bebida matinal, já que não tinha dormido ainda. As risadas o acompanharam enquanto era levado às pressas até o estúdio, e Harry foi deixado sozinho com Mel.

— Preste atenção quando Gable começar a falar — sugeriu Mel enquanto se sentava ao lado de Harry. — Logo que a luz vermelha se acender, ninguém, incluindo os ouvintes no estúdio, perceberá que ele bebeu algo além de suco de laranja, e, quando a entrevista terminar, todo mundo vai querer assistir ao novo filme dele.

Harry viu que Mel tinha razão. Gable era mestre em sua profissão, e o título de seu filme era mencionado pelo menos uma vez a cada trinta segundos. E, embora Harry tivesse lido em algum lugar que o astro e a srta. Turner não se suportavam, Gable foi tão delicado e generoso com sua parceira de estrelato que até mesmo o mais cínico dos ouvintes teria ficado convicto de que eram grandes amigos. Somente Natalie não lhe pareceu impressionada, pois Gable falou durante 42 segundos além do tempo que lhe fora concedido.

No intervalo comercial, levaram Mel para o estúdio. Harry aprendeu muita coisa prestando atenção na entrevista de Mel, durante a qual Frajola, Piu-Piu e Pernalonga tiveram oportunidade de falar também. Mas aquilo que mais o impressionou foi que, quando Matt Jacobs lhe fez aquela que era claramente sua última pergunta, Mel simplesmente continuou a falar despreocupadamente, roubando outros 37 segundos de seu precioso tempo.

Durante o intervalo seguinte, foi a vez de Harry ser levado para a guilhotina, onde sabia que sua cabeça estava prestes a rolar. Sentou-se de frente para o apresentador e sorriu nervosamente. Viu que Jacobs estava lendo a orelha de um exemplar de *Quem não arrisca* que dava a impressão de nunca ter sido aberto. Pouco depois, o apresentador levantou a cabeça e retribuiu o sorriso do autor.

— Quando a luz vermelha acender, você estará no ar — foi tudo que disse o apresentador antes de voltar sua atenção para a primeira página do livro.

Harry checou o ponteiro dos minutos no relógio do estúdio: faltavam quatro minutos para as oito. Ele ouviu uma propaganda da Nescafé, enquanto Jacobs rabiscava algumas anotações em um bloco a sua frente. A propaganda chegou ao fim com um jingle familiar, e uma luz vermelha se acendeu. Harry desejou estar em casa almoçando com Emma ou mesmo enfrentando mil alemães no monte Clemenceau em vez de onze milhões de americanos que desfrutavam naquele momento do café da manhã.

— Bom dia — disse Jacobs ao microfone —, e que manhã estamos tendo hoje! Primeiro Gable, depois Mel e agora chegamos à parte final desta hora de nosso programa matinal com um convidado especial da Grã-Bretanha, Harry — o apresentador parou para dar uma olhada rápida na capa do livro — Clifton. Antes de conversarmos sobre seu novo livro, Harry, você poderia dizer se é verdade mesmo que, assim que pôs os pés nos Estados Unidos pela primeira vez, você foi preso por suspeita de assassinato?

— Sim, mas foi tudo um mal-entendido — respondeu Harry, balbuciante.

— É o que todos dizem — disse Jacobs com uma risada desconcertante. — Mas o que meus onze milhões de ouvintes querem saber é se, enquanto estiver no país, pensa em voltar a se reunir com alguns de seus velhos colegas de prisão?

— Não. Não foi para isso que voltei aos Estados Unidos — começou Harry a explicar. — Escrevi um...

— Então, Harry, fale-me de suas impressões nesta sua segunda visita ao nosso país.

— É uma grande nação — disse Harry. — Os nova-iorquinos têm me recebido tão bem e...

— Até os motoristas de táxi?

— Até os motoristas de táxi — repetiu Harry. — E, hoje de manhã, tive a oportunidade de conhecer Clark Gable.

— Gable faz muito sucesso na Inglaterra? — perguntou Matt.

— Ah, sim. Ele é muito famoso por lá, bem como a srta. Turner. Aliás, não vejo a hora de assistir à nova película deles.

— Aqui, chamamos isso de filme, Harry, mas não importa — observou Jacobs. Após uma pausa, o apresentador levantou a cabeça para mirar de relance o relógio e disse: — Harry, foi um prazer imenso tê-lo no programa. E boa sorte com seu novo livro. Depois de algumas palavras de nossos patrocinadores, voltaremos no início da próxima hora com as notícias das oito. Mas, quanto a mim, Matt Jacobs, é hora de partir, desejando a todos um ótimo dia!

A luz vermelha se apagou.

Jacobs se levantou, deu um aperto de mão em Harry e disse:

— Desculpe por não termos tido mais tempo para falar sobre seu livro. Adorei a capa.

Emma tomou uns goles de café antes de abrir a primeira carta.

Cara Sra. Clifton,

Agradeço sua participação na reunião com a diretoria na semana passada.

Tenho a satisfação de informá-la de que gostaríamos de passar para a segunda fase de seu processo de adoção.

Emma teve vontade de telefonar para Harry imediatamente, mas sabia que era bem tarde agora nos Estados Unidos e também não tinha certeza da cidade na qual ele estaria.

Temos várias candidatas que se encaixam mais ou menos no que a senhora e o seu marido desejam, algumas das quais estão abrigadas em orfanatos em Tauton, Exeter e Bridgwater. Terei o prazer de enviar informações sobre cada uma delas se a senhora me fizer a gentileza de informar qual dos orfanatos gostaria de visitar primeiro.

Atenciosamente,

David Slater

Com um simples telefonema para Mitchell, ela conseguiu confirmar que Jessica Smith ainda estava no Dr. Barnardo de Bridgwater, mas a menina alimentava a esperança de estar entre as crianças que seguiriam para a Austrália. Emma olhou para o relógio. Viu que teria que esperar até o meio-dia antes que pudesse contar com um telefonema de Harry para dar a notícia. Em seguida, voltou a atenção para uma segunda carta, paga com um selo de cinco centavos. Nem precisou examinar o carimbo postal para saber quem a tinha enviado.

Quando Harry chegou a Chicago, *Quem não arrisca* tinha passado a ocupar o trigésimo terceiro lugar na lista de best-sellers do *The New York Times*, e Natalie não punha mais a mão na perna dele.

— Não se desespere — aconselhou ela. — A segunda semana é sempre mais importante. Mas teremos que trabalhar muito se quisermos que seu livro entre na lista dos quinze mais vendidos até o domingo seguinte.

Após visitas a Denver, Dallas e São Francisco, eles haviam chegado quase ao fim da semana seguinte, altura dos acontecimentos em que Harry já estava convicto de que até Natalie estava entre os que não haviam lido seu livro. Alguns programas com horário nobre desistiram da participação de Harry no último minuto, e ele começou a gastar mais e mais de seu tempo em livrarias cada vez menores, autografando um número de exemplares sempre menor. Alguns livreiros chegaram a se recusar a deixar que ele fizesse isso, pois, conforme Natalie explicou, não poderiam devolver exemplares autografados à editora, já que eram considerados produtos danificados.

Quando aterrissaram em Los Angeles, *Quem não arrisca* tinha subido lentamente para a vigésima oitava posição na lista dos mais vendidos, e, faltando apenas uma semana para o término da turnê, Natalie não conseguia esconder mais a própria decepção. Ela começou a insinuar que o livro simplesmente não estava tendo saída nas lojas com a devida rapidez. Isso ficou ainda mais claro na manhã seguinte, quando Harry desceu para o café da manhã e foi recebido por uma pessoa chamada Justin, que se sentara à mesa de frente para ele.

— Natalie voltou de avião para Nova York na virada da noite — explicou Justin. — Tinha uma reunião com outro autor. — Nem precisou acrescentar que o sujeito era alguém cujo livro tinha mais chances de entrar na lista dos quinze mais vendidos. Mas Harry sabia que Natalie não tinha culpa de nada.

Na semana final da turnê, Harry viajou para várias partes do país, participando de programas em Seattle, San Diego, Raleigh, Miami e, por fim, Washington. Sem Natalie ao seu lado, com advertências constantes da necessidade de fazer seu livro figurar na lista de best-sellers, ele começou a relaxar e até conseguiu mencionar *Quem não arrisca* mais de uma vez durante algumas de suas entrevistas mais longas, ainda que tivesse feito isso apenas em programas locais.

Quando, no último dia da turnê, ele voltou de avião para Nova York, Justin o hospedou num motel do aeroporto, entregou-lhe uma passagem de avião para Londres na classe econômica e lhe desejou boa sorte.

Logo depois de ter feito a matrícula no curso de administração de Stanford, Emma enviou uma longa carta a Cyrus, agradecendo-lhe por haver tornado tudo aquilo possível. Em seguida, voltou a atenção para um volumoso pacote contendo os perfis das candidatas à adoção Sophie Barton, Sandra Davis e Jessica Smith. Bastou uma leitura superficial das descrições para saber qual era a favorita da governanta, que certamente não era a srta. J. Smith.

O que aconteceria se Sebastian concordasse com a governanta ou, pior que isso, chegasse à conclusão de que preferia alguém que nem sequer constava na lista? Emma não conseguiu dormir. Ficou torcendo para quc Harry telefonasse para ela.

Harry pensou em ligar para Emma, mas achou que ela já tinha ido dormir. Começou a fazer as malas, de forma que estivesse tudo pronto para que embarcasse no avião de manhã cedo. Depois disso, deitou-se na cama e ficou pensando como eles poderiam convencer Sebastian de que Jessica Smith era não apenas a menina ideal para que ele tivesse como irmã, mas também a opção que *ele* tinha escolhido.

Fechou os olhos, mas achou que, enquanto o ar-condicionado continuasse a percutir seu tam-tam-tam sem parar, como se estivesse fazendo um teste para uma vaga numa banda de calipso, não podia nutrir nenhuma esperança de conseguir dormir pelo menos algumas horas. Ainda assim, Harry continuou deitado no colchão fino e grumoso, com a cabeça apoiada num travesseiro de espuma que lhe engolfava a cabeça até a altura dos ouvidos. Ali, em nenhum dos quartos, com certeza, havia chuveiro ou banheira, mas, caso os hóspedes quisessem tomar banho, tinham que fazê-lo na pia do banheiro, da qual pingava uma água ferrugenta o tempo todo. Ele voltou a fechar os olhos e repassou quadro a quadro, na tela do pensamento, como um tremeluzente filme em preto e branco, os acontecimentos das três últimas semanas. As cenas simplesmente não tinham cores. Concluiu que esses dias haviam sido uma total perda de tempo e de dinheiro para todos. Achou que tinha de reconhecer, enfim, que não nascera para essa coisa de turnê de promoção autoral e que, visto que não conseguira fazer o livro entrar na lista dos quinze mais vendidos após incontáveis entrevistas em rádios e na imprensa, talvez houvesse chegado a hora de aposentar William Warwick, juntamente com o inspetor-chefe Davenport, e começar a procurar um emprego de verdade.

Lembrou que, recentemente, o diretor do St. Bede havia dito que eles estavam procurando um novo professor de inglês, embora Harry soubesse que não se daria muito bem com isso de lecionar em escola de ensino médio. Por outro lado, Giles tivera a gentileza de sugerir, em mais de uma ocasião, que ele entrasse para a diretoria da Barrington, visando representar os interesses da família. Mas a verdade era que ele não fazia parte da família e, de qualquer forma, sempre quis ser escritor, não homem de negócios.

Já era bastante ruim ter de morar em Barrington Hall. Os livros ainda não tinham rendido o suficiente para que pudesse comprar uma casa digna de Emma e de nada ajudara a ocasião em que Sebastian lhe perguntara, com a maior inocência, por que ele não saía para trabalhar todas as manhãs, tal como faziam os outros pais que o garoto conhecia. Às vezes, essa situação o fazia sentir-se um aproveitador.

Harry voltou para a cama depois da meia-noite, ainda mais louco de vontade de telefonar para Emma e dividir seus pensamentos com ela, mas, como ainda eram apenas cinco da manhã em Bristol, achou melhor permanecer acordado e ligar para ela dali a algumas horas. Estava prestes a apagar a luz quando ouviu uma leve batida na porta, embora pudesse jurar que tinha pendurado a placa de *Não Perturbe* na maçaneta. Vestiu, pois, o roupão, atravessou lentamente o quarto e abriu a porta.

— Meus parabéns! — foi tudo o que ouviu.

Surpreso, ficou olhando fixamente para Natalie, que tinha uma garrafa de champanhe numa das mãos e usava um vestido justo, ostentando um fecho-éclair na frente que nem precisava pedir que o abrissem.

— Pelo quê? — perguntou Harry.

— Acabei de dar uma olhada na primeira edição de domingo do *The New York Times* e vi que *Quem não arrisca* alcançou o décimo quarto lugar na lista dos mais vendidos. Você conseguiu!

— Obrigado — agradeceu Harry, sem entender muito bem aonde ela queria chegar com aquilo.

— E, como sempre fui sua maior fã, achei que talvez você quisesse comemorar.

A revelação fez as palavras de advertência de tia Phyllis ecoarem em seus ouvidos: *Vejo que entende que você nunca será bom o suficiente para ela.*

— Ótima ideia! — concordou Harry. — Espere um minuto — acrescentou, antes de retornar ao quarto, no qual pegou um livro deixado no criado-mudo e voltou para a porta, onde ela ficara esperando. Em seguida, pegou a garrafa de champanhe de Natalie e sorriu. — Já que você sempre foi minha maior fã, talvez seja hora de ler isto — sugeriu ele, entregando-lhe um exemplar de *Quem não arrisca*. Em seguida, gentilmente fechou a porta.

De volta ao quarto, Harry se sentou na cama, serviu-se um copo de champanhe, pegou o telefone e solicitou uma ligação internacional. Quando, por fim, Emma atendeu, a garrafa estava quase vazia.

— Meu livro finalmente entrou na lista de best-sellers, alcançando o décimo quarto lugar — informou ele, enrolando um tanto a língua por conta da embriaguez.

— Que notícia maravilhosa! — exultou Emma, sufocando um bocejo.

— E tem uma loura deslumbrante lá fora no corredor, com uma garrafa de champanhe na mão, tentando arrombar a porta.

— Claro que sim, querido. A propósito, você não vai acreditar quando eu lhe disser quem me convidou para passar a noite com ele.

6

A porta foi aberta por uma mulher de uniforme azul-marinho com um colarinho branco engomado.

— Sou a governanta — apresentou-se ela.

Harry a cumprimentou com um aperto de mão e lhe apresentou a esposa e o filho.

— Que tal irmos para o meu escritório — propôs ela —, onde podemos ter uma pequena conversa antes de conhecerem as meninas?

A governanta conduziu os três por um corredor cheio de quadros coloridos.

— Gosto deste aqui — disse Sebastian, parando diante de um deles, mas a governanta não disse uma palavra, deixando claro que achava que crianças eram para ser vistas em vez de ouvidas.

Os três entraram com ela no escritório.

Logo que fecharam a porta, Harry iniciou a conversa contando à governanta que ficaram torcendo para que chegasse logo o dia da visita.

— Foi o caso das crianças também — revelou ela. — Mas, primeiro, devo explicar algumas normas da casa, já que meu maior interesse é o bem-estar das crianças.

— Claro — concordou Harry. — Estamos a seu dispor.

— As três meninas pelas quais vocês demonstraram interesse — Sandra, Sophie e Jessica — estão numa aula de artes neste momento, o que lhes dará a chance de vê-las relacionando-se com as outras crianças. Quando estivermos lá, é importante que permitamos que elas continuem com seu trabalho, pois não devem achar que estão participando de uma competição. Isso poderia acabar em lágrimas, gerando consequências de longo prazo. Afinal, já que foram rejeitadas uma vez, não seria nada bom que passassem pela experiência de novo. É lógico que, se as crianças virem famílias circulando pelo orfanato, saberão que vocês estão pensando em adoção. Até porque, caso contrário, qual seria o motivo de estarem aqui? Algo que elas não devem saber de jeito nenhum é que vocês estão pensando em adotar apenas uma entre duas ou três delas. E, logicamente, mesmo depois que vocês tiverem conhecido as três meninas, talvez ainda queiram visitar nossos orfanatos em Taunton e Exeter antes de tomarem uma decisão.

Harry gostaria de dizer à governanta que eles já tinham se decidido, embora esperassem que a escolha definitiva parecesse ter sido feita por Sebastian.

— Então, estão prontos para visitar a sala de aula de artes?

— Sim — respondeu o garoto, levantando-se de um pulo e correndo para a porta.

— Mas como saberemos quem é quem? — indagou Emma, levantando-se lentamente da cadeira.

Antes de responder, a governanta fez uma careta de desaprovação para Sebastian.

— Apresentarei várias crianças a vocês, de modo que nenhuma delas se sinta como se estivesse sendo discriminada. Antes de seguirmos para lá, vocês têm alguma pergunta?

Harry ficou surpreso com o fato de que Sebastian não tinha uma dúzia delas, mas simplesmente continuou perto da porta, aguardando impacientemente. Quando eles começaram a atravessar o corredor na direção da aula de artes, Sebastian disparou na frente de todos.

Quando chegaram lá, a governanta abriu a porta da sala, eles entraram e ficaram em silêncio ao fundo. Nisso, a governanta fez um aceno de cabeça para o professor responsável pela aula, que informou:

— Crianças, temos visitantes!

— Boa tarde, sr. e sra. Clifton — disseram as crianças em coro, várias delas olhando ao redor, enquanto outras prosseguiram com suas pinturas.

— Boa tarde! — disseram Harry e Emma. Ao contrário do esperado, Sebastian permaneceu calado.

Harry notou que a maioria das crianças mantinha a cabeça abaixada e parecia um tanto reprimida. Ele deu alguns passos à frente para observar um garoto pintando uma partida de futebol. Estava claro que era torcedor do Bristol City, o que fez Harry sorrir.

Emma fingiu que estava observando a pintura de um pato — ou será que era um gato? —, enquanto tentava discernir qual das crianças era Jessica, mas continuava sem resposta quando a governanta se aproximou dela e informou:

— Esta é a Sandra.

— Que belo quadro, Sandra — elogiou-a Emma, fazendo a garota abrir um largo sorriso, enquanto Sebastian se inclinava para ver mais de perto.

Harry foi até lá e começou a conversar com Sandra. Enquanto isso, Emma e Sebastian eram apresentados a Sophie.

— É um camelo — informou ela, confiante, antes mesmo que algum dos visitantes perguntasse.

— Camelo ou dromedário? — perguntou Sebastian.

— Camelo — respondeu ela, mantendo a confiança.

— Mas ele só tem uma corcova — reparou Sebastian.

Sophie sorriu e deu outra corcova ao animal imediatamente.

— Em que escola você estuda? — perguntou a menina.

— Vou passar a estudar no St. Bede em setembro — respondeu Sebastian.

Harry ficou de olho em Sebastian, dando o garoto óbvios sinais de que estava se dando bem com Sophie, e temeu a possibilidade de que o filho já houvesse se decidido, mas, de repente, Sebastian voltou a atenção para os quadros de um dos garotos no momento em que a governanta apresentava Harry a Jessica. No entanto, a menina estava tão absorta em sua tarefa que nem sequer levantou a cabeça. E, por mais que tentasse, ele não conseguiu quebrar a concentração da menina. Seria ela tímida ou, quem sabe, estaria até com medo de algo? Harry não tinha como saber.

Ele voltou para o local em que Sophie estava e viu que a menina conversava com Emma sobre o camelo. Ela perguntou para ele se preferia uma ou duas corcovas. Enquanto Harry pensava na resposta, Emma deixou Sophie com ele e foi tentar falar com Jessica, mas, tal como acontecera com seu marido, ela não conseguiu que a menina dissesse uma palavra sequer. Foi quando ela começou a se perguntar se todo o esforço acabaria sendo um fiasco, com Jessica indo para a Austrália e, no fim das contas, eles acabando por adotar Sophie.

Emma se afastou e começou a conversar com um garoto chamado Tommy sobre seu desenho de um vulcão em erupção. Viu que a maior parte da tela usada por ele estava coberta de chamas de um vermelho vivo. Emma chegou a achar que talvez Freud houvesse tido vontade de adotar essa criança, mesmo porque o garoto encheu mais ainda a tela de borrões vermelhos.

De repente, quando olhou de relance, Emma viu Sebastian conversando com Jessica e olhando fixa e atentamente para seu quadro da Arca de Noé.

Ao menos a menina parecia prestar atenção ao que ele dizia, ainda que sem nem mesmo levantar a cabeça. Sebastian se afastou de Jessica e foi dar mais uma olhada nas pinturas de Sandra e de Sophie. Depois, deu por encerrada a visita, parando perto da porta.

Alguns minutos depois, a governanta recomendou que os visitantes voltassem com ela para seu escritório para uma xícara de chá.

Após ter servido três xícaras e oferecido a cada um deles um biscoito Bath Oliver, ela disse:

— Entenderemos perfeitamente se quiserem ir embora agora, pensar um pouco mais e talvez retornar depois ou até visitar um de nossos outros orfanatos antes de tomarem uma decisão definitiva.

Harry se manteve em silêncio, esperando para ver se Sebastian manifestaria alguma preferência.

— Vi que todas as meninas são muito encantadoras — observou Emma — e achei quase impossível escolher uma.

— Concordo — disse Harry. — Talvez seja melhor que façamos conforme sugerido por você: irmos embora, conversarmos os três e depois informá-la de nossa decisão.

— Mas isso seria um desperdício de tempo se todos nós já quisermos a mesma menina — advertiu Sebastian com uma lógica infantil precoce.

— Isto significa que você já se decidiu? — perguntou-lhe o pai, atinando que, assim que Sebastian tivesse revelado sua escolha, ele e Emma poderiam vencê-lo pelo voto, embora reconhecesse que talvez essa não fosse a melhor forma para Jessica iniciar sua vida em Barrington Hall.

— Antes de tomarem uma decisão — ponderou a governanta —, talvez seja melhor eu lhes passar algumas informações sobre o histórico de cada uma das três crianças. Sandra tem sido de longe a mais fácil de manter sob controle. Já Sophie é sociável, mas um tanto desmiolada.

— E Jessica? — perguntou Harry.

— Com certeza, é a mais talentosa das meninas, mas vive num mundo totalmente seu e não faz amigos com facilidade. Se eu pensasse em qual das três deveria ser a escolhida, diria que Sandra é a mais apropriada para vocês.

Harry viu a cara de contrariado de Sebastian transformar-se numa carranca de frisante desaprovação. Resolveu trocar de estratégia.

— Sim, concordo com a senhora, governanta — disse. — A minha escolhida seria Sandra.

— Já eu estou dividida — objetou Emma. — Gostei de Sophie, vivaz e simpática.

Emma e Harry se entreolharam disfarçadamente.

— Agora, a decisão depende de você, Seb. Devemos adotar Sandra ou Sophie? — perguntou Harry.

— Nenhuma das duas! Prefiro a Jessica — protestou ele. Em seguida, levantou-se de um pulo e saiu correndo da sala, deixando a porta escancarada.

A governanta se levantou também, dando mostras claras de que teria uma conversa séria com Sebastian se ele fosse um de seus tutelados.

— Ele ainda não aprendeu o que é democracia — observou Harry, tentando induzir a governanta a não levar muito a sério a atitude do filho. Aparentemente inabalada em sua desaprovação, a governanta se dirigiu para a porta, levando Harry e Emma a seguirem-na pelo corredor. Quando a governanta chegou à sala de artes, quase não conseguiu acreditar na cena frente aos seus olhos: Jessica estava desprendendo o quadro do cavalete e dando-o de presente ao menino.

— O que você ofereceu a ela em troca? — perguntou Harry ao filho quando Sebastian passou por ele segurando firme o quadro com o desenho da Arca de Noé.

— Prometi a ela que, se fosse tomar chá conosco amanhã à tarde, nós daríamos a ela sua guloseima favorita.

— E qual é a guloseima favorita dela? — perguntou Emma.

— Bolinhos quentinhos com manteiga e geleia de framboesa.

— Isso seria possível, governanta? — perguntou Harry, ansioso.

— Sim, mas talvez seja melhor que todas as três possam ir.

— Obrigada, governanta, mas acho melhor que não — opôs-se Emma. — Só Jessica já seria ótimo.

— Como quiser — concordou a governanta, incapaz de esconder a surpresa.

No caminho de volta para Barrington Hall, Harry perguntou a Sebastian por que havia escolhido Jessica.

— Sandra é muito bonita — explicou ele — e Sophie é bastante divertida, mas eu teria me cansado delas depois de um mês.

— E quanto a Jessica? — perguntou Emma.

— Ela me faz lembrar da senhora, mamãe.

Sebastian aguardava na porta quando Jessica chegou para tomar chá com eles.

A menina subiu a escada segurando firme a mão da governanta com uma das mãos e, com a outra, uma de suas pinturas.

— Vem comigo — convidou-a Sebastian, mas Jessica permaneceu no patamar, como se seus pés tivessem grudado no chão. Parecia petrificada, sem se mexer de jeito nenhum até Sebastian retornar.

— Esta é para você — disse ela, entregando-lhe uma das pinturas.

— Obrigado — agradeceu Sebastian, reconhecendo o quadro que ele vira pendurado na parede do corredor do Dr. Barnardo. — Bem, acho melhor você entrar, pois não conseguirei comer todos os bolinhos sozinho.

Jessica entrou hesitantemente no saguão e escancarou a boca de admiração — não por causa dos bolinhos, mas devido à visão de quadros a óleo de verdade, emoldurados e tudo mais, pendurados em todas as paredes.

— A gente vê isso depois — prometeu Sebastian — ou nossos bolinhos vão esfriar.

Quando viram Jessica entrar na sala de estar, Harry e Emma se levantaram. No entanto, ali também, a menina não conseguiu desgrudar os olhos dos quadros. Por fim, acabou por sentar-se no sofá, ao lado de Sebastian, onde transferiu o olhar de admiração para uma pilha de bolinhos pelando de quentes. Mas não conseguiu mexer um dedo sequer, a não ser quando Emma lhe deu um prato, seguido de um bolo quentinho, acompanhado por uma faca e em seguida por manteiga e geleia de framboesa.

A governanta amarrou a cara quando Jessica se achava prestes a dar sua primeira mordida.

— Obrigada, sra. Clifton — balbuciou Jessica, notando a advertência silenciosa. Depois, devorou outros dois bolinhos, cada um deles acompanhado de um "obrigada, sra. Clifton".

Quando ela recusou o quarto bolinho com um "não, obrigada, sra. Clifton", Emma não teve certeza se ela não queria mesmo mais um ou se a governanta lhe havia dito que não comesse mais de três.

— Você já ouviu falar em Turner? — perguntou Sebastian, depois que Jessica tinha acabado de tomar seu segundo copo de Tizer. Ela abaixou a cabeça e não respondeu. Sebastian se levantou, pegou-a pela mão e saiu com ela da sala. — Turner é muito bom, pra falar a verdade, mas não tanto quanto você.

— Eu simplesmente não consigo acreditar — surpreendeu-se a governanta depois que as crianças saíram e Sebastian fechou a porta. — Nunca a vi tão à vontade.

— Mas ela quase não falou — observou Harry.

— Acredite, sr. Clifton — comentou a governanta. — O senhor acabou de presenciar a versão de Jessica do Aleluia.

Emma riu com a observação.

— Ela é muito encantadora. Se houver chance de ela se tornar membro de nossa família, o que precisamos fazer?

— Infelizmente é um longo processo — explicou a governanta. — Que nem sempre termina de forma satisfatória. Contudo, vocês poderiam iniciá-lo fazendo que ela os visitasse de vez em quando. Se essas visitas derem certo, poderíamos pensar na ideia daquilo que chamamos de visita de fim de semana. Depois disso, aliás, não há como voltar atrás, pois não devemos criar falsas esperanças.

— Seguiremos sua orientação, governanta — disse Harry —, pois, com certeza, queremos tentar.

— Então farei tudo ao meu alcance — prometeu a mulher. Quando ela acabou de tomar sua terceira xícara de chá, tendo chegado a comer um segundo bolinho, Harry e Emma já não tinham dúvidas do que era esperado deles.

— Aonde será que Sebastian e Jessica foram parar? — perguntou Emma quando a governanta deu a entender que talvez estivesse na hora de irem embora.

— Vou procurá-los — avisou Harry quando, de repente, as duas crianças entraram correndo na sala.

— Está na hora de voltarmos, mocinha — avisou a governanta enquanto se levantava. — Afinal, temos que chegar lá a tempo para o jantar.

Jessica, porém, se recusou a soltar a mão de Sebastian.

— Não estou com vontade de comer mais nada — disse ela.

A governanta ficou perplexa.

Harry voltou com Jessica ao saguão, onde a ajudou a vestir o casaco. Quando a governanta passou com ela pela porta da frente da mansão, a órfãzinha desatou a chorar.

— Ah, meu Deus! — lamentou Emma. — E achei que tudo tinha ido tão bem.

— Não poderia ter sido melhor — comentou a governanta baixinho. — Elas só choram quando não querem ir embora. Sigam o meu conselho: se o sentimento é recíproco, preencham os formulários de adoção o mais cedo possível.

Jessica se virou e deu adeus antes de entrar no pequeno Austin 7 da governanta com lágrimas ainda lhe escorrendo pelas bochechas.

— Boa escolha, Seb — disse Harry, enlaçando o filho pelos ombros com um dos braços enquanto observavam o carro das visitas desaparecer pela via de acesso à mansão.

Seriam necessários mais cinco meses para que a governanta partisse de Barrington Hall pela última vez e voltasse para o Dr. Barnardo sozinha com mais uma de suas crianças abandonadas e perdidas feliz e devidamente adaptada a seu novo lar. Na verdade, talvez nem tanto assim, pois não demorou muito para que Harry e Emma percebessem que Jessica também tinha seus próprios problemas, tão desgastantes quanto os de Sebastian.

Nenhum dos dois tinha parado para pensar que Jessica nunca tinha dormido num quarto só dela, e, em sua primeira noite em Barrington Hall, ela deixou a porta do dormitório escancarada e chorou até pegar no sono. Harry e Emma logo se acostumaram com um objeto pequeno e quentinho começando a surgir no meio da cama deles de manhã, não muito depois que a menina acordava. Isso se tornou menos frequente quando Sebastian abriu mão de seu ursinho de pelúcia, Winston, dando o ex-primeiro-ministro de brinquedo a Jessica.

A menina adorou Winston, superado em seu coração apenas por Sebastian, apesar de seu novo irmão ter dito a ela com certa arrogância:

— Estou grande demais para ter um ursinho de pelúcia. Afinal de contas, vou começar a estudar dentro de algumas semanas.

A menina queria ir para o St. Bede com ele, mas Harry explicou que meninos e meninas não podiam frequentar a mesma escola.

— Por que não? — perguntou Jessica.

— Realmente, por que não? — ecoou Emma.

Quando finalmente chegou o primeiro dia das aulas, Emma contemplou seu homenzinho, admirada como os anos tinham passado rápido. O uniforme do garoto se compunha de paletó e boné vermelhos e shorts de flanela cinza. Até os sapatos reluziam como os de um adulto. Bem, era o primeiro dia de aula. Em pé na soleira da porta, Jessica ficou acenando para o irmão até o carro desaparecer na via de acesso à mansão, saindo pelos portões principais. Depois disso, sentou-se no último degrau da escada e ficou esperando sua volta.

Sebastian tinha pedido à mãe que não fosse com ele e o pai à escola. Quando Harry perguntou por que, o garoto respondeu:

— Não quero que os outros garotos vejam mamãe me beijando.

Se Harry não tivesse se lembrado de seu primeiro dia no St. Bede, teria tentado fazer o filho mudar de ideia. Na época, ele e sua mãe tinham pegado um bonde em Still House Lane. Harry lhe perguntara se eles não podiam saltar antes e percorrer a pé os últimos cem metros até a escola, de forma que os outros garotos não vissem que eles não tinham carro. E, quando estavam a uns cinquenta metros dos portões da instituição, embora ele tivesse permitido que a mãe o beijasse, despediu-se dela rapidamente, deixando-a parada no meio da rua, sozinha. Quando se aproximou do St. Bede pela primeira vez, viu seus futuros colegas de escola sendo deixados no local de táxi e de carro — um deles chegando a ser levado num Rolls-Royce dirigido por um motorista uniformizado.

Harry achara difícil também sua primeira noite longe de casa, mas, ao contrário de Jessica, fora porque ele nunca havia dormido num quarto com outras crianças.

No entanto, o alfabeto tinha sido generoso com ele, pois Harry acabara sendo alojado num dormitório com Barrington de um lado e Deakins do outro. Já no que dizia respeito ao monitor do dormitório, não tivera a mesma sorte. Nas noites de sua primeira semana de escola, Alex Fisher o castigara com chineladas dia sim, dia não, só porque ele era filho de um trabalhador das docas e, por isso, considerado indigno de estudar na mesma escola que Fisher, o filho de um corretor de imóveis. Às vezes, Harry se perguntava o que teria acontecido com o colega depois que deixaram o St. Bede. Ele sabia que havia cruzado caminho com Giles durante a guerra, tendo servido no mesmo regimento em Tobruk, e presumiu que Fisher devia estar morando em Bristol, pois, algum tempo antes, o ex-colega evitara falar com ele num reencontro dos Ex-Alunos do St. Bede.

Pelo menos, agora, Sebastian chegaria de carro à escola em seu primeiro dia de aula e, como aluno externo, não seria vítima de um Fisher da vida, pois voltaria para Barrington Hall todas as noites. Ainda assim, Harry pressentia que o filho não acharia a vida escolar no St. Bede mais fácil do que aquela que seu pai lá tivera, ainda que fosse por motivos totalmente diferentes.

Quando Harry parou na frente dos portões da escola, Sebastian saiu do carro antes mesmo que o pai parasse o veículo. Harry viu o filho atravessar os portões correndo e desaparecer em meio a uma multidão de paletós vermelhos, na qual era impossível distingui-lo em mais de uma centena de outros alunos. O garoto não olhou uma vez sequer para trás. Harry aceitou que *a antiga ordem se transforma, dando lugar ao novo.*

Ele voltou para Barrington Hall em marcha lenta, pensando pelo caminho no próximo capítulo de seu último livro. Seria hora de dar uma promoção a William Warwick?

Quando se aproximava de casa, viu Jessica sentada no último degrau da escada principal. Sorriu para ela quando parou o carro. Mas, quando ele saiu do veículo, a primeira coisa que ela disse foi:

— Cadê o Seb?

Todos os dias, com Sebastian na escola, Jessica se recolhia em seu próprio mundo. Enquanto esperava o retorno dele, passava o tempo lendo para Winston sobre outros animais, tais como o Ursinho Pooh, o Sr. Sapo, um coelho branco, um gato pardo chamado Orlando e um crocodilo que tinha engolido um relógio.

Assim que achava que Winston tinha adormecido, ela o cobria bem em sua caminha e voltava para seu cavalete e tintas, dia após dia. O quarto que Emma havia outrora considerado o berçário da casa fora transformado por Jessica num verdadeiro estúdio de arte. Depois que cobrira com seus desenhos todos os pedaços de papel que suas mãos alcançaram, incluindo os velhos manuscritos de Harry (ele teve que manter os novos trancados), usando lápis de grafite, lápis de cor ou tinta, passou a se concentrar em redecorar as paredes do quarto.

Harry não queria prejudicar o entusiasmo dela — longe disso —, mas advertiu Emma que Barrington Hall não pertencia a eles e, por isso, talvez devessem consultar Giles antes que a menina deixasse o quarto e descobrisse quantas paredes imaculadas havia pela casa.

Mas Giles ficou tão maravilhado com a nova moradora de Barrington Hall que afirmou que não se importaria nem se ela repintasse a casa por dentro e por fora.

— Pelo amor de Deus, não a incentive! — implorou Emma. — Sebastian já pediu que ela repintasse as paredes do quarto dele.

— E quando vocês contarão a verdade a ela? — perguntou Giles enquanto os três se sentavam para jantar.

— Não vemos necessidade de fazer isso ainda — respondeu Harry. — Afinal, Jessica tem apenas 6 anos e ainda nem se adaptou direito ao novo lar.

— Bem, não demorem muito — aconselhou Giles —, pois ela já vê você e Emma como seus pais, o Seb como seu irmão e me chama de tio Giles, quando, na verdade, ela é minha meia-irmã e tia do Seb.

Harry riu com a observação.

— Acho que levará algum tempo para ela ter condições de entender isso.

— Espero que nunca precise — disse Emma. — Não se esqueçam de que tudo que ela sabe é que seus verdadeiros pais estão mortos. Por que isso deveria mudar, pelo menos enquanto só nós três sabemos?

— Não subestimem o Sebastian. Ele já está a meio caminho de descobrir.

7

Harry e Emma ficaram surpresos quando foram convidados pelo diretor para uma sessão de chá no fim do primeiro semestre de Sebastian na escola. Logo descobriram que não se tratava de uma reunião social.

— Seu filho é um menino um tanto solitário — afirmou o dr. Hedley, assim que a criada lhes tinha servido uma xícara de chá e deixado em seguida o recinto. — Ele parece, na verdade, mais inclinado a fazer amizade com um menino do exterior do que com um garoto que tenha morado e sido criado em Bristol desde que nascera.

— E por que isso? — perguntou Emma.

— Meninos de terras distantes nunca ouviram falar do sr. e da sra. Clifton, nem de seu famoso tio Giles — explicou o diretor. — Mas, como quase sempre é o caso, existe algo de positivo nisso, pois soubemos que Sebastian tem um talento nato para idiomas que, em circunstâncias normais, teria passado despercebido. Aliás, ele é o único garoto da escola capaz de conversar com Ly Yang no idioma nativo dele.

Harry riu ao saber disso, mas Emma notou que o diretor não estava sorrindo.

— Contudo — prosseguiu o dr. Hedley —, Sebastian poderá ter problemas quando fizer as provas de admissão para a Bristol Grammar School.

— Mas ele teve as notas mais altas em inglês, francês e latim... — observou Emma com orgulho.

— E tirou nota máxima em matemática — lembrou Harry ao diretor.

— É verdade e tudo muito louvável, mas, infelizmente, ao mesmo tempo, ele nunca sai quase do último lugar da turma em história, geografia e ciências naturais, todas matérias obrigatórias no processo de aprovação. Se ele não conseguir ser aprovado em duas ou mais dessas matérias, ficará automaticamente impossibilitado de se matricular na Bristol Grammar School, o que seria uma grande decepção para vocês dois, bem como para o tio dele.

— Grande decepção seria um eufemismo — afirmou Harry.

— Certamente — concordou o dr. Hedley.

— Eles abrem algum tipo de exceção às vezes? — perguntou Emma.

— Lembro-me de apenas um caso em minha gestão — respondeu o diretor —, um garoto que tinha conseguido marcar cem pontos numa partida de críquete no trimestre letivo do verão.

Harry riu de novo, tendo na época sentado no gramado e visto Giles marcar cada um daqueles pontos.

— Então, teremos que fazer tudo para que ele fique sabendo das consequências de ficar abaixo das notas de aprovação nas duas matérias obrigatórias.

— Não é que ele não seja um menino brilhante — reconheceu o diretor —, mas, quando não toma gosto por uma matéria, logo se entedia com o assunto. O irônico é que, com esse talento para idiomas, prevejo que vai acabar em Oxford. Mas, antes disso, precisamos fazer tudo para que ele passe primeiro pela BGS.

Depois de certa persuasão do pai e considerável suborno por parte da avó, Sebastian conseguiu algum progresso, saindo dos últimos lugares entre os piores da sala em duas das três matérias obrigatórias. Tendo deduzido que pode dar-se ao luxo de ser reprovado em uma delas, escolheu ciências naturais.

Já no fim do segundo ano de Sebastian no curso, o diretor estava confiante de que, com um pouco mais de esforço, o garoto conseguiria a nota necessária para passar em cinco das seis matérias das provas.

Também havia desistido de fazer o menino progredir em ciências naturais. Harry e Emma começavam a criar mais esperanças, mas ainda tentavam fazer que Sebastian tivesse bom aproveitamento na matéria. E, sem dúvida, a previsão otimista do diretor poderia acabar se confirmando se não tivessem ocorrido dois incidentes no último ano de Sebastian no curso.

8

— Este livro é do seu pai?

Sebastian voltou os olhos para a vitrine da livraria e viu muitos exemplares de romances artisticamente empilhados. Notou também que havia uma placa em cima da pilha, informando: *Nada a ganhar, de Harry Clifton, 3 xelins e 6 pence. A última aventura de William Warwick.*

— Sim — respondeu Sebastian com orgulho. — Quer um?

— Sim, por favor — disse Lu Yang.

Seguido pelo amigo, Sebastian entrou na loja, onde viu que, em uma mesa próxima à frente do estabelecimento, havia também uma pilha alta com exemplares do último livro em capa dura de seu pai, cercado por brochuras de *O caso da testemunha cega* e de *Quem não arrisca*, os dois primeiros romances da série do protagonista William Warwick.

Sebastian deu a Lu Yang um exemplar de cada uma das três obras. Nisso, vários de seus colegas de turma se juntaram a eles, aos quais Sebastian deu, a cada um, um exemplar do último livro do pai e, em alguns casos, do das outras duas obras também. A pilha estava diminuindo rapidamente quando um homem de meia-idade saiu às pressas do balcão de atendimento, agarrou Sebastian pelo colarinho e o tirou dali aos arrastões.

— O que acha que está fazendo?! — gritou o gerente.

— Está tudo bem — respondeu Sebastian. — Os livros são do meu pai!

— Agora já ouvi de tudo — tornou o gerente enquanto levava Sebastian à força, que protestava o tempo todo, na direção dos fundos da loja. Quando chegou lá, virou-se para um atendente e ordenou: — Chame a polícia! Peguei este ladrãozinho no flagra. Depois, veja se consegue recuperar os livros com que os amigos dele fugiram.

O gerente empurrou Sebastian para dentro do escritório e o pôs sentado com força num velho sofá forrado com tecido de crina de cavalo.

— Nem pense em sair daí! — ordenou ele enquanto deixava o escritório, fechando a porta com violência.

Quando ouviu o gerente trancar a porta, Sebastian se levantou, foi até a mesa dele, pegou um livro, voltou a sentar-se e começou a ler. Estava na página 9 e começando a gostar muito de Richard Hannay quando a porta se abriu e ele viu o gerente voltar, ostentando no rosto um sorriso fátuo, de satisfação triunfal.

— É este aqui, inspetor. Eu o peguei com a boca na botija.

O inspetor-chefe Blakemore tentou manter o semblante sério quando o gerente acrescentou:

— Teve a cara de pau de me dizer que os livros pertenciam ao pai dele.

— E não estava mentindo — observou Blakemore. — Este menino é filho de Harry Clifton — informou o inspetor e, olhando com severidade para Sebastian, acrescentou: — Mas isto não justifica o que você fez, rapazinho.

— Ainda que o pai dele seja Harry Clifton, continuo com um prejuízo de uma libra e dezoito xelins — protestou o gerente. — Portanto, o que pretende fazer com relação a isto? — indagou, apontando um dedo acusador para Sebastian.

— Já entrei em contato com Harry Clifton — informou Blakemore. — Acho que logo obteremos uma resposta. Enquanto esperamos por ele, sugiro que explique ao filho dele o processo de comercialização de livros.

O gerente aquiesceu e, embora parecendo um tanto constrangido, sentou-se num dos cantos de sua mesa e explicou.

— Quando seu pai escreve um livro — disse o gerente —, os editores dão um adiantamento a ele e depois um porcentual do preço de capa sobre cada exemplar vendido. No caso de seu pai, eu diria que isso deve ser em torno de dez por cento. A editora tem que pagar também a seus vendedores, às equipes editorial e publicitária e à gráfica, além de ter que arcar com custos de divulgação e distribuição da obra.

— E quanto você tem que pagar por livro? — perguntou Sebastian.

Blakemore mal pôde esperar para ouvir logo a resposta do livreiro, que hesitou antes de informar:

— Mais ou menos dois terços do preço de capa.

Sebastian semicerrou os olhos quando ouviu a resposta.

— Então quer dizer que meu pai ganha apenas um décimo do preço de cada livro enquanto você embolsa 33%?

— Sim, mas eu tenho que pagar o aluguel e as impostos deste estabelecimento, assim como os salários de meus funcionários — justificou-se o gerente.

— Então ficaria mais barato para meu pai repor os livros faltantes do que pagar cada um deles com base no preço de capa?

O inspetor-chefe quis que Sir Walter Barrington ainda estivesse vivo; ele teria adorado essa conversa.

— Talvez seja melhor me dizer, senhor — continuou Sebastian —, quantos livros precisam ser repostos.

— Oito exemplares em capa dura e onze brochuras — disse o gerente no momento exato em que Harry vinha entrando no escritório.

O inspetor-chefe Blakemore lhe explicou o que tinha acontecido antes que acrescentasse:

— Desta vez, sr. Clifton, não vou formalizar a acusação, registrando que seu filho praticou furto numa loja; apenas lhe aplicarei uma advertência. Deixarei que o senhor mesmo providencie para que o garoto não cometa mais nenhum ato irresponsável desses de novo.

— Claro, inspetor — concordou Harry. — Fico extremamente agradecido e pedirei aos meus editores que reponham os exemplares subtraídos imediatamente. E, quanto a você, rapazinho, não terá mais nenhuma mesada enquanto não houver reembolsado cada centavo deste prejuízo — acrescentou, depois que se virara para Sebastian.

O garoto reagiu apenas mordiscando os lábios.

— Obrigado, sr. Clifton — agradeceu o gerente, acrescentando, um tanto encabulado: — Estive pensando... Já que o senhor está aqui, não faria a gentileza de autografar os outros exemplares?

Quando Elizabeth, a mãe de Emma, foi ao hospital para um exame de saúde completo, tentou convencer a filha de que não havia nada com que se preocupar e pediu que não contasse nada a Harry ou às crianças, pois achava que serviria apenas para deixá-los preocupados.

Isso certamente deixou Emma preocupada, e, assim que voltou para Barrington Hall, ela telefonou para Giles, na Câmara dos Comuns, e depois para a irmã, em Cambridge, levando ambos a abandonar tudo e pegarem um trem para Bristol.

— Vamos torcer para que eu não esteja fazendo vocês desperdiçarem seu tempo — desculpou-se Emma depois que os pegara de carro na estação ferroviária de Temple Meads.

— Não. Vamos torcer para que você *esteja* desperdiçando o nosso tempo — corrigiu-a Grace.

Giles parecia preocupado, mantendo-se quase o tempo todo olhando fixamente para fora do carro enquanto seguiam, em silêncio, para o hospital.

Antes mesmo que o sr. Langbourne tivesse fechado a porta do consultório, Emma pressentiu que a notícia não seria boa.

— Gostaria que houvesse um jeito fácil de lhes dizer isto — observou o especialista assim que eles se sentaram —, mas, infelizmente, não há. O dr. Raeburn, o clínico geral de sua mãe desde muitos anos, fez um exame de saúde completo e, quando saíram os resultados dos testes, ele encaminhou o caso para mim para que eu pudesse examiná-lo mais profundamente.

Preocupada, Emma cerrou firme os punhos, algo que costumava fazer nos tempos de escola sempre que ficava nervosa ou se achava em apuros.

— Ontem — prosseguiu o dr. Langbourne — recebi os resultados do laboratório clínico. Eles confirmaram os receios do dr. Raeburn: sua mãe tem câncer de mama.

— E ela tem chance de cura? — perguntou Emma imediatamente.

— Atualmente não existe cura para uma pessoa com a idade dela — respondeu Langbourne. — Cientistas têm esperança de que haverá um avanço um dia, mas lamento dizer que, no caso de sua mãe, não virá tão cedo.

— E não existe alguma coisa que possamos fazer? — perguntou Grace.

Emma se inclinou e segurou a mão da irmã.

— Ela precisará de todo o amor e apoio que vocês e a família puderem proporcionar nesses tempos que virão. Elizabeth é uma mulher formidável e, depois de tudo por que passou, ela merece o melhor. Porém, nunca se queixou da própria sorte; não é do seu feitio. Ela é um Harvey típico, em todos os sentidos.

— Quanto tempo ela? — perguntou Emma.

— Lamento dizer — revelou Langbourne — que agora é uma questão de semanas, não de meses.

— Então tenho algo que preciso dizer a ela — disse Giles, que até então não havia dito uma palavra sequer.

O episódio do furto, tal como ficou conhecido o incidente por St. Bede, transformou Sebastian, de menino um tanto solitário, numa espécie de herói mitológico à la Robin Hood, e garotos que antes nem ligavam para ele passaram a convidá-lo para fazer parte de suas respectivas turmas. Harry chegou a acreditar que a ocasião poderia ser um momento decisivo na vida do menino, mas, quando disse a Sebastian que sua avó tinha apenas mais algumas semanas de vida, o garoto voltou a isolar-se em seu mundinho íntimo.

Jessica começara seu primeiro semestre letivo em Red Maids. Embora se aplicasse muito mais aos estudos do que Sebastian, não conseguia tirar nota máxima em nenhuma matéria. A professora de artes chegou a comentar com Emma que era uma pena que a pintura não era uma matéria que contava pontos, pois, observou ela, Jessica tinha mais talento com seus 8 aninhos do que ela mesma tinha durante o último ano na faculdade.

Emma achou melhor não falar nada sobre essa conversa com Jessica, preferindo deixar que a criança descobrisse por si mesma, com o tempo, como era talentosa. Sebastian vivia dizendo à menina que ela era um gênio, mas o que o garoto sabia da vida? Ele achava que Stanley Matthews era genial também.

Um mês depois, Sebastian foi reprovado em três matérias dos exames simulados, realizados apenas três semanas antes das provas de admissão na Bristol Grammar School. O problema é que tanto Harry quanto Emma achavam que não era bom puni-lo, ou serem mais severos na cobrança de resultados, enquanto ele estivesse angustiado com o problema da doença da avó. Todas as tardes, depois que Emma o pegava na escola, ele ia com ela ao hospital, subia no leito da avó e lia trechos de seu livro favorito para ela, até que a velha senhora pegasse no sono.

Jessica pintava um novo quadro para a vovó todos os dias, que ela deixava no hospital na manhã seguinte, antes que Harry a levasse para a escola. Quase no fim de semestre letivo, restavam apenas alguns espaços vazios nas paredes de sua galeria particular.

Com o problema de doença da mãe, Giles sentiu-se impossibilitado de participar de incontáveis votações urgentes determinadas pelo líder do partido no Parlamento, Harry não conseguiu cumprir um sem-número de prazos e, às vezes, Emma deixava de responder às cartas semanais de Cyrus Feldman. Mas aquele que Elizabeth esperava com toda ansiedade nas visitas diárias ao hospital era Sebastian. E Harry não conseguia saber ao certo quem se beneficiava mais com a visita, se a sogra ou o filho.

Quanto a Sebastian, não ajudou muito o fato de ele precisar fazer as provas para a Bristol Grammar School enquanto a vida da avó ia se extinguindo.

O resultado dos exames foi o que o diretor do St. Bede tinha previsto: misto. Em latim, francês, inglês e matemática, tirou notas excelentes, mas passou raspando em história, não conseguiu por pouco a nota suficiente para geografia e acertou apenas nove por cento das questões de ciências naturais.

Momentos depois de os resultados terem sido afixados no quadro de avisos da escola, o dr. Hedley telefonou para Harry em Barrington Hall.

— Terei uma conversa particular com John Garrett, meu colega de ofício na BGS — informou ele —, na qual frisarei que Sebastian tirou nota máxima em latim e matemática e que é praticamente certo que terá se tornado aluno de nível acadêmico quando chegar a época de ingressar na universidade.

— Talvez fosse bom também observar que o tio dele e eu estudamos na BGS e que seu avô, Sir Walter Barrington, foi presidente do conselho diretor — sugeriu Harry.

— Acho que isso não será necessário — respondeu Hedley. — Mas comentarei que a avó de Sebastian estava no hospital quando ele fez as provas. Agora, tudo que poderemos fazer é torcer para que ele apoie o meu ponto de vista.

Ele apoiou. No fim de semana, o dr. Hedley telefonou para Harry para lhe comunicar que o diretor da Bristol Grammar School recomendaria à diretoria que, apesar da reprovação em duas matérias por parte de Sebastian, ele merecia uma vaga no primeiro semestre letivo da BGS.

— Obrigado — agradeceu Harry. — Esta é a primeira boa notícia que recebo em várias semanas.

— Mas — advertiu Hedley — ele avisou que, no fim das contas, quem dá o aval ou não é a diretoria.

Harry foi a última pessoa a visitar a sogra naquela noite e estava prestes a partir quando Elizabeth disse baixinho:

— Você poderia ficar por mais alguns minutos, querido? Preciso falar com você.

— Sim, claro — disse Harry, voltando a sentar-se na beira da cama.

— Passei a manhã conversando com Desmond Siddons, o advogado da família — informou Elizabeth, falando com dificuldade — e gostaria de lhe dizer que mandei redigir um novo testamento, pois não posso sequer suportar a ideia de ver Virginia Fenwick, aquela mulher repugnante, pondo as mãos em qualquer um de meus bens.

— Acho que ela não é mais problema. Afinal, faz semanas que não a vemos nem temos notícias dela. Presumo que o relacionamento deles tenha acabado.

— Não temos visto nem recebido notícias de Virginia, Harry, porque a mulher quer que eu acredite que está tudo acabado entre eles. Não é mera coincidência o fato de ela ter saído de cena apenas alguns dias antes de Giles ter sabido que não tenho muito tempo de vida.

— Tenho certeza de que você está exagerando, Elizabeth. Não consigo nem imaginar que Virginia possa ser tão insensível assim.

— Meu querido Harry, você está sempre disposto a confiar nas pessoas porque tem uma alma nobre e generosa. Feliz o dia em que Emma o conheceu.

— Muito amável de sua parte, Elizabeth, mas tenho certeza de que com o tempo...

— Tempo é o que menos tenho.

— Então, não acha que talvez fosse melhor que pedíssemos que Virginia viesse visitá-la?

— Em várias conversas com Giles, deixei claro que gostaria de conhecê-la, mas todas as minhas propostas de um encontro foram rejeitadas com desculpas cada vez mais injustificáveis. Portanto, por que acha que isso aconteceu? Nem se dê o trabalho de responder, Harry, pois você será a última pessoa que conseguirá descobrir o que Virginia anda tramando. E pode ter certeza de que ela só agirá de fato depois do meu enterro — explicou Elizabeth, com um vago sorriso triunfal assomando-lhe ao rosto antes que acrescentasse: — Mas ainda tenho uma carta na manga que pretendo usar somente depois que meu caixão tiver baixado à terra. Então, voltarei em espírito como um anjo vingador.

Harry não interrompeu Elizabeth quando ela fez menção de se recostar na cabeceira da cama. Em seguida, com todas as forças que pôde reunir, ela pegou um envelope deixado embaixo do travesseiro.

— Agora, escute-me com atenção, Harry — rogou ela. — Você não pode deixar de seguir minhas instruções à risca — advertiu, segurando-lhe firme uma das mãos. — Se Giles contestar as disposições de meu último testamento...

— Mas por que ele faria isso?

— Porque ele é um Barrington e o ponto fraco dos Barrington sempre foi mulheres. Portanto, se ele contestar meu último testamento — repetiu ela —, entregue este envelope ao juiz que for escolhido para decidir qual membro da família deve herdar meus bens.

— E se ele não contestá-lo?

— Você deverá destruí-lo — respondeu Elizabeth, cuja respiração ia ficando mais difícil a cada segundo. — Você não deve abri-lo, tampouco deixar que Giles ou Emma saibam de sua existência — advertiu ela, segurando-lhe a mão com mais força ainda e depois sussurrando, quase inaudível: — Mas você tem que me prometer que fará isto, Harry Clifton, pois sei que o Velho Jack ensinou que bastava prometer.

— Eu prometo — disse Harry, pondo depois o envelope num bolso interno do paletó.

Elizabeth soltou sua mão e voltou a deitar-se, exibindo um sorriso de satisfação. Ela jamais ficou sabendo se Sydney Carton havia escapado da morte na guilhotina.

Harry abriu a carta no café da manhã.

Bristol Grammar School
University Road,
Bristol

27 de julho de 1951

Prezado Sr. Clifton,

Lamento informá-lo que seu filho, Sebastian, não foi...

Harry levantou-se de um pulo da cadeira e atravessou o recinto em direção ao telefone, donde ligou para o número indicado no fim da carta.

— Gabinete do diretor — informou o atendente.

— Posso falar com o sr. Garrett?

— Quem gostaria, por favor?

— Harry Clifton.

— Vou passar a ligação, senhor.

— Bom dia, diretor. Meu nome é Harry Clifton.

— Bom dia, sr. Clifton. Estava esperando sua ligação.

— Não posso acreditar que a diretoria tenha tomado uma decisão sem nenhuma base lógica.

— Sinceramente, sr. Clifton, nem eu também, principalmente depois que defendi a causa de seu filho com tanto empenho.

— Qual a razão apresentada por eles para terem reprovado meu filho?

— Disseram que não queriam que achassem que haviam aberto uma exceção para o filho de um ex-aluno pelo fato de o garoto não ter conseguido ser aprovado em duas matérias obrigatórias.

— E essa foi a única razão?

— Não — respondeu o diretor. — Um dos diretores levantou a questão do fato de seu filho ter sido advertido pela polícia por furto.

— Mas existe uma boa explicação para isso, de pura ingenuidade do menino — argumentou Harry, tentando não perder a calma.

— Não duvido disso, senhor — concordou Garrett —, mas não conseguimos convencer o novo presidente.

— Então, ele será o próximo a receber um telefonema meu. Qual o nome dele?

— Major Alex Fisher.

GILES BARRINGTON

1951-1954

9

Giles ficou encantado, ainda que nada surpreso, ao ver a paróquia de St. Andrew, na qual Elizabeth Harvey tinha se casado e onde seus três filhos haviam sido batizados e depois crismados, lotada de parentes, amigos e admiradores.

A homenagem póstuma feita pelo reverendo Donaldson fez que todos se lembrassem de quanta coisa Elizabeth Barrington tinha feito para a comunidade local. Sem dúvida, observou o reverendo, sem a generosidade dela, a restauração da torre da igreja teria sido impossível. Falou também de quantas mais pessoas além daquelas que ali se encontravam tinham sido beneficiadas com sua sabedoria e discernimento quando ela foi patrona do hospital da cidade, bem como de seu papel como chefe da família, que passara a exercer após a morte de lorde Harvey. Giles ficou aliviado, tal como, sem dúvida, a maioria dos presentes, com o fato de o vigário não ter feito nenhuma referência ao pai dele.

O reverendo Donaldson terminou o discurso fúnebre com as seguintes palavras:

— Elizabeth perdeu a vida prematuramente, aos 51 anos de idade, mas não temos o direito de questionar os desígnios de Deus.

Assim que voltou para seu assento no banco da igreja, Giles leu a parábola do Bom Samaritano e Sebastian fez a leitura do Sermão da Montanha, enquanto Emma e Grace recitaram versos dos poetas favoritos de sua mãe. Emma escolheu um poema de Shelley:

Anjo perdido de um paraíso arruinado!
Sabia que tal não era o seu — pois, ainda imaculada,
Minguou como nuvem que de chover suas lágrimas não deixou nada.

Já Grace leu um poema de Keats:

> *Pare e reflita! A vida é efêmera como um dia:*
> *Frágil gota de orvalho escorrendo em sua descida*
> *Da copa da árvore; índio embalado em seu sonho*
> *Enquanto corre seu barco ao precipício medonho...*

Enquanto rios de gente se esvaíam da igreja, muitos perguntavam quem era a atraente mulher de braços dados com Sir Giles. Harry não teve como deixar de achar que a previsão de Elizabeth ia começando a se concretizar. Totalmente coberta de preto, Virginia se mantinha à direita de Giles enquanto os carregadores de caixão baixavam Elizabeth à cova. Foi quando Harry se lembrou das palavras da sogra: "Ainda tenho uma carta na manga."

Logo depois do enterro, parentes e uns poucos amigos íntimos foram convidados a reunir-se com Giles, Emma e Grace em Barrington Hall para aquilo que os irlandeses teriam chamado de "vigília". Virginia foi de um enlutado ao outro com grande desenvoltura, apresentando-se como se já fosse a dona da casa. Giles dava a impressão de que não percebia nada e, se percebia, claramente não tinha nada contra.

— Olá, sou Lady Virginia Fenwick — disse em seu primeiro contato com a mãe de Harry. — Você é?

— Sou a sra. Holcombe — respondeu Maisie. — A mãe de Harry.

— Ah, sim, claro — tornou Virginia. — Você não é camareira ou algo assim?

— Sou a gerente do Grand Hotel em Bristol — disse Maisie, como se estivesse lidando com um hóspede chato.

— Sim, com certeza. Mas então vou precisar de algum tempo para me acostumar com a ideia de mulheres trabalhando. Sabe, na minha família, as mulheres nunca trabalharam — disse Virginia, retirando-se logo em seguida, antes mesmo que Maisie conseguisse responder.

— Quem é você? — perguntou Sebastian.

— Sou Lady Virginia Fenwick. E quem é você, rapazinho?

— Sou Sebastian Clifton.

— Ah, sim. Seu pai conseguiu finalmente achar uma escola disposta a aceitá-lo como aluno?

— Vou começar a estudar no Beechcroft Abbey em setembro — respondeu Sebastian.

— Nada mau — observou Virginia —, mas não a melhor. Meus três irmãos estudaram na Harrow, assim como as sete gerações anteriores dos Fenwick.

— E você, estudou onde? — perguntou Sebastian quando Jessica vinha correndo em sua direção.

— Você viu o quadro de Constable, Seb? — perguntou ela.

— Mocinha, não me interrompa quando eu estiver falando — repreendeu Virginia. — Isso é muito grosseiro.

— Desculpe, senhorita — disse Jessica.

— Não sou "senhorita". Você deve me chamar de Lady Virginia.

— Você viu o quadro de Constable, Lady Virginia? — perguntou Jessica.

— Com certeza. A obra é melhor do que as três da coleção de minha família. Mas não tem a qualidade de um quadro de nosso Turner. Já ouviu falar em Turner?

— Sim, Lady Virginia — respondeu Jessica. — J. M. W. Turner, talvez o melhor aquarelista de sua época.

— Minha irmã é uma artista — observou Sebastian. — Acho que é tão boa quanto Turner.

Jessica riu da comparação.

— Peço que o perdoe, Lady Virginia, pois, como mamãe vive lhe dizendo, ele costuma exagerar nas coisas.

— Com certeza — concordou Virginia, retirando-se para partir à procura de Giles, achando que já estava na hora de os convidados irem embora.

Giles acompanhou o vigário até a porta, atitude considerada um sinal, por parte do restante dos convidados, que tinha chegado a hora de todos se retirarem também. Quando fechou a porta pela última vez, ele soltou um suspiro de alívio e voltou para a sala de estar, onde se reuniu à família.

— Bem, acho que fizemos o melhor que se poderia esperar nestas circunstâncias — observou ele.

— Um ou dois dos parasitas se comportaram mais como se a ocasião fosse um banquete do que uma vigília — comentou Virginia.

— Você se importaria, amigão — perguntou Giles, virando-se para Harry —, se trocássemos de roupa para o jantar? É que Virginia é muito meticulosa com essas coisas.

— Não podemos deixar baixar o nível — advertiu Virginia.

—Meu pai não teria conseguido baixar ainda mais o nível — observou Grace, levando Harry a abafar uma risada. — Mas lamento dizer que vocês não poderão contar comigo para isso. Preciso voltar para Cambridge, pois tenho de preparar um programa de doutorado. Em todo caso — acrescentou ela —, vim com roupas para participar de um enterro, não para um jantar de gala. E, por favor, não se deem o trabalho de me acompanhar até a porta.

Giles estava esperando por eles na sala de estar quando Harry e Emma desceram para jantar.

Marsden serviu a cada um um pouco de xerez seco e depois se retirou da sala para ver se estava tudo correndo conforme programado.

— Triste ocasião — observou Harry. — Façamos um brinde a uma grande dama.

— A uma grande dama — concordaram Giles e Emma, levantando os copos quando Virginia entrou apressada na sala.

— Por acaso vocês estavam falando de mim? — perguntou ela, sem o menor traço de ironia.

Giles soltou uma risada, enquanto a reação de Emma foi só admirar o magnífico vestido longo de tafetá de Virginia que apagava quaisquer reminiscências de sinais do luto de pouco antes. Virginia pôs a mão no colar de diamantes e rubis só para que Emma de jeito nenhum deixasse de notá-lo.

— Que joia linda! — comentou Emma na hora, tal como esperado, quando Giles dava a Virginia um copo de gim-tônica.

— Obrigada. Ela pertenceu a minha avó, a viúva herdeira duquesa de Westmorland, que a deixou de herança para mim em testamento. Marsden — ordenou ela, virando-se para o mordomo, que tinha acabado de retornar —, as flores no meu quarto estão começando a murchar. Talvez seja melhor que você as substitua antes que eu me recolha.

— Certamente, madame. Quando estiver pronto, Sir Giles, o jantar está servido.

— Não sei quanto a você — disse Virginia —, mas estou faminta. Vamos? — sugeriu ela. E, sem esperar resposta, enlaçou o próprio braço no de Giles, induzindo todos a deixar a sala.

Durante o jantar, Virginia os entreteve com histórias sobre seus ancestrais, falando como se tivessem sido a espinha dorsal do Império Britânico. Generais, bispos, ministros e mais um bando de ovelhas negras, confessou ela — afinal, qual família não tem uma ou duas? Quase não parou para respirar, só o fazendo depois da sobremesa e quando Giles anunciou algo que caiu no ambiente como uma bomba. Antes do anúncio, ele bateu a colher no copo de vinho para chamar bem a atenção de todos.

— Tenho uma notícia maravilhosa para dar a vocês — disse ele. — Virginia me deu a grande honra de aceitar meu pedido de casamento.

Um silêncio tenso imperou no ambiente, até que, por fim, Harry disse:

— Meus parabéns.

Emma conseguiu esboçar um sorrido amarelo. Enquanto Marsden tirava a rolha da garrafa de champanhe e enchia seus copos, Harry não parou de pensar que foram necessárias apenas algumas horas desde o enterro para que Virginia realizasse a profecia de Elizabeth.

— Logicamente, quando nos casarmos — avisou Virginia, acariciando gentilmente uma das bochechas de Giles —, com certeza farei algumas mudanças aqui. Mas não consigo imaginar que considerem isso algo muito surpreendente — observou ela, sorrindo cordialmente para Emma.

Giles parecia tão enfeitiçado com cada uma das palavras que saíam da boca de Virginia que, sempre que ela terminava uma frase, ele apenas abanava a cabeça afirmativamente.

— Giles e Eu — prosseguiu ela — pretendemos nos mudar para Barrington Hall assim que nos casarmos, mas, como temos uma eleição geral pela frente, teremos que adiar o casamento por alguns meses, o que deve dar a vocês tempo mais que suficiente para acharem outro lugar para morar.

Emma pôs o copo de champanhe na mesa e olhou fixamente para o irmão, que evitou encará-la.

— Tenho certeza de que vocês entenderão, Emma — ponderou ele —, que gostaríamos de iniciar nossa vida de casados com Virginia como a dona de Barrington Hall.

— Claro — concordou Emma. — Sinceramente, ficarei muito feliz por voltar para Manor House, onde passei muitos bons anos quando criança.

Quando ouviu isso, Virginia lançou um olhar fuzilante para o noivo.

— Ah — Giles conseguiu finalmente falar. — Eu pretendia dar Manor House a Virginia como presente de casamento.

Emma e Harry se entreolharam, mas, antes que um deles conseguisse falar, Virginia explicou:

— Tenho duas tias idosas, ambas as quais enviuvaram recentemente. A propriedade será muito conveniente para elas.

— Giles, você pelo menos pensou no que teria sido conveniente para mim e Harry? — perguntou Emma, olhando fixamente para o irmão.

— Talvez vocês pudessem se mudar para uma das casinhas da propriedade — sugeriu Giles.

— Não acho que isso seria bom, querido — objetou Virginia, segurando a mão dele. — Não devemos nos esquecer de que pretendo ter uma grande casa, à altura de minha posição de filha de um conde.

— Não tenho a mínima vontade de morar numa casinha da propriedade — asseverou Emma, como que cuspindo as palavras. — Temos condições de comprar uma casa. Obrigada.

— Tenho certeza de que sim, querida — tornou Virginia. — Afinal de contas, Giles vive me dizendo que Harry é um escritor de sucesso.

Emma ignorou o comentário e, voltando-se para o irmão, perguntou:

— Como você pode ter tanta certeza de que Manor House é sua para dá-la a quem quiser?

— Porque, algum tempo atrás, mamãe me explicou as disposições do testamento linha após linha. Eu teria imensa satisfação em repassar-lhes o conteúdo e explicá-lo a você e a Harry caso achem que isso possa ajudá-los a planejar o futuro.

— Não acho nem um pouco conveniente conversarmos sobre o testamento de mamãe no dia de seu enterro.

— Não quero parecer insensível, querida — argumentou Virginia —, mas, como voltarei para Londres amanhã de manhã e passarei a maior parte de meu tempo preparando-me para o casamento, acho que seria melhor decidirmos essas questões enquanto estivermos todos juntos. — Em seguida, virou-se para Giles e sorriu-lhe com a mesma doçura fingida.

— Concordo com Virginia — disse Giles. — Não teremos ocasião melhor do que esta. E posso assegurar, Emma, que mamãe tomou decisões mais do que justas tanto com relação a você quanto com respeito a Grace. Ela deixou uma herança de 10 mil libras para cada uma e dividiu equitativamente as joias entre as duas. E deixou também 5 mil libras para Sebastian, que ele herdará quando alcançar a maioridade.

— Que criança afortunada — observou Virginia. — Ela deu também seu *Lock at Cleveland*, quadro de Turner, a Jessica, mas a obra permanecerá com a família até que a menina atinja os 20 anos. — Com essa frase, Virginia revelou que Giles tinha confidenciado à noiva os detalhes do testamento da mãe sem ter-se importado em fazer isso primeiro com Emma ou Grace. — Muito generosa — acrescentou —, levando em conta que Jessica nem é membro da família.

— Nós consideramos Jessica nossa filha — acentuou Harry com rispidez — e a tratamos como tal.

— Acho que meia-irmã seria mais exato — retificou Virginia. — E não devemos nos esquecer de que ela é uma órfã vinda do Barnardo, além de ser judia. Acho que minha tendência de dar nomes aos bois venha do fato de que sou de Yorkshire.

— E acho que, em razão do fato de que provenho de Gloucestershire — observou Emma —, eu tenha o costume de chamar uma cadela golpista de cadela golpista.

Emma se levantou bruscamente e saiu rápido da sala, pisando duro. Pela primeira vez naquela noite, Giles pareceu constrangido. Agora, Harry tinha certeza que nem Virginia nem Giles sabiam que Elizabeth mandara redigir um novo testamento. Ele voltou a manifestar-se, dessa vez procurando escolher bem as palavras.

— Emma ficou um pouco transtornada após o enterro. Mas tenho certeza de que amanhã de manhã estará melhor.

Em seguida, Harry dobrou o guardanapo, deu boa-noite e deixou a sala sem dizer mais nenhuma palavra.

— Você foi magnífico, querido — observou Virginia, olhando para o noivo. — Mas, verdade seja dita, que família melindrosa você tem! Se bem que presumo que isso seja mesmo de esperar, depois de tudo pelo que ela passou. Só receio que essas coisas sejam um mau presságio.

10

"Você está sintonizado na BBC 4. Vamos agora às notícias com Alvar Lidell. Às 10 horas desta manhã, o primeiro-ministro, o sr. Attlee, solicitou uma audiência com o rei, na qual pediu autorização a Sua Majestade para dissolver o Parlamento e convocar uma eleição geral. Em seguida, o sr. Attlee voltou para a Câmara dos Comuns, onde anunciou que a eleição será realizada na quinta-feira, dia 25 de outubro."

No dia seguinte, 622 membros recolheram suas coisas, esvaziaram seus armários, despediram-se dos colegas e retornaram a seus distritos eleitorais com o objetivo de se preparem para a disputa. Entre eles, estava Sir Giles Barrington, o candidato do Partido Trabalhista da zona portuária de Bristol.

Certa manhã, durante o café, na segunda semana de campanha, Giles disse a Harry e a Emma que Virginia não o acompanharia nos preparativos para a eleição. Emma nem tentou ocultar a sensação de alívio.

— Virginia acha que sua presença poderia fazer com que eu perdesse votos — confessou Giles. — Afinal, segundo consta, ninguém jamais ouvir dizer que membros de sua família houvessem votado em candidatos do Partido Trabalhista. Talvez um ou dois deles tenha votado esporadicamente num candidato do Partido Liberal, mas nunca num correligionário do Trabalhista.

Harry riu quando ouviu o comentário, observando:

— Pelo menos isso nós temos em comum.

— Se o Partido Trabalhista vencer a eleição — perguntou Emma —, você acha que o sr. Attlee poderá convidá-lo para fazer parte do gabinete de ministros?

— Só Deus sabe. Esse homem esconde tão bem o jogo que talvez nem ele saiba qual será sua próxima cartada. Em todo caso, se podemos confiar nas pesquisas de intenção de votos, é impossível prever o resultado da eleição. Portanto, não faz muito sentido ficar sonhando com pastas ministeriais enquanto não soubermos o resultado.

— Aposto que — arriscou Harry —, desta vez, Churchill vencerá por uma pequena diferença de votos. Até porque só os britânicos teriam coragem de tirar do cargo um primeiro-ministro que acabou de vencer uma guerra.

— Infelizmente, não posso ficar o tempo todo conversando — desculpou-se Giles depois que dera uma olhada no relógio. — Preciso ir à Coronation Road em busca de votos. Não gostaria de ir comigo, Harry? — convidou Giles, sorrindo.

— Você deve estar brincando! Dá para imaginar me ver pedindo votos para você? Eu levaria mais pessoas a deixar de votar em você do que Virginia.

— Ora, por que não? — questionou Emma. — Você acabou de enviar o manuscrito de seu último livro para a editora e vive dizendo a todo mundo que vale mais a pena ter uma experiência prática e direta com a vida do que ficar numa biblioteca fazendo consultas sem fim.

— Mas terei um dia muito ocupado pela frente — protestou Harry.

— Claro que terá — concordou Emma com uma ponta de ironia. — Vejamos: agora de manhã, você levará Jessica à escola e, ah, sim, e à tarde voltará para pegá-la e levá-la para casa.

— Certo. Tudo bem. Eu vou com você, Giles — disse Harry. — Mas que fique bem entendido: apenas como observador.

— Boa tarde, senhor. Meu nome é Giles Barrington. Será que posso contar com seu apoio na eleição geral de 25 de outubro? — perguntou ele quando parou para conversar com um eleitor.

— Certamente que sim, sr. Barrington. Sempre voto nos conservadores.

— Obrigado — agradeceu Giles, partindo rapidamente em busca do eleitor seguinte.

— Mas você é um candidato do Partido Trabalhista — advertiu Harry ao cunhado.

— Não há necessidade de se mencionar o partido dos candidatos na cédula eleitoral — explicou Giles —, mas apenas os nomes deles. Então, por que desiludi-lo? Boa tarde, meu nome é Giles Barrington e espero poder...

— E pode continuar esperando, pois não vou votar num almofadinha esnobe.

— Mas eu sou candidato do Partido Trabalhista — protestou Giles.

— Isso não impede que o senhor deixe de ser uma pessoa esnobe. O senhor é da mesma laia que Frank Pakenham: um traidor de sua classe de vocês.

Harry tentou sufocar a vontade de rir quando o homem foi embora.

— Boa tarde, madame. Meu nome é Giles Barrington.

— Ah, prazer em conhecê-lo, Sir Giles. Sou uma grande admiradora sua desde a época em que o senhor ganhou a Cruz Militar em Tobruk — disse a mulher, levando Giles a curvar-se cordialmente como forma de retribuir a reverência. — E embora, normalmente, eu vote em candidatos do Partido Liberal, desta vez o senhor pode contar comigo.

— Obrigado, madame — agradeceu Giles.

Em seguida, ela se virou para Harry, que sorriu e a cumprimentou levantando o chapéu.

— E o senhor não precisará ter o trabalho de me cumprimentar assim, sr. Clifton, pois sei que nasceu na Still House Lane. É lamentável que o senhor vote em candidatos conservadores. O senhor é um traidor de sua classe — acrescentou ela, antes de se retirar, pisando duro.

Foi a vez de Giles abafar a vontade de rir.

— Acho que não levo jeito para a política — reconheceu Harry.

— Boa tarde, senhor, meu nome é...

— Giles Barrington. Sim, eu sei — disse o homem, recusando-se a apertar a mão estendida de Giles. — O senhor me cumprimentou com um aperto de mão meia hora atrás, sr. Barrington, e eu lhe disse que votaria no senhor. Mas, agora, já não tenho tanta certeza.

— É sempre tão ruim assim? — perguntou Harry ao cunhado.

— Ah, pode ser bem pior. Depois que você põe a cabeça no tronco, porém, não deve ficar surpreso se aparecerem pessoas que tenham imensa satisfação em atirar uns tomates podres em você de vez em quando.

— Eu jamais conseguiria ser político — afirmou Harry. — Eu me ofendo muito facilmente.

— Então é bem possível que você acabe parando na Câmara dos Lordes — observou Giles, resolvendo parar na frente de um bar. — Acho que seria bom tomarmos um rápido copo de cerveja antes de voltarmos para o campo de batalha.

— Acho que nunca estive neste bar — comentou Harry, que, olhando para cima, viu uma placa suspensa indicando Entre.

— Nem eu. Mas, até o dia da eleição, terei tomado um drinque em todos os bares de meu distrito eleitoral. Seus donos estão sempre dispostos a dizer o que pensam.

— Que tipo de pessoa gostaria de se tornar membro do Parlamento?

— Se você procura resposta para essa pergunta — advertiu Giles enquanto entravam no bar —, nunca entenderá a emoção de uma disputa eleitoral, de assumir o seu lugar na Câmara dos Comuns e dar sua contribuição, por menor que seja, para a governança do país. É como uma guerra sem projéteis.

Harry foi para um recesso tranquilo num dos cantos do bar, enquanto Giles sentou-se num dos assentos no balcão. Ele estava conversando com o atendente quando Harry voltou a juntar-se a ele.

— Desculpe, amigo — disse Giles. — Não posso permanecer escondido num canto escuro. Tenho que ficar bem visível o tempo todo, mesmo durante uma pausa para descansar.

— Mas é que tenho um assunto confidencial a respeito do qual esperava poder conversar com você — explicou Harry.

— Então, é melhor se contentar apenas com a opção de falar baixinho. Garçom, por favor, duas canecas de cerveja! — solicitou Giles. Em seguida, recostou-se no assento para escutar o que Harry tinha a dizer, ainda que sofrendo interrupções, durante a conversa, de vários clientes com tapinhas nas costas e opiniões sobre a melhor forma de governar o país, além de ter sido chamado de tudo desde "Sir" até "seu filho da mãe".

— Então, como meu sobrinho tem se saído na nova escola? — perguntou Giles depois que esvaziara a caneca.

— Não parece estar gostando do Beechcroft muito mais do que de St. Bede. Tive uma conversa com o monitor do setor dele no internato e tudo que ele me disse foi que o Seb é um garoto deveras brilhante e que é praticamente certo que consiga uma vaga em Oxford, mas ainda não consegue fazer amizades com facilidade.

— Lamento saber disso — compadeceu-se Giles. — Talvez ele seja apenas tímido. Afinal de contas, ninguém morria de amores por você quando do início de se seus estudos em St. Bede — rememorou ele, virando-se depois para o atendente. — Mais duas canecas, por favor.

— É pra já, senhor.

— E como vai minha namorada favorita? — perguntou Giles.

— Se estiver se referindo a Jessica — advertiu Harry —, terá que entrar numa fila enorme. Todos adoram a garotinha, entre os quais Cleópatra e até o carteiro, mas ela ama apenas o pai.

— Quando dirá a ela quem é seu verdadeiro pai? — perguntou Giles baixinho.

— Vivo me perguntando isso. E não precisa me dizer que estou criando problemas para o futuro, mas o fato é que não consigo achar a ocasião certa.

— Nunca haverá uma ocasião certa — advertiu Giles. — Mas não demore muito a contar a verdade, pois uma coisa é fato: Emma jamais fará isso, e tenho certa convicção de que o Seb já acabou descobrindo tudo por si mesmo.

— O que o faz pensar assim?

— Não posso falar aqui — respondeu Giles quando outro eleitor lhe dava tapinhas nas costas.

— São nove *pence*, senhor — informou o atendente, pondo duas canecas de cerveja no balcão.

Uma vez que Harry tinha pagado a primeira rodada, achou que agora era a vez de Giles fazer isso.

— Desculpe — disse Giles —, mas não posso pagar.

— Não *pode* pagar?

— Não. O candidato não tem permissão de comprar bebidas durante a campanha eleitoral.

— Ah, sim — tornou Harry —, finalmente achei um motivo para querer me tornar deputado. Mas por quê? Explique.

— Podem achar que eu estava tentando comprar seu voto. É coisa que vem desde a época da reforma eleitoral.

— Eu iria exigir muito mais do que uma caneca de cerveja antes de sequer pensar em votar em você — comentou Harry.

— Fale baixo! — implorou Giles. — Afinal de contas, se meu cunhado não estiver disposto a votar em mim, com certeza a imprensa questionará: então por que alguém mais iria querer votar nele?

— Como claramente este não é o lugar e a ocasião para uma conversa sobre assuntos familiares, existe a possibilidade de você se reunir com Emma e comigo para uma conversa durante o jantar no domingo?

— Nenhuma. No domingo, terei que comparecer a três missas, e não se esqueça de que será o último domingo antes da eleição.

— Meu Deus — lamentou Harry. — A eleição será na quinta-feira?

— Droga — queixou-se Giles. — Diz uma regra de ouro que nunca se deve lembrar a um conversador o dia da eleição. Agora terei que recorrer a Deus em busca de apoio, mas o problema é que ainda não tenho certeza de que lado Ele está. Em todo caso, me porei de joelhos em Matins domingo de manhã, onde rogarei Sua orientação e rezarei no culto da tarde. Depois torcerei para que a votação resulte numa proporção de dois votos por um em meu favor.

— Você tem mesmo que fazer tudo isso só para conseguir alguns votos a mais?

— Claro que sim, principalmente se estiver tentando conquistar os votos de um distrito eleitoral pequeno. E não se esqueça de que minha presença em missas gera um número de comparecimentos às urnas muito maior do que os que consigo em minhas reuniões políticas.

— Mas achei que a igreja deveria ser um lugar neutro.

— E deveria mesmo, mas os padres sempre dizem que não têm absolutamente nenhum interesse em política. Contudo, por outro lado, não hesitam em passar aos fiéis informações precisas a respeito do partido em que irão votar e, quase sempre, fazem isso do púlpito.

— Não gostaria de tomar mais uma caneca, já que estou pagando? — perguntou Harry.

— Não. Não posso perder mais tempo conversando com você. Afinal, você nem sequer é desta zona eleitoral, embora, se fosse, não votaria em mim — disse Giles. Em seguida, levantou-se de um pulo do banco, apertou a mão do garçom no balcão e alcançou rapidamente a parte da calçada na frente do bar, onde sorriu para a primeira pessoa com que seus olhos se depararam.

— Boa tarde, senhor. Meu nome é Giles Barrington e espero poder contar com seu apoio na próxima quinta-feira, na eleição geral.

— Não moro nesta zona eleitoral, amigo. Vim de Birmingham passar o dia aqui.

No dia da eleição, o chefe de campanha de Giles, Griff Haskins, disse ao candidato que estava confiante que os eleitores da zona portuária de Bristol cumpririam a promessa de votar nele, enviando-o de volta para a Câmara dos Comuns para representá-los, ainda que fosse com uma maioria de votos um pouco menor. Todavia, Haskins não sabia com certeza se o Partido Trabalhista se manteria no poder.

O tempo deu razão aos pressentimentos de Griff, pois, às três da madrugada do dia 27 de outubro de 1951, o presidente da junta eleitoral anunciou que, depois de três recontagens de votos, estava confirmado que Sir Giles Barrington tinha sido legitimamente eleito representante da zona portuária de Bristol no Parlamento com uma diferença de 414 votos.

Assim que terminada a contagem de votos em toda a nação, divulgou-se que o Partido Conservador acabou ficando com uma maioria de 17 assentos e que Winston Churchill iria morar mais uma vez no número 10 da Downing Street. Era a primeira eleição que ele ganhara como líder do Partido Conservador.

Na segunda-feira seguinte, Giles foi de carro para Londres, onde assumiria o cargo na Câmara dos Comuns, em cujos corredores o que mais se ouvia era que, como os conservadores haviam conseguido uma diferença de apenas 17 assentos, não demoraria muito para que uma nova eleição fosse convocada.

Giles sabia que, quando isso acontecesse, com uma diferença de apenas 414 votos, ele teria que lutar muito pela sobrevivência de sua vida política e que, se ele não vencesse a disputa, seria o fim de sua carreira como membro do Parlamento.

11

O mordomo entregou a correspondência a Sir Giles numa bandeja de prata. Giles deu uma rápida olhada nela, como fazia todas as manhãs, separando envelopes pardos compridos e finos, que pôs de lado, dos brancos e quadrados, que abria imediatamente. Entre os que atraíram sua atenção nessa manhã havia um envelope branco longo e fino com um carimbo postal de Bristol que ele tratou logo de abrir.

Tirou do envelope uma única folha de papel sobrescrita com o seguinte destinatário: "A quem interessar possa." Assim que leu a mensagem, levantou a cabeça e sorriu para Virginia, que se juntara a ele para um café da manhã tardio.

— Estará tudo pronto na próxima quarta-feira — informou ele.

Virginia continuou concentrada na leitura do *The Daily Express*. Ela sempre iniciava as manhãs com uma xícara de café preto e a coluna de fofocas de William Hickey, visando se manter informada do que suas amigas andavam fazendo e de saber quais debutantes podiam nutrir esperanças de serem apresentadas à corte naquele ano e quais não tinham a mínima chance de algo do tipo.

— O que você quer dizer com estará tudo pronto? — perguntou ela, ainda sem ao menos levantar a cabeça.

— O testamento de mamãe.

Quando ouviu isso, Virginia perdeu todo o interesse em debutantes esperançosas, dobrou o jornal e sorriu com doçura para Giles.

— Fale mais a respeito disso, querido.

— A leitura do testamento será feita em Bristol, na próxima quarta-feira. Poderíamos ir de carro para lá na terça à tarde. Passaríamos a noite na mansão e estaríamos presentes à leitura no dia seguinte.

— A que horas será a leitura?

Giles voltou a olhar para a carta antes de responder.

— Às onze da manhã, lá no escritório da Marshall, Baker and Siddons.

— Você se importaria, querido, se fôssemos na quarta-feira cedo? Acho que não suportaria outra noite tendo que ser gentil com sua irmã melindrosa.

Giles ficou a ponto de dizer algo, mas mudou de ideia.

— Claro, meu amor.

— Pare de me chamar de "meu amor", querido. É de uma vulgaridade horrível.

— Como será o seu dia hoje, querida?

— Muito agitado, como sempre. Ultimamente, venho tendo a impressão de que não paro nunca. Hoje de manhã, experimentarei o vestido mais uma vez, depois almoçarei com as damas de honra e, à tarde, terei uma reunião com os fornecedores do serviço de bufê, que estão me pressionando a passar o número de convidados.

— Qual foi sua última contagem? — perguntou Giles.

— Pouco mais de duzentos de minha parte e outros cento e trinta da sua. Estava pensando em enviar os convites na próxima semana.

— Por mim, tudo bem — disse Giles. — Por falar nisso — acrescentou ele —, como o presidente da Câmara dos Comuns me autorizou a usar o terraço da Câmara para darmos a festa, talvez devêssemos convidá-lo também.

— Claro, querido. Afinal, ele também é membro do Partido Conservador.

— E talvez até o sr. Attlee — sugeriu Giles com certa hesitação.

— Não sei como papai se sentiria com a ideia de ver o líder do Partido dos Trabalhadores comparecendo ao casamento de sua única filha. Talvez eu deva pedir a ele que convide o sr. Churchill.

Na quarta-feira seguinte, Giles foi com seu Jaguar a Cadogan Gardens, onde estacionou o carro na frente do apartamento de Virginia. Logo depois, tocou a campainha da porta principal, esperando tomar café com a noiva.

— Lady Virginia ainda não desceu, senhor — informou o mordomo. — Mas, se o senhor fizesse a gentileza de esperar na sala de estar, eu poderia servir-lhe uma xícara de café e trazer os jornais da manhã.

— Obrigado, Mason — agradeceu Giles ao mordomo, que lhe confidenciara, certa feita, que votava no Partido Trabalhista.

Giles se sentou numa cadeira confortável, e logo o mordomo lhe deu a opção de ler o *Express* ou o *Telegraph*. Ele escolheu o *Telegraph*, pois se sentiu atraído pela manchete: "Eisenhower anuncia que vai disputar a eleição presidencial." A decisão não surpreendeu Giles, embora ele achasse interessante saber que o general faria isso pelo Partido Republicano, já que, até pouco tempo antes, ninguém tinha certeza de por qual partido ele concorreria ao cargo, democratas e republicanos, tendo ambos lhe cortejado.

Mesmo depois de ter esperado um bom tempo, dando olhadelas no relógio a intervalos de alguns minutos, Giles ainda não tinha visto nem sinal de Virginia. Quando o relógio sobre a lareira anunciou que haviam transcorrido trinta minutos desde que chegara ao apartamento da noiva, Giles resolveu distrair-se com um artigo na página 7, que informava que o governo da Grã-Bretanha estava estudando a ideia de construir sua primeira autoestrada. Já o impasse na Guerra da Coreia era reportado na seção do jornal dedicada a notícias relacionadas com o Parlamento, onde também o discurso de Giles na Câmara, em defesa da adoção de uma jornada de 48 horas semanais para todos os trabalhadores e da ideia de que as horas trabalhadas além dessa carga horária fossem tratadas como horas extras, foi amplamente citado, acompanhado por um editorial criticando seus pontos de vista. Ele sorriu. Era o *Telegraph*, afinal. Estava lendo o anúncio de uma circular da Corte a respeito de uma excursão pela África a ser feita pela princesa Elizabeth em janeiro quando Virginia entrou apressada na sala.

— Mil desculpas por fazê-lo esperar tanto, querido, mas é que eu simplesmente não conseguia decidir o que vestir.

Giles se levantou bruscamente da cadeira e beijou ambos os lados do rosto da noiva, deu um passo atrás e, mais uma vez, viu quanto era sortudo, considerando o fato de que uma linda mulher como ela tivesse um dia olhado para ele com interesse.

— Você está magnífica — comentou, embevecido com um vestido amarelo que ele nunca tinha visto e que acentuava as formas do corpo esguio e gracioso da noiva.

— Acha que talvez um pouco indecente para comparecer à leitura de um testamento? — perguntou Virginia enquanto girava para ostentar melhor o vestido.

— Certamente não — respondeu Giles. — Na verdade, quando você entrar na sala, ninguém conseguirá pensar em mais nada.

— Espero que não — disse Virginia, olhando para o relógio de pulso. — Meu Deus, já é tarde assim? Acho melhor esquecermos o café da manhã, querido, se quisermos chegar lá a tempo. Não que já não saibamos o conteúdo do testamento de sua mãe, mas devemos dar a impressão de que nada sabemos.

Durante a viagem para Bristol, Virginia pôs Giles a par das últimas providências para o casamento. Ele ficou um tanto desapontado por ela não ter perguntado sobre como o seu discurso na Câmara no dia anterior tinha sido recebido pelo público em geral, mas, também, o colunista William Hickey não estivera na tribuna da imprensa. Somente quando entraram na Great West Road foi que Virginia disse algo que lhe chamou toda a atenção.

— A primeira coisa que teremos de fazer assim que o testamento for registrado é procurar um substituto para Marsden.

— Mas ele trabalha para a família há mais de trinta anos — observou Giles. — Na verdade, nem lembro direito quando ele ainda não estava conosco.

— O que é parte do problema. Mas não se preocupe, querido, pois acho que descobri um substituto perfeito.

— Mas...

— E se acha, querido, que ficar longe dele seria muito ruim para você, Marsden poderia muito bem trabalhar em Manor House, onde cuidaria de minhas tias.

— Mas...

— E, por falar em substitutos — prosseguiu Virginia —, já é hora de termos uma conversa séria sobre Jackie.

— Minha secretária particular?

— Se quer saber, ela me parece íntima demais. Não posso fingir que não aprovo o hábito moderno de empregados se dirigirem aos patrões pelo nome de batismo. Com certeza, isso faz parte da absurda noção de igualdade do Partido Trabalhista. Contudo, achei necessário adverti-la de que a mim ela deve tratar como *Lady* Virginia.

— Peço que a desculpe — disse Giles. — Na maioria das vezes, ela é muito educada.

— Talvez com você, mas, quando telefonei ontem, ela pediu que eu ficasse aguardando na linha, algo que não estou acostumada a fazer.

— Vou ter uma conversa com ela a respeito disso.

— Por favor, não se dê ao trabalho — pediu Virginia, para certo alívio de Giles —, pois não telefonarei para o seu gabinete enquanto ela continuar na equipe.

— Não acha que está exagerando? Afinal, o trabalho dela é de primeira categoria, e me parece quase impossível achar alguém capaz de substituí-la.

— Espero, querido — advertiu Virginia aproximando-se de Giles e beijando-lhe a bochecha —, que eu seja a única pessoa que você ache quase impossível de substituir.

Ao entrar na sala, o dr. Siddons não se surpreendeu de ver que todos aqueles que receberam a carta com os dizeres "A Quem Interessar Possa" estavam presentes. Sentou-se à mesa e observou atentamente os ávidos rostos a sua frente.

Na primeira fileira de assentos, estavam Sir Giles Barrington e sua noiva, Lady Virginia Fenwick, que lhe pareceu ainda mais deslumbrante em pessoa do que na fotografia que vira na *Country Life*, publicada logo depois que o casal anunciara o noivado. O doutor Siddons não via a hora de ser apresentado a ela.

Na segunda fileira, sentados logo atrás dele, estavam o sr. Harry Clifton e Emma, sua esposa, que por sua vez estava sentada ao lado de Grace, irmã dela. Achou curioso o fato de que a srta. Barrington estivesse usando compridas meias de seda azuis.

Já o sr. e a sra. Holcombe estavam sentados na terceira fileira, junto com o reverendo Donaldson e uma senhora trajando um uniforme de governanta. As duas fileiras dos fundos estavam cheias de empregados que haviam trabalhado para a família Barrington durante muitos anos, com seus assentos indicando seu respectivo cargo na criadagem.

O dr. Siddons pousou os óculos com lentes em meia-lua na ponta do nariz e pigarreou para indicar que os procedimentos estavam prestes a começar.

Olhou de relance para os presentes por cima dos óculos antes de começar a proferir as observações preliminares. Não precisou de anotações para isso; aquela era uma responsabilidade da qual se encarregava frequentemente.

— Senhoras e senhores — anunciou. — Meu nome é Desmond Siddons e tenho o privilégio de ser o advogado da família Barrington há 23 anos, se bem que me seja necessário ainda algum tempo para igualar o recorde de meu pai, cujas relações com a família abrangeram as carreiras de Sir Walter e Sir Hugo Barrington. Mas vou me desviando do assunto — desculpou-se o dr. Siddons, notando o advogado que Lady Virginia dava a impressão de que concordava com ele.

"Tenho aos meus cuidados — prosseguiu ele — o testamento e disposição de última vontade de Elizabeth May Barrington, redigido por mim por solicitação sua e assinado na presença de duas testemunhas independentes. Portanto, este documento — prosseguiu, levantando-o para que todos o vissem — torna nulo e sem efeito qualquer testamento anterior.

"Não tomarei o tempo dos senhores lendo as páginas com as disposições cheias de jargão jurídico exigidas por lei. Em vez disso, procurarei concentrar-me nos manifestos dos relevantes legados deixados pela testadora. Se alguém quiser examinar o testamento mais atentamente depois, terei toda a satisfação de dar ao interessado a oportunidade fazê-lo.

O dr. Siddons baixou a cabeça, virou a primeira página e ajeitou os óculos antes de prosseguir.

— Várias obras de caridade muito queridas pela falecida são citadas no testamento, incluindo a paróquia de St. Andrew, as casas de órfãos Dr. Barnardo e o hospital que cuidou de Lady Barrington com tanto carinho e desvelo durante seus últimos dias de vida. Cada um desses estabelecimentos receberá uma herança no valor de 500 libras.

Mais uma vez, o dr. Siddons ajeitou os óculos.

— Agora, passarei aos casos dos que vêm prestando serviços na Barrington Hall nos últimos anos. Cada um dos membros da equipe de criados que tenham trabalhado para Lady Barrington por mais de cinco anos receberá uma quantia equivalente ao salário de um ano, enquanto a governanta e o mordomo residentes receberão além disso uma herança de quinhentas libras cada um.

Marsden baixou a cabeça, dizendo consigo mesmo, baixinho:

— Obrigado, senhora.

— Agora, vamos ao caso da sra. Holcombe, a ex-senhora Arthur Clifton. A ela é legado o broche vitoriano que Lady Barrington usou no dia do casamento da filha, na esperança de que, citando as palavras dela mesma no testamento, isso ajude a sra. Holcombe a lembrar-se dos muitos momentos felizes que tiveram juntas.

Maisie sorriu, mas se perguntou em que ocasião seria possível usar uma joia tão magnífica.

Dito isso, o dr. Siddons virou mais uma página do documento e, antes de prosseguir, empurrou para cima seus óculos de lentes de meia-lua com o dedo.

— Deixo como herança a Jessica Clifton, nascida com o nome de Piotrovska, a aquarela favorita de meu avô *Lock at Cleveland*, de Turner. Espero que sirva para inspirá-la, pois acho que ela tem um dom incrível, ao qual deveria ser dada toda oportunidade para prosperar.

Giles assentiu, lembrando-se bem das palavras com as quais sua mãe lhe explicara por que desejava que Jessica herdasse a cobiçada obra de Turner.

— E a meu neto, Sebastian Arthur Clifton — prosseguiu o dr. Siddons —, deixo de herança a quantia de 5 mil libras, que ele receberá quando atingir a maioridade, em março de 1961.

Giles voltou a abanar afirmativamente a cabeça. Até o momento, nenhuma surpresa, pensou.

— O restante de minha propriedade, incluindo os 22% do controle da Barrington Shipping, bem como a Manor House — nesta parte da leitura, o dr. Siddons não conseguiu deixar de olhar de relance para Lady Virginia Fenwick, que aguardava ansiosa —, devem ficar com... as minhas queridas filhas Emma e Grace, bens dos quais poderão dispor como quiserem, com a exceção de Cleópatra, minha gata siamesa, que deixo em legado para Lady Virginia Fenwick, pois as duas têm muito em comum. Afinal, são lindas, elegantes e vaidosas, mas predadoras fúteis e astutas que têm a presunção de achar que todas as demais pessoas foram postas na Terra para servi-las, incluindo meu filho cego de paixão, pelo qual me resta apenas rezar para que consiga quebrar o feitiço que ela lançou sobre ele antes que seja tarde demais.

Ficou claro para o dr. Siddons, com base nos olhares de espanto e nas conversas sussurrantes que prorromperam em todos os cantos do recinto, que ninguém estivera esperando por aquilo, embora tivesse notado como estava calmo o sr. Clifton. Já sobre Virginia, que no momento murmurava algo no ouvido de Giles, calma não seria bem a palavra com que se poderia descrevê-la.

— Com isso, chegamos ao fim da leitura do testamento — informou o dr. Siddons. — Se alguém tiver dúvidas ou perguntas, terei a satisfação de respondê-las.

— Apenas uma — interveio Giles, antes que qualquer outra pessoa tivesse a chance de se manifestar. — Quanto tempo tenho para contestar o testamento?

— O senhor pode interpor, quando desejar, um recurso na Suprema Corte dentro do prazo de 28 dias, Sir Giles — respondeu o dr. Siddons, sabendo de antemão não só que lhe fariam essa pergunta, mas também quem a faria.

Se houve outras perguntas, Sir Giles e Lady Virginia ficaram sem saber, já que saíram de mau humor da sala, sem dizer mais nem uma palavra sequer.

12

— Faço qualquer coisa que você quiser, querida — prometeu Giles —, mas, por favor, não rompa o noivado.

— Como acha que posso encarar o mundo depois que sua mãe me humilhou na frente de sua família, de seus amigos e até dos criados?

— Eu entendo — disse Giles. — Lógico que entendo, mas é óbvio que mamãe não estava em seu juízo perfeito. Não é possível que ela soubesse o que estava fazendo.

— Você disse que fará qualquer coisa que eu quiser, certo? — perguntou Virginia, enquanto se entretinha com o anel de noivado.

— Qualquer coisa, querida.

— A primeira coisa que precisa fazer é demitir sua secretária. E a escolha de sua substituta deve ter a minha aprovação.

— Pode dar isso como certo — garantiu Giles, submisso.

— E amanhã você incumbirá uma das principais firmas de advocacia de contestar o testamento e, não importam as consequências, lutará com unhas e dentes para garantir a nossa vitória.

— Já consultei Sir Cuthbert Makins, o conselheiro do rei.

— Eu disse com unhas e dentes — repetiu Virginia.

— Certo, com unhas e dentes — concordou Giles. — Mais alguma coisa?

— Sim. Quando, na próxima semana, os convites de casamento forem enviados, eu, e somente eu, aprovarei a lista de convidados.

— Mas isso...

— Sim. Quero que todos os que estavam presentes naquela sala sintam na pele como é ser desprezado.

Giles reagiu apenas baixando a cabeça.

— Ah, sim, claro — observou Virginia, tirando o anel de noivado. — Então, na verdade, você não quis dizer "qualquer coisa".

— Claro que sim, querida. Concordo que somente você vai decidir quem deve ser convidado para o casamento.

— Então, por fim — disse Virginia —, você terá de pedir ao dr. Siddons que obtenha uma ordem judicial determinando que todos os membros da família Clifton se retirem de Barrington Hall.

— Mas onde eles vão morar?

— Não quero nem saber! — respondeu Virginia. — Chegou a hora de você decidir se deseja passar o resto da vida comigo ou com eles.

— Quero passar o resto da vida com você — afirmou Giles.

— Então, estamos de acordo, querido — disse Virginia, enquanto recolocava o anel de noivado no dedo e começava a desabotoar a frente do vestido.

Harry estava lendo o *The Times* e Emma o *The Telegraph* quando o telefone tocou. De repente, a porta se abriu e Denby entrou na sala do café.

— É o seu editor, sr. Collins, na linha, senhor. Ele perguntou se poderia dar uma palavrinha com o senhor.

— Duvido que ele tenha se expressado assim — disse Harry enquanto dobrava o jornal.

Emma estava tão absorta na leitura de uma reportagem que nem sequer levantou a cabeça quando o marido saiu da sala. Quando ele voltou, ela já estava no fim da matéria.

— Deixe-me adivinhar — disse ela.

— Billy recebeu telefonemas da maioria dos jornais do país, bem como da BBC, perguntando se eu tinha algo a dizer a respeito do episódio.

— E o que você disse?

— Sem comentários. Eu disse a ele que não havia necessidade de pôr mais lenha nessa fogueira.

— Não consigo imaginar como isso possa deixar Billy Collins satisfeito — comentou Emma. — Afinal, o maior interesse dele é vender livros.

— Ele sabia que não poderia esperar outro tipo de reação de minha parte e não se queixou de nada. Disse que vai enviar o lote de uma terceira reimpressão da brochura para as livrarias no início da próxima semana.

— Não gostaria de saber o que o *Telegraph* publicou a respeito do casamento?

— Acha mesmo necessário? — questionou Harry enquanto voltava a sentar-se à mesa.

Emma ignorou a resposta e começou a ler a reportagem em voz alta.

— "O parlamentar Sir Giles Barrington casou-se ontem com Lady Virginia Fenwick, a única filha do Nono Conde de Fenwick. O vestido da noiva foi uma criação do sr. Norman..."

— Poupe-me pelo menos dessa parte — pediu Harry.

Emma pulou alguns parágrafos.

— "Quatrocentos convidados compareceram à cerimônia, realizada na Igreja de St. Margaret, em Westminster. A cerimônia foi presidida pelo Reverendíssimo George Hastings, bispo de Ripon. Após o casamento, os convidados seguiram para uma recepção no terraço da Câmara dos Comuns. Entre os convidados estavam Sua Alteza Real Princesa Margarete, o conde de Mountbatten de Burma, o Excelentíssimo sr. Clement Attlee, líder da oposição no Parlamento, e o Excelentíssimo sr. William Morrison, presidente da Câmara dos Comuns. Por si só, a lista de convidados é interessante; porém, mais fascinante ainda são os nomes dos que não estiveram presentes, ou porque não receberam convite, ou porque não quiseram comparecer. Nenhum membro da família Barrington, exceto Sir Giles, fez parte da lista de convidados. A ausência de suas duas irmãs, sra. Emma Clifton e srta. Grace Barrington, bem como de seu cunhado, Harry Clifton, o famoso escritor, permanece um mistério, principalmente porque, pelo que tinha sido anunciado algumas semanas antes, ele seria padrinho do noivo."

— Então quem foi o padrinho? — perguntou Harry.

— O doutor Algernon Deakins, da Faculdade de Balliol, Oxford.

— O querido Deakins — disse Harry. — Excelente escolha. Com certeza, ele deve ter chegado na hora combinada e sem chance de ter perdido o anel. Mais alguma coisa digna de nota?

— Infelizmente, sim. "O que aumenta ainda mais o mistério em torno do episódio é que, seis anos atrás, quando o caso da disputa entre Barrington e Clifton estava sendo apreciado pela Câmara dos Lordes, onde realizaram uma votação para decidir quem deveria herdar o título nobiliárquico, as propriedades e os bens dos Barrington, Sir Giles e o sr. Clifton pareciam de acordo quando o Lorde Chanceler se decidiu em favor de Sir Giles. O feliz casal" — prosseguiu Emma — "passará a lua de mel na elegante casa de veraneio de Sir Giles na Toscana". Ora, veja só isso — indignou-se Emma, levantando a cabeça para encarar o marido. — A casa nos foi deixada como herança, a Grace e a mim, para que fizéssemos com ela o que achássemos conveniente.

— Controle-se, Emma — aconselhou Harry. — Você achou conveniente permitir que Giles usasse a casa em troca de nos mudarmos para Manor House até que a Justiça tome uma decisão com relação à validade do testamento. Mas e aí? Acabou?

— Não — respondeu ela. — O melhor mesmo vem a seguir. "No entanto, parece que agora uma séria disputa dividiu a família, surgida após a morte da mãe de Sir Giles, Lady Elizabeth Barrington. De acordo com seu recém-divulgado testamento, ela deixou a maior parte de seus bens para suas duas filhas, Emma e Grace, enquanto, para seu único filho homem, não deixou nada. Sir Giles tomou providências legais para contestar a validade do testamento, e o caso será julgado no Tribunal Superior de Justiça no próximo mês." Foi isso. E quanto ao *The Times*?

— Muito mais moderado. Apenas os fatos, nada de especulações. Mas Billy Collins me disse que publicaram uma fotografia de Cleópatra nas primeiras páginas do *Mail* e do *Express*, enquanto, no *Mirror*, a manchete é a seguinte: A Batalha das Gatas.

— Como foi que chegamos a esta situação? — indagou Emma. — Algo que nunca entenderei é como Giles deixou que aquela mulher proibisse os próprios parentes do noivo de comparecer ao casamento.

— Eu mesmo não entendi nem uma coisa nem outra — disse Harry. — Mas, por outro lado, nunca entendi também por que o príncipe de Gales abriu mão do trono em troca da companhia de uma mulher divorciada americana. Acho que sua mãe tinha razão: Giles está simplesmente enfeitiçado por essa mulher.

— Se minha mãe tivesse exigido que eu desistisse de você — observou Emma —, eu teria desobedecido. Por isso, entendo a situação do meu irmão.

Ela sorriu carinhosamente para o marido.

Nos quinze dias seguintes, fotografias de Sir Giles e Lady Barrington em lua de mel na Toscana foram publicadas na maioria dos jornais do país.

O quarto romance de Harry, *Mais poderosa que a espada*, foi publicado no dia em que os Barrington voltaram da Itália. Na manhã seguinte, a fotografia da obra foi publicada na primeira página de todos os jornais, exceto no *The Times*.

Quando o feliz casal desembarcou do trem em Waterloo, teve que passar na frente de uma loja da rede de livrarias W. H. Smith durante o trajeto até o carro. O jovem casal viu que havia apenas um romance na vitrine, exposto em grande quantidade. Uma semana depois, *Mais poderosa que a espada* entrou na lista dos best-sellers, onde continuou até o dia do início do julgamento.

Tudo que Harry tinha a dizer era que ninguém entendia mais da arte de promover um livro do que Billy Collins.

13

A única coisa com que Giles e Emma concordaram foi que seria mais inteligente que o caso corresse a portas fechadas, com um juiz presidindo os procedimentos, em vez de correrem o risco de serem vítimas dos caprichos de um júri e do assédio implacável da imprensa. O Excelentíssimo Juiz Cameron foi escolhido para presidir o caso, e os advogados de ambas as partes asseguraram a seus clientes que ele era um homem tão sábio quanto íntegro e sensato.

Embora muitos membros da imprensa houvessem se reunido do lado de fora da sala de audiências número 6, "bom dia" e "boa noite" foram os únicos comentários que ouviram dos envolvidos.

Giles foi representado pelo conselheiro do rei Sir Cuthbert Makins, enquanto Emma e Grace haviam escolhido para representá-las o também conselheiro do rei dr. Simon Todd, embora Grace tivesse deixado claro que não participaria de nenhuma audiência, já que tinha coisas mais importantes para fazer.

— O que, por exemplo? — perguntou Emma.

— Lecionar para crianças inteligentes, em vez de ter que ficar escutando a birra de crianções. Se me fosse possível escolher, eu simplesmente daria uma surra em vocês dois para que aprendessem a se comportar — foi o último comentário dela a respeito do assunto.

Quando o relógio atrás da cadeira do juiz soou a primeira das dez badaladas no primeiro dia da audiência, o Excelentíssimo Juiz Cameron entrou na sala. Todos os demais presentes no recinto seguiram o exemplo dos dois advogados conselheiros do rei, levantando-se e inclinando-se para reverenciar o magistrado. Logo depois de ter retribuído a saudação, o juiz se sentou na cátedra de espaldar alto forrado de couro, posicionada na frente do brasão real. Ele endireitou a peruca, abriu a grossa pasta vermelha posta na frente dele e tomou um gole d'água antes de dirigir a palavra a ambas as partes.

— Senhoras e senhores — anunciou ele, abrindo a sessão. — É meu dever ouvir os argumentos apresentados por ambos os advogados, avaliar as evidências apresentadas por testemunhas e analisar os aspectos da lei relevantes ao tratamento deste caso. Devo começar perguntando tanto ao advogado do demandante quanto ao das demandadas se foram feitos todos os esforços para que as partes chegassem a um acordo extrajudicial.

Sir Cuthbert se levantou lentamente de seu assento e puxou as lapelas de sua longa beca negra antes de se dirigir ao magistrado.

— Falo em nome de ambas as partes ao afirmar, milorde, que infelizmente isso não foi possível.

— Então, comecemos, Sir Cuthbert, com suas alegações iniciais.

— Com a permissão de Vossa Excelência, devo informar que represento, neste caso, o demandante, Sir Giles Barrington. O caso, milorde, diz respeito à validade de um testamento e à questão do estado de suficiente sanidade mental da finada Lady Barrington na ocasião em que ela apôs sua assinatura num documento longo e complexo, com a possibilidade de gerar com isso amplas consequências, poucas horas antes de sua morte. Presumo, milorde, que essa frágil e exausta mulher não estava em condições de tomar uma decisão ponderada, afetando mais adiante, assim, as vidas de muitas pessoas. Demonstrarei também que Lady Barrington havia mandado redigir um testamento, cerca de doze meses antes de sua morte, quando se achava em bom estado de saúde e dispunha de tempo mais que suficiente para refletir bem sobre suas atitudes. Para tanto, milorde, gostaria de chamar minha primeira testemunha, sr. Michael Pym.

Um homem alto, elegantemente vestido e com os cabelos de um grisalho prateado, entrou na sala do tribunal. Antes mesmo de ter assumido o seu lugar no banco das testemunhas, o homem conseguira passar a boa impressão que Sir Cuthbert planejara transmitir. Assim que a testemunha prestou juramento, Sir Cuthbert sorriu cordialmente.

— Senhor Pym, o senhor poderia informar seu nome e sua profissão para que constem nos autos do processo?

— Meu nome é Michael Pym e sou o médico-chefe do Guy's Hospital, de Londres.

— Há quanto tempo o senhor ocupa esse cargo?

— Há dezesseis anos.

— Então o senhor é um homem com muita experiência em sua profissão. Aliás, poderíamos dizer...

— Aceito o fato de que o sr. Pym é uma testemunha pericial, Sir Cuthbert. Vamos seguir em frente — ordenou o juiz.

— Senhor Pym — disse Sir Cuthbert, recuperando-se rapidamente —, o senhor poderia dizer a este tribunal, com base em toda a sua considerável experiência, aquilo que um paciente pode dar como certo que enfrentará em sua última semana de vida quando sofre de uma doença dolorosa e debilitante como o câncer?

— Isto pode variar, logicamente, mas a grande maioria desses pacientes passará longos períodos em estado de semiconsciência ou até de inconsciência. Em seus momentos de vigília, quase todos têm consciência de que suas vidas estão se extinguindo aos poucos, mas, excetuando-se isto, eles podem perder toda noção de realidade.

— O senhor acha que seria possível um paciente, nesse estado de espírito, conseguir tomar, em sã consciência, uma decisão importante com relação a uma questão jurídica complexa, tal como a de assinar um testamento?

— Não, não seria — respondeu Pym. — Sempre que solicito que se assine um formulário de requerimento de autorização médica em tais circunstâncias, providencio para que isso seja feito antes que o paciente chegue a esse estado.

— Não tenho mais perguntas, milorde — informou Sir Cuthbert, voltando a sentar-se.

— Senhor Pym — perguntou o juiz, inclinando-se para a frente —, o senhor está dizendo que não existe exceção para essa regra?

— A exceção confirma a regra, milorde.

— É verdade — concordou o juiz e, virando-se para o dr. Todd, perguntou: — O senhor gostaria de fazer perguntas a esta testemunha?

— Certamente que sim, milorde — respondeu o dr. Todd, levantando-se do assento. — Senhor Pym, o senhor chegou a travar algum contato com Lady Barrington, social ou profissionalmente?

— Não, mas...

— Então, não teve oportunidade de estudar seu caso clínico, correto?

— Claro que não. Como ela não era minha paciente, eu teria cometido uma infração ao código de ética do Conselho de Medicina.

— Então, o senhor jamais teve algum tipo de contato com Lady Barrington e não conhece o caso clínico dela?

— Não, senhor.

— Então, é bem possível, sr. Pym, que ela poderia ser a exceção que confirma a regra?

— Possível, mas muito improvável.

— Sem mais perguntas, milorde.

Sir Cuthbert sorriu quando o dr. Todd se sentou.

— O senhor tem outra testemunha pericial que deseja chamar, Sir Cuthbert? — inquiriu o juiz.

— Não, milorde. Acho que alcancei meu objetivo. Contudo, incluí, nos autos das provas, para sua apreciação, três declarações juramentadas de membros igualmente eminentes da área da medicina. Mas, se o meritíssimo milorde ou o dr. Todd achar que as testemunhas deveriam apresentar-se ao tribunal, elas estão aqui, preparadas para depor.

— Fez muito bem, Sir Cuthbert. Eu li as três declarações e vi que confirmam a opinião do sr. Pym. Doutor Todd, gostaria de solicitar a presença de alguma dessas testemunhas ou talvez até das três?

— Isso não será necessário, milorde — respondeu Todd. — A não ser que, logicamente, alguma delas tenha conhecido Lady Barrington pessoalmente ou esteja familiarizada com o caso dela.

O juiz olhou de relance para Sir Cuthbert, que abanou a cabeça.

— Não tenho outras testemunhas, milorde — disse o advogado do demandante.

— Então, o senhor pode chamar sua primeira testemunha, dr. Todd — informou o juiz.

— Obrigado, milorde. Solicito a presença do sr. Kenneth Langbourne.

As diferenças entre o sr. Langbourne e o sr. Pym não poderiam ser maiores. O primeiro era baixo e trajava um colete com alguns botões faltando, o que indicava que talvez houvesse engordado alguns quilos ou que não era casado. E ou os poucos tufos de cabelo que ele ainda tinha na cabeça pareciam ter vontade própria, ou ele não tinha pente.

— O senhor poderia informar seu nome e sua profissão?

— Meu nome é Kenneth Langbourne e sou o médico-chefe da Bristol Royal Infirmary.

— Há quanto tempo o senhor exerce esse cargo, sr. Langbourne?

— Há nove anos.

— E o senhor foi o médico encarregado do caso de Lady Barrington enquanto ela esteve internada na Bristol Royal Infirmary?

— Sim, fui. Ela foi encaminhada a mim pelo dr. Raeburn, o clínico geral da família.

— Estou certo em afirmar que, depois de ter feito vários testes com Lady Barrington, o senhor confirmou o diagnóstico do médico da família, de câncer de mama, e informou à velha senhora que ela tinha apenas algumas semanas de vida?

— Sim, é uma das responsabilidades menos invejáveis do médico ter que informar o paciente de sua condição de doente terminal. E é ainda mais difícil quando o paciente em questão é um velho amigo.

— E o senhor poderia contar ao meritíssimo a reação que Lady Barrington teve diante da notícia?

— Estoica é a palavra que eu usaria para qualificar a atitude dela. E, assim que ela aceitou o imperativo do próprio destino, mostrou uma determinação que me pareceu indicar que ela tinha algo importante a fazer e nenhum tempo a perder.

— Mas, certamente, sr. Langbourne, ela devia estar exausta, por causa das dores constantes que estava sofrendo, bem como sonolenta, como resultado dos medicamentos, não?

— Certamente que ela dormia por longos períodos, mas, quando estava acordada, mostrava-se perfeitamente capaz de ler o *The Times* e, toda vez que recebia visitas, geralmente eram elas que partiam exaustas.

— Como o senhor explica isso, sr. Langbourne?

— Não tenho como explicar. Tudo que posso dizer é que, às vezes, é simplesmente incrível a forma pela qual o ser humano reage, logo que aceita que é pouco o tempo que lhe resta.

— Com base em seu conhecimento do caso, sr. Langbourne, o senhor acha que Lady Barrington teria sido capaz de entender um documento jurídico complexo, tal como um testamento, e de apor sua assinatura nele?

— Não vejo por que não. Durante o tempo que ela ficou no hospital, ela escreveu várias cartas e, aliás, pediu que eu testemunhasse sua assinatura do testamento na presença de seu advogado.

— Esse é um tipo de tarefa que o senhor realiza com frequência?

— Somente quando tenho certeza de que o paciente está perfeitamente cônscio daquilo que está assinando. Do contrário, eu me recuso.

— Mas, nessa ocasião, o senhor estava convicto de que Lady Barrington tinha plena consciência do que estava fazendo?

— Sim, eu estava.

— Mais nenhuma pergunta, milorde.

— Sir Cuthbert, o senhor gostaria de interrogar a testemunha?

— Tenho apenas uma pergunta, milorde — respondeu Sir Cuthbert. — Senhor Langbourne, por quanto tempo mais Lady Barrington viveu depois que o senhor testemunhou a assinatura do testamento?

— Ela morreu horas depois, naquela mesma noite.

— Horas depois, naquela noite — repetiu Sir Cuthbert. — Então, foi apenas uma questão de horas?

— Sim.

— Mais nenhuma pergunta, milorde.

— O senhor poderia chamar sua próxima testemunha agora, dr. Todd?

— Sim, milorde. Solicito a presença do dr. Desmond Siddons.

Siddons entrou na sala de audiências como se ela fosse sua sala de estar e prestou juramento como um profissional tarimbado.

— O senhor poderia informar seu nome e sua profissão?

— Meu nome é Desmond Siddons. Sou sócio majoritário da firma de advogados Marshall, Baker and Siddons e advogado da família Barrington há 23 anos.

— Permita-me começar perguntando-lhe, dr. Siddons, se o senhor foi o responsável pela redação do testamento anterior que Sir Giles afirma ser o testamento definitivo de Lady Barrington.

— Sim, senhor.

— E quando isso foi feito?

— Pouco mais de um ano antes da morte de Lady Barrington.

— E depois disso Lady Barrington entrou em contato com o senhor para dizer que gostaria de redigir um novo testamento?

— Com certeza, senhor. Apenas alguns dias antes de sua morte.

— E qual foi a diferença entre o último testamento, o qual é alvo desta disputa, e o redigido pelo senhor apenas um ano atrás?

— Todos os legados a instituições de caridade, seus criados, seus netos e seus amigos permaneceram inalterados. Aliás, houve apenas uma importante alteração no documento inteiro.

— E qual foi essa alteração, dr. Siddons?

— Que a maior parte dos bens legados a ela por Lorde Harvey não deveria mais ser repassada a seu filho, Sir Giles Barrington, mas às suas duas filhas, sra. Harold Clifton e srta. Grace Barrington.

— Tentemos ser bem claros com relação a isso — solicitou o dr. Todd. — Com exceção dessa, uma alteração considerável, reconheço, o restante do documento anterior permaneceu intacto?

— Isso mesmo.

— Em que estado psicológico estava Lady Barrington quando ela pediu que o senhor fizesse essa importante alteração em seu testamento?

— Protesto, milorde! — objetou Sir Cuthbert, levantando-se do assento num pulo. — Como é possível que o dr. Siddons seja capaz de atestar o estado de espírito de Lady Barrington? Ele é advogado, e não psiquiatra.

— Aceito — disse o juiz —, mas, como fazia 23 anos que o dr. Siddons conhecia a senhora, acho interessante ouvir a opinião dele.

— Ela estava muito cansada — prosseguiu Siddons — e levava mais tempo do que o normal para expressar-se. Contudo, deixou claro que queria que um novo testamento fosse preparado imediatamente.

— "Imediatamente" é uma palavra sua ou dela? — perguntou o juiz.

— Dela, milorde. Ela me repreendeu muitas vezes por eu ter escrito um parágrafo quando uma simples frase teria sido suficiente.

— Então o senhor preparou o testamento imediatamente?

— Certamente, já que eu estava ciente de que, para nós, era uma corrida contra o relógio.

— O senhor estava presente quando as testemunhas presenciaram a assinatura do testamento? — perguntou o dr. Todd.

— Sim. Ela foi testemunhada pelo dr. Langbourne e pela chefe das enfermeiras da ala, a srta. Rumbold.

— E o senhor confirma que Lady Barrington sabia exatamente o que estava assinando?

— Com certeza — asseverou Siddons. — Do contrário, eu não me teria disposto a seguir adiante com o procedimento.

— Entendo. Sem mais perguntas, milorde — disse o dr. Todd.

— Sua vez com a testemunha, Sir Cuthbert.

— Obrigado, milorde. Doutor Siddons, o senhor disse a este tribunal que estava sob muita pressão para que redigisse logo o testamento e providenciasse sua assinatura. Por isso, o senhor o providenciou imediatamente para usar uma de suas palavras.

— Sim. Eu havia sido alertado pelo dr. Langbourne que Lady Barrington não tinha muito tempo de vida.

— Então, compreensivelmente, o senhor fez tudo a seu alcance para apressar as coisas.

— Eu não tinha escolha.

— Não duvido disso, dr. Siddons. Posso lhe perguntar quanto tempo foi necessário para preparar o testamento anterior, o qual meus clientes afirmam ser o autêntico testamento de Lady Barrington?

— Três, talvez quatro meses — respondeu Siddons após certa hesitação.

— Fazendo consultas constantes a Lady Barrington, certamente?

— Sim, ela era muito detalhista.

— Tenho certeza de que sim. Mas não lhe foi dado muito tempo para pensar nos detalhes de seu derradeiro testamento. Cinco dias, para ser exato.

— Sim, mas não se esqueça...

— E, no último dia, ela só conseguiu assinar o testamento quando lhe restavam poucos minutos de vida. Estou certo?

— Sim. Acho que se poderia dizer que foi assim.

Sir Cuthbert se virou para o escrevente e solicitou:

O senhor poderia fazer a gentileza de passar ao dr. Siddons uma cópia dos dois testamentos de Lady Barrington?

E ficou esperando que os dois documentos fossem entregues à testemunha antes que prosseguisse com o interrogatório.

— O senhor concordaria comigo, dr. Siddons, que a assinatura no testamento anterior está muito mais firme e nítida do que a assinatura aposta no documento "poucos minutos" antes de sua morte? Aliás, é difícil acreditar que são da mesma pessoa.

— Sir Cuthbert, o senhor está querendo dizer que Lady Barrington não assinou o segundo testamento? — perguntou o juiz.

— Certamente que não, milorde, mas apenas levantando a hipótese de que ela não tinha nenhuma ideia do que estava assinando.

— Doutor Siddons — prosseguiu Sir Cuthbert, voltando-se para o advogado sob interrogatório, que agora segurava firme a borda do parapeito do assento da testemunha —, assim que concluiu o testamento feito às pressas, o senhor o leu para sua cliente cláusula após cláusula?

— Não. Não li. Afinal de contas havia nele apenas uma importante alteração em relação ao testamento anterior.

— Mas, se o senhor não leu para sua cliente, cláusula após cláusula, as disposições do testamento, nós só temos a sua palavra como testemunho de que somente isso foi alterado, dr. Siddons.

— Excelência, isto é uma insinuação ultrajante! — protestou o dr. Todd, levantando-se bruscamente do assento. — Doutor Siddons tem uma longa e notável carreira na área jurídica e não merece essa mancha em seu caráter.

— Concordo com o senhor, dr. Todd — disse o juiz. — Sir Cuthbert, ordeno que retire o que disse.

— Peço que me desculpe, milorde — obedeceu Sir Cuthbert, fazendo uma mesura para o juiz antes de voltar à testemunha. — Doutor Siddons, no testamento anterior, quem sugeriu que as 36 páginas do documento deveriam ser rubricadas com as iniciais EB?

— Acredito que fui eu — respondeu Siddons, parecendo um pouco aturdido.

— Mas o senhor não insistiu na adoção desse mesmo rigoroso procedimento no caso do segundo testamento, o documento preparado às pressas.

— Achei que não era necessário. Até porque, como eu disse, houve apenas uma alteração importante.

— E em qual página consta essa alteração importante, dr. Siddons?

— Na página 29, sétima cláusula — respondeu o dr. Siddons, depois de tê-lo folheado e sorrido.

— Ah, sim. Estou justamente nela — disse Sir Cuthbert. — Mas não vejo a rubrica com as iniciais EB, nem no pé da página, nem ao lado da cláusula em questão. Talvez Lady Barrington estivesse cansada demais para conseguir apor duas assinaturas no mesmo dia, não?

O doutor Siddons deu a impressão de que desejava protestar, mas não disse nada.

— Ainda que mal lhe pergunte, dr. Siddons, quantas vezes, em sua longa e notável carreira, o senhor deixou de aconselhar um cliente a apor a rubrica dele em todas as páginas de um testamento?

O doutor Siddons não respondeu. E Sir Cuthbert olhou primeiro para o dr. Todd e depois para o juiz antes que voltasse o olhar para o assento da testemunha.

— Estou esperando a resposta, senhor — disse Cuthbert.

Siddons fitou o juiz com um olhar de desespero e balbuciou:

— Se o senhor lesse a carta, milorde, que Lady Barrington endereçou a Vossa Excelência, talvez ela o ajudasse a chegar à conclusão se ela sabia ou não o que estava fazendo.

— Carta? — perguntou o juiz, parecendo confuso. — Não sei de nenhuma carta. Com certeza, não estava entre o conjunto de documentos do processo. O senhor sabe da existência dessa carta, Sir Cuthbert?

— É a primeira vez que ouço falar nela, milorde. Desconheço-a tanto quanto o senhor.

— Tal é o caso — revelou Siddons, quase gaguejando — porque ela me foi entregue somente hoje de manhã. Nem tive tempo ainda para avisar o dr. Todd de sua existência.

— Do que você está falando, homem? — inquiriu o juiz.

Todos os olhares se fixaram em Siddons quando ele tirou um envelope de um bolso interno e o manteve na mão com o braço quase totalmente estendido para cima, como se o envelope estivesse em chamas.

— Este envelope me foi dado hoje de manhã, milorde.

— Por quem, Siddons? — perguntou o juiz.

— Pelo sr. Harry Clifton. Ele me disse que fora dado a ele por Lady Barrington poucas horas antes de sua morte.

— O senhor abriu o envelope, dr. Siddons?

— Não, senhor. Porquanto está endereçado ao senhor, o juiz do processo.

— Entendo — disse o juiz. — Doutor Todd e Sir Cuthbert, poderiam fazer a gentileza de me acompanhar ao meu gabinete?

— Isso é muito incomum, cavalheiros — observou o juiz enquanto punha o envelope ainda fechado em cima da mesa na frente dos dois advogados. — Considerando as circunstâncias, confesso que não sei qual a melhor atitude a tomar.

— Nós dois — propôs o dr. Todd — poderíamos apresentar uma alegação convincente, ponderando que a carta deveria ser tratada como prova inadmissível.

— Concordo — disse Sir Cuthbert —, mas, sinceramente, vamos ter problema de um jeito ou de outro. Pois, com certeza, se não abrirmos o envelope agora que ele veio parar no tribunal, o lado que perder com certeza terá fundamento legal para recorrer da decisão.

— Receio que seja verdade — disse o juiz. — Se vocês dois concordarem, talvez seja sensato, Siddons, que você convoque o sr. Clifton para depor como testemunha sob juramento para ver se ele consegue explicar como esse envelope foi parar na mão dele. O que acha, Cuthbert?

— Não tenho nenhuma objeção com relação a isso — respondeu Sir Cuthbert.

— Ótimo. Contudo, quero que saibam — avisou o juiz — que não abrirei o envelope enquanto eu não tiver ouvido o depoimento do sr. Clifton e somente farei isso se os dois concordarem. E, se eu fazê-lo, terá que ser na presença de todos que puderem ser afetados pelo resultado deste processo.

14

— Solicito a presença do sr. Harry Clifton.

Emma apertou a mão de Harry antes que ele se levantasse e seguisse calmamente para o banco das testemunhas. Assim que ele prestou juramento, o juiz se inclinou para a frente e disse:

— Senhor Clifton, gostaria de lhe fazer algumas perguntas. Quando eu tiver terminado, se os ilustres advogados quiserem esclarecer algumas questões, eles terão permissão para fazê-lo. O senhor poderia confirmar então, para que conste nos autos, se é o marido de Emma Clifton e cunhado da srta. Grace Barrington, as duas demandadas no processo?

— Sou, sim, senhor, bem como cunhado de Sir Giles Barrington, meu melhor e mais antigo amigo.

— O senhor poderia falar a este tribunal a respeito de sua relação com Lady Barrington?

— Eu tinha 12 anos quando a conheci, numa sessão de chá para comemorar o aniversário de Giles. Portanto, fazia quase vinte anos que eu a conhecia quando ela morreu.

— Isso não responde a minha pergunta — advertiu o juiz.

— Eu a considerava uma grande e querida amiga e lamento tanto sua morte prematura quanto qualquer pessoa presente nesta sala. Ela foi uma mulher formidável e, se tivesse nascido uma geração depois, a diretoria da companhia de navegação dos Barrington não teria tido que procurar alguém de fora da família para ser o presidente da companhia quando o marido dela morreu.

— Obrigado — agradeceu o juiz. — E agora gostaria de questioná-lo a respeito deste envelope — disse ele, segurando-o com o braço estendido para que todos o vissem — para saber como ele foi parar em suas mãos.

— Visitei Lady Elizabeth no hospital quase todas as noites durante a internação. Minha última visita foi na noite que acabou sendo sua última

— O senhor estava sozinho com ela?

— Sim, senhor. Sua filha Grace tinha acabado de ir embora.

— Por favor, conte ao tribunal o que aconteceu.

— Elizabeth me disse que, mais cedo naquele dia, tinha recebido uma visita de seu advogado, o dr. Siddons, e que havia assinado um novo testamento.

— O senhor está se referindo à noite de quinta-feira, dia 26 de julho?

— Sim, senhor. Apenas algumas horas antes da morte de Elizabeth.

— O senhor poderia contar a este tribunal o que mais aconteceu durante a visita?

— Ela me surpreendeu quando pegou um envelope deixado embaixo de seu travesseiro, o qual ela me deu, pedindo que o guardasse.

— Ela explicou por que lhe deu o envelope?

— Disse apenas que, se Giles contestasse seu novo testamento, eu deveria entregar a carta nele contida ao juiz escolhido para cuidar do caso.

— E lhe passou outras instruções?

— Disse que eu não deveria abrir o envelope nem deixar que Giles ou minha esposa soubessem de sua existência.

— E se Sir Giles não contestasse o testamento?

— Eu deveria destruí-lo, continuando a observar sua solicitação de que não revelasse que um dia ele existiu.

— Então o senhor não faz ideia do que existe neste envelope, sr. Clifton? — perguntou o juiz, segurando-o outra vez com o braço erguido.

— Nenhuma.

— E esperam que acreditemos nisso — disse Virginia, num tom de voz alto o bastante para que todos ouvissem.

— Interessante, muito interessante — comentou o juiz, ignorando a interrupção. — Não tenho mais perguntas, sr. Clifton. Dr. Todd?

— Obrigado, milorde — agradeceu o advogado, levantando--se. — O senhor contou ao meritíssimo, sr. Clifton, que Lady

Barrington disse que havia mandado redigir um novo testamento. Ela lhe revelou a razão pela qual fez isso?

— Não tenho dúvida de que Elizabeth amava seu filho, mas ela me disse também que receava que, caso ele se casasse com "aquela repugnante Lady Virginia"...

— Meritíssimo — protestou Sir Cuthbert, levantando-se abruptamente. — Trata-se de declaração de terceiro e é, portanto, claramente inadmissível!

— Aceito. Será removido dos autos.

— Mas, meritíssimo — interveio o dr. Todd —, o fato de que Lady Barrington tenha deixado Cleópatra, sua gata siamesa, de herança para Lady Virginia indica...

— Já entendemos o argumento, dr. Todd — advertiu o juiz. — Sir Cuthbert, o senhor gostaria de fazer alguma pergunta a esta testemunha?

— Apenas uma, milorde — respondeu Cuthbert e, olhando diretamente para Harry, perguntou: — O senhor era um dos beneficiados do testamento anterior?

— Não, senhor. Não era.

— Não tenho mais perguntas a fazer ao sr. Clifton, milorde. Mas, apelando para a benevolência deste tribunal, peço que o meritíssimo, antes de decidir se a carta deve ser aberta ou não, me autorize a chamar mais uma testemunha.

— E quem o senhor pretende chamar, Sir Cuthbert? — indagou o juiz.

— A pessoa que mais tem a perder se a decisão do meritíssimo for contrária a seus interesses: Sir Giles Barrington.

— Não vejo nenhum problema, desde que o dr. Todd concorde.

— Por mim, tudo bem — concordou Todd, ciente de que não teria nada a ganhar caso se opusesse a isso.

Giles seguiu lentamente para o banco das testemunhas e prestou juramento como se estivesse discursando na Câmara dos Comuns. Concluído o procedimento, Cuthbert o cumprimentou com um sorriso cordial.

— Para que conste nos autos, o senhor poderia dizer seu nome e sua profissão?

— Sir Giles Barrington, membro do Parlamento representante da zona portuária de Bristol.

— E quando foi a última vez que viu sua mãe? — perguntou Sir Cuthbert.

O juiz sorriu quando ouviu a pergunta.

— Foi quando a visitei na manhã do dia de sua morte.

— Ela fez alguma menção do fato de que tinha alterado seu testamento?

— Nenhuma.

— Então, quando a deixou no hospital, o senhor achava que havia apenas um testamento, aquele a respeito do qual o senhor tinha conversado detalhadamente com ela mais de um ano antes?

— Sinceramente, Sir Cuthbert, o testamento de minha mãe era a coisa menos importante para mim naquele momento.

— Entendo. Mas preciso que me responda qual era o estado de saúde de sua mãe quando se encontrou com ela naquela manhã.

— Ela estava muito fraca. Quase não conversamos durante a hora que passei com ela.

— Então deve ter sido uma surpresa saber que, logo depois que o senhor deixou o hospital, ela havia assinado um documento complexo com cerca de trinta e seis páginas.

— Achei isso impossível — afirmou Giles — e ainda acho.

— O senhor amava sua mãe, Sir Giles?

— Eu a adorava. Ela era o sustentáculo da família. Gostaria muito que ela ainda estivesse conosco para que toda questão lamentável jamais tivesse ocorrido.

— Obrigado, Sir Giles. Por favor, permaneça no banco, pois o dr. Todd talvez queira interrogá-lo.

— Lamento ter que correr riscos de vez em quando — murmurou Todd ao pé do ouvido de Siddons antes que se levantasse para inquirir a testemunha. — Sir Giles, permita-me começar perguntando-lhe se o senhor tem alguma objeção contra uma possível decisão de o meritíssimo abrir o envelope endereçado a ele?

— Claro que tem! — protestou Virginia.

— Não faço nenhuma objeção à abertura da carta — afirmou Giles, ignorando a esposa. — Se ela foi escrita no dia da morte de minha mãe, com certeza demonstrará que ela se achava incapacitada de assinar um documento tão importante quanto um testamento. E, caso tenha sido escrita antes de 26 de julho, é improvável que ela tenha alguma importância.

— Isso significa que o senhor aceita o relato do sr. Clifton do que aconteceu depois que o senhor viu sua mãe pela última vez?

— Não, com certeza que não! — interveio Virginia.

— Madame, ordeno que pare com essas intervenções — ordenou o juiz, olhando para ela com severidade. — Se a senhora manifestar mais uma vez sua opinião, a não ser que seja do banco de testemunhas, não terei escolha, a não ser mandar que a retirem deste tribunal. Fui claro?

Virginia baixou a cabeça, gesto que o excelentíssimo juiz Cameron achava ser o máximo que conseguiria como resposta.

— Doutor Todd, o senhor poderia repetir a pergunta?

— Não é necessário, milorde — disse Giles. — Se Harry afirma que minha mãe lhe entregou a carta naquela noite, então foi isso mesmo o que aconteceu.

— Obrigado, Sir Giles. Não tenho mais perguntas.

O juiz solicitou que ambos os advogados se levantassem.

— Agora que Sir Giles Barrington acabou de depor, se não houver objeções, abrirei o envelope.

Ambos os advogados menearam a cabeça afirmativamente, cientes de que, caso apresentassem objeções, poderiam servir para criar fundamentação legal para uma interposição de recurso. Em todo caso, nenhum dos dois acreditava que existia um juiz no país que não rejeitaria qualquer objeção possível à sua decisão de abrir o envelope.

Desse modo, o excelentíssimo juiz Cameron segurou o envelope com o braço levantado para que todos no tribunal o vissem bem. Em seguida, abriu-o e tirou dele uma única folha de papel, a qual pôs sobre a mesa, na frente de si. Ele a leu três vezes antes de voltar a pronunciar-se.

— Doutor Siddons — disse, por fim, levando o advogado da família Barrington a levantar-se nervosamente. — O senhor seria capaz de me dizer a data e hora exata em que Lady Barrington morreu?

Siddons fuçou alguns papéis antes que conseguisse achar o documento que estava procurando. Logo depois, levantou a cabeça e, olhando para o juiz, disse:

— Informo, senhor, que a certidão de óbito foi assinada às 22h26 do dia 26 de julho de 1951, uma quinta-feira.

— Muito obrigado, dr. Siddons. Agora, vou me recolher em meu gabinete para analisar a significância dessa evidência. A sessão ficará suspensa por meia hora.

— Não me pareceu uma carta — comentou Emma enquanto seu pequeno grupo, com todos de cabeça baixa, se reunia a um canto. — Parecia mais um documento oficial. Ela assinou algum outro documento naquele dia, dr. Siddons?

— Não em minha presença — respondeu Siddons, meneando a cabeça. — Tem ideia do que seja, dr. Todd?

— Era muito fino. Pode ser um recorte de jornal, mas, àquela distância, não deu para ter certeza.

— Por que você permitiu que o juiz abrisse a carta, Giles? — perguntou Virginia do outro lado da sala de audiências, trincando os dentes de raiva.

— Considerando as circunstâncias, Lady Virginia, seu marido não tinha opção — observou Sir Cuthbert. — Embora eu acredite que tínhamos o caso solucionado, pelo menos até aquela intervenção de última hora.

— O que será que o juiz está fazendo? — perguntou Emma, incapaz de esconder o nervosismo.

— Falta pouco agora, querida — garantiu Harry, segurando a mão da mulher.

— Caso ele se decida contra nós — perguntou Virginia —, poderemos alegar mesmo assim que aquilo que estava no envelope é juridicamente inadmissível?

— Não posso responder a essa pergunta — respondeu Sir Cuthbert — até poder estudar o conteúdo do envelope. Seja o que for, poderia bem provar que seu marido tinha razão quando disse que sua mãe não estava em condições de assinar um importante documento legal durante suas últimas horas de vida. Neste caso, será a parte contrária que terá que decidir se deve ou não recorrer da decisão.

Os integrantes de ambas as partes continuavam de cabeça baixa, conversando baixinho em seus respectivos recantos, como boxeadores esperando o toque do sino para se lançarem na última rodada da luta, quando a porta atrás da cadeira do juiz se abriu e o magistrado reapareceu.

De repente, todos na sala de audiências se levantaram e reverenciaram o meritíssimo juiz Cameron enquanto ele retomava seu lugar na cadeira de espaldar alto. Logo que se sentou, encarou os rostos tomados de expectativa.

— Pude analisar o conteúdo do envelope — informou o juiz, com todos os olhares grudados nele. — Fiquei encantado ao saber que Lady Barrington tinha um dos meus passatempos, embora eu confesse que ela era muito melhor nisso do que eu, pois, na quinta-feira, dia 26 de julho, ela terminou as palavras cruzadas do *The Times*, deixando apenas uma linha em branco, que tenho certeza de que deixou assim para passar uma mensagem.

"Deixei-os aqui esperando um pouco mais porque precisei visitar a biblioteca, visando obter um exemplar do *The Times* do dia seguinte, sexta-feira, 27 de julho, o dia posterior à morte de Lady Barrington. Quis verificar se ela havia cometido quaisquer erros na solução das palavras cruzadas do dia, o que não aconteceu, e de confirmar a resposta da linha que ela tinha deixado em branco. Com isso, não tenho dúvida de que Lady Barrington não apenas se achava em condições de assinar um testamento, mas de que também estava muito consciente da importância de seu conteúdo. Portanto, estou pronto para tomar uma decisão sobre o caso."

Quando ouviu isso, Sir Cuthbert se pôs rapidamente de pé.

— Meritíssimo, o senhor me deixou curioso. Qual era a dica da linha deixada em branco que o ajudou a chegar a uma decisão?

O excelentíssimo juiz Cameron baixou a cabeça para olhar de relance as palavras cruzadas.

— A décima segunda linha, seis e seis, cuja dica era *pragas comuns que eu confundia quando estava em meu juízo perfeito.*

Sir Cuthbert cumprimentou o juiz com uma mesura, e Harry abriu um largo sorriso.

— Portanto, eu me decido, no caso da disputa entre os Barrington e os Clifton e Barrington, a favor da sra. Harold Clifton e da srta. Grace Barrington.

— Temos que recorrer! — protestou Virginia enquanto Sir Cuthbert e o dr. Todd faziam grandes mesuras diante do juiz.

— Não — disse Giles. — Essa aí até eu entendo.

— Você foi patético — queixou-se Virginia com raiva enquanto saía às pressas, pisando firme, da sala de audiências.

— Mas Harry é meu amigo desde criança — explicou Giles, seguindo rápido atrás dela.

— E saiba que eu, para o caso de você ter se esquecido, sou sua esposa! — protestou Virginia enquanto atravessava as portas de vaivém, alcançando a Strand num ímpeto.

— Mas o que mais eu poderia ter feito, considerando as circunstâncias? — perguntou ele assim que a alcançou.

— Você poderia ter lutado, de fato, com unhas e dentes por aquilo que nos pertencia por direito legítimo, como prometeu que faria — esbravejou ela enquanto fazia sinal para um táxi.

— Mas não acha que seja possível que o juiz tinha razão quando disse que minha mãe sabia exatamente o que estava fazendo?

— Se acredita nisso, Giles — acusou-o Virginia, virando-se para encará-lo —, é óbvio que tem a mesma opinião negativa dela a meu respeito.

Giles permaneceu mudo na calçada quando o táxi chegou. Virginia abriu a porta, entrou e baixou o vidro.

— Vou ficar alguns dias com minha mãe. Se não tiver interposto uma apelação quando eu voltar, sugiro que você procure um advogado especializado em divórcio.

15

Alguém bateu na porta da frente com pulso firme, Giles olhou para o relógio: 19h20. Quem poderia ser? Não tinha convidado ninguém para jantar e só deveria estar de volta à Câmara às nove, durante os discursos de encerramento. Quando ouviu baterem com firmeza de novo, lembrou-se de que era a noite de folga da governanta. Ele pôs sua cópia do relatório da sessão do Parlamento do dia anterior no criado-mudo, levantou-se da cadeira e se dirigia para o corredor quando ouviu baterem à porta uma terceira vez.

— Já vai! Calma! — disse Giles.

Quando abriu a porta, deparou-se com a última pessoa que esperava encontrar diante da porta de sua residência na Smith Square.

— Grace?! — disse, sem conseguir ocultar a surpresa.

— É um alívio saber que você ainda se lembra de meu nome — disse a irmã, entrando.

Giles tentou pensar numa resposta igualmente irônica, mas, como não tivera contato com ela desde o dia do enterro da mãe, achou melhor aceitar que a alfinetada era justificada. Aliás, ele não havia tido contato com nenhum membro da família desde que Virginia se retirara com raiva da sala de audiências e o deixara sozinho na calçada em frente ao tribunal.

— O que a trouxe a Londres, Grace? — perguntou ele um tanto languidamente enquanto a conduzia pelo corredor em direção à sala de estar.

— Você — respondeu ela. — Se Maomé não vai e coisa e tal...

— Aceita um drinque? — ofereceu, ainda se perguntando qual seria a causa da visita inesperada. A não ser que...

— Sim, obrigada. Um xerez seco cairia bem, depois dessa viagem de trem horrível.

Giles foi até o aparador, onde pegou um copo de xerez para ela e meio de uísque para si mesmo, pensando desesperadamente em algo para dizer.

— Vou ter que participar de uma votação às dez — falou por fim, entregando a bebida a Grace. Embora fosse mais nova, ela sempre fazia com que ele se sentisse um aluno insolente que o diretor tinha acabado de pegar fumando.

— Isso é tempo mais do que suficiente para o que tenho a dizer.

— Veio reclamar seus direitos de herança e me expulsar da casa?

— Não, seu paspalho. Vim tentar enfiar um pouco de bom senso nessa cabeça dura.

Giles se sentou pesadamente numa cadeira e tomou um gole do uísque.

— Sou todo ouvidos — disse ele.

— Semana que vem, farei 30 anos, não que você fosse perceber.

— Então você fez essa longa viagem só para me dizer que tipo de presente gostaria de ganhar? — perguntou, jovial, tentando quebrar o gelo.

— Isso mesmo — confirmou Grace, pegando-o de surpresa pela segunda vez.

— E o que você mais deseja no momento? — perguntou Giles, sentindo-se ainda na defensiva.

— Que você vá à minha festa de aniversário.

— Mas a Câmara está reunida em sessão e, como fui promovido ao assento dos líderes partidários, tenho que...

— Harry e Emma vão estar lá — disse Grace, ignorando a justificativa. — Portanto, será como nos velhos tempos.

Giles tomou outro gole de uísque antes de responder.

— Nunca mais poderá ser como nos velhos tempos.

— Claro que sim, seu tolo, porque você é a única pessoa que está impedindo que isso aconteça.

— Eles querem que eu vá?

— E por que não? — perguntou Grace. — Esta rixa idiota já foi longe demais, e é por isso que pretendo dar uma surra corretiva em todos vocês antes que seja tarde demais.

— Quem mais vai estar lá?

— Sebastian e Jessica, alguns amigos, principalmente acadêmicos, mas você não precisa conversar com eles, exceto talvez com seu velho amigo Deakins. Contudo — advertiu Grace —, há alguém que não vou convidar. Aliás, onde anda aquela bruxa?

Giles achava que não havia nada que sua irmã dissesse que podia chocá-lo. Como havia se enganado.

— Não faço ideia — conseguiu responder. — Faz mais de um ano que ela não entra em contato comigo. Mas, se você acha que dá para confiar no *Daily Express*, ela está atualmente, segundo o jornal, em St. Tropez de braços dados com um conde italiano.

— Tenho certeza de que eles formarão um casal encantador. Porém, o mais importante é que isso lhe dá um bom motivo para se divorciar.

— Jamais conseguiria me divorciar de Virginia, ainda que eu quisesse. Não se esqueça do que mamãe teve que enfrentar. Não é uma experiência que eu gostaria de que se repetisse.

— Ah, entendo — lamentou Grace. — Então você acha que tudo bem que Virginia fique passeando pelo sul da França com o amante italiano dela, mas não que o marido queira o divórcio?

— Pode me provocar quanto quiser — observou Giles —, mas certas atitudes não são apropriadas a um cavalheiro.

— Não me faça rir. Não foi nada cavalheiro de sua parte ter arrastado a mim e a Emma aos tribunais por causa do testamento de mamãe.

— Isso é golpe baixo — queixou-se Giles enquanto tomava outro grande gole de uísque. — Mas acho que fiz por merecer. Essa é uma coisa da qual me arrependerei pelo resto da vida. Você me perdoa?

— Sim, desde que você vá à minha festa e se desculpe com sua irmã e seu velho amigo por ser tão teimoso.

— Não sei se conseguirei encará-los.

— Ora, você enfrentou uma bateria de canhões alemães com nada mais que algumas granadas e uma pistola para se defender...

— E faria isso de novo se eu achasse que serviria para convencer Emma e Harry a me perdoarem.

Grace se levantou, atravessou a sala e se ajoelhou ao lado do irmão.

— Claro que eles o perdoarão, seu tonto — garantiu-lhe a irmã, levando Giles a abaixar a cabeça quando ela o abraçou. — Você sabe muito bem que mamãe não iria querer que ficássemos distanciados uns dos outros por causa daquela mulher.

Quando Giles passou por uma placa indicando o caminho para Cambridge, chegou a pensar que ainda dava tempo para desistir de tudo e voltar, embora soubesse que, se fizesse isso, talvez nunca mais tivesse uma segunda chance.

Assim que entrou na cidade universitária sentiu a atmosfera do mundo acadêmico a envolver-lhe o corpo e a alma. Viu homens e mulheres trajando becas de vários tamanhos, apressando-se em todas as direções. A ocasião o fez lembrar-se dos tempos de Oxford, interrompidos prematuramente por Herr Hitler.

Cinco anos depois, quando Giles finalmente voltara para a Inglaterra, após ter conseguido escapar de um campo de prisioneiros de guerra, o diretor da Faculdade de Brasenove lhe oferecera uma chance de retornar à velha faculdade para terminar o curso. Na época, um veterano com 25 anos de idade e o corpo coberto de cicatrizes de guerra, Giles achava que seu tempo de vida universitária tinha passado, tal como fora o caso de muitos outros jovens de sua geração, incluindo Harry. De qualquer forma, aparecera também uma oportunidade para que participasse de outra batalha e ele não conseguira resistir à ideia de lutar pela conquista de um lugar nos assentos verdes da Câmara dos Comuns. Nenhum arrependimento, pensou. Bem, sempre havia motivo para algum.

Ele seguiu pela Grange Road, entrou à direita e estacionou o carro na Sidgwick Avenue. Já fora do veículo, passou por sob uma arcada que anunciava Newham College, instituição fundada em 1871 — época em que as mulheres ainda não podiam frequentar universidades — por um homem sagaz que acreditava que essa restrição seria derrubada ainda antes de sua morte. Não fora.

Giles passou na portaria e estava prestes a pedir informação sobre a festa da srta. Barrington quando o porteiro disse:

— Boa noite, Sir Giles. Queira se dirigir ao Salão Sidgwick.

Fora reconhecido. Agora já não tinha mais volta.

— Siga por este corredor e depois suba a escada. É no terceiro andar, à esquerda. Não há como errar.

Giles seguiu a orientação do porteiro, cruzando pelo caminho com uma dúzia ou mais de estudantes universitários de saias pretas compridas e blusas brancas, enquanto outros mais envergavam longas becas acadêmicas. Não atraiu nenhum olhar, mas por que afinal deveria? Tinha 33 anos, quase o dobro da idade deles.

Ele subiu a escada e, quando chegou ao último degrau, viu que não precisava de mais informações para alcançar o destino, pois ouviu risadas e vozes animadas bem antes de chegar à terceira porta à esquerda. Respirou fundo e, ao entrar, tentou ser discreto.

Jessica foi a primeira a vê-lo chegar e, na mesma hora, disparou correndo através do salão na direção dele, gritando:

— Tio Giles, tio Giles, onde é que o senhor esteve?

Realmente, onde?, pensou Giles enquanto contemplava a garotinha que ele adorava, que ainda não era um cisne, mas também não mais um filhotinho. A jovenzinha pulou em cima dele, lançando os braços em torno de seu pescoço num abraço afetuoso. Olhando por sobre os ombros da menina, Giles viu Grace e Emma caminhando em sua direção. As três tentaram abraçá-lo ao mesmo tempo. Os outros convidados apenas olharam, perguntando-se o motivo de tamanha comoção.

— Sinto muito por tudo o que aconteceu — desculpou-se Giles, depois de ter trocado um aperto de mãos com Harry. — Eu jamais deveria tê-los feito passar por tudo aquilo.

— Esqueça isso — disse Harry. — Aliás, sinceramente, nós dois já passamos por coisa muito pior.

Giles se surpreendeu com a rapidez com que conseguiu ficar à vontade diante de seu mais velho amigo. Os dois conversavam sobre o famoso Peter May como se estivessem nos velhos tempos, quando, de repente, ele a viu pela primeira vez no salão. Depois disso, não conseguiu mais desgrudar os olhos dela.

— A melhor rebatida rasteira que vi na vida — comentou Harry, apoiando firme o pé esquerdo no chão e tentando encenar a jogada sem o bastão. Não tinha notado que Giles havia se distraído com a bela mulher.

— Sim, eu estava em Headingley quando ele marcou cem pontos contra os sul-africanos em sua primeira partida pela seleção.

— Eu também vi o turno de ataque de nosso time — disse um idoso professor universitário que havia se juntado a eles. — Foi um ataque e tanto.

Por fim, Giles se desgarrou discretamente do grupo e, depois de muitos desvios e contornos num salão lotado, só parou para conversar com Sebastian, interessado em saber como ele estava indo na escola. Viu que o rapazinho parecia muito mais relaxado e confiante, tal como ele nunca tinha visto antes.

Giles começara a recear a possibilidade de que ela partisse antes que ele tivesse a chance de conhecê-la. Contudo, quando Sebastian se distraiu com um rolinho de salsicha, seguiu adiante até conseguir parar ao lado dela. A jovem estava conversando com uma mulher mais velha, aparentemente sem ter notado ainda a presença dele. Incapaz de tomar uma decisão, Giles ficou ali parado, com a língua presa, perguntando-se por que os ingleses tinham tanta dificuldade de se apresentar e puxar conversa com mulheres desconhecidas, principalmente quando eram lindas. Viu quanto o poeta Sir John Betjeman tinha razão, ainda mais se considerando que o lugar nem sequer era uma ilha deserta.

— Não acho que Schwarzkopf tenha uma voz à altura de seu papel — dizia a outra mulher.

— Talvez você tenha razão, mas ainda assim eu abriria mão de metade de minha subvenção anual apenas para ouvi-la cantar.

Nisso, a mulher mais velha olhou para Giles de relance e se virou para falar com outra pessoa, quase como se houvesse pressentido a intenção. Ele aproveitou a deixa e se apresentou à mulher que o fascinara, nutrindo a esperança de que ninguém se aproximasse para participar da conversa. Os dois se cumprimentaram com um aperto de mãos. Aquele mero toque...

— Oi, sou Giles Barrington.

— Ah, você deve ser o irmão de Grace, o parlamentar com aquele monte de pontos de vista radicais sempre vejo nos jornais. Meu nome é Gwyneth — apresentou-se a jovem, revelando com isso as próprias origens.

— Você é aluna de graduação?

— Fico lisonjeada — disse ela com um sorriso. — Não. Na verdade, estou terminando meu doutorado. Sua irmã é minha orientadora.

— E sua tese é sobre o quê?

— As ligações entre matemática e filosofia na Grécia antiga.

— Ficarei ansioso pela oportunidade de lê-la.

— Vou providenciar uma cópia adiantada para você.

— Quem é a moça com a qual Giles está conversando? — perguntou Emma à irmã.

Grace se virou para ver de quem se tratava.

— Gwyneth Hughes, uma das minhas alunas de doutorado mais brilhantes. Tenho certeza de que ele vai ver o contraste que ela faz com Lady Virginia. É filha de um minerador galês, proveniente da zona industrial do sul do País de Gales, tal como faz questão de ressaltar a todo mundo, e certamente sabe o que significa estar em "juízo perfeito".

— Ela é muito atraente — observou Emma — Você não acha...

— Pelo amor de Deus, claro que não! O que eles poderiam ter em comum?

Emma sorriu antes de perguntar:

— Você repassou seus onze por cento das ações da companhia para Giles?

— Sim — respondeu Grace —, juntamente com meus direitos sobre a casa deixada por vovô na Smith Square, tal como combinado com mamãe, assim que me convenci de que o tolinho estava finalmente livre de Virginia.

Emma permaneceu em silêncio durante algum tempo.

— Então você sempre soube do conteúdo do novo testamento de mamãe?

— E também do que havia dentro do envelope — acrescentou Grace tranquilamente — e por isso não pude assistir ao julgamento.

— Vejo que mamãe a conhecia muito bem.

— Ela conhecia nós três muito bem — corrigiu-a Grace, olhando para o irmão do outro lado do salão.

15

— Você se encarregaria de tudo para mim? — perguntou Giles.

— Sim, senhor. Pode deixar comigo.

— Eu gostaria de me ver livre disso o mais rapidamente possível.

— Claro, senhor.

— Assunto repugnante esse. Só gostaria que houvesse uma forma mais civilizada de resolver estas coisas.

— É a lei que precisa mudar, Sir Giles. Aliás, para ser franco, essa questão é mais da sua alçada do que da minha.

Giles sabia que o homem tinha razão, embora, sem dúvida, a legislação fosse mudar com o tempo, mas Virginia tinha deixado claro que não podia esperar. Após meses sem ter feito nenhum contato com o marido, telefonou para ele de repente com o objetivo de informar que queria o divórcio. E nem precisou explicar o que esperava que ele fizesse.

— Obrigada, querido. Eu sabia que podia contar com você — disse ela antes de encerrar a ligação.

— Quando terei um retorno seu? — perguntou Giles ao homem.

— No fim de semana — respondeu ele, antes que entornasse na garganta o restinho da caneca de cerveja. Em seguida, levantou-se, cumprimentou Giles com uma mesura ligeira e saiu mancando.

Giles estava usando um grande cravo vermelho na lapela para que ela o identificasse com facilidade. Olhava de relance para todas as mulheres abaixo dos 30 anos que viessem em sua direção, nenhuma das quais lançou sequer uma única olhadela para ele, até que uma jovem vestida com elegância e recato parou ao seu lado.

— Senhor Brown? — perguntou ela.

— Sim — respondeu Giles.

— Sou a srta. Holt, da agência.

Sem mais nenhuma palavra, ela enroscou o braço no dele e o conduziu pela plataforma de embarque como um cão-guia, até que chegassem a um vagão de primeira classe. Assim que se acomodaram no interior do vagão, sentados um de frente para o outro, Giles se viu tomado de incertezas quanto ao que deveria fazer em seguida. Como era uma noite de sexta-feira, todos os outros lugares foram ocupados pelos passageiros muito antes que o trem partisse da estação. Durante a viagem inteira, a srta. Holt não disse uma palavra sequer.

Quando o trem chegou a Brighton, ela foi uma das primeiras a saltar. Giles entregou duas passagens ao cobrador na cancela e foi com ela para o ponto de táxi. Ficou claro para Giles que a srta. Holt já tinha feito isso várias vezes. Somente quando os dois estavam no banco traseiro do táxi é que ela voltou a falar, mas não foi com ele.

— Grand Hotel.

Quando chegaram ao hotel, Giles fez o registro de entrada, identificando ambos como sr. e sra. Brown.

— Quarto 31, senhor — disse o recepcionista, dando a impressão de que iria piscar, mas apenas sorriu e acrescentou: — Tenha uma boa noite, senhor.

Um porteiro levou as malas deles para o terceiro andar. Somente depois que o funcionário recebeu a gorjeta e se retirou é que a mulher voltou a falar.

— Meu nome é Angela Holt — apresentou-se ela, sentando-se aprumada na cabeceira da cama.

Giles permaneceu em pé e ficou olhando para uma mulher com a qual não poderia ser mais improvável que ele passasse um fim de semana picante em Brighton.

— Você poderia orientar-me nos procedimentos? — perguntou ele.

— Certamente, Sir Giles — respondeu a srta. Holt, como se ele tivesse solicitado a ela que tomasse nota de um ditado. — Às oito da noite, desceremos para jantar. Reservei uma mesa no centro do salão na esperança de que alguém o veja e o reconheça. Após o jantar, voltaremos para o quarto. Continuarei vestida o tempo todo, mas o senhor poderá usar o banheiro para tirar a roupa e pôr o pijama e o roupão. Às dez, eu me deitarei na cama para dormir, enquanto o senhor fará isso no sofá. Às duas da madrugada, o senhor telefonará para a recepção e pedirá uma garrafa de champanhe de boa safra, uma caneca de cerveja preta e alguns sanduíches de presunto. Quando o entregador trouxer o pedido, o senhor se queixará, dizendo a ele que pediu marmita e sanduíches de tomate. Então, solicitará que ele traga o pedido certo imediatamente. Quando ele voltar, agradeça e dê a ele cinco libras de gorjeta.

— Por que uma gorjeta tão grande? — questionou Giles.

— Porque, caso isto acabe parando nos tribunais, com certeza o entregador noturno será intimado a prestar depoimento, e precisamos providenciar para que ele não se esqueça do senhor.

— Entendo.

— De manhã, tomaremos café juntos e, quando deixarmos o hotel, o senhor deverá pagar a conta com cheque, de modo que será fácil saber onde o senhor esteve. Quando estivermos saindo do hotel, o senhor me abraçará e me beijará várias vezes. Depois disso, o senhor entrará num táxi e se despedirá de mim acenando com a mão.

— Por que várias vezes?

— Porque precisamos fazer tudo para que o detetive particular de sua esposa consiga tirar uma fotografia de nós juntos e que seja fácil de identificar. O senhor tem mais alguma pergunta, Sir Giles, antes que desçamos para jantar?

— Sim, srta. Holt. Posso perguntar com que frequência você faz isto?

— O senhor é o terceiro da semana, mas a agência já agendou os meus serviços para mais alguns casos na próxima semana.

— Isto é loucura. Francamente, nossas leis de divórcio são simplesmente bárbaras. O Governo deveria elaborar uma nova legislação o mais cedo possível.

— Espero que isto não aconteça — disse a srta. Holt —, pois, se os senhores assim procederem, Sir Giles, ficarei desempregada.

ALEX FISHER

1954-1955

17

— Eu quero simplesmente destruí-lo — disse ela. — Nada mais me satisfará.

— Posso lhe garantir, Lady Virginia, que farei tudo que puder para ajudá-la com isso.

— É bom saber disso, major, pois, se vamos trabalhar juntos, precisamos confiar um no outro. Portanto, nada de segredos. Contudo, ainda tenho que me convencer de que o senhor é o homem certo para fazer o serviço. Diga-me por que se acha tão habilitado para fazê-lo?

— Acho que por fim verá, milady, que estou mais do que habilitado — asseverou Fisher —, pois minha história com Barrington é bem antiga.

— Então me conte, desde o início. Relate todos os detalhes, por mais insignificantes que possam parecer.

— Tudo começou quando cursávamos o ensino básico no internato St. Bede, onde Barrington fez amizade com o filho do trabalhador das docas.

— Harry Clifton — observou Virginia com raiva.

— Barrington deveria ter sido expulso do St. Bede.

— Por quê? — perguntou Virginia.

— Porque o pegaram roubando na confeitaria, mas ele conseguiu se safar, permanecendo impune.

— E como isso?

— O pai dele, Sir Hugo, outro criminoso, doou à instituição um cheque de mil libras, o que possibilitou a construção de um novo anexo no campo de críquete. Por causa disso, o diretor da escola fez vista grossa, tornando possível que Barrington fosse para Oxford.

— Você chegou a estudar em Oxford também?

— Não. Entrei para o exército. Mas nossos caminhos se cruzaram novamente em Tobruk, quando servimos no mesmo regimento.

— Foi quando ele ficou famoso, ganhando a Cruz Militar, e mais tarde conseguindo fugir de um campo de prisioneiros de guerra?

— A medalha deveria ter sido minha — observou Fisher, semicerrando os olhos com rancor. — Eu era o seu superior na época, responsável pelo comando de um ataque a uma bateria de artilharia inimiga. Depois que expulsei os alemães das suas posições, o coronel recomendou que me concedessem a medalha, mas, como o cabo Bates, um amigo de Barrington, recusou-se a endossar minha indicação, recebi apenas uma comenda por bons serviços prestados e Barrington acabou ganhando a medalha que deveria ter sido minha.

Não tinha sido essa a versão de Giles a respeito do que acontecera nesse dia, mas Virginia sabia bem em qual delas achava melhor acreditar.

— Você teve algum contato com ele desde então?

— Não. Continuei no exército, mas, assim que percebi que ele tinha arruinado minha chance de conseguir todo tipo de promoção, resolvi me reformar precocemente.

— E o que o senhor faz da vida agora, major?

— Sou corretor da bolsa de valores, mas faço parte também da diretoria da Bristol Grammar School e do comitê executivo do diretório local do Partido Conservador. Filiei-me ao partido para poder exercer nele uma função que me possibilite fazer tudo para que Barrington não consiga ganhar a próxima eleição.

— E farei tudo para que você tenha mesmo um papel fundamental nisto — garantiu-lhe Virginia —, pois a coisa mais importante para esse homem é preservar seu cargo na Câmara dos Comuns. Ele está convicto de que, se o Partido Trabalhista vencer a próxima eleição, Attlee lhe oferecerá um lugar em seu gabinete de ministros.

— Só por cima do meu cadáver.

— Não acho que precisaremos ir tão longe assim. Afinal de contas, se ele perdesse o assento no Parlamento na próxima eleição, seriam poucas as chances de eles o escolherem de novo como candidato e, provavelmente, isso seria o fim da carreira política dele.

— Que assim seja — desejou Fisher. — Mas devemos considerar que, embora não tenha uma grande maioria de possíveis eleitores, ele ainda é muito popular em sua zona eleitoral.

— Eu me pergunto como ficará sua popularidade depois que eu o tiver processado por adultério.

— Ele já preparou o terreno para enfrentar essa situação, dizendo a todos que teve que participar de uma farsa em Brighton para preservar sua reputação. Está até fazendo campanha para modificar a legislação sobre divórcio.

— Mas como seus eleitores reagiriam se descobrissem que ele vem tendo um caso com uma universitária de Cambridge?

— Depois que a senhora tiver conseguido o divórcio, ninguém se importará com isso.

— Mas se o divórcio ainda não tiver saído e eu espalhar por aí que estou desesperada, tudo fazendo para conseguir uma reconciliação...

— Aí a história seria outra — observou Fisher. — E a senhora pode contar comigo. Farei tudo que for possível para que seu triste martírio de mulher abandonada chegue ao conhecimento das pessoas certas.

— Ótimo. Agora, ajudaria muito os nossos objetivos de longo prazo se você se tornasse presidente do diretório do partido na zona portuária de Bristol.

— É o que mais quero no momento. O único problema é que não posso me dar ao luxo de gastar tanto tempo assim com política, já que preciso ganhar o pão de cada dia — argumentou Fisher, tentando não parecer constrangido.

— Você não terá que se preocupar mais com isso quando entrar para a diretoria do grupo Barrington Shipping.

— Mas é quase nula a possibilidade de isso acontecer. Barrington vetaria minha indicação assim que fosse proposta.

— Ele não poderá vetar nada enquanto eu tiver 7,5% das ações da companhia.

— Não sei se entendi bem.

— Eu explico, major. Nos últimos seis meses, venho comprando ações da Barrington por intermédio de um fundo de ações e agora possuo 7,5% das ações da companhia. Se você consultar seu estatuto, verá que isso me permite indicar um membro para integrar a diretoria, e não vejo alguém mais habilitado do que o senhor para me representar, major.

— E como posso começar a lhe agradecer?

— É simples. Por enquanto, o senhor deverá tratar de se dedicar ao objetivo de se tornar chefe do diretório local do Partido Conservador. Assim que conseguir isso, seu único objetivo será fazer tudo para que os eleitores da zona portuária de Bristol tirem seu representante do Parlamento na próxima eleição.

— E o que farei a longo prazo?

— Tenho uma ideia que talvez o senhor ache bem interessante. Mas só poderemos pensar em adotá-la quando o senhor se tornar presidente do diretório local do partido.

— Então acho melhor eu voltar logo para Bristol e começar a trabalhar nisso imediatamente. Mas, antes disso, gostaria de lhe pedir algo.

— Claro — respondeu Virginia. — Pode me pedir o que quiser. Afinal, somos sócios agora.

— Por que a senhora me escolheu para fazer este trabalho?

— Ah, é simples, major. Giles me disse uma vez que o senhor é o único homem que ele já detestou.

— Cavalheiros! — solicitou Bill Hawkins, presidente do diretório do Partido Conservador enquanto batia o pequeno martelo na mesa. — Por favor, silêncio! Talvez seja melhor iniciarmos a reunião pedindo que nosso secretário, major Fisher, leia a ata da última reunião.

— Obrigado, sr. presidente. Na última reunião, realizada em 14 de junho de 1954, o diretório pediu que eu enviasse uma carta ao Comitê Central em Londres solicitando uma lista de candidatos que poderiam ser escolhidos para representar o diretório do partido deste distrito eleitoral na próxima eleição geral. A lista de candidatos oficial chegou alguns dias depois e providenciei o envio de uma cópia para seus membros, de forma que pudessem analisar, na reunião desta noite, quais deles deveriam ser escolhidos.

"Acordamos que, este ano, a festa de arrecadação de recursos financeiros para o partido seria realizada em Castle Combe, com a gentil permissão da excelentíssima juíza de paz, sra. Hartley-Booth. Em seguida, travamos discussão para a definição do preço dos bilhetes da rifa, depois da qual realizamos uma votação e por fim concordamos que seu preço unitário deveria ser de seis *pence*, ou de meia coroa, no caso de um lote de seis unidades. O tesoureiro, sr. Maynard, informou depois que o diretório tinha um saldo em sua conta bancária de 47 libras e 12 xelins. Ele observou também que, por causa dessa insuficiência de recursos, tinha enviado uma carta a todos os membros do partido que ainda não haviam pago sua contribuição anual. Sem mais nenhum assunto para tratar, a reunião foi encerrada às 22h12.

— Obrigado, major — agradeceu o presidente. — Agora, passemos ao item 2 da pauta, a saber a lista de candidatos recomendados pelo Comitê Central. Como todos vocês tiveram vários dias para pensar nos candidatos, iniciaremos a reunião com um debate geral a respeito deles, de modo que possamos fazer depois uma lista definitiva com os que vocês acham que deveriam ser convocados para uma entrevista.

Uma vez que Fisher já tinha mostrado a lista de candidatos a Virginia, ambos escolheram de antemão a pessoa que achavam que seria mais útil ao objetivo de longo prazo deles. Ele permaneceu sentado, apenas escutando com toda atenção seus colegas manifestarem suas opiniões a respeito das qualidades e deficiências de cada candidato. E logo ficou claro que seu escolhido não era o favorito na disputa, mas, pelo menos, não havia ninguém se opondo à sua escolha.

— Gostaria de dar sua opinião, major, antes que eu convoque todos para uma votação? — perguntou Hawkins.

— Obrigado, sr. presidente. Concordo com os colegas que acham que o sr. Simpson, tendo sido protagonista de uma disputa tão valorosa em Ebbw Vale na última eleição, merece ser entrevistado, mas acredito que deveríamos pensar também na possibilidade de escolhermos o sr. Dunnett. Afinal, sua esposa é uma jovem nascida e criada nesta região, fato que constitui uma vantagem importante, principalmente se levarmos em conta o estado civil atual de Sir Giles Barrington.

Assim que ele concluiu a frase, vários "isso mesmo" ecoaram ao redor da mesa.

Quarenta minutos depois, Gregory Dunnett fazia parte da lista definitiva dos considerados dignos de uma entrevista, junto com o sr.

Simpson, o ex-candidato de Ebbw Vale; um conselheiro municipal, sem chance de ser escolhido candidato; um solteirão com mais de 40 anos de idade, também com muito pouca chance; e uma mulher do governo municipal, sem chance nenhuma. Agora, tudo que Fisher precisava fazer era achar uma boa razão para levá-los a escolher o sr. Simpson.

Quando faltavam alguns minutos para a reunião terminar, o presidente anunciou que era hora de tratar de assuntos fora da pauta.

— Gostaria de informar algo ao diretório — disse Fisher, enroscando a tampa na caneta —, mas acho que seria melhor que nada que for dito agora seja registrado na ata.

— Tenho certeza de que não há ninguém melhor do que o senhor aqui para decidir isso, major — observou o presidente, olhando rapidamente de relance para várias partes da mesa, com a intenção de saber se todos os presentes à reunião concordavam.

— Na semana passada, quando eu estava no clube em Londres — disse Fisher —, eu soube, por intermédio de uma fonte confiável, de fatos preocupantes a respeito de Sir Giles Barrington. — Agora, com a revelação, ele conseguiu galvanizar a atenção do diretório inteiro. — Como todos vocês devem saber muito bem, atualmente Sir Giles está enfrentando um processo de divórcio, consequência do lamentável fracasso de seu casamento. A maioria de nós se compadeceu da situação dele quando ele decidiu trilhar o triste caminho do "episódio de Brighton", principalmente depois que ele informou, lançando mão de um artifício um tanto grosseiro em minha opinião, que fez isso para preservar a reputação de sua esposa. Todos aqui são adultos e sabem muito bem que as leis de divórcio precisam ser reformadas com urgência. Todavia, desde então, descobri que o ocorrido era apenas metade da história. Parece que Sir Giles, não bastasse o lastimável episódio, está tendo um caso com uma jovem estudante da Universidade de Cambridge, apesar do fato de que sua esposa vem tentando desesperadamente conseguir uma reconciliação.

— Meu Deus, o homem é uma canalha! — observou Bill Hawkins. — Deveriam fazer com que se exonerasse do cargo.

— Concordo plenamente, sr. presidente. Aliás, ele não teria tido nenhuma chance de ser escolhido se fosse candidato do Partido Conservador.

Um burburinho de comentários sussurrantes prorrompeu ao redor da mesa.

— Mas espero — prosseguiu Fisher depois que o presidente golpeara a mesa com o martelo várias vezes, pedindo silêncio — poder contar com a discrição do diretório, tudo fazendo os seus membros para que esta informação não saia de jeito nenhum desta sala de reuniões.

— Claro, claro! — disse o presidente. — Nem é necessário pedir.

Fisher recostou-se na cadeira, espaldando-se na convicção de que, horas depois, a história teria chegado aos ouvidos de vários membros do Partido Trabalhista ocupando cargos de importância decisiva, garantia líquida e certa de que pelo menos metade do distrito eleitoral estaria sabendo dela até o fim da semana.

Depois que o presidente encerrou a reunião e membros do diretório começaram a atravessar a rua em direção ao bar local, Peter Maynard, o tesoureiro, aproximou-se discretamente de Alex e perguntou se podia ter uma conversa em particular com ele.

— Claro, velho amigo — disse Alex. — Em que posso ajudá-lo?

— Como sabe, o presidente deixou claro, em várias ocasiões, que ele pretende deixar o cargo antes da próxima eleição.

— Eu soube disso.

— Alguns de nós acham que é um cargo para uma pessoa mais jovem e me pediram que o sondassem para saber se você gostaria que seu nome fosse citado como possível candidato.

— Que gentileza sua, Peter. Se a maioria dos colegas achar que sou a pessoa certa para o cargo, claro que eu pensaria na ideia de assumir essa penosa tarefa, mas não, que fique bem entendido, se outro membro do diretório achar que é capaz de fazer um trabalho melhor.

Quando o primeiro cheque por seus serviços como membro da diretoria da Barrington Shipping Co. foi compensado, Alex fechou sua conta no Midland Bank e transferiu o dinheiro para o Barclays. A instituição já tinha a conta da Barrington, porém, administrava também os recursos financeiros do diretório do Partido Conservador. E, ao contrário do gerente do Midland, o do Barclays aceitou conceder-lhe a vantagem de saques a descoberto.

No dia seguinte, ele viajou para Londres e abriu uma conta na famosa alfaiataria Gieves & Hawkes, onde tirou medidas para três ternos novos, um *smoking* e um sobretudo, todos na cor preta. Após o almoço no clube masculino Army & Navy, ele passou na Hilditch & Key, onde escolheu meia dúzia de camisas, além de dois pijamas, um roupão e um conjunto de seletas gravatas de seda. Depois de ter assinado a conta, seguiu para a John Lobb, onde passou algum tempo tirando medidas para dois sapatos sob encomenda, ambos irlandeses: um preto e outro marrom.

— Eles devem ficar prontos dentro de um mês, major — disseram a ele.

Nas quatro semanas seguintes, Fisher levou todos os membros do diretório para almoçar ou jantar, sempre à custa de Virginia, encontros no fim dos quais o major ficou confiante de que a maioria deles apoiaria Gregory Dunnett como segunda opção de candidato na escolha do partido daquele que disputaria a próxima eleição. Um ou outro dos colegas chegou a considerá-lo a primeira opção de candidato para a disputa interna.

Depois de um copo de conhaque com Peter Maynard após o jantar, Fisher soube pelo tesoureiro do partido que o diretório estava passando por momentâneas dificuldades financeiras. No dia seguinte, ele viajou a Londres e, após uma discreta conversa com Lady Virginia, essas temporárias dificuldades financeiras foram sanadas. Agora, um dos membros do diretório do partido tinha uma dívida com ele.

18

Não fazia muitos meses que Alex fazia parte da diretoria da Barrington Shipping quando descobriu uma oportunidade que achou que Virginia poderia considerar interessante.

Durante esse tempo no cargo, como ele foi assíduo participante das reuniões da diretoria, leu todos os relatórios e sempre votou com a maioria, de forma que ninguém suspeitou do que andava tramando.

Virginia não tivera dúvidas de que Giles ficaria desconfiado quando Alex fosse designado para ocupar um cargo na diretoria. Chegou a se perguntar se ele iria tentar descobrir a quem pertenciam os 7,5% das ações da companhia que mantinham Fisher no cargo. Mas sabia que, se ele fizesse isso, tudo que conseguiria descobrir era que eram controlados por uma administradora de fundos de ações. Só que, como Giles não era cego nem burro, ele não precisaria de muito tempo para ver por que 2+2 podiam dar 7,5. Embora o presidente lhe assegurasse que o major parecia um sujeito decente, que raramente opinava nas reuniões da diretoria e certamente não causava problemas, Giles não se convencia. Não achava que Fisher fosse capaz de mudar da água para o vinho de uma hora para outra. Mas, com uma eleição pela frente, na qual os conservadores esperavam aumentar sua maioria nas urnas e sem a existência de uma solução para a misteriosa razão que levava Virginia a continuar adiando a assinatura da ordem de divórcio, apesar de ela ter implorado que Giles lhe desse motivo para divorciar-se dele, Fisher era o menor de seus problemas.

— Cavalheiros — disse o presidente da Barrington Shipping —, acho que não seria exagero afirmar que a proposta que apresentarei hoje acabará se revelando um divisor de águas na história da companhia. O novo e ousado empreendimento proposto pelo sr. Compton, nosso diretor-executivo, tem o meu total apoio. Portanto, solicitarei à diretoria que apoie um plano da companhia para construir seu primeiro transatlântico desde a guerra, numa tentativa de acompanhar o avanço de nossos grandes concorrentes, a Cunard e a P&O. Acredito que o fundador de nossa companhia, Joshua Barrington, teria aplaudido tamanha iniciativa.

Alex ouviu tudo atentamente. Adquirira grande respeito por Sir William Travers, que substituíra Hugo Barrington — não que os dirigentes da companhia costumassem fazer referência ao presidente anterior —, um articulador sagaz e inteligente, considerado pela indústria e pelas autoridades da cidade um homem competente.

— Certamente, o investimento exigirá a aplicação de uma parcela considerável de nossas reservas — prosseguiu Sir William —, mas os bancos estão dispostos a nos ajudar, já que nossas estimativas mostram que, mesmo que conseguíssemos uma ocupação de apenas quarenta por cento das cabines e dos camarotes de nosso novo navio, recuperaríamos o investimento dentro de cinco anos. Agora, ponho-me à disposição da diretoria para responder a quaisquer perguntas.

— O senhor não acha que o público ainda poderia trazer, indelevelmente gravado no inconsciente, a lembrança do trágico destino do *Titanic*, fato que poderia levá-lo a recear a ideia de viajar num novo transatlântico de luxo? — perguntou Fisher.

— Boa observação, major — respondeu Sir William —, mas a recente decisão da Cunard, de adicionar um novo navio à sua frota, seria uma indicação de que uma nova geração de passageiros está ciente de que ainda não ocorreu um grande acidente marítimo envolvendo transatlânticos de luxo desde o trágico acidente de 1912.

— E quanto tempo levaríamos para construir esse navio?

— Se a diretoria desse o sinal verde agora, iniciaríamos o processo de licitação imediatamente. E espero poder designar engenheiros navais especializados até o fim do ano para a execução do projeto, de forma que o navio fique pronto dentro de três anos.

Alex se calou em seguida. Ficou esperando que um membro da diretoria fizesse uma pergunta que ele mesmo não gostaria de fazer.

— Qual o custo estimado do projeto?

— É difícil dar números exatos — confessou Sir William —, mas destinei-lhe 3 milhões de libras de nosso orçamento. Contudo, eu diria que essa estimativa é um tanto exagerada.

— Tomara que sim — disse outro membro da diretoria. — E teremos que informar os nossos planos aos acionistas.

— Concordo — tornou Sir William. — Farei isso em nossa assembleia geral de acionistas no próximo mês, na qual ressaltarei também que nossas previsões de lucro são muito animadoras e que não vejo razão para que não paguemos aos nossos acionistas os mesmos dividendos do ano passado. Ainda assim, a diretoria deve considerar a possibilidade de alguns de nossos acionistas recearem essa mudança de direção, sem falar na questão do grande investimento que pretendemos fazer. Porquanto isso pode provocar uma queda no preço de nossas ações. No entanto, assim que a cidade se convencer de que temos recursos suficientes para enfrentar quaisquer dificuldades financeiras a curto prazo, talvez seja apenas uma questão de tempo até que o preço de nossas ações volte ao nível atual. Mais alguma pergunta?

— Já chegamos a uma decisão quanto ao nome da nova divisão de transporte de passageiros da companhia, bem como ao de seu primeiro navio? — perguntou Fisher.

— Estamos pensando em chamar de *Buckingham* a nova divisão de Palace Line e a seu primeiro transatlântico, indicando assim o compromisso da companhia de contribuir para o advento de uma nova era elisabetana.

Quanto a isso, a diretoria estava de pleno acordo.

— Explique mais uma vez — solicitou Virginia.

— Sir William anunciará, na assembleia-geral de acionistas da próxima quinta-feira, que a Barrington construirá um novo transatlântico para concorrer com tudo que a Cunard e a P&O mantêm atualmente em operação pelos mares e cujo custo foi estimado em 3 milhões de libras.

— Em minha opinião, a iniciativa parece um tanto ousada e criativa.

— E arriscada para outros, pois muitos investidores do mercado de ações não são nem ousados nem criativos e ficarão apreensivos com a possibilidade de ocorrerem aumentos nos custos da construção do navio e com a dificuldade de os dirigentes conseguirem ocupação suficiente no transatlântico para recuperar o capital investido. Mas, se eles pudessem examinar as contas com cuidado, veriam que a Barrington dispõe de capital mais que suficiente para arcar com quaisquer prejuízos de curto prazo.

— Então por que está recomendando que eu venda minhas ações?

— Porque, se a senhora recomprá-las num prazo de três semanas após a venda, vai ganhar uma fortuna.

— É isso que não estou entendendo — disse Virginia.

— Deixe-me explicar — propôs Alex. — Ao comprar ações, a pessoa tem 21 dias para efetuar o pagamento. Assim também, quando vende ações, só recebe o dinheiro depois de vinte e um dias da venda. Durante esse período de 21 dias, ela pode continuar a negociar sem ter que pagar nada e, uma vez que temos informações sigilosas, podemos tirar proveito dessa situação.

— Então o que o senhor sugere?

— A assembleia geral de acionistas da Barrington começará às dez da manhã de quinta, com o presidente apresentando o relatório anual. Prevejo que, questão de horas depois, o preço das ações cairá de seus poucos mais de quatro libras atuais para algo em torno de três libras e dez xelins. Se a senhora vendesse seus 7,5% das ações às nove horas nesse dia, assim que a bolsa abrisse, isso faria com que o preço delas caísse ainda mais, talvez para três libras. Depois, a senhora esperaria que as ações se desvalorizassem ao máximo antes de recomprar, a um preço bem menor, todas as que estivessem sendo negociadas, até que houvesse conseguido recuperar seus 7,5%.

— Mas os corretores da bolsa não desconfiarão de nada e depois não dirão à diretoria o que andamos tramando?

— Não vão dizer nada, já que ganharão comissão quando venderem as ações e depois mais uma vez quando as recomprarem. Não perderão nada, nem de um jeito nem de outro.

— Mas e nós? Poderemos perder alguma coisa?

— Somente se, após a apresentação do relatório anual do presidente, o preço das ações aumentar, pois aí a senhora teria que desembolsar mais dinheiro para recomprar suas ações. Mas, francamente, é improvável que isso aconteça quando a companhia anunciar que está investindo 3 milhões de libras de suas reservas num empreendimento arriscado.

— E o que faremos depois disso?

— Se a senhora me der carta branca para agir em seu nome, encarregarei um corretor de Hong Kong conhecido meu para cuidar da transação, de forma que ninguém consiga descobrir que estamos por trás disso.

— Giles acabará descobrindo o que andamos tramando, pois não é nada bobo.

— Não se, após três semanas, os registros mostrarem que os 7,5% das ações da companhia não mudaram de mãos. De mais a mais, ele tem problemas muito mais urgentes para tratar no momento.

— Tais como?

— Disseram-me que ele vai enfrentar um referendo organizado pelo diretório local do Partido Trabalhista, depois que seus correligionários souberam de sua relação com a srta. Gwyneth Hughes. Existe até o risco de ele não disputar a próxima eleição. Mas isso presumindo que a senhora ainda não tenha assinado a ordem de divórcio.

— O senhor me garante, major Fisher, que esta investigação não tem nenhuma relação com Sir Giles Barrington ou com o sr. Harry Clifton? Pois eu os representei no passado, e isso criaria um conflito de interesses inaceitável.

— Minhas averiguações não têm nada a ver com a família Barrington — asseverou Fisher. — É que o diretório local do Partido Conservador escolheu dois candidatos para concorrer à vaga do correligionário escolhido para representar a zona portuária de Bristol na próxima eleição. Como diretor do diretório, quero ter certeza absoluta de que não existe nada em seu passado que possa causar constrangimento ao partido no futuro.

— O que exatamente o senhor está procurando, major?

— Com os contatos que o senhor tem na corporação, eu pediria que tentasse descobrir se o nome de algum deles consta nos registros policiais.

— Mas isso inclui multas de trânsito ou outros delitos menores?

— Qualquer coisa de que o Partido Trabalhista pudesse tirar proveito durante uma campanha eleitoral.

— Entendi — disse Mitchell. — Quanto tempo terei para fazer isso?

— O processo de seleção começará dentro de alguns meses, talvez três, mas, caso você consiga descobrir alguma coisa, precisarei ser informado muito antes disso — explicou Fisher, entregando-lhe um pedaço de papel contendo dois nomes.

Mitchell deu uma olhada nos dois nomes antes que enfiasse o pedaço de papel no bolso. Em seguida, partiu sem dizer mais nenhuma palavra.

Fisher ligou para um telefone particular em Hong Kong às nove da manhã do dia da assembleia geral de acionistas da Barrington. Quando ouviu a conhecida voz no outro lado da linha, disse:

— Benny, é o major.

— Como tem passado, major? Quanto tempo sem notícias!

— Existe uma razão para isso — desculpou-se Fisher —, e explicarei tudo na próxima vez que você vier a Londres, mas agora preciso que você faça uma venda de ações para mim.

— Estou com a caneta preparada — disse Benny.

— Quero que você venda duzentas mil ações da Barrington Shipping ao preço do dia assim que a Bolsa de Valores de Londres abrir.

— Já tá feito — disse Benny, depois de um assobio impressionado.

— E assim que tiver concluído a transação quero que recompre o mesmo número de ações dentro de um prazo de 21 dias, mas somente quando você achar que elas estão no menor valor possível.

— Entendido. Apenas uma pergunta, major: Benny poderia fazer um pouquinho de especulação com essa mercadoria especial?

— Faça como quiser, mas não se deixe levar pela ganância, pois, de onde isso veio, virá muito mais.

O major desligou o telefone, deixou o clube na Pall Mall e pegou um táxi para o Savoy, onde se reuniu com seus colegas de diretoria na sala de reuniões, poucos minutos antes de o presidente se levantar para fazer seu discurso anual aos acionistas da Barrington Shipping Company.

19

O Constitutional Hall na Davis Street estava lotado. Vários membros do partido tiveram que ficar de pé no corredor ou nos fundos do auditório. Alguns chegaram a sentar-se em parapeitos na esperança de conseguir uma boa visão dos trabalhos.

Embora ambos os candidatos da lista, Neville Simpson e Gregory Dunnett, houvessem feito discursos eloquentes, Fisher achou que Simpson tinha uma pequena vantagem sobre seu candidato favorito, pelo menos temporariamente. Simpson, um advogado de Londres, era um pouco mais velho do que Dunnett, tinha um ótimo currículo como combatente de guerra e já havia disputado uma eleição com Aneurin Bevan, em Ebbw Vale, onde conseguira aumentar o número de eleitores dos conservadores. Mas Mitchell fora capaz de fornecer informações suficientes a Fisher para complicar a situação do candidato.

Simpson e Dunnett estavam sentados junto ao presidente no palco, um de cada lado, enquanto os membros do diretório se acomodaram na primeira fileira de assentos. A notícia de que Sir Giles Barrington sobrevivera ao referendo, numa reunião fechada do diretório local do Partido Trabalhista no início da semana, deixara Fisher contente, embora ele não tivesse confessado isso a ninguém exceto a Virginia. Ele pretendia humilhar Barrington publicamente, no auge do esplendor gerado pelo calor de uma campanha de eleição geral, e não no ambiente obscuro de uma sala de diretório do partido. Esse plano só podia funcionar caso Dunnett se tornasse um dos candidatos dos conservadores, mas isso ainda era incerto.

O presidente se levantou e sorriu afavelmente para a plateia. Antes que dirigisse a palavra aos correligionários, deu a típica tossidinha de sempre.

— Antes de passarmos à sessão de perguntas, gostaria de informar que esta será minha última reunião como presidente. Acho que o diretório deveria iniciar a campanha da eleição geral com um novo candidato e um novo presidente, de preferência alguém bem mais jovem do que eu — anunciou o presidente, fazendo uma pausa para ver se alguém iria tentar convencê-lo a desistir do intento, mas, como ninguém fez isso, ele prosseguiu com certa relutância:

— Vamos entrar agora na última parte da reunião antes de escolhermos o homem que lutará em prol de nossa causa na próxima eleição. Os membros do diretório terão a oportunidade de fazer perguntas diretamente aos dois potenciais candidatos.

Nisso, um homem alto se levantou de um pulo do assento nos fundos do auditório e começou a falar antes mesmo que Bill Hawkins convidasse alguém a fazer perguntas.

— Senhor presidente, posso perguntar a ambos os candidatos se, caso eles conseguissem um assento no Parlamento, eles morariam em nosso distrito eleitoral?

Simpson foi o primeiro a responder.

— Eu com certeza compraria uma casa no distrito — assegurou —, embora ache que acabaria tendo que morar na própria Câmara dos Comuns.

O comentário provocou risadas, arrancando também alguns aplausos.

— Eu mesmo fui consultar uma imobiliária na semana passada — rebateu Dunnett —, se bem que não movido pela certeza da vitória, mas pela esperança de que talvez vocês me escolham.

Considerando a salva de palmas que se seguiu, Fisher achou que até então a disputa estava empatada.

O presidente apontou para uma mulher na terceira fileira que nunca deixava de fazer perguntas sempre que o diretório realizava essas reuniões — ciente disso, achou melhor ficar livre dela logo.

— Considerando que um de vocês é um advogado de sucesso, enquanto o outro é corretor de seguros, vocês terão tempo suficiente para se dedicar aos interesses deste pequeno, porém fundamental, distrito eleitoral durante a campanha eleitoral?

— Se eu for escolhido, não voltarei para Londres essa noite — disse Dunnett. — Vou devotar cada minuto em que não estiver dormindo para ganhar esse assento e tirar Giles Barrington do Parlamento de uma vez por todas.

Desta vez, os aplausos foram mais prolongados, levando Fisher a relaxar pela primeira vez.

— O importante não é quantas horas você se dedica a isso — observou Simpson —, mas a forma pela qual você o faz. Como já disputei uma eleição geral contra um oponente forte, sei o que terei pela frente. É muito importante que vocês escolham alguém que seja capaz de aprender rapidamente, consiga usar essa capacidade e o conhecimento adquirido para derrotar Giles Barrington e assim conquistar o assento no Parlamento para o Partido Conservador.

Fisher estava começando a achar que talvez Dunnett precisasse de uma mãozinha se quisesse mesmo tirar Simpson do caminho. Enquanto pensava nisso, viu o presidente sinalizar com a mão para um empresário local de renome.

— Quem vocês acham que seria a pessoa certa para ocupar o lugar de sucessor de Winston Churchill como líder de nosso partido?

— Eu não sabia que o cargo estava vago — respondeu Simpson, comentário que foi recebido com mais risadas e mais aplausos, antes que ele acrescentasse num tom de voz mais sério: — Seria tolice pensarmos em substituirmos o maior primeiro-ministro deste século sem uma razão danada de boa para fazermos isso.

Desta vez, os aplausos foram ensurdecedores, e Dunnett precisou de algum tempo para que conseguisse fazer com que a plateia tivesse condições de ouvi-lo.

— Acredito que o sr. Churchill deixou claro que, quando a hora certa chegar, seu favorito para sucedê-lo no cargo será Sir Anthony Eden, nosso distinto e muito admirado ministro das Relações Exteriores. Se isso é bom para o sr. Churchill, é bom para mim também.

Os aplausos em resposta a isso não foram tão intensos.

Nos trinta minutos seguintes, enquanto as perguntas continuavam em ritmo intenso, Fisher achou que Simpson vinha consolidando sua posição de favorito. No entanto, Fisher estava confiante que as últimas três perguntas ajudariam seu candidato preferido, principalmente porque ele tinha plantado duas delas entre os presentes na plateia e combinara com o presidente que ele mesmo faria a pergunta final.

Bill Hawkins consultou o relógio.

— Acho que agora só temos tempo para mais três perguntas — anunciou ele, apontando para um homem acomodado nos fundos do auditório, o qual ficara o tempo todo tentando atrair a atenção do presidente. Quando o viu dar a vez ao homem, Fisher sorriu.

— Os dois candidatos se importariam de expressar suas opiniões a respeito da nova legislação sobre divórcio?

Foi quando ouviram soar no auditório um forte suspiro coletivo, seguido por um silêncio pejado de expectativa, já que poucos dos ali presentes duvidavam que a pergunta tinha relação com Sir Giles Barrington em vez de com algum dos dois candidatos no palco.

— Eu simplesmente abomino nossas antiquadas leis de divórcio, as quais sem dúvida precisam ser reformadas — afirmou o advogado. — Só espero que o assunto não se transforme no tema dominante na campanha eleitoral neste distrito eleitoral, pois prefiro vencer Barrington na base do mérito em vez de com artifícios, tirando proveito de boatos e insinuações.

Quando ouviu isso, Fisher não teve mais dificuldade para entender por que o Comitê Central achava que Simpson seria um futuro ministro, mas, por outro lado, sabia também que essa não era a resposta que os membros locais do partido queriam ouvir.

Depois que avaliou rapidamente a reação da audiência, Dunnett argumentou:

— Embora eu concorde com muita coisa do que o sr. Simpson acabou de dizer, acho que os eleitores da zona portuária de Bristol têm o direito de saber, antes que compareçam às urnas, e não depois que tiverem votado, a verdade sobre as medidas tomadas por Barrington no âmbito de sua vida doméstica.

As primeiras salvas de aplausos foram claramente mais favoráveis às observações de Dunnett.

Em seguida, o presidente apontou para Peter Maynard, que estava sentado no meio da primeira fileira de assentos.

— Nós, deste distrito eleitoral, estamos procurando mais do que um deputado — advertiu Maynard, puxando de cabeça trechos de um roteiro previamente elaborado. — Na verdade, estamos à procura de uma parceria, de uma equipe. Podem os dois candidatos nos dar a garantia de que veremos suas esposas com frequência nesta zona eleitoral, dando apoio a eles durante os preparativos para a eleição geral, pois jamais vimos Lady Barrington fazer isso em nenhuma ocasião?

Foi o primeiro inquiridor a receber uma salva de aplausos.

— Minha esposa já está ao meu lado — disse Dunnett, gesticulando na direção de uma mulher jovem e atraente, sentada na segunda fileira —, tal como fará durante toda a campanha. Aliás, se eu me tornar o representante de vocês no Parlamento, provavelmente vocês verão muito mais a cara de Connie por estas bandas do que a minha.

Fisher sorriu, pois sabia que a pergunta ajudava a realçar os pontos fortes de Dunnett e, por outro lado, a evidenciar os pontos fracos de Simpson. Valia lembrar que quando ele enviara carta a ambos, convidando-os a participar da reunião, endereçara um envelope ao senhor e à senhora Dunnett e outro simplesmente ao Ilmo. Sr. N. Simpson.

— Minha esposa é professora assistente da London School of Economics — explicou Simpson —, mas ela teria tempo para visitar o distrito eleitoral na maioria dos fins de semana e nos feriados. — Quando ouviu isso, Fisher sentiu os votos do oponente minguando. — E tenho certeza de que vocês concordarão que não pode haver vocação maior do que cuidar da formação da próxima geração.

Os aplausos que vieram em seguida deram a impressão de que algumas pessoas não concordavam totalmente com a ideia de que a London School of Economics era a melhor forma de fazer tal coisa.

— E, por fim — disse o presidente —, sei que nosso secretário, major Fisher, gostaria de fazer uma pergunta aos candidatos.

— Como li isto no *Daily Mail* desta manhã — disse Fisher —, talvez não seja verdade — ambos os candidatos riram educadamente da observação —, mas o jornal informou que o importante distrito eleitoral londrino de Fulham fez também sua lista de candidatos para a escolha daquele que deverá representá-lo na eleição, os quais entrevistará na segunda-feira. Eu gostaria de saber se seus nomes constam nessa lista também e, se constam, pergunto se estariam dispostos a abrir mão dessa outra disputa antes que façamos a votação hoje à noite?

— Eu não me inscrevi no diretório de Fulham — afirmou Dunnett —, já que sempre quis representar um distrito da região sudoeste, onde minha esposa nasceu e foi criada e onde esperamos educar nossos filhos.

Fisher apenas abanou a cabeça, como que aprovando a resposta. Já Simpson teve que esperar que os aplausos cessassem para voltar a falar.

— Já eu estou na lista final do distrito eleitoral de Fulham, major Fisher — confessou ele —, e acho que, sem uma boa razão, seria uma descortesia retirar meu nome dela em cima da hora. Contudo, se eu tivesse a felicidade de ser o escolhido desta noite, não poderia ter uma razão melhor para isso.

Boa saída, pensou Fisher enquanto ouvia a salva de aplausos que veio a seguir. Mas seria o suficiente?

O presidente se levantou:

— Tenho certeza de todos vocês se juntarão a mim na prestação dos devidos agradecimentos a ambos os candidatos, não apenas por terem aberto mão de seu valioso tempo para estarem conosco nesta noite, mas por terem dado uma esplêndida contribuição aos nossos objetivos. Não tenho dúvida de que ambos se tornarão membros do Parlamento, mas, infelizmente, só podemos escolher um deles — observou ele, suas palavras sendo logo acompanhadas de mais aplausos. — Então, chegamos agora à fase da votação. Explicarei como pretendo proceder. Peço aos membros a gentileza de virem para a frente do auditório, onde nosso secretário, major Fisher, lhes dará cédulas de votação. Depois que os senhores tiverem marcado com um X o nome do candidato de sua preferência, queiram depositar as cédulas na urna, por favor. Assim que a contagem tiver sido concluída e o secretário e eu as tivermos examinado, o que não deve demorar muito, anunciarei qual dos candidatos foi escolhido para ser o representante do Partido Conservador pela zona portuária de Bristol na eleição geral.

Os membros do diretório se mantiveram ordeiros, numa fila bem organizada, enquanto Fisher distribuía as pouco mais de trezentas cédulas. Depois que o último voto foi depositado na urna, o presidente pediu que um supervisor a pegasse e a levasse para uma sala reservada atrás do palco.

Quando, alguns minutos depois, o presidente e o secretário entraram na sala de apuração, viram que a urna estava em cima de uma mesa no centro do recinto, vigiada pelo supervisor. Logo depois, sentaram-se em duas cadeiras de madeira, postas uma de frente para a outra. O supervisor destrancou a urna antes que se retirasse da sala, fechando a porta quando saiu.

Assim que ouviu a porta se fechar, o presidente se levantou, abriu a urna e despejou as cédulas sobre a mesa. Quando voltou a sentar-se, perguntou a Fisher:

— Como gostaria de proceder?

— Sugiro que você conte os votos de Simpson, enquanto eu conto os de Dunnett.

O presidente abanou a cabeça, concordando, e eles iniciaram a apuração. Não demorou muito para que Fisher visse que provavelmente Simpson venceria o pleito por uma diferença de vinte ou trinta votos. Mas concluiu que seria melhor ter paciência e esperar o momento certo. Esse momento chegou quando o presidente pôs a urna no chão e se abaixou para vasculhar seu interior, procurando ter certeza de que não havia deixado nenhuma cédula dentro dela. O procedimento durou apenas alguns segundos, mas deu tempo suficiente a Fisher para enfiar a mão no bolso do paletó e dele tirar discretamente alguns votos que, horas antes, naquela tarde, ele havia marcado a favor de Dunnett, artimanha que ensaiara várias vezes na frente de um espelho. Assim, hábil e sorrateiro, pôs os votos fraudados sobre a própria pilha de votos, embora sem ter certeza de que seriam suficientes para o objetivo em mira.

— E aí — perguntou Fisher, levantando a cabeça —, quantos votos para Simpson?

— Cento e sessenta e oito — respondeu o presidente. — E quantos para Dunnett?

— Cento e setenta e três — tornou Fisher, vendo em seguida que o presidente parecia surpreso. — Uma vez que foi pouca a diferença de votos, presidente, talvez seja prudente que façamos mais uma apuração, de maneira que ninguém possa contestar o resultado depois.

— Concordo plenamente — disse o presidente. — Troquemos de lugar, então?

Foi o que fizeram e iniciaram uma nova contagem. Alguns minutos depois, o presidente confirmou a apuração.

— Certinho, Fisher. Cento e setenta e três votos para Dunnett.

— E confirmo também a sua contagem, presidente. Cento e sessenta e oito votos para Simpson.

— Sabe, eu poderia jurar que não havia tantas pessoas assim no auditório — observou o presidente.

— É que havia muitas em pé nos fundos — argumentou Fisher. — E várias outras sentadas nos corredores.

— Talvez tenha sido por isso — concordou o presidente. — Mas, cá entre nós, não vejo problema em revelar, meu velho, que votei em Simpson.

— Eu também — revelou Fisher. — Mas, fazer o quê: democracia é assim mesmo.

O presidente riu com a observação.

— Bem, acho melhor voltarmos para lá e anunciarmos o resultado antes que os eleitores locais fiquem impacientes.

— Não seria melhor, presidente, simplesmente anunciar o nome do vencedor e não revelar quanto a vitória foi apertada? Afinal de contas, agora deveremos todos apoiar o candidato que o diretório escolheu. Logicamente, registrarei os números quando eu preparar a ata da reunião.

— Boa ideia, Fisher.

— Peço que me desculpe por telefonar numa hora tão tardia de uma noite de domingo, Lady Virginia, mas aconteceu uma coisa importante, e, se quisermos nos beneficiar disso, precisarei de sua autorização para agir imediatamente.

— Espero que seja algo muito bom mesmo — respondeu Virginia com a voz sonolenta.

— Acabei de saber que Sir William Travers, o presidente da Barrington...

— Sei quem é William Travers.

— ...morreu de ataque cardíaco algumas horas atrás.

— Isto é uma notícia boa ou ruim? — perguntou ela, agora com uma voz de alguém subitamente desperto.

— Sem dúvida boa, pois certamente o preço das ações cairá assim que a imprensa souber disso. Foi por essa razão que telefonei: temos apenas algumas horas para começar a agir.

— Suponho que o senhor esteja querendo vender minhas ações de novo...

— Sim, é isso. Tenho certeza de que não preciso lembrá-la de que a senhora obteve lucro considerável na última vez, além de ter conseguido prejudicar a imagem da companhia.

— Mas, se as vendermos de novo, há alguma chance de o preço das ações subir?

— O preço das ações segue numa única direção quando o presidente de uma companhia de capital aberto morre, Lady Virginia, principalmente quando de ataque cardíaco.

— Então, vá em frente. Venda as ações.

20

Giles tinha prometido à irmã que chegaria a tempo para a reunião. Com uma pequena derrapagem na via de acesso recoberta por cascalho, parou apressado o Jaguar ao lado do Morris Traveller de Emma, na frente do edifício. Ficou contente quando soube que ela já estava lá, pois, embora ambos possuíssem onze por cento das ações da companhia, Emma se interessava muito mais pelos assuntos da Barrington Shipping do que ele, mais ainda depois de ter se matriculado no curso de graduação a distância pela Stanford, ministrado pelo ganhador de dois Pulitzer de cujo nome ele não conseguia se lembrar.

— Você se lembraria do nome de Cyrus Feldman se ele fosse eleitor de seu distrito eleitoral — provocara Emma; ele não havia se esquivado da acusação.

Giles sorriu ao sair do carro e se deparar com um grupo de crianças saindo do vagão-dormitório do Velho Jack. Num estado deplorável nos tempos de seu pai, o vagão tivera sua esplendorosa imponência restaurada recentemente, sendo transformado num museu em homenagem ao grande homem. Eram frequentes as visitas de grupos de estudantes em passeios culturais ao local, onde podiam admirar a Cruz da Vitória do Velho Jack e tinham uma aula de história sobre a Guerra dos Bôeres. Quanto tempo levaria ainda, perguntava-se ele em pensamento, para que começassem a ter aulas de história sobre a Segunda Guerra Mundial?

Enquanto se dirigia às pressas para o edifício, perguntou-se também por que Emma achava tão importante conhecer o novo presidente da companhia, justamente quando o dia da eleição geral estava tão próximo.

Giles não sabia muita coisa a respeito de Ross Buchanan, a não ser pelo que lera sobre ele no *Financial Times*. Sabia que, depois de estudar na Fettes, ele cursara economia na Universidade de Edimburgo e depois ingressara na P&O como estagiário, onde começara por baixo, mas acabou conquistando um cargo na diretoria, antes de ser nomeado para o cargo de vice-presidente. Chegaram a cogitar de torná-lo presidente, mas negaram quando um membro da família dona da companhia resolveu que desejava assumir o cargo.

Quando Buchanan aceitou o convite para suceder Sir William Travers na presidência da diretoria da Barrington, as ações da companhia tiveram um aumento de cinco xelins no dia do anúncio de sua nomeação. Em alguns meses, seu preço havia retornado ao nível que alcançara antes da morte de Sir William.

Giles olhou para o relógio, não apenas porque estava alguns minutos atrasado, mas porque tinha outras três reuniões à noite, incluindo uma com os dirigentes dos trabalhadores das docas, os quais não gostavam muito que os deixassem esperando. Apesar de sua campanha em defesa de uma jornada de trabalho de 48 horas semanais, bem como duas semanas de férias remuneradas garantidas por lei para todos os membros do sindicato, eles continuavam desconfiados das intenções de seu parlamentar e sua ligação com a companhia de navegação que levava seu nome, embora essa fosse a primeira vez que voltara ao edifício depois de mais de um ano.

Ele notou que a parte exterior do prédio tinha recebido muito mais do que uma nova camada de tinta e, quando passou pela porta principal, sentiu os pés afundarem num grosso tapete azul e dourado ostentando o emblema da nova Palace Line. Logo depois, entrou num dos elevadores e apertou o botão do último andar. Pela primeira vez, teve a sensação de que não estava sendo penosamente içado para o último andar por escravos contrariados. Quando saiu do elevador, as primeiras coisas que lhe vieram ao pensamento foram as lembranças do avô, um empresário muitíssimo respeitável que carregara a companhia nas costas até o século XX antes de abrir o capital. Em seguida, porém, seus pensamentos se voltaram inevitavelmente para seu pai, que quase derrubara a companhia em metade do tempo. Mas sua pior recordação, além de uma das principais razões pelas quais ele evitava visitar o edifício, era que fora nesse lugar que o pai tinha sido assassinado. Para ele, a única coisa boa que resultara desse terrível incidente foi Jessica, a Berthe Morisot do ensino fundamental.

Giles era o primeiro Barrington a não se tornar presidente da diretoria da companhia, mas também, na época, vinha de longe o seu desejo de entrar para a política, desde a ocasião em que conhecera Winston Churchill pessoalmente numa entrega de prêmios feita pelo estadista na Bristol Grammar School, onde Giles era o capitão do time da escola. Mas foi seu grande amigo cabo Bates, morto enquanto tentava fugir dos alemães na guerra, que sem saber o fizera trocar o azul dos conservadores pelo vermelho dos trabalhadores.

Ele entrou apressado no gabinete do presidente, dando em seguida um grande abraço na irmã antes de cumprimentar com um aperto de mão Ray Compton, diretor-executivo da companhia fazia tanto tempo que ele nem se lembrava mais desde quando o homem ocupava o cargo.

A primeira impressão que teve quando trocou um aperto de mão com Ross Buchanan foi que ele parecia muito mais jovem do que os 52 anos de idade atestados por sua certidão. Mas então se lembrou também da matéria do *Financial Times* que dizia que Buchanan não fumava nem bebia, jogava *squash* três vezes por semana, ia dormir às dez e meia da noite todos os dias e se levantava às seis da manhã seguinte. Não era um estilo de vida que convinha a um político.

— É um grande prazer finalmente conhecê-lo, Sir Giles — disse Buchanan.

— Os trabalhadores das docas me chamam de Giles. Então talvez fosse melhor se o pessoal da administração chamasse também.

As risadas eliminaram todos os discretos sinais de tensão que as antenas políticas de Giles haviam captado. Ele tinha presumido que o encontro seria uma reunião informal, de modo que pudesse finalmente conhecer Buchanan, mas, pelo que pôde ver nos semblantes dos presentes no recinto, eles tinham algo muito mais sério em mente.

— Vocês têm alguma coisa ruim para me dizer — observou Giles enquanto se sentava numa cadeira ao lado de Emma.

— Infelizmente, temos sim — confirmou Buchanan —, e eu não o teria incomodado num momento próximo da eleição se não tivesse achado que você deveria ser posto a par disto imediatamente. Vou direto ao assunto. Você deve ter notado que as ações da companhia sofreram uma grande desvalorização após a morte do meu antecessor.

— Sim, notei — confirmou Giles. — Mas achei que não havia nada de anormal nisso.

— Em circunstâncias normais, você estaria certo, mas o inusitado foi a rapidez com que o preço das ações caiu, bem como o tamanho dessa queda.

— Mas houve uma recuperação total do preço desde que você assumiu o cargo.

— De fato — concordou o presidente —, mas acho que não fui a única causa dessa recuperação. E fiquei pensando se não poderia haver outra razão para a queda inexplicável do preço das ações da companhia após a morte de Sir William, principalmente depois que Ray trouxe ao meu conhecimento que essa não foi a primeira vez que isso aconteceu.

— Isso mesmo, senhor presidente — ratificou Compton. — As ações se desvalorizaram com a mesma rapidez quando anunciamos nossa decisão de entrar no setor de transporte de passageiros.

— Mas, se estou bem lembrada — advertiu Emma —, elas voltaram a apresentar uma nova alta histórica.

— Sem dúvida — reconheceu Buchanan. — Mas foram necessários vários meses para que seu preço se recuperasse plenamente, e isso não foi nada bom para a reputação da companhia. Embora possamos aceitar a ocorrência desse tipo de anomalia pelo menos uma vez, quando isso acontece uma segunda vez, começamos a nos perguntar se não estamos diante de um quadro de acontecimentos premeditados. Não tenho como ficar o tempo todo preocupado, pensando quando isso pode acontecer de novo — advertiu Buchanan, passando a mão nos cabelos ruivos e bastos. — Eu dirijo uma companhia de capital aberto, e não um cassino.

— Você vai me dizer que ambos os incidentes aconteceram depois que Alex Fisher entrou para a diretoria.

— Você conhece o major Fisher?

— Conheço, mas é uma história complicada demais para que eu possa cansá-lo com ela agora, Ross. Isso é, se eu quiser chegar à minha reunião com os trabalhadores das docas antes da meia-noite.

— Tudo parece indicar que Fisher deve estar por trás disso — observou Buchanan. — Afinal, em ambas as ocasiões, foi realizada uma negociação de duzentas mil ações, as quais, por coincidência, praticamente correspondem aos 7,5% das ações da companhia cujo proprietário Fisher representa. A primeira dessas ocasiões aconteceu apenas horas antes da assembleia-geral de acionistas em que anunciamos nossa mudança de política, enquanto a segunda veio logo depois da morte prematura de Sir William.

— É coincidência demais — observou Emma.

— É pior do que isso — alertou Buchanan. — Em cada uma dessas ocasiões, dentro do prazo convencionado de três semanas para a efetivação do negócio, depois que o preço das ações sofreu uma queda tão drástica, o corretor que as negociara voltou a comprar a mesma quantidade de ações, conseguindo com isso um lucro enorme para o cliente.

— E você acha que esse cliente era Fisher? — perguntou Emma.

— Não, pois a soma envolvida é grande demais para ele — respondeu Giles.

— Tenho certeza de que você está certo — concordou Buchanan. — Ele devia estar agindo em nome de alguém.

— Aposto que esse alguém seria Lady Virginia Barrington — sugeriu Giles.

— A ideia me ocorreu — confessou Buchanan —, mas posso provar que Fisher esteve por trás disso.

— Como?

— Mandei que verificassem os registros de transações correspondentes a ambos os períodos de três semanas para a efetivação do negócio — respondeu Compton — e constatamos que ambas as vendas foram feitas de Hong Kong, por intermédio de um negociador chamado Benny Driscoll. Não foi necessário investigar muito para descobrir que, não muito tempo atrás, Driscoll havia deixado Dublin apenas algumas horas antes da chegada da Garda, a polícia irlandesa, e que certamente não voltará tão cedo à Ilha das Esmeraldas.

— Foi graças à sua irmã que conseguimos solucionar esse mistério — comentou Buchanan, levando Giles a olhar com surpresa para Emma. — Ela recomendou que contratássemos um tal de sr. Derek Mitchell, que a tinha ajudado no passado. Por solicitação nossa, o senhor Mitchell partiu num avião para Hong Kong e, assim que descobriu o único bar na ilha que serve Guinness, ele precisou de uma semana, além do consumo de vários caixotes da bebida, para descobrir o nome do maior cliente de Benny Driscoll.

— Então, finalmente, poderemos tirar Fisher da diretoria — comemorou Giles.

— Gostaria que fosse assim tão fácil — lamentou Buchanan. — Ele tem o direito de continuar a ocupar um cargo na diretoria pelo menos enquanto for o representante do proprietário dos 7,5% das ações da companhia. E a única prova que temos de seu papel dúplice é um corretor de valores bêbado morador de Hong Kong.

— Isso significa que não há nada que possamos fazer?

— Longe disso — respondeu Buchanan. — Foi por isso que precisei encontrar-me urgentemente com você e a sra. Clifton. Acho que chegou a hora de derrotarmos o major Fisher com suas próprias armas.

— Conte comigo.

— Gostaria de ouvir o que você tem em mente antes de eu tomar uma decisão — solicitou Emma.

— Claro — tornou Buchanan, abrindo em seguida uma pasta mantida na frente dele. — Vocês dois, como um todo, possuem 22% das ações da companhia. Isso faz de vocês de longe os dois maiores acionistas da companhia, e eu não poria nenhum plano em prática sem a concordância de ambos.

— Não temos dúvida — interveio Ray Compton — de que o objetivo de longo prazo de Lady Virginia seja prejudicar a companhia de forma irreparável, realizando ataques frequentes à nossa posição acionária no mercado até que percamos toda credibilidade.

— E você acha que ela seria capaz de fazer isso apenas para se vingar de mim? — questionou Giles.

— Enquanto ela tiver alguém agindo dentro da companhia, saberá exatamente quando atacar — advertiu Buchanan, evitando responder à pergunta de Giles.

— Mas ela não corre o risco de perder muito dinheiro usando essa estratégia? — perguntou Emma.

— Virginia não dará a mínima — afirmou Giles. — Se ela pudesse destruir a companhia e a mim, ficaria mais muito contente, tal como minha mãe percebeu muito antes de mim.

— O que torna a situação ainda mais preocupante — comentou Buchanan — é que, pelos nossos cálculos, os dois ataques anteriores dela ao nosso patrimônio acionário lhe proporcionaram um lucro de mais de setenta mil libras. É por isso que temos de agir agora, antes que ela ataque de novo.

— E o que pretende fazer? — perguntou Emma.

— Presumamos — ponderou Compton — que Fisher esteja só esperando a divulgação de mais uma notícia ruim para que possa repetir o esquema mais uma vez.

— E se fornecêssemos a ele a tal notícia... — sugeriu Buchanan.

— Mas como isso poderia nos ajudar? — questionou Emma.

— Nos ajudaria porque, desta vez, seríamos nós que agiríamos como corretores munidos de informações privilegiadas — explicou Compton.

— Quando Driscoll puser à venda os 7,5% das ações de Lady Virginia, nós os compraremos imediatamente, provocando com isso a valorização das ações e não sua desvalorização.

— Mas essa operação poderia nos custar uma fortuna — advertiu Emma.

— Não se passarmos a Fisher informações falsas — explicou Buchanan. — Com sua permissão, vou tentar convencê-lo de que a companhia está enfrentando uma crise financeira que pode pôr em risco a sua existência. Direi a ele que não apresentaremos lucro este ano, em razão do custo da construção do *Buckingham*, e que, como ele já ultrapassou vinte por cento de nosso orçamento, não será possível conceder dividendos aos nossos acionistas.

— Se fizer isso — observou Emma —, ele aconselhará Virginia a vender as ações para recomprá-las a um preço menor durante os 21 dias de prazo para a efetivação do negócio?

— Isso mesmo. Mas, se o preço das ações subisse nessas três semanas — continuou Ray —, talvez Lady Virginia desista de recomprar seus 7,5%, caso em que Fisher perderia seu cargo na diretoria e ficaríamos livres de ambos.

— De quanto você precisará para fazer que isso aconteça? — perguntou Giles.

— Acredito que — respondeu Buchanan —, se eu tiver recursos da ordem de meio milhão de libras, poderei mantê-los longe de nós.

— E quando isso será feito?

— Darei a má notícia sob condição de confidencialidade na próxima reunião da diretoria, acentuando que os acionistas terão que ser informados disso na assembleia-geral de acionistas.

— E quando será a assembleia-geral?

— É aí que preciso de sua ajuda, Sir Giles. O senhor tem ideia de quando convocarão a eleição geral?

— Segundo opinião geral, o mais provável é o dia 26 de maio, data na qual estou me baseando em meus planos.

— Quando saberemos com certeza? — perguntou Buchanan.

— Geralmente, ela é anunciada com um mês de antecedência, tempo durante o qual o Parlamento fica em recesso.

— Ótimo. Então convocarei a diretoria para uma reunião no dia — ele virou algumas páginas em sua agenda antes de prosseguir — 18 de abril e agendarei a assembleia-geral para 5 de maio.

— Por que acha razoável realizar uma assembleia-geral no meio de uma campanha eleitoral? — questionou Emma.

— Porque é a época da qual posso ter certeza de que um parlamentar em campanha não poderá participar do encontro.

— Presidente...? — disse Giles, fazendo menção de que faria uma pergunta e revelando-se agora muito mais interessado no assunto.

— Parece óbvio que o senhor não leu o jornal da tarde — atalhou Ray Compton, entregando-lhe uma cópia do *Bristol Evening Post*.

Giles leu a manchete: Herói de Tobruk eleito presidente do diretório do Partido Conservador da zona portuária de Bristol. O major Alex Fisher foi escolhido por unanimidade...

— O que esse homem está tramando? — perguntou.

— Ele acha que você perderá a eleição e quer estar no cargo de presidente quando...

— Se isso é verdade, ele teria apoiado Neville Simpson e não Greg Dunnett na escolha do candidato do Partido Conservador para disputar a eleição, pois Simpson acabaria se mostrando um oponente muito mais formidável. Ele só pode estar aprontando alguma.

— O que gostaríamos que fizéssemos, sr. Buchanan? — perguntou Emma, lembrando-se da razão pela qual o presidente solicitara uma reunião com ela e Giles.

— Preciso de sua autorização para comprar todas as ações que estiverem à venda em 5 de maio e continuar a comprá-las durante as três semanas seguintes.

— Quanto poderíamos perder com isso?

— Receio que possa chegar em algo entre 20 mil e 30 mil libras. Mas como, pelo menos desta vez, teremos escolhido o dia e o local da batalha é possível que não tenhamos lucro nem prejuízo, mas talvez até ganhemos algum dinheiro.

— Se isto servir para tirar Fisher da diretoria — comentou Giles —, além de para frustrar os planos de Virginia, 30 mil libras será um prejuízo insignificante.

— Já que estamos falando em substituir Fisher na diretoria...

— Eu não aceitaria — avisou Giles — mesmo se perder meu cargo de parlamentar na eleição.

— Eu não estava pensando no senhor, Sir Giles. Minha esperança é de que a sra. Clifton aceite tornar-se membro da diretoria.

O primeiro-ministro, Sir Anthony Eden, esteve no Palácio de Buckingham às 16 horas desta tarde, para uma audiência com Sua Majestade, a Rainha. Sir Anthony pediu à Sua Majestade autorização para dissolver o Parlamento, de modo que uma eleição geral pudesse ser realizada em 26 de maio. Sua Majestade atendeu prontamente a solicitação.

— Exatamente como previsto por você — comentou Virginia enquanto desligava o rádio. — Quando pretende contar ao infeliz sr. Dunnett o plano que você tem em mente para ele?

— O momento aqui é tudo — respondeu Fisher. — Acho que seria melhor esperar até domingo à tarde para pedir que ele venha encontrar-se comigo.

— Por que domingo à tarde?

— Não quero que nenhum dos outros membros do diretório esteja presente na ocasião.

— Maquiavel teria ficado orgulhoso de tê-lo como presidente desse diretório — comentou Virginia.

— Maquiavel não acreditava em diretórios.

Virginia riu.

— E quando pretende telefonar para nosso amigo em Hong Kong?

— Telefonarei para Benny na noite anterior à assembleia-geral de acionistas. É importante que ele emita a ordem de venda no momento em que Buchanan se levantar para falar perante a reunião.

Virginia tirou um Passing Cloud da cigarreira, recostou-se e ficou esperando que o major acendesse o cigarro para ela. Deu algumas tragadas antes de voltar a falar.

— Não acha uma coincidência, major, que esteja tudo correndo tão satisfatoriamente no mesmo dia?

21

Dunnett, que bom que você pôde atender meu convite tão prontamente, principalmente numa tarde de domingo.

— É um prazer, sr. presidente. Sei que ficará contente em saber que nossa campanha está indo muito bem. Os primeiros resultados indicam que deveremos conquistar o assento com mais de mil votos de diferença.

— Vamos torcer para que você esteja certo, Dunnett, para o bem do partido, pois lamento dizer que tenho uma notícia não muito boa. Acho melhor você se sentar.

O sorriso do candidato foi substituído por um semblante carregado de um misto de indagação e estranheza.

— Qual o problema, presidente? — perguntou ele enquanto se sentava numa cadeira de frente para Fisher.

— Acho que você sabe muito bem qual é o problema.

De olhar fixo no presidente, Dunnett começou a mordiscar o lábio inferior.

— Parece que, quando você se candidatou ao direito de disputar esse assento e apresentou seu currículo — prosseguiu Fisher —, não foi totalmente sincero conosco. — Só nos campos de batalha Fisher tinha visto alguém ficar tão pálido assim. — Talvez se lembre de que solicitaram que declarasse a função exercida por você durante a guerra. — Fisher pegou o currículo de Dunnett deixado sobre a mesa e o leu em voz alta: "Por causa de um ferimento sofrido no campo de rúgbi não tive escolha a não ser servir no Serviço de Ambulâncias Real."

Dunnett como que desabou na cadeira, qual se fosse uma marionete cujos cordéis tivessem sido cortados bruscamente.

— Descobri recentemente que essa declaração foi, na melhor das hipóteses, capciosa, e, na pior delas, desonesta. — Dunnett fechou os olhos. — A verdade é que você é um objetor de consciência ao serviço militar e passou seis meses na prisão. Somente depois que foi solto, você entrou para o serviço de ambulância.

— Mas isso foi há mais de dez anos! — tentou justificar-se Dunnett, desesperado. — Ninguém precisa saber disso.

— Gostaria que fosse o caso, Dunnett, mas, infelizmente, recebemos uma carta de alguém que serviu em Parkhurst com você — advertiu Fisher, segurando um envelope que não continha nada mais que uma conta de gás. — Se eu concordasse com essa mentira, Dunnett, estaria tolerando sua desonestidade. E, se a verdade viesse à tona durante a campanha ou, pior que isso, caso você se tornasse membro do Parlamento, eu teria que confessar a meus colegas que já sabia disso e eles, com toda razão, exigiriam minha exoneração.

— Mas ainda posso vencer a eleição, pelo menos se o senhor me apoiar.

— E Barrington a ganharia com uma vitória esmagadora se o Partido Trabalhista ficasse sabendo. Não se esqueça de que ele não apenas ganhou uma Cruz Militar, mas também fugiu de um campo de prisioneiros de guerra alemão.

Dunnett baixou a cabeça e começou a chorar.

— Controle-se, Dunnett, e comporte-se como homem. Ainda existe uma saída honrada.

Dunnett levantou a cabeça e, por alguns segundos, um raio de esperança iluminou-lhe o semblante. Fisher empurrou uma folha de papel timbrada do diretório em sua direção e tirou a tampa de sua caneta tinteiro.

— Por que não trabalhamos juntos? — propôs ele enquanto lhe passava a caneta.

— "Caro Sr. Presidente" — ditou Fisher, com Dunnett começando a escrever relutantemente. — "Embora com grande pesar, acho necessário apresentar minha renúncia como candidato deste diretório do Partido Conservador na disputa de um assento no Parlamento na próxima eleição — Fisher fez uma pausa antes de acrescentar — por motivos de saúde."

Dunnett levantou a cabeça para encará-lo.

— Sua esposa sabe que você foi um objetor de consciência?

Dunnett meneou negativamente a cabeça.

— Então vamos deixar as coisas assim, certo? — sugeriu Fisher, dando-lhe um sorriso de condolência fingida antes que prosseguisse. — "Gostaria de dizer que lamento muito ter causado tamanho inconveniente ao diretório num momento tão próximo da eleição" — acrescentou Fisher, fazendo uma pausa para observar a mão trêmula de Dunnett avançar a custo pela página — "e desejo muito boa sorte àquele que tiver a felicidade de me substituir. Atenciosamente..." — O major não disse mais nada enquanto ficou observando Dunnett apor a assinatura no fim da página.

Em seguida, Fisher pegou a carta e reviu o texto cuidadosamente. Satisfeito, ele a pôs num envelope e o empurrou para o lado oposto da mesa, onde Dunnett estava sentado.

— Como destinatário, indique apenas "Ao sr. Presidente, confidencial e pessoal".

Dunnett obedeceu, resignado com a própria sorte.

— Sinto muito, Dunnett — lamentou Fisher enquanto punha a tampa de volta na caneta. — Sinto muito mesmo — acrescentou, guardando o envelope na gaveta de cima da mesa, a qual depois trancou. — Mas levante a cabeça, meu velho. — Fisher se levantou e segurou Dunnett pelo cotovelo. — Tenho certeza de que entenderá que só quero o melhor para você — alegou ele enquanto conduzia o infeliz lentamente até a porta. — Eu o aconselho a deixar este distrito eleitoral o mais rapidamente possível. Não seria bom que permitíssemos que um jornalista bisbilhoteiro tomasse conhecimento desta história, não acha?

Dunnett olhou para ele com pavor.

— E, antes que você pergunte, Greg, pode contar com minha discrição.

— Obrigado, sr. presidente — agradeceu o ex-candidato enquanto Fisher fechava a porta.

O major voltou para o escritório, pegou o telefone da mesa e discou um número grafado no bloco de anotações deixado na frente dele.

— Peter, é Alex Fisher. Desculpe incomodá-lo numa tarde de domingo, mas surgiu um problema a respeito do qual preciso falar-lhe com urgência. Você poderia jantar comigo esta noite?

— Cavalheiros, é com muito pesar que gostaria de informar que, ontem à tarde, tive uma visita de Gregory Dunnett, que achou melhor renunciar ao privilégio de ser nosso candidato na disputa de um assento no Parlamento. Foi por isso que convoquei esta reunião de emergência.

Quase todos os membros do comitê executivo começaram a trocar ruidosas impressões ao mesmo tempo, entre os quais a expressão repetida com mais frequência foi: Por quê?

Fisher esperou pacientemente que a ordem se restabelecesse antes que pudesse responder a essa pergunta.

— Dunnett me confessou que mentiu para o diretório quando informou que tinha servido no Serviço de Ambulâncias Real durante a guerra, quando, na verdade, foi um objetor de consciência ao serviço militar e passou seis meses na prisão. Ele soube que um de seus colegas de prisão em Parkhurst tinha sido procurado por um membro da imprensa, fato que o levou a concluir que não tinha escolha, a não ser renunciar.

A segunda série de opiniões e perguntas que reboou na sala foi ainda mais ruidosa, mas, com toda paciência, Fisher esperou mais uma vez a oportunidade de voltar a falar. E podia até se dar ao luxo de esperar. Afinal, ele tinha escrito o roteiro e sabia, pois, o que constava na página seguinte.

— Achei que eu também não tinha escolha, a não ser aceitar a renúncia dele em nome dos senhores, e concordei com a ideia de que ele deveria partir deste distrito eleitoral o mais rapidamente possível. Espero que não achem que eu tenha sido demasiado leniente com o jovem colega.

— Como poderemos achar outro candidato tão em cima da hora? — perguntou Peter Maynard, exatamente como esperado por Fisher.

— Essa foi também a primeira coisa que me ocorreu — disse o major. — Por isso, eu telefonei imediatamente para o Comitê Central em busca de orientação, mas, numa tarde de domingo, não se podia esperar que houvesse muitas pessoas trabalhando lá. Porém, descobri uma coisa quando falei com o departamento jurídico que talvez os senhores achem importante. De acordo com a lei eleitoral, caso não consigamos arranjar um candidato substituto até o dia 12 de maio, a próxima quinta-feira, não poderemos participar da eleição, o que daria a Barrington uma vitória esmagadora, já que seu único adversário seria um candidato do Partido Liberal — acrescentou Fisher, causando agora, com o alerta, um enorme alvoroço em volta da mesa. Jamais duvidara de que isso ocorreria. Quando lhe pareceu que um mínimo de ordem tinha voltado ao ambiente, ele prosseguiu:

— Meu telefonema seguinte foi para Neville Simpson — disse, notando alguns sorrisos de esperança raiando entre membros do comitê. — Mas, infelizmente, o diretório de Fulham não perdeu tempo e tratou logo de elegê-lo seu representante para a próxima eleição. Ele já assinou os documentos de oficialização da candidatura. Depois disso, examinei a lista original a nós enviada pelo Comitê Central, mas descobri que os melhores candidatos já foram inscritos por outros diretórios e, francamente, os que ainda estão disponíveis seriam massacrados por Barrington. Portanto, cavalheiros, tudo depende dos senhores.

Nisso, vários correligionários levantaram as mãos, e Fisher escolheu Peter Maynard, como se o colega tivesse sido a primeira pessoa com que seus olhos se haviam deparado.

— Que dia triste para o partido, sr. presidente, mas acho que ninguém teria sido capaz de enfrentar esta delicada situação melhor do que o senhor — comentou o colega, provocando generalizados murmúrios de aprovação.

— Muito gentil de sua parte, Peter. Eu simplesmente fiz o que achei que era o melhor para o diretório.

— E eu só posso falar por mim mesmo, sr. presidente — prosseguiu Maynard —, quando pergunto se, considerando o problema urgente que temos diante de nós, por acaso o senhor não aceitaria substituir o desistente?

— Não, não — respondeu Fisher, fingindo desinteresse prontamente com um gesto da mão. — Tenho certeza de que vocês acharão alguém muito mais capacitado do que eu para representá-los.

— Mas ninguém conhece o distrito eleitoral e, por sinal, nem o adversário, melhor do que o senhor, presidente.

Fisher deixou que vários outros colegas manifestassem sentimentos parecidos, até que o secretário do comitê alertasse, por fim:

— Concordo com Peter. Com certeza não temos mais tempo a perder. Quanto mais demorarmos a agir, maior será a felicidade de Barrington.

Depois que Fisher começou a sentir-se confiante de que essa opinião parecia ser aceita pela maioria dos membros do comitê, ele baixou a cabeça, um sinal para que Maynard se levantasse e dissesse:

— Proponho que o major Alex Fisher seja convidado a concorrer à vaga de representante do Partido Conservador na eleição para o Parlamento pelo distrito eleitoral da zona portuária de Bristol.

Fisher levantou discretamente os olhos para ver se alguém apoiaria a proposta. O secretário foi o primeiro a se manifestar a favor da candidatura.

— Por gentileza, os que são a favor! — invocou Maynard. Vários em torno da mesa levantaram a mão. Maynard esperou um pouco mais, até que, por fim, viu o último deles levantar hesitante uma das mãos, engrossando a favorável maioria, antes que dissesse: — Informo, senhores, que a moção foi unânime. — O anúncio foi seguido por ruidosa salva de aplausos.

— Estou muito impressionado, cavalheiros — disse Fisher —, agradeço com humildade a confiança em mim depositada pelos senhores, pois, como sabem todos, sempre pus o partido em primeiro lugar, e este é o último desfecho para a solução do problema com que eu poderia ter imaginado deparar. Todavia, podem ter certeza — prosseguiu ele — que farei tudo ao meu alcance para derrotar Giles Barrington na eleição e levar um conservador de volta para a Câmara dos Comuns como representante da zona portuária de Bristol — prometeu, citando de memória as linhas de um discurso que tinha ensaiado várias vezes, já que sabia que não poderia consultar nenhuma anotação.

Os membros do comitê se levantaram bruscamente, e o aplaudiram com entusiasmo. Fisher baixou a cabeça e sorriu. Ele telefonaria para Virginia assim que chegasse em casa com o objetivo de dizer a ela que a pequena quantia que ela o autorizara a pagar a Mitchell, de forma que tivesse condições de descobrir se algum dos candidatos tinha algo em seu passado que poderia constranger o partido, havia se mostrado mais do que compensador. Agora ele estava confiante que poderia humilhar Barrington; e, desta vez, isso seria feito no campo de batalha.

— Benny, é o major Fisher.

— É sempre bom receber notícias suas, major, principalmente quando um passarinho me contou que o senhor merecia congratulações.

— Obrigado — agradeceu Fisher —, mas não é por isso que estou telefonando.

— A caneta está preparada, major.

— Quero que você faça a mesma operação de antes, mas, desta vez, não existe razão para que não faça aquela sua especulaçãozinha.

— O senhor parece muito confiante, major — observou Benny. Quando não recebeu resposta, ele acrescentou: — Então, é uma ordem de venda de duzentas mil ações da Barrington.

— Isso mesmo — confirmou Fisher. — Porém, mais uma vez, fazê-lo na hora certa é fundamental.

— É só me dizer quando quer que eu faça a venda, major.

— Em 5 de maio, no dia da assembleia-geral de acionistas da Barrington. Mas é importante que a transação seja feita antes das dez da manhã.

— Pode deixar — garantiu Benny e, após uma pausa, perguntou: — Então, a transação será concluída no dia da eleição?

— Correto.

— Que belo dia para matar dois coelhos com uma só cajadada!

GILES BARRINGTON

1955

22

Passava da meia-noite quando o telefone tocou. Giles sabia que havia apenas uma pessoa que ousaria telefonar para ele àquela hora.

— Você nunca dorme, Griff?

— Não quando um candidato do Partido Conservador desiste de participar da eleição no meio da campanha — respondeu seu assessor.

— Do que você está falando? — perguntou Giles, que ficou totalmente desperto de repente.

— Greg Dunnett renunciou à corrida eleitoral, alegando problemas de saúde. Mas deve haver algum podre aí, já que Fisher assumiu o lugar dele. Tente dormir um pouco, já que preciso que esteja no escritório às sete para podermos decidir nossa próxima jogada. Afinal, sejamos francos, tal como diriam os americanos, o jogo agora é outro.

Apesar da recomendação, Giles não dormiu. Há algum tempo tentava descobrir o que Fisher estava tramando e agora sabia o que era. O major devia ter planejado tornar-se candidato da corrida eleitoral desde o início; Dunnett não passara de simples bode expiatório.

Giles já tinha aceitado o fato de que, uma vez que estava defendendo uma maioria de apenas 414 votos e que as pesquisas de intenção indicavam que os conservadores aumentariam seu número de assentos no Parlamento, ele teria uma tremenda luta pela frente. E agora teria que enfrentar alguém que ele sabia que estava disposto a enviar opositores para a sepultura se achasse que isso o ajudaria a sobreviver. Gregory Dunnett tinha sido sua vítima mais recente.

Quando Harry e Emma apareceram em Barrington Hall na manhã seguinte, encontraram Giles tomando café.

— Nada de almoço ou jantar durante as próximas três semanas — disse Giles enquanto passava manteiga em outra torrada. — Só gastar solas de sapato no chão duro de calçadas frias e trocar apertos de mãos com mais e mais eleitores. Não atrapalhem, por favor. Não preciso que ninguém seja lembrado de que minha irmã e meu cunhado são conservadores ferrenhos.

— Nós estaremos lá também lhe dando apoio, trabalhando por uma causa em que acreditamos — afirmou Emma.

— É tudo de que preciso.

— Assim que soubemos que Fisher disputaria a eleição pelo Partido Conservador, decidimos nos tornar filiados contribuintes do Partido Trabalhista — informou Harry. — Chegamos a fazer uma doação a seu fundo de campanha.

Giles parou de comer.

— E, se isto servir para assegurar a derrota de Fisher, trabalharemos dia e noite para você nas próximas três semanas, até o fim da eleição.

— Mas — ressalvou Emma — existem uma ou duas condições para que concordemos em abandonar nossos princípios consagrados e passar a apoiá-lo.

— Eu sabia que tinha que ter uma condição nisso aí — observou Giles, enchendo uma grande xícara de café puro.

— Você terá que morar em Manor House conosco até o fim da campanha. Do contrário, com apenas Griff Haskins cuidando de você, acabará comendo só peixe frito com batatas, se encherá de cerveja e dormirá no chão do escritório do diretório.

— Acho que têm razão. Mas já vou avisando: nunca chegarei em casa antes da meia-noite.

— Tudo bem. Só pedimos que não acorde Jessica.

— Combinado — concordou Giles, que se levantou com uma torrada numa das mãos e o jornal na outra. — Vejo vocês à noite.

— Não saia da mesa enquanto não tiver acabado de comer — ralhou Emma de maneira idêntica à da mãe.

Giles riu.

— Mamãe nunca teve que disputar uma eleição — lembrou ele à irmã.

— Ela teria dado uma senhora parlamentar — observou Harry.

— Com relação a isso, somos unânimes — acentuou Giles enquanto se retirava às pressas do recinto, ainda com a torrada na mão. Ele teve uma rápida conversa com Denby antes de sair correndo de casa para cuidar de compromissos, deparando-se com Harry e Emma sentados no banco traseiro de seu Jaguar.

— O que vocês estão fazendo aí? — perguntou ele enquanto se punha ao volante do carro e ligava o motor.

— Estamos indo trabalhar — respondeu Emma. — Precisamos de uma carona se quisermos nos cadastrar como voluntários.

— Será que vocês sabem — advertiu Giles quando entrava com o carro na estrada principal — que é uma carga horária de dezoito horas por dia e que não receberão um tostão por isso?

Quando, vinte minutos depois, entraram com Giles em seu escritório de campanha, Emma e Harry ficaram impressionados com o grande número de voluntários de todas as idades, feitios e tamanhos se movimentando atarefadamente em todas as direções. Giles seguiu com eles rapidamente para o escritório do chefe de campanha, onde os apresentou a Griff Haskins.

— Mais dois voluntários — informou ele.

— Algumas pessoas muito estranhas vêm se aliando à nossa causa desde que Alex Fisher se tornou candidato dos conservadores. Em todo caso, bem-vindos a bordo, sr. e sra. Clifton. Mas vocês já participaram de campanha política alguma vez na vida?

— Não. Nunca — confessou Harry. — Nem mesmo para os conservadores.

— Então, sigam-me — disse Griff, conduzindo-os de volta para o salão principal, onde parou diante de uma comprida mesa apoiada sobre cavaletes, cheia de fileiras de pranchetas ordeiramente dispostas. — Cada uma destas pranchetas representa uma rua ou estrada do distrito eleitoral — explicou ele, entregando a cada um deles uma prancheta e um conjunto de canetas vermelhas, verdes e azuis.

"É o dia de sorte de vocês", continuou Griff, "vocês vão trabalhar no bairro de Woodbine, um dos nossos baluartes. Agora, deixem-

-me explicar o básico. Quando baterem à porta de alguém, é muito provável que sejam atendidos por uma dona de casa, pois o marido estará trabalhando. Já se um homem atender, talvez ele esteja desempregado e, portanto, é mais provável que vote nos trabalhistas. Mas, independentemente da pessoa que atender, tudo que vocês precisarão dizer é: 'Bom dia! Estamos aqui em nome de Giles Barrington'... nunca falem 'Sir Giles'... 'o candidato do Partido Trabalhista na eleição de 6 de maio, quinta-feira'... enfatizem a data sempre... 'e gostaríamos de saber se poderíamos contar com seu voto.' Aí vem a parte em que vocês terão que empregar o seu bom senso. Se a pessoa disser: 'Tenho votado nos trabalhistas a vida inteira. Podem contar comigo', aí vocês deverão sombrear o nome dela com a caneta vermelha. Se forem pessoas idosas, perguntem a elas se precisarão de um carro para levá-las até o local de votação no dia da eleição. Se responderem que sim, anotem 'carro' ao lado de seus nomes. Se alguém disser: 'Votei nos trabalhistas no passado, mas não tenho certeza se farei isto desta vez', aí vocês vão sombrear seu nome com a caneta verde, indicação de eleitor indeciso, que o conselheiro municipal telefonará para ela nos próximos dias. Se ela disser que nunca fala com ninguém a respeito de suas convicções políticas, que terá que pensar no assunto, que não se decidiu ainda qualquer coisa desse tipo, significa que ela vota nos conservadores. Portanto, marque o nome dela com a caneta azul e não percam mais tempo com ela. Entenderam tudo até aqui?

Ambos menearam a cabeça afirmativamente.

— Essas coletas de informações são fundamentais — prosseguiu Griff —, pois, no dia da eleição, faremos um levantamento de todos os eleitores trabalhistas para saber se foram votar. Os que não tiverem ido receberão uma segunda visita para lembrá-los de ir a um local de votação. Se tiverem alguma dúvida a respeito da intenção de voto de alguém, marquem seu nome com a caneta verde, cor indicadora de indeciso; a última que menos gostamos de fazer é avisar os eleitores de que precisam comparecer às urnas ou, pior ainda, levá-los de graça até os locais de votação quando, na verdade, eles têm a intenção de votar no concorrente.

De repente, um voluntário se aproximou deles correndo e entregou a Griff um pedaço de papel.

— O que devo fazer com relação a isto? — perguntou.

Griff leu a mensagem e disse:

— Mande-o pastar. Ele é um conservador conhecido e está apenas tentando fazer você perder seu tempo. Aliás — advertiu Griff, voltando-se para Harry e Emma —, se alguém os mantiver na porta por mais de sessenta segundos, dizendo que precisa ser convencido ou quiser saber mais detalhes sobre a política do Partido Trabalhista ou sobre o candidato, essa pessoa é eleitora dos conservadores também, tentando desperdiçar o tempo de vocês. Deem bom dia a ela e sigam em frente. Boa sorte. Voltem a me procurar quando tiverem concluído a tarefa.

"Bom dia. Meu nome é Ross Buchanan. Sou presidente do Barrington Shipping Group. É um prazer contar com a presença dos senhores na assembleia-geral de acionistas da companhia. Os senhores devem ter visto em seus assentos uma cópia do balanço anual da companhia. Gostaria de chamar sua atenção para alguns pontos importantes do documento. Os senhores verão que o lucro anual aumentou de 108 mil libras para 122 mil libras, um avanço de doze por cento. Tenho a satisfação de informar também que encarregamos alguns arquitetos para projetar o nosso primeiro transatlântico de luxo e esperamos que eles apresentem suas ideias e recomendações nos próximos seis meses.

"Gostaria também de assegurar aos nossos acionistas que somente seguiremos em frente com este projeto quando nos convencermos de que é uma iniciativa viável. Com isso em mente, tenho a satisfação de informar que aumentaremos para cinco por cento os dividendos concedidos aos nossos acionistas este ano. Aliás, tenho motivos para acreditar que a companhia manterá o ritmo de crescimento no próximo ano ou até crescerá um pouco mais."

Uma salva de palmas deu a Buchanan oportunidade para virar uma página de seu discurso para verificar o que dizer em seguida. Quando levantou a cabeça, ele viu alguns jornalistas do setor financeiro deixando o auditório às pressas para levar as informações à primeira edição de seus respectivos jornais vespertinos, cientes de que o presidente já tinha resumido os principais pontos da assembleia e que, dali por diante, trataria apenas de relatar detalhes aos acionistas.

Depois que Buchanan concluiu o discurso, ele e Ray Compton se puseram à disposição para responder a perguntas durante quarenta minutos. Quando a reunião finalmente terminou, o presidente notou com satisfação que a maioria dos acionistas se retirou do salão de conferências com seus rostos irradiando sorrisos.

Ao deixar o salão de conferências do hotel, Buchanan topou com sua secretária, que o informou às pressas:

— Temos um telefonema urgente de Hong Kong para o senhor. A telefonista do hotel está esperando para transferir a ligação para o seu quarto.

Quando Harry e Emma voltaram para o escritório de campanha do Partido Trabalhista, depois de terem concluído sua primeira tarefa, estavam exaustos.

— Como vocês se saíram? — perguntou Griff, examinando as pranchetas deles com atenção profissional.

— Até que não fomos mal — respondeu Harry. — Se o bairro de Woodbine é um indicativo da situação eleitoral, estamos bem.

— Infelizmente, não é — disse Griff. — Os moradores desse bairro sempre votam nos trabalhistas, mas amanhã vou largá-los na selva da Arcadia Avenue e lá, sim, vocês verão o pesado da situação. Antes de voltarem para casa, ponham no quadro de avisos a melhor resposta do dia dada por vocês a um eleitor qualquer. O autor da resposta vencedora ganhará uma caixa de chocolates Milk Tray, da Cadbury.

Emma sorriu.

— Uma mulher me disse o seguinte: "Meu marido vota nos conservadores, mas eu sempre voto em Sir Giles. Por favor, independentemente de qualquer coisa, não deixem que meu marido saiba disso."

Foi a vez de Griff sorrir.

— Esse tipo de coisa não é raro — observou ele. — E não se esqueça, Emma, de que seu trabalho mais importante é fazer de tudo para que o candidato fique bem alimentado e tenha uma boa noite de sono.

— E quanto a mim? — disse Harry enquanto Giles entrava animado na sala.

— Você não interessa — respondeu Griff. — Não é o seu nome que estará na cédula.

— Quantas reuniões terei esta noite? — foi a primeira coisa que Giles perguntou.

— Três — respondeu Griff, sem precisar consultar nenhuma anotação. — Na Hammond Street, na Associação Cristã dos Moços, às sete da noite; depois, no clube de sinuca na Cannon Road às oito; e, às nove, no Clube dos Trabalhadores. Não chegue atrasado a nenhuma delas e trate de estar deitado e descansando antes mesmo da meia-noite.

— Eu me pergunto a que horas Griff costuma ir dormir — disse Emma depois que ele se retirara apressado para lidar com mais um problema, surgido em meio à agitação da campanha.

— Ele não dorme — disse Giles baixinho. — O homem é um vampiro.

Quando Ross Buchanan entrou no quarto do hotel, o telefone estava tocando. Ele atravessou o recinto e tirou o fone do gancho.

— Seu contato de Hong Kong está na linha, senhor.

— Boa tarde, sr. Buchanan — disse um homem com sotaque escocês numa ligação pontilhada de chiado. — É o Sandy McBride falando. Achei que seria bom telefonar para informar que tudo aconteceu como previsto pelo senhor; aliás, exatamente como previsto.

— E qual o nome do corretor?

— Benny Driscoll.

— Nenhuma surpresa — observou Buchanan. — Passe-me os detalhes.

— Minutos após a abertura da Bolsa de Valores de Londres, apareceu na fita do teleimpressor uma ordem de venda de duzentas mil ações da Barrington. Conforme instruções recebidas por nós, compramos imediatamente as duzentas mil ações.

— Por quanto a unidade?

— Quatro libras e três xelins.

— Outras mais foram postas à venda desde então?

— Não muitas. Aliás, tem havido mais ordens de compra do que de venda depois dos excelentes resultados anunciados pelo senhor na assembleia-geral de acionistas.

— Qual o preço das ações agora? — perguntou Buchanan, que conseguia ouvir a movimentação da fita do teleimpressor ao fundo.

— Quatro libras e seis xelins — respondeu McBride. — Parece que se estabilizou nesse patamar.

— Ótimo — comentou Buchanan. — Não compre mais nada, a menos que caiam abaixo de quatro libras e três xelins.

— Entendido, senhor.

— Isso deve fazer o major passar umas noites sem dormir nas próximas três semanas.

— O major? — indagou o corretor, mas Buchanan já tinha desligado o telefone.

A Arcadia Avenue era, tal como Griff advertira, um reduto de correligionários dos conservadores, mas Harry e Emma não voltaram para o escritório de campanha do distrito eleitoral de mãos vazias.

Depois que Griff deu uma verificada nas anotações de suas pranchetas, olhou para eles com surpresa no rosto.

— Seguimos à risca as regras passadas por você — disse Harry. — Quando tivemos dúvida, sombreamos o nome do eleitor com a caneta verde, indicando indecisão.

— Se essas avaliações de vocês estiverem corretas, a disputa será muito mais acirrada do que a prevista pelas pesquisas de intenção de voto — comentou Griff enquanto um Giles ofegante entrava no recinto às pressas, brandindo um exemplar do *Bristol Evening Post*.

— Você leu a primeira página, Griff? — perguntou ele, repassando ao assessor um exemplar da primeira edição do jornal.

Griff leu a manchete, devolveu o jornal a Giles e disse:

— Simplesmente ignore isso. Não diga nada, nem faça nada. Vá por mim.

Emma espiou por sobre os ombros de Giles na tentativa de ler a manchete.

Fisher desafia Barrington para um debate.

— Parece interessante — comentou ela.

— Seria interessante, mas só se Giles fosse tolo o suficiente para aceitar.

— E por que não deveria? — questionou Harry. — Afinal, Giles é um orador muito superior a Fisher e tem muito mais experiência política.

— Sim — observou Griff —, mas nunca se deve dar ao oponente uma chance para se promover. Enquanto Giles for o parlamentar da situação, caberá a ele ditar as condições e escolher o terreno.

— Sim, mas você leu aquilo que o filho da mãe disse? — perguntou Giles.

— Por que eu deveria perder tempo com Fisher — questionou Griff — quando sei que ele não vai a lugar nenhum?

Giles ignorou o comentário e começou a ler o texto da primeira página em voz alta.

"Barrington tem muitas perguntas para responder se quiser continuar a ter esperanças de permanecer na condição de membro do Parlamento pela zona portuária de Bristol na eleição de 26 de maio. Como o conheço bem, tenho certeza que o herói de Tobruk não se furtará ao desafio. Estarei no Colston Hall na próxima quinta-feira, dia 19 de maio, onde responderei com satisfação a quaisquer perguntas feitas a mim pelo público. Haverá três cadeiras no palco e, caso Sir Giles não aparecer, estou certo de que os eleitores conseguirão tirar suas próprias conclusões."

— Três cadeiras? — indagou Emma.

— Fisher sabe que os liberais participarão do debate, já que eles não têm nada a perder — explicou Griff. — Mas mantenho o meu conselho. Ignore esse filho da mãe. Amanhã, a manchete será outra e, então — acentuou ele, apontando para o jornal —, essas páginas só servirão para embalar peixe frito com batatas.

Ross Buchanan estava sentado em sua mesa na Barrington, estudando o último balanço da Harland and Wolff, quando sua secretária chamou.

— Estou com Sandy McBride na linha, telefonando de Hong Kong. Devo passar a ligação?

— Sim, passe.

— Bom dia, senhor. Achei que gostaria de saber que Benny Driscoll tem telefonado para nós, a intervalos de algumas horas, com o objetivo de saber se temos ações da Barrington para vender. Ainda tenho duzentas mil ações em meus registros e, uma vez que os preços continuam a subir, telefonei para perguntar se gostaria que eu vendesse algumas.

— Não até que haja transcorrido o período de três semanas e uma nova conta de capital tenha sido aberta. Até lá, seremos compradores, não vendedores.

Quando Giles viu a manchete no *The Evening Post* do dia seguinte, sentiu que não podia mais evitar um confronto direto com Fisher. *Bispo de Bristol presidirá debate eleitoral.* Desta vez, Griff leu a primeira página com mais atenção.

> "O Bispo de Bristol, o Reverendíssimo Frederick Cockin, concordou em atuar como mediador de um debate eleitoral que será realizado no Colston Hall na próxima quinta-feira, 19 de maio, com início às 19h30. O major Alex Fisher, candidato do Partido Conservador, e o sr. Reginald Ellsworthy, candidato do Partido Liberal, aceitaram participar do debate. Sir Giles Barrington, candidato do Partido Trabalhista, ainda não respondeu ao nosso convite."

— Ainda acho que você deveria ignorar o convite — aconselhou Griff.

— Mas dê uma olhada na foto da primeira página! — rebateu Giles, pondo o jornal com força nas mãos de seu chefe de campanha.

Griff olhou para a fotografia, que mostrava uma cadeira vazia no meio de um palco do Colston Hall, com a luz de um holofote incidindo sobre ela, acima de uma legenda que dizia: *Sir Giles virá?*

— Com certeza — disse Giles —, se eu não participar, eles vão deitar e rolar.

— E, se participar, eles também irão se esbaldar — advertiu Griff, fazendo uma pausa em seguida. — Mas a escolha é sua. Se estiver mesmo determinado a participar do debate, temos que dar um jeito de tirar proveito da situação.

— Como?

— Você divulgará uma nota à imprensa às sete horas, amanhã, para que sejamos nós as estrelas das manchetes, para variar.

— Dizendo o quê?

— Dizendo que você terá o máximo prazer em aceitar o desafio, pois lhe dará uma oportunidade para evidenciar a verdadeira face das políticas dos conservadores e, ao mesmo tempo, ajudar os eleitores de Bristol a decidir quem é o homem certo para representá-los no Parlamento.

— O que fez você mudar de ideia? — perguntou Giles.

— Estive dando uma olhada nas informações de intenção de votos coletadas por nossos voluntários e elas indicam que é provável que você perca a disputa por uma diferença de mil votos. Portanto, você não é mais o favorito; é o desafiante.

— O que mais pode dar errado?

— Sua esposa pode aparecer por lá, sentar-se na primeira fileira e fazer a primeira pergunta. Em seguida, sua namorada pode resolver dar as caras por lá também e dar um tapa na cara dela. Neste caso, você não precisará preocupar-se mais com o *Bristol Evening Post*, pois estará na primeira página de todos os jornais do país.

23

Quando se sentou no lugar a ele reservado no palco, Giles foi aplaudido intensamente. Não poderia ter sido melhor o discurso que dirigiu à plateia, e o fato de ter sido o último a falar acabou sendo vantajoso.

Os três candidatos tinham chegado ao local com meia hora de antecedência e desfilado uns ao redor dos outros como rapazes em sua primeira aula de dança. O bispo, como mediador, por fim conseguiu reuni-los no palco e explicou a forma pela qual presidiria o debate.

— Pedirei a cada um dos senhores que faça um discurso de abertura que não poderá durar mais que oito minutos. Depois de sete minutos discursando, tocarei uma campainha — disse, fazendo uma demonstração. — Eu a tocarei uma segunda vez, quando os oito minutos tiverem se esgotado, indicando o fim do tempo. Assim que os três houverem terminado, iniciarei a parte do encontro destinada a perguntas da plateia.

— Como se decidirá a ordem do pronunciamento? — perguntou Fisher.

— Por sorteio com palitinhos — respondeu o bispo. Em seguida, estendeu a mão fechada com as pontas de três palitinhos à mostra e pediu que cada um dos candidatos escolhesse um, puxando-o.

Fisher tirou o palitinho menor.

— Então, o senhor inaugurará o debate, major Fisher — disse o bispo. — O senhor será o segundo, sr. Ellsworthy, e o senhor, sir Giles, irá por último.

— Que azar, meu velho — comentou Giles, sorrindo para Fisher.

— Não. Eu queria ser o primeiro mesmo — rebateu o major, fazendo o bispo arquear as sobrancelhas.

Às 19h25 da noite, quando o bispo levou os três para o palco, foi a única vez em que todos os presentes no auditório aplaudiram ao mesmo tempo. Giles se sentou e olhou para a plateia lotada. Calculou que mais de mil pessoas tinham comparecido para o debate.

Giles sabia que, como cada um dos participantes tinha recebido duzentos ingressos para distribuir entre correligionários, restavam quatrocentos eleitores indecisos para tentar conquistar — quase o mesmo número da maioria de votos conseguidos por ele na última eleição.

Às sete e meia, o bispo iniciou os trabalhos da noite. Ele apresentou os três candidatos à plateia e depois solicitou que o major Fisher iniciasse o discurso, inaugurando o debate.

Fisher caminhou lentamente para a frente do palco, pôs o discurso no leitoril e deu uns tapinhas com as pontas dos dedos no microfone para testá-lo. Proferiu o discurso nervosamente, sempre de cabeça abaixada, dando mostras claras de que receava atrapalhar-se com o texto.

Quando o bispo tocou a campainha para indicar que lhe restava apenas um minuto, Fisher apressou a leitura, embaraçando-se com a pronúncia das palavras. Giles poderia ter-lhe dito que uma das regras fundamentais ditava que, quando só se tem oito minutos para falar, preparava-se um discurso que durasse sete. Afinal, é muito melhor concluir o discurso um pouco antes do que ter que parar no meio do pronunciamento por ter esgotado o tempo. Apesar disso, quando voltou a sentar-se, Fisher foi recompensando com uma longa salva de aplausos de seus partidários.

Giles ficou surpreso quando Reg Ellsworthy se levantou para defender a causa dos liberais. Ele não preparara um discurso e nem sequer uma lista de tópicos para orientá-lo quanto aos assuntos em que deveria concentrar-se. Em vez disso, aventurou-se numa conversa informal e descontraída com a plateia a respeito de problemas locais e, quando a campainha soou, indicando que lhe restava um minuto, ele simplesmente parou no meio de uma frase e voltou para o seu lugar. Ellsworthy conseguira uma façanha que Giles teria achado impossível: fizera com que Fisher parecesse ter se saído bem. Apesar disso, um quinto dos reunidos no auditório saudou e aplaudiu o defensor dos liberais.

Quando se levantou, Giles foi saudado por uma calorosa manifestação de seus duzentos correligionários ali presentes, embora grandes setores da plateia houvessem permanecido indiferentes.

Estava acostumado com aquilo de seu tempo falando no pódio do governo. Ele se manteve ao lado do leitoril, olhando de relance para suas anotações apenas ocasionalmente.

Iniciou o pronunciamento relatando as falhas e insucessos dos conservadores no poder e apresentando um resumo das políticas do Partido Trabalhista caso este compusesse o próximo governo. Depois, falou a respeito de problemas locais e até deu uma alfinetada nos liberais-democratas, responsáveis por certas políticas de calçamento e pavimentação, arrancando risadas da plateia lotada. Quando se achava próximo ao fim do discurso, pelo menos a metade dos espectadores estava aplaudindo seu pronunciamento. Se o encontro houvesse terminado então, sem dúvida teria sido o vencedor.

— Agora, os candidatos responderão a perguntas da plateia — anunciou o bispo —, e espero que isso seja feito de forma respeitosa e ordeira.

Nisso, trinta dos partidários de Giles se levantaram de um pulo, erguendo bruscamente o braço, todos eles com perguntas elaboradas, calculadas para ajudar seu candidato e minar o trabalho dos outros dois. O único problema foi que, ao mesmo tempo, outros sessenta partidários, igualmente determinados ao mesmo feito, levantaram bruscamente a mão também.

Mas, como o bispo era uma pessoa sagaz, conseguiu identificar onde estavam sentados os três diferentes grupos de sectários e foi com discernimento e habilidade que escolheu a dedo integrantes apartidários da plateia, desejosos de saber coisas como a posição dos candidatos com relação à introdução do uso de parquímetros em Bristol, questão que deu ao candidato dos liberais-democratas uma chance para brilhar no palco político; o fim do racionamento, medida da qual os três eram a favor; e a proposta de ampliação da rede de estradas de ferro eletrificadas, questão que não servia para promover os interesses políticos de nenhum dos três.

Porém, Giles sabia que acabariam disparando uma flecha envenenada em sua direção e que teria de fazer tudo para que ela não acertasse o alvo. Por fim, acabou ouvindo mesmo o sibilo produzido por alguém no manejo do arco.

— Sir Giles poderia explicar por que andou fazendo mais visitas a Cambridge durante o último mandato do que à sua base eleitoral? — perguntou um homem de meia-idade alto e magro, a quem Giles achou ter reconhecido.

Giles permaneceu sentado, parado durante algum tempo, procurando recompor-se. Ele estava prestes a se levantar quando Fisher se pôs bruscamente de pé, demonstrando claramente que não estava surpreso com a pergunta e, ao mesmo tempo, presumindo que todos os presentes sabiam exatamente ao que o interrogador estava se referindo.

— Gostaria de assegurar a todos os presentes no auditório — garantiu ele — que passarei muito mais tempo em Bristol do que em qualquer outra cidade, independentemente das atrações e diversões da vida.

Após ter dito isto, Giles olhou para a plateia, onde viu somente fileiras de rostos inexpressivos. Concluiu que, pelo visto, os espectadores não tinham a mínima ideia do que Fisher estava falando.

O candidato dos liberais se levantou em seguida. Estava claro que também não havia se dado conta do que se tratava, pois tudo que ele disse foi:

— Como sou de Oxford, quase nunca vou a Cambridge, a menos que eu tenha que ir.

Algumas pessoas riram da revelação.

De qualquer forma, como os dois adversários de Giles haviam fornecido a ele munição para que revidasse, ele se virou para Fisher e mandou bala.

— Sinto-me na obrigação de perguntar ao major Fisher se, já que parece que ele pretende passar mais tempo em Bristol do que em qualquer outra cidade, isto significa que, caso ele vença na próxima quinta-feira, ele não irá sequer a Londres para assumir o cargo na Câmara dos Comuns?

Giles fez uma pausa, esperando que as risadas e os aplausos passassem, antes que acrescentasse:

— Tenho certeza de que não preciso lembrar ao candidato dos conservadores as palavras de Edmund Burke. "Fui eleito para representar a população de Bristol em Westminster, e não a população de

Westminster em Bristol." Esse é um conservador com o qual concordo plena e sinceramente. — Giles se sentou em seguida enquanto ouvia suas palavras sendo alvo de aplausos durante um bom tempo. Embora soubesse que não tinha respondido de fato à pergunta, sentia que havia se safado de uma situação constrangedora.

— Acho que ainda temos tempo para mais uma pergunta — disse o bispo e apontou para uma mulher sentada no meio da metade posterior do auditório, da qual estava seguro que era politicamente neutra.

— Poderiam os candidatos nos dizer onde suas respectivas esposas estão agora?

Fisher se recostou na cadeira e cruzou os braços, enquanto Ellsworthy pareceu um tanto confuso. O bispo acabou virando-se para Giles e observou:

— Acho que é a sua vez de responder primeiro.

Giles se levantou e olhou diretamente para a mulher.

— Atualmente, minha esposa e eu — respondeu ele — estamos passando por um processo de divórcio, o qual espero que esteja resolvido num futuro próximo.

Sentou-se em seguida, em meio a um silêncio constrangedor.

— Eu tenho que confessar que — disse Ellsworthy, levantando-se abruptamente —, desde que me tornei candidato dos liberais, não consegui achar nenhuma mulher disposta a sair comigo, quanto mais casar-se.

A revelação foi recebida com gargalhadas estrondosas e aplausos intensos da plateia. Giles chegou até a achar que, com isso, Ellsworthy houvesse ajudado a diminuir o clima de tensão no ambiente.

Fisher se levantou lentamente quando chegou sua vez de responder.

— Minha namorada — alegou ele, surpreendendo Giles com suas palavras —, que veio comigo ao debate e está sentada na primeira fileira, estará ao meu lado durante o restante da campanha. Jenny, que tal se levantar e cumprimentar a plateia?

Uma jovem atraente, quando se levantou, virou-se e acenou para a plateia, foi saudada por uma salva de aplausos.

— Onde vi essa mulher antes? — perguntou Emma, sussurrante, mas Harry estava concentrado em Fisher, que não havia voltado para o seu lugar e dava mostras claras de que tinha algo mais a dizer.

— Achei que talvez possa interessá-los também saber que, hoje de manhã, recebi uma carta de Lady Barrington.

Com essas palavras, o major fez descer sobre o auditório o manto de um silêncio que nenhum dos candidatos tinha conseguido provocar em nenhum momento do encontro. Ainda sentado, Giles sentiu-se tomado de imensa apreensão quando viu Fisher tirar uma carta do bolso interno do paletó, a qual desdobrou lentamente e começou a ler.

"Caro major Fisher, escrevo para expressar minha admiração pela valorosa campanha que o senhor vem realizando em nome do Partido Conservador. Gostaria de informá-lo de que, se eu fosse cidadã de Bristol, não hesitaria em votar no senhor, já que acredito que o senhor é, de longe, o melhor candidato. Não vejo a hora de vê-lo assumindo o seu lugar na Câmara dos Comuns. Cordialmente, Virginia Barrington."

O auditório transformou-se num pandemônio, levando Giles a concluir que tudo que ele tinha conseguido no espaço de uma hora se dissipara como fumaça em apenas um minuto. Fisher dobrou tranquilamente a carta e, depois de tê-la posto de volta no bolso, retornou para o seu lugar. Foi louvável o esforço do bispo para tentar restabelecer a ordem no auditório, enquanto os seguidores de Fisher ficaram o tempo todo aplaudindo, delirando e clamando sem parar, deixando os partidários de Giles perplexos, apenas a tudo observando, tensos de desespero.

Griff tinha mesmo razão. Nunca se deve dar ao oponente uma oportunidade para se promover.

— Você conseguiu recomprar pelo menos algumas daquelas ações?

— Ainda não — respondeu Benny — pois a Barrington continua se beneficiando dos bons frutos de seu lucro anual, bem melhor do que o esperado, por sinal, e a expectativa é de que os conservadores aumentem sua maioria de assentos na próxima eleição.

— A quantas anda o preço unitário das ações?

— Em torno de quatro libras e sete xelins, e prevejo que não cairá tão cedo.

— Corremos o risco de perder quanto? — perguntou Fisher.

— Nós? Nós não — corrigiu-o Benny —, e sim apenas o senhor. Lady Virginia não perderá nada. Afinal, ela vendeu todas as ações dela por um preço bem maior do que aquele pelo qual pagou pelos papéis no início.

— Mas, se ela não recomprá-las, perderei meu cargo na diretoria.

— E, se ela as comprasse, teria que pagar um ágio enorme; imagino que ela não ficaria nem um pouco contente com isso — advertiu Benny, esperando alguns segundos antes de acrescentar: — Mas tente ver o lado bom das coisas, major. A esta altura, na semana que vem, o senhor será membro do Parlamento.

No dia seguinte, o atual representante da zona portuária de Bristol não viu nada de interessante no que leu nos dois jornais locais. Giles não achou quase nenhuma menção de seu discurso, mas apenas uma grande fotografia de Virginia, em toda sua exuberância, na primeira página com uma cópia da carta que ela enviara a Fisher publicada logo abaixo.

— Não vire a página — aconselhou Griff.

Mas Giles virou a página imediatamente, onde se deparou com a última pesquisa de intenção de votos, que indicava que os conservadores ampliariam sua maioria em cerca de 23 assentos. Viu também que a zona portuária de Bristol estava em oitavo lugar na lista das bases eleitorais estratégicas do Partido Trabalhista com mais possibilidade de passarem a ser controladas pelo Partido Conservador.

— Não há muita coisa que um parlamentar possa fazer quando a correnteza da vontade nacional toma um rumo contrário aos anseios do partido — observou Griff assim que Giles terminou de ler o artigo. — Acho que um parlamentar excepcional consegue conquistar os votos de mais mil eleitores e que um adversário político fraco pode até perder outros mil, mas, sinceramente, não tenho certeza se até mesmo alguns milhares de votos a mais seriam suficientes para mudar esta situação. Em todo caso, não vamos desistir de lutar pela conquista de todos os votos possíveis até as nove da noite de quinta-feira. Portanto, não se abale. Quero que saia às ruas e aperte a mão de tudo que se mover. Exceto a de Alex Fisher. Aliás, se cruzar com esse homem, você tem minha permissão para esganá-lo.

— Você conseguiu recomprar algumas das ações da Barrington?

— Infelizmente, não, major. Não houve uma vez sequer em que elas ficaram abaixo de quatro libras e três xelins.

— Então, perdi meu cargo na diretoria.

— Acho que o senhor descobrirá que isso sempre fez parte dos planos da Barrington.

— O que você quer dizer com isso?

— Foi Sandy McBride que comprou suas ações assim que elas foram postas à venda e tem sido ele o principal comprador nos últimos 21 dias. Todo mundo sabe que ele é um corretor da Barrington.

— Filho da mãe!

— É óbvio, portanto, major, que eles perceberam o que você estava tramando. Mas a coisa não é tão ruim assim. Como Lady Virginia conseguiu um lucro de mais de setenta mil libras sobre o investimento inicial, ela tem uma dívida de gratidão com o senhor, eu acho.

Giles não poderia ter trabalhado mais arduamente durante a semana final de sua campanha, ainda que, às vezes, se sentisse como Sísifo, empurrando em vão uma pedra pesada montanha acima.

Quando, na véspera da eleição, ele apareceu no escritório central de campanha, foi a primeira vez que viu Griff parecendo cabisbaixo.

— Dez mil cópias desta coisa foram postas em caixas de correspondência de casas e estabelecimentos do distrito eleitoral inteiro ontem à noite, de forma que ninguém deixasse de tomar conhecimento disto.

Giles viu uma cópia da primeira página do *Bristol Evening Post* com a fotografia de Virginia acima da carta enviada por ela a Fisher.

Embaixo da carta constava a seguinte mensagem: "Se você quiser ser representado no Parlamento por um homem decente e honesto, vote em Fisher."

— Esse sujeito é um monte de bosta — disse Griff. — E jogaram esse merda bem na nossa frente, de uma grande altura — acrescentou ele quando um dos primeiros voluntários entrou no escritório trazendo consigo os jornais matinais.

Giles se recostou na cadeira e fechou os olhos. Mas, um ou dois minutos depois, pôde jurar que ouviu risadas de Griff. Mais alguns segundos e verificou que ele estava rindo mesmo. Quando abriu os olhos, Griff lhe passou um exemplar do *Daily Mail.*

— Vai ser uma disputa acirrada, meu velho, mas, pelo menos, estamos vivos ainda e com chance de vitória!

Giles não conseguiu identificar de imediato a bela garota da fotografia na primeira página, uma jovem que tinha acabado de ser escolhida para estrelar no *The Benny Hill Show.* Jenny havia falado ao correspondente de entretenimento sobre o trabalho que ela viera fazendo antes de ter conseguido sua grande oportunidade:

"Eu recebia 10 libras por dia para acompanhar um candidato dos conservadores em seus compromissos de campanha, na base eleitoral, e dizer a todos que eu era a namorada dele."

Giles não achou a fotografia de Fisher estampada no jornal lá muito bonita.

Fisher xingou em voz alta quando viu a primeira página do *Daily Mail.*

Assim que ouviu a correspondência matinal ser deixada no tapete da porta principal, ingeriu rapidamente sua terceira xícara de café e se levantou para se dirigir ao escritório central de campanha. Decidiu que deixaria para ler à noite quaisquer das cartas recebidas e teria ignorado todas se não tivesse notado que uma delas apresentava o emblema da Barrington, que o levou a abaixar-se para pegá-la, voltando depois para a cozinha. Ele abriu a carta e tirou dois cheques de dentro do envelope, um emitido em seu nome, no valor de mil libras, correspondente a seu salário quinzenal como diretor da Barrington, e o segundo no valor de 7.341 libras, correspondente aos dividendos anuais de Lady Virginia, também emitido em nome do "Major Alexander Fisher", de forma que ninguém soubesse os 7,5% das ações que lhe permitiam fazer parte da diretoria eram dela. Não mais.

Quando voltasse para casa à noite, ele faria um cheque com esse mesmo valor e o enviaria a Lady Virginia. Depois que se perguntara em pensamento se não era cedo demais para telefonar para ela, deu uma olhada no relógio. Viu que faltavam alguns minutos para as 8 horas, mas sabia também que precisaria estar na Temple Meads para cumprimentar eleitores saindo da estação e seguindo para o trabalho. Com certeza ela já estaria acordada. Pegou o telefone e ligou para um número de Kensington.

O telefone tocou várias vezes antes de uma voz sonolenta responder do outro lado da linha. Ele quase desligou o telefone.

— Quem é? — perguntou Virginia.

— É Alex Fisher. Achei que deveria telefonar para lembrar que vendi todo o seu lote de ações da Barrington e que, com isso, a senhora obteve um lucro de mais de setenta mil libras — disse, esperando uma palavra de agradecimento e sem ver nem sinal de obrigado. — Fiquei pensando... A senhora não pretende recomprar suas ações? Afinal de contas, tem conseguido um retorno e tanto desde que passei a fazer parte da diretoria.

— E o senhor também, major. Aliás, tenho certeza de que não preciso ficar lembrando-o a respeito disso. Mas fiz algumas mudanças em meus planos em relação ao futuro, os quais não incluem mais a Barrington.

— Mas se a senhora não recomprar seus 7,5%, perderei meu cargo na diretoria.

— E não vou perder noites de sono por causa disso, major.

— Mas estive pensando, levando em conta a situação atual...

— Que situação?

— A senhora não acha que mereço uma pequena bonificação? — questionou ele, olhando para o cheque de 7.341 libras.

— Mas de quanto seria essa pequena bonificação?

— Cinco mil libras não estariam de bom tamanho?

— Deixe-me pensar um pouco. — Como não ouviu nada durante um bom tempo, Alex chegou a se perguntar se ela não tinha desligado. Mas, por fim, Virginia respondeu: — Pensei no assunto, major, e me decidi contra a bonificação.

— Então, talvez pelo menos um empréstimo... — disse ele, tentando não parecer desesperado.

— Sua babá não ensinou que quem empresta a um amigo ou dele toma emprestado ganha um inimigo? Não, claro que não, pois o senhor nunca teve babá.

Depois que disse isso, Virginia se virou e deu três pancadas sonoras no estrado de madeira da cama.

— Ah, a empregada acabou de chegar com o café, major. Preciso ir. E quando eu digo adeus, eu falo sério.

Quando Fisher ouviu Virginia desligar o telefone, ficou olhando fixamente para o cheque, emitido em nome dele, e lembrou-se das palavras de Benny: "Ela tem uma dívida de gratidão com você."

24

Giles estava de pé às cinco da manhã no dia da eleição e não apenas porque não conseguira dormir.

Quando desceu para o térreo, Denby abriu a porta da sala em que o café fora servido e disse:

— Bom dia, Sir Giles — como se houvesse uma eleição geral todos os dias.

Giles entrou na sala de jantar, pegou uma tigela no aparador e a encheu de flocos de milho e frutas. Ele estava revendo sua agenda de compromissos do dia quando viu a porta se abrir e Sebastian entrar, trajando um elegante paletó esporte e calças aflaneladas cinzas.

— Seb? Quando você voltou?

— Ontem, tarde da noite, tio Giles. Como quase todas as escolas tiveram as aulas suspensas por um dia, pois vão ser usadas como locais de votação, perguntei se eu não podia vir para casa ajudá-lo.

— O que você gostaria de fazer? — perguntou Giles enquanto Denby punha um prato com ovos e fatias de bacon defumado diante dele.

— Qualquer coisa que eu puder fazer para ajudá-lo a vencer.

— Se quer mesmo ajudar, escute com toda atenção. No dia da eleição, o partido terá oito comitês de campanha espalhados pelo distrito eleitoral. Todos eles são administrados por voluntários, alguns dos quais têm experiência de uma dúzia de eleições. Eles terão informações atualizadas de pesquisas de campanha na zona eleitoral da qual estão encarregados. Todas as ruas, estradas, avenidas e becos sem saída terão uma indicação mostrando onde nossos eleitores moram. Teremos também um voluntário postado do lado de fora de cada local de votação para marcar os nomes das pessoas que tenham depositado seus votos nas urnas. Nosso maior problema é levar essa lista atualizada de nomes para os comitês de campanha, de forma que possamos acompanhar a situação de nossos eleitores que não tiverem votado ainda e fazermos todo o possível para que compareçam aos locais de votação antes do fechamento, às nove da noite. Normalmente — continuou Giles —, costuma ser maior o número de nossos eleitores que votam entre as oito e as dez da manhã, logo depois da abertura dos locais de votação, enquanto, das dez em diante, os eleitores dos conservadores começam a sair para votar e continuam a fazê-lo até as quatro horas da tarde. Mas, depois disso, quando os eleitores estão voltando do trabalho para casa, essa é a parte do dia de vital importância para nós, pois, se eles não votarem quando a caminho de casa, é quase impossível fazê-los sair depois para votar.

Emma e Harry entraram na sala.

— O que Griff os encarregou de fazer hoje? — perguntou Giles.

— Vou trabalhar num comitê de campanha — respondeu Emma.

— Vou acordar eleitores dos trabalhistas, batendo à porta deles para que saiam para votar — disse Harry. — E, se precisarem de carona, eu os levarei de carro até o local de votação.

— Não se esqueça de que — lembrou-lhe Giles —, no caso de alguns deles, a última vez que andaram de carro foi na eleição passada, a menos que tenham tido que comparecer ao casamento e ao enterro de um parente nos últimos quatro anos. Para qual escritório do comitê Griff encaminhou você? — perguntou ele a Emma.

— Para o do bairro de Woodbine, onde ajudarei a srta. Parish.

— Deveria ficar lisonjeada — observou Giles. — Pois a srta. Parish é uma figura lendária. Homens barbados ficam morrendo de medo quando se esquecem de comparecer às urnas. A propósito, o Seb se ofereceu para trabalhar como um de nossos mensageiros. Já até expliquei a ele quais serão suas tarefas.

Emma sorriu para o filho quando ouviu isso.

— Bem, estou indo — disse Giles, levantando-se de chofre da cadeira, mas somente depois de ter posto duas finas fatias de bacon entre fatias de pão integral.

Emma apenas lamentou mais uma vez a pressa e o inveterado hábito alimentar do irmão, resignando-se com o fato de que somente Elizabeth poderia repreendê-lo, sem bem que, no dia da eleição, provavelmente nem ela.

— Visitarei cada um dos comitês de campanha em algum momento do dia — avisou ele enquanto se retirava —, então falo com vocês mais tarde.

Denby estava esperando por ele do lado de fora da porta principal.

— Peço que me desculpe o incômodo, senhor, mas espero que não haja nenhum inconveniente na necessidade de a equipe de empregados da mansão se ausentar do serviço durante meia hora, das quatro até as quatro e meia da tarde de hoje.

— Por alguma razão especial?

— Para votar, senhor — explicou o mordomo.

Giles pareceu embaraçado.

— Quantos votos serão? — perguntou baixinho.

— Seis para o senhor, mas um deles ainda está indeciso — respondeu o mordomo, desta vez levando o patrão a levantar uma das sobrancelhas. — É que o novo jardineiro, senhor, tem ideias que estão acima de sua modesta condição. Ele acha que é um conservador.

— Então, vamos torcer para que eu não perca por uma diferença de um voto — disse Giles enquanto passava apressado pela porta.

Jessica estava na via de acesso da mansão, mantendo a porta do carro aberta para ele, tal como fazia todas as manhãs.

— Posso ir com o senhor, tio Giles? — perguntou ela.

— Desta vez, não. Mas prometo que você estará ao meu lado na próxima eleição. Direi a todo mundo que é minha namorada e aí ganharei a disputa com uma vitória esmagadora.

— Não há nada mesmo que eu possa fazer para ajudar?

— Não... Sim! Você conhece o novo jardineiro?

— Albert? Sim, ele é muito legal.

— Ele está pensando em votar nos conservadores. Veja se consegue convertê-lo até as quatro horas da tarde.

— Vou tentar, vou tentar! — concordou Jessica, animada, enquanto Giles se punha ao volante.

Giles estacionou no lado de fora do portão de entrada das docas, pouco antes das sete. Apertou a mão de todos os trabalhadores do turno da manhã antes que marcassem o ponto, bem como de todos os do turno da noite que estavam deixando o local, a caminho de casa. Ficou surpreso com a quantidade de gente que queria conversar com ele.

— Não vou deixar de votar no senhor desta vez, chefe.

— O senhor pode contar comigo.

— Estou indo votar agora mesmo.

Quando Dave Coleman, o chefe de turma, bateu o ponto na saída, Giles o levou para um canto e perguntou se ele sabia a razão de tanto entusiasmo.

— Muitos deles acham que está na hora de o senhor conseguir resolver seus problemas conjugais — explicou Coleman, homem conhecido pela franqueza —, mas o fato também é que eles detestam tanto o major arrogante que certamente não vão querer que seja ele quem lute no Parlamento contra as injustiças cometidas contra nós. No que me diz respeito — acrescentou o chefe de turma —, eu teria tido mais respeito por Fisher se ele houvesse tido a coragem de dar as caras nas docas. Existem alguns conservadores no sindicato, mas ele nem sequer se deu ao trabalho de procurar saber quem são.

Giles ficou animado com a recepção que teve quando visitou a fábrica de cigarros W. D. & H. O. Wills e depois também quando foi participar de um encontro com os trabalhadores da Bristol Aeroplane Company. Mas ele sabia que, no dia de uma eleição geral, todos os candidatos se dizem convictos de que vencerão o pleito. Até os liberais.

Giles apareceu no primeiro comitê de campanha alguns minutos após as dez horas. O chefe do comitê local disse a ele que 22% de seus eleitores conhecidos já tinham votado, algo parecido com o que acontecera na eleição de 1951, quando Giles vencera por 414 votos de diferença.

— E quanto aos conservadores? — perguntou Giles.

— Dezesseis por cento.

— E como esses números se comparam com a eleição de 51?

— Eles estão com uma vantagem de um por cento — informou o chefe do comitê.

Quando Giles visitou o oitavo comitê de campanha, passava um pouco das quatro da tarde. A senhorita Parish estava em pé na porta, esperando por ele, com um prato de sanduíches de queijo com tomate numa das mãos e um grande copo de leite na outra. Era uma das poucas pessoas no bairro de Woodbine que tinha geladeira.

— Como vão as coisas? — perguntou Giles.

— Graças a Deus choveu entre as dez e as quatro, mas agora o sol apareceu. Estou começando a acreditar que talvez Deus seja socialista. Mas ainda temos muito trabalho a fazer para que consigamos recuperar o terreno perdido nas últimas cinco horas.

— Você nunca errou na previsão do resultado de uma eleição, Iris. Qual o resultado que prevê para esta?

— A verdade?

— A verdade.

— Tão acirrada que é difícil prever.

— Então, voltemos ao trabalho — disse Giles e começou a movimentar-se pela sala, agradecendo a cada um dos voluntários.

— Seus parentes se saíram melhor do que o esperado — comentou a srta. Parish —, considerando-se que são conservadores.

— Tudo aquilo que Emma faz, ela é capaz de fazer muito bem — comentou ele.

— Ela é boa mesmo — concordou a srta. Parish enquanto Giles observava a irmã transcrever para o formulário de dados de pesquisa de campanha os números que tinham acabado chegar de um local de votação. — Mas o superastro aqui é o jovem Sebastian. Se tivéssemos dez dele, jamais perderíamos a eleição — observou ela, fazendo Giles sorrir.

— E onde está o rapazinho agora?

— Ou a caminho de um local de votação, ou voltando de lá para cá. Ele não acredita nessa coisa de ficar parado o tempo todo no mesmo lugar.

Na verdade, Sebastian continuava no mesmo lugar, esperando que um escrutinador lhe entregasse a última lista com os nomes dos eleitores que tinham ido votar, de modo que pudesse levá-la para a srta. Parish, que continuava a enchê-lo de Tizer e chocolates ao leite Fry, apesar dos ocasionais olhares de desaprovação da mãe do garoto.

— O problema é que — dizia o escrutinador a um amigo que tinha acabado de votar — a família Miller inteira, todos os seis moradores do número 21, não querem se dar ao trabalho de simplesmente atravessar a rua para vir votar, embora vivam se queixando deste governo de conservadores. Portanto, se perdermos por uma diferença de meia dúzia de votos, saberemos de quem é a culpa.

— Por que você não aciona a srta. Parish para cuidar do caso? — sugeriu o amigo.

— Ela já tem muita coisa com que se preocupar sem que tenha de vir aqui cuidar desse problema. Eu mesmo faria isso, mas não posso abandonar meu posto.

Sebastian se virou e resolveu atravessar a rua para tentar solucionar o problema. Quando chegou ao número 21, parou, mas levou algum tempo para criar coragem e bater à porta. Ele quase saiu correndo quando viu o tamanho do homem que atendeu.

— O que você quer, fedelho? — trovejou o homem.

— Venho em nome do major Fisher, o candidato dos conservadores — respondeu Sebastian, lançando mão do melhor de sua dicção, desenvolvida no ambiente cultural da escola pública —, e estive pensando se o senhor não estaria disposto a dar seu voto de apoio a ele hoje, já que as pesquisas de intenção estão indicando que o resultado desta eleição poderá ser muito apertado.

— Caia fora antes que eu lhe dê um tapa na orelha! — ameaçou o sr. Miller, fechando a porta com força na cara do rapazinho.

Sebastian voltou a atravessar a rua, desta vez correndo, e, enquanto recolhia os últimos números da eleição com o apurador, viu a porta do número 21 abrir-se e o sr. Miller reaparecer, seguido dos outros cinco membros da família, e atravessar a rua. Sebastian nem pensou duas vezes. Adicionou os votos dos Miller a seus dados de pesquisa de campanha e voltou correndo para o escritório do comitê.

Por volta das seis, Giles estava de volta às docas, onde faria campanha entre os trabalhadores do turno diurno, que estariam deixando o local de trabalho, e os da noite, chegando para trabalhar.

— O senhor ficou aí o dia inteiro, chefe? — perguntou um deles, em tom de gracejo.

— Tenho a sensação de que sim — respondeu Giles enquanto apertava a mão de outro trabalhador.

Um ou dois dos recém-chegados fizeram meia-volta quando o viram nas docas fazendo campanha e se dirigiram rapidamente para o local de votação mais perto dali, enquanto os que iam saindo pareciam estar se dirigindo para um único lugar, que certamente não era o bar mais próximo.

Às seis e meia, depois que todos os trabalhadores das docas tinham batido o ponto de entrada ou voltado para casa, Giles fez o mesmo que fizera nas duas últimas eleições e pegou o primeiro ônibus com destino à cidade.

Assim que embarcou, foi para o andar de cima do veículo, onde apertou a mão de vários passageiros surpresos. Depois que fez campanha no andar inferior também, saltou no próximo ponto e pegou outro ônibus, seguindo na direção oposta. Ficou embarcando e desembarcando de ônibus durante as duras horas e meia seguintes, continuando a trocar apertos de mãos com passageiros até quando faltava apenas um minuto para as nove da noite.

Quando saltou do último ônibus de sua campanha itinerante, ficou um tempo parado sozinho no ponto. Não havia mais nada que pudesse fazer para vencer.

Quando Giles ouviu um toque de aviso distante, deu uma olhada no relógio. Viu que eram nove e meia da noite e que precisava seguir em frente. Achando que não aguentaria outra viagem de ônibus, iniciou uma lenta caminhada em direção ao centro da cidade, movido pela esperança de que o ar noturno lhe ajudasse a arejar o pensamento antes de descobrir o resultado da apuração.

A essa altura, a polícia local teria começado a coletar as urnas de todas as zonas eleitorais do distrito, as quais entregaria em seguida à prefeitura, processo que levaria mais de uma hora para ser concluído. Depois que todas tivessem sido entregues, conferidas e reconferidas, o sr. Wainwright, o secretário municipal, daria a ordem para que os lacres fossem abertos, de forma que se iniciasse a apuração. Se conseguissem anunciar o resultado antes da uma da madrugada, o feito seria um verdadeiro milagre.

Sam Wainwright não era um homem que nascera para superar recordes de velocidade, nem por terra, nem por mar. "Lento, mas seguro e eficiente" seriam as palavras gravadas em sua lápide tumular. Embora Giles houvesse tratado de certos assuntos locais com o secretário em toda a última década, ainda não sabia em qual partido ele votava. Chegou a desconfiar que ele não votava em ninguém. Mas o que Giles sabia ao certo era que essa seria a última eleição de Wainwright, já que o sujeito se aposentaria no fim do ano. Na opinião de Giles, a cidade teria sorte se conseguisse achar um sucessor à altura. Decerto, alguém seria o sucessor de Wainwright, mas Giles achava que ninguém conseguiria substituí-lo de fato, tal como observara Thomas Jefferson ao suceder Benjamin Franklin no cargo de embaixador americano na França.

Um ou dois transeuntes acenaram para Giles durante sua caminhada até a prefeitura enquanto outros simplesmente o ignoraram. Ele começou a pensar na própria vida, naquilo que poderia fazer se não fosse mais o representante parlamentar da zona portuária de Bristol. Afinal, faria 35 anos dali a algumas semanas. Não era uma idade muito avançada, mas, desde que retornara para Bristol, pouco depois do fim da guerra, só tivera um tipo de trabalho e, sinceramente, pensou ele, não estava preparado para fazer outra coisa; aliás, um problema eterno para todo político que não tinha um assento garantido no Parlamento.

Seus pensamentos se voltaram para Virginia, que poderia ter facilitado muito mais a vida dele com a simples assinatura de um pedaço de papel. Ele havia finalmente entendido que isso nunca fizera parte dos planos dela. Sabia agora que ela sempre planejara esperar o fim da eleição para causar-lhe o máximo de constrangimento possível.

Agora, tinha certeza de que fora ela a responsável pela inclusão de Fisher na diretoria da Barrington e até se perguntava se não havia sido ela também que semeara na mente do major a ideia de que ele poderia derrotá-lo e tomar o seu lugar no Parlamento.

Imaginou que, naquele momento, ela devia estar em sua casa em Londres, aguardando a divulgação dos resultados da eleição, se bem que, na verdade, estivesse interessada em saber o resultado relacionado apenas a um dos assentos. E será que ela não estaria preparando-se para outro ataque às ações da companhia, como parte de seu plano de longo prazo, de massacrar a família Barrington? De qualquer forma, Giles estava confiante que, em Ross Buchanan e Emma, ela tinha encontrado adversários à altura.

Lembrou-se de que fora Grace quem finalmente conseguira fazê-lo enxergar a realidade com relação a Virginia e, depois que o tinha feito, ela nunca mais voltou a tocar no assunto. Sabia que devia a ela gratidão também pela oportunidade de que ele conhecesse Gwyneth. Ela estivera ansiosa por vir a Bristol para ajudá-lo a lutar por seu assento no Parlamento, embora tivesse sido a primeira a reconhecer que, caso tivesse saído em campanha com ele pelas principais ruas da cidade, a única pessoa que teria se beneficiado teria sido Fisher.

Giles telefonava para Gwyneth, em Cambridge, todas as manhãs antes de partir para o gabinete, mas nunca ao voltar para casa à noite, pois raramente chegava antes da meia-noite, apesar dos pedidos da namorada para que a acordasse. Se perdesse a eleição, iria de carro para Cambridge na manhã seguinte, onde procuraria desabafar com ela. Se vencesse, ele se encontraria com a amada à tarde e dividiria com ela o gosto da vitória. Em todo caso, independentemente do resultado, estava decidido a não perdê-la de jeito nenhum.

— Boa sorte, Sir Giles — disse um pedestre, com um tom de voz que o trouxe de volta à realidade. — Tenho certeza de que o senhor vencerá — acrescentou, levando Giles a retribuir o sorriso confiante, mas, no fundo, o parlamentar não tinha certeza de nada.

A essa altura da caminhada, ele avistou a estrutura enorme do edifício da prefeitura assomando ao longe, com as duas estátuas de unicórnios dourados sobre o telhado avultando a cada passo que ele dava.

Os voluntários que tinham sido escolhidos para ajudar na contagem dos votos já deviam estar a postos. Era uma tarefa considerada de grande responsabilidade e, geralmente, realizada por conselheiros municipais ou membros graduados de partidos políticos. A senhorita Parish ficaria encarregada de chefiar seis escrutinadores do Partido Trabalhista, tal como havia feito em quatro eleições anteriores, e ele sabia também que ela tinha convidado Harry e Emma para fazerem parte de sua seleta equipe.

— Eu teria convidado Sebastian também — disse ela a Giles —, mas ele não tem idade suficiente.

— Ele deve ter ficado desapontado.

— Sim, ficou. Mas, como consegui uma permissão especial para ele. Sebastian poderá assistir a tudo da tribuna.

— Obrigado.

— Não me agradeça — disse a srta. Parish. — O fato é que eu gostaria de ter podido tê-lo comigo durante a campanha inteira.

Giles suspirou fundo enquanto subia a escada de acesso à prefeitura. Estava ciente de que, independentemente do resultado, não poderia esquecer-se de agradecer a muitas pessoas que o tinham apoiado, cuja única recompensa seria a vitória. Lembrou-se então das palavras do Velho Jack na ocasião em que ele marcara cem pontos no Lord Cricket Ground: qualquer um pode ser um bom vencedor. Mas a marca de um grande homem está na forma pela qual ele encara a derrota.

25

Griff Haskins vinha andando a passos largos de um lado para o outro do saguão da prefeitura quando viu Giles caminhando em sua direção. Os dois se cumprimentaram com um firme aperto de mãos, como se tivessem ficado sem se ver durante semanas.

— Se eu vencer — disse Giles —, você...

— Não me venha com sentimentalismos — advertiu Griff. — Ainda temos muito trabalho a fazer.

Quando passaram pela porta de vaivém do auditório principal, viram que os mil assentos da plateia, que normalmente ocupavam todo o salão, tinham sido substituídos por duas dúzias de longas mesas enfileiradas, assentadas sobre cavaletes, com cadeiras de madeira postas de ambos os lados de cada uma delas.

Sam Wainwright, com as mãos na cintura e os pés afastados, estava em pé no meio do palco. De repente, assoprou um apito para anunciar o início do jogo. Nisso, voluntários pegaram tesouras, cortaram os lacres, abriram as urnas e despejaram sobre as mesas, diante dos apuradores, milhares de pequenas folhas de papel, cada uma contendo os nomes de três candidatos.

A primeira tarefa deles era organizar as cédulas eleitorais em três pilhas distintas, antes que a contagem pudesse começar. Os voluntários de um dos lados da mesa se concentraram em encontrar os votos de Fisher, enquanto os do outro focaram nos de Barrington. Já a busca pelos votos de Ellsworthy demorou um pouco mais.

Giles e Griff ficaram caminhando de um lado ao outro do salão, tentando estimar, com base no tamanho das pilhas de cédulas eleitorais, qual dos concorrentes tinha uma óbvia vantagem no número de votos recebidos. Depois de terem completado um circuito inteiro de sondagem a distância, ficou claro para ambos que nenhum dos candidatos tinha uma vantagem considerável. Giles parecia ter uma vantagem tranquila sobre o concorrente se fosse levada em conta somente a pilha de cédulas das urnas coletadas no bairro de Woodbine, mas tinha-se a impressão de que Fisher era claramente o vencedor se considerados apenas os votos das urnas das zonas eleitorais da Arcadia Avenue. Mesmo depois de mais um giro completo pelo salão, eles continuaram na mesma, sem nada saber ao certo. A única coisa que conseguiram prever com alguma certeza foi que os liberais terminariam em terceiro lugar.

De repente, soou forte uma salva de palmas no outro lado do salão, fazendo Giles levantar a cabeça repentinamente. Fisher tinha acabado de entrar no auditório com seu chefe de campanha e alguns de seus principais correligionários. Giles reconheceu alguns deles, presentes no auditório na noite do debate. Não pôde deixar de reparar na nova camisa de Fisher e no fato de que ele estava usando um terno com duas fileiras de botões, dando toda a impressão de que já era um membro do Parlamento. Depois que conversou com um ou dois dos apuradores, Fisher começou a movimentar-se também pelo salão, tudo fazendo para não cruzar com Barrington pelo caminho.

Lentamente, Giles e Griff, juntamente com a srta. Parish, Harry e Emma, continuavam a andar de uma ponta à outra dos corredores do auditório, observando com atenção as pilhas de cédulas eleitorais sendo organizadas em lotes de dez unidades, as quais, depois, quando totalizavam uma centena, eram presas com grossos elásticos vermelhos, azuis ou amarelos, de forma que pudessem ser identificadas rapidamente. Por fim, elas eram organizadas em fileiras de lotes de quinhentas cédulas, dispostas como soldados em marcha.

Cada um dos apuradores se incumbia depois de conferir uma fileira, verificando se os lotes de dez, na verdade, não continham nove cédulas e, mais importante ainda, se os de cem não continham cento e dez ou até noventa votos. Se achassem que alguém havia errado na contagem, podiam solicitar que uma pilha fosse recontada na presença do sr. Wainwright ou de um de seus assistentes. Afinal, não era algo que podia ser tratado com leviandade, tal como bem advertira a srta. Parish aos membros de sua equipe.

Depois de duas horas de apuração, Griff deu de ombros em resposta a uma pergunta que Giles lhe murmurara ao pé do ouvido, querendo saber como ele achava que as coisas estavam indo. A essa altura do processo eleitoral de 1951, ele já tinha podido dizer a Giles que vencera a eleição, ainda que por uma diferença de apenas algumas centenas de votos. Mas nessa noite não.

Assim que os apuradores terminavam o trabalho de conferência de suas pilhas de quinhentas cédulas, eles levantavam uma das mãos para informar ao secretário municipal que tinham concluído a tarefa e que estavam prontos para confirmar os resultados. Por fim, quando o último deles levantou a mão, o sr. Wainwright assoprou forte o apito mais uma vez e solicitou:

— Agora, façam a recontagem dos votos de cada uma das pilhas mais uma vez. — E acrescentou em seguida: — Poderiam os candidatos reunir-se comigo aqui no palco?

Giles e Griff foram os primeiros a subir a escada de acesso ao palco, com Fisher e Ellsworthy indo logo atrás. Em uma mesa no centro do palco, onde todos podiam ver com clareza o que estava acontecendo na plateia com mesas e sem cadeiras, havia uma pequena pilha de cédulas eleitorais. Não mais que uma dúzia delas, calculou Giles.

— Cavalheiros — anunciou o secretário municipal —, estes aqui são votos nulos. A lei eleitoral prescreve que eu, e somente eu, posso decidir se alguma destas cédulas devem ser incluídas na contagem final. No entanto, os senhores têm o direito de discordar de quaisquer de minhas decisões.

Wainwright ficou em pé diante da pilha de votos, ajeitou os óculos e examinou a cédula que estava em cima das demais. Viu que ela tinha um X no quadrículo com o nome de Fisher, mas que também, grafada nela em sentido transversal, constava a mensagem "Deus salve a Rainha!".

— É um voto que me parece perfeitamente válido — comentou Fisher, antes mesmo que Wainwright pudesse emitir sua opinião.

O secretário municipal olhou para Giles e depois para Ellsworthy. Quando viu os dois acenarem com um abano afirmativo da cabeça, pôs a cédula eleitoral à sua direita. Já na segunda cédula, o eleitor apusera um tique, e não um X, no quadrículo com o nome de Fisher ao lado.

— Está claro que o eleitor teve a intenção de votar em mim — disse Fisher com firmeza. Mais uma vez, Giles e Ellsworthy menearam afirmativamente a cabeça.

O secretário pôs o voto junto à outra cédula favorável a Fisher, fazendo com que o candidato dos conservadores sorrisse, até que acabou vendo que as três cédulas eleitorais seguintes apresentavam um tique nos quadrículos com o nome de Barrington.

Na cédula seguinte, os nomes dos três candidatos tinham sido riscados e substituídos pela mensagem "Votem no Desesperado Dan!". Com relação a essa, todos concordaram que era voto nulo. A próxima cédula examinada tinha um tique no quadrículo correspondente ao nome de Ellsworthy. Ela foi aceita como voto válido, dado ao candidato dos liberais-democratas. A oitava cédula, contendo a mensagem "Abaixo a lei da forca!", foi posta na pilha de votos nulos sem nenhum comentário. Já a oitava continha um tique no quadrículo referente ao nome de Barrington, e Fisher não teve escolha, a não ser aceitar que era válida, dando a Giles uma vantagem de quatro votos a dois, agora com apenas duas cédulas restando para serem validadas ou não. A cédula seguinte tinha um tique no quadrículo indicando o nome de Barrington, mas com a palavra "JAMAIS" grafada ao lado do nome de Fisher.

— Essa deve ser considerada nula — protestou Fisher.

— Para que seja mesmo o caso — advertiu o secretário —, terei que considerar inválida também a que apresenta a mensagem "Deus salve a Rainha!".

— Isso me parece lógico — observou Ellsworthy. — É melhor considerar as duas inválidas.

— Concordo com o major Fisher — disse Giles, percebendo que isso aumentaria sua vantagem de 4-2 para 4-1. Fisher deu a impressão de que queria protestar, mas não disse nada.

Em seguida, todos os olhares se concentraram na última cédula. Wainwright sorriu.

— Suspeito que não enquanto eu viver — comentou ele, pondo a cédula com a inscrição "Independência para a Escócia!" na pilha de nulos.

Depois disso, Wainwright reconferiu cada uma das células e anunciou:

— Temos aqui quatro votos para Barrington, um para Fisher e um para Ellsworthy. — E anotou os números em seu caderno, acrescentando: — Obrigado, cavalheiros.

— Vamos torcer para que esta não seja a única votação que você tenha vencido essa noite — disse Griff a Giles baixinho enquanto deixavam o palco para voltar a reunir-se com a srta. Parish e seus apuradores.

O secretário municipal voltou para a frente do palco e tocou o apito mais uma vez. Com o aviso, seus assistentes começaram a movimentar-se pelos corredores, anotando os números finais de cada um dos apuradores para levá-los ao palco, onde os repassariam ao secretário.

O senhor Wainwright examinou cada um dos totais parciais atentamente, antes que os transferisse para uma grande calculadora, a única exceção em sua rejeição das coisas modernas do mundo. Assim que apertou o botão de adicionar pela última vez, anotou os números finais embaixo de três nomes e ficou pensando neles durante algum tempo. Pouco depois, solicitou que os candidatos voltassem a reunir-se com ele no palco, onde informou a eles o resultado e concordou em atender à solicitação de Giles.

A senhorita Parish franziu o semblante quando viu Fisher dar sinal de positivo com o polegar a seus correligionários, entendendo com isso que eles tinham perdido a eleição. Quando levantou a cabeça na direção da tribuna, Parish viu Sebastian acenando vigorosamente para ela, que retribuiu o aceno, mas voltou a olhar para o palco quando ouviu o sr. Wainwright dar tapinhas no microfone para testá-lo, fazendo descesse sobre o auditório um manto de silêncio e expectativa.

— Eu, presidente da junta eleitoral do distrito eleitoral da zona portuária de Bristol, declaro que o número total de votos recebido por candidato é o seguinte:

Sir Giles Barrington	18.714
Sr. Reginald Ellsworthy	3.472
Major Alexander Fisher	18.908

O anúncio do resultado arrancou veementes aclamações e aplausos prolongados do grupo de partidários de Fisher. Wainwright esperou que a ordem voltasse a imperar no salão para que pudesse acrescentar:

— O candidato da situação solicitou a recontagem dos votos e resolvi atender a sua solicitação. Peço aos apuradores que façam a reconferência de suas pilhas de cédulas com o máximo de atenção e procurem verificar se não houve erro na contagem.

Os apuradores iniciaram a recontagem dos votos, reconferindo todos os lotes de dez cédulas, depois os de cem e, por fim, todos os de quinhentas cédulas, antes de levantarem a mão para indicar que tinham terminado.

Nesse ínterim, houve um momento em que Giles levantou a cabeça para pedir ajuda aos céus numa prece silenciosa, acabando por pousar os olhos em Sebastian, que continuava a acenar num frenesi de torcedor dominado por um otimismo invencível, mas teve a atenção desviada quando Griff lhe dirigiu um comentário.

— Acho que deveria começar a pensar no discurso — disse Griff. — Precisa agradecer ao secretário municipal, aos assistentes dele, aos trabalhadores correligionários seus e, sobretudo, caso Fisher vença mesmo a eleição, deve se mostrar magnânimo. Afinal de contas, sempre haverá outra eleição.

Giles não tinha certeza se haveria para ele. Estava prestes a dizer que não achava que teria, quando a srta. Parish atravessou correndo parte do salão em direção a eles.

— Desculpe interromper — escusou-se ela —, mas parece que Sebastian está tentando chamar a atenção de vocês.

Giles e Griff olharam para cima, na direção da parte da tribuna em que Sebastian se mantinha bastante debruçado sobre a grade, quase implorando para que um deles fosse lá falar com ele.

— Por que não vai lá em cima ver qual é o problema — sugeriu Griff —, enquanto Giles e eu nos preparamos para a nova situação?

A senhorita Parish subiu a escada de acesso à tribuna, mas foi logo recebida por Sebastian no último degrau. Ele a segurou firme pelo braço, puxou-a em direção à grade e apontou para baixo, na direção da parte central do salão.

— Está vendo aquele homem sentado no fim da terceira fileira, de camisa verde?

A senhorita olhou para o local indicado por ele.

— Sim. O que há com ele?

— Ele fraudou a contagem.

— Por que você diz isso? — perguntou a srta. Parish, tentando aparentar calma.

— Ele repassou a um dos assistentes do secretário municipal um total de quinhentos votos dados a Fisher.

— Sim, e está correto — observou a srta. Parish. — Pois ele está com cinco pilhas de cem votos diante de si.

— Eu sei — tornou Sebastian —, mas uma daquelas pilhas tem sobre as demais uma cédula com o voto dado a Fisher, enquanto as 99 embaixo dela são votos para o tio Giles.

— Você tem certeza disso?! — perguntou a srta. Parish. — Porquanto, se Griff pedir ao sr. Wainwright que verifique esses votos pessoalmente e, no fim das contas, descobrirem que você está errado...

— Eu tenho certeza — garantiu Sebastian com ar desafiador.

Embora a senhorita Parish não desse a impressão de que se convencera da acusação de Sebastian, desceu a escada fazendo o máximo que pôde para imitar alguém correndo, já que não corria de fato fazia alguns anos. Assim que alcançou o andar térreo, dirigiu-se às pressas para Giles, que estava tentando parecer confiante enquanto conversava com Emma e Griff. Quando contou a eles a acusação feita por Sebastian, viu nos rostos de seus ouvintes um misto de espanto e incredulidade. Nisso, os quatro olharam para a tribuna, onde viram Sebastian apontando com acusatória veemência para o homem de camisa verde.

— Não tenho nenhuma dificuldade para acreditar na acusação de Sebastian — disse Emma.

— Por quê? — questionou Griff. — Você viu de fato aquele homem pôr uma cédula favorável a Fisher em cima de uma das pilhas com votos dados ao nosso candidato?

— Não, mas eu o vi no debate na última quinta-feira. Foi esse homem que perguntou por que Giles tinha visitado Cambridge mais vezes do que Bristol em seu último mandato.

Giles olhou para o homem com atenção, num momento em que mais e mais mãos começavam a ser levantadas no salão, indicação de que a recontagem final estava quase no fim.

— Acho que você tem razão.

Foi quando Griff se retirou sem dizer mais nenhuma palavra e conseguiu chegar rapidamente ao palco, onde perguntou ao secretário municipal se podia ter uma conversa particular com ele.

Assim que ouviu a denúncia do chefe de campanha de Giles, o sr. Wainwright olhou para a parte da tribuna em que Sebastian se encontrava e depois fixou o olhar estupefato no apurador sentado no fim da terceira fileira de mesas.

— É uma acusação muito grave para se fazer tendo como base apenas a palavra de uma criança — advertiu o secretário, voltando a pousar o olhar em Sebastian.

— Ele não é criança — corrigiu Griff. — Ele é um rapazinho. E, em todo caso, faço aqui uma solicitação formal de averiguação.

— Então, que trate o senhor de arcar com as consequências depois — avisou Wainwright, após ter olhado mais uma vez para o apurador denunciado. Sem dizer mais nenhuma palavra, ele solicitou a presença de dois de seus assistentes e ordenou, sem dar explicações: — Sigam-me.

Os três desceram a escada de acesso à plateia e foram direto para a mesa no fim da terceira fileira, com Giles e Griff logo atrás. Quando lá chegou, o secretário municipal olhou para o homem de camisa verde sentado à mesa e disse:

— Peço que me permita assumir o seu lugar, senhor, pois Sir Giles e seu chefe de campanha solicitaram que eu reconfira pessoalmente os votos contados pelo senhor.

O homem se levantou lentamente e ficou em pé, ao lado de Wainwright, enquanto este se sentou em sua cadeira e começou a examinar as cinco pilhas dos presumidos votos dados a Fisher em cima da mesa.

Ele pegou a primeira pilha, removeu o elástico azul e deu uma olhada na cédula de cima. Precisou apenas de um exame ligeiro para confirmar que todos os cem votos dados a Fisher eram válidos. Com o exame da segunda pilha, obteve o mesmo resultado, assim como no caso da terceira. Apenas Sebastian, olhando da tribuna para o salão, ainda parecia confiante.

Quando Wainwright removeu de cima da quarta pilha a cédula do topo, seus olhos se depararam com um X indicando Barrington como o candidato escolhido pelo eleitor. Verificou, pois, o restante da pilha lenta e atentamente, acabando por descobrir que todas as outras 99 cédulas eram votos dados a Barrington. Por fim, reconferiu a quinta pilha, cujas cédulas continham votos para Fisher.

Ninguém havia percebido que o candidato dos conservadores se pusera perto do pequeno grupo reunido em torno da última mesa da fileira.

— Algum problema? — perguntou Fisher.

— Nada que eu não possa resolver — respondeu o secretário municipal, voltando-se então para um de seus assistentes e ordenando: — Peça à polícia que retire este senhor das dependências.

Em seguida, teve uma pequena conversa em particular com seu assessor antes de voltar para o palco e retomar seu lugar junto à calculadora. Mais uma vez, sem se apressar na adição à máquina de cada um dos totais parciais repassados por seus assistentes. Depois que apertou o botão de adicionar pela última vez, transcreveu os novos totais gerais nos campos com os nomes dos respectivos candidatos e, quando finalmente achou que estava satisfeito com o novo trabalho, pediu que eles voltassem a se reunir com ele no palco. Desta vez, depois que o secretário informou aos candidatos os números devidamente revisados, Giles não solicitou que fizessem uma nova recontagem.

Wainwright voltou a pôr-se diante do microfone para anunciar o resultado da segunda apuração a uma plateia que, até então, se vira obrigada a contentar-se com rumores sobre o desfecho final da eleição.

— Informo o total de votos dado a cada candidato:

Sir Giles Barrington	18.813
Sr. Reginald Ellsworthy	3.472
Major Alexander Fisher	18.809

Agora foi a vez dos partidários dos trabalhistas comemorarem com grande estardalhaço, interrompendo os trabalhos durante vários minutos com sua ruidosa comemoração, depois dos quais Wainwright pôde finalmente anunciar que o major Fisher tinha solicitado uma nova recontagem.

— Solicito aos apuradores que façam, por gentileza, com o máximo de atenção, mais uma recontagem e informem imediatamente a um de meus assistentes se houver qualquer diferença que porventura descobrirem.

Quando o secretário municipal voltou para sua mesa, seu assessor lhe entregou um livro de consultas solicitado por ele. O secretário folheou várias páginas do *Guia de Legislação Eleitoral de Macaulay*, até que chegou a um verbete que ele tinha marcado horas antes, à tarde. Enquanto Wainwright tratava de confirmar sua compreensão dos deveres do presidente da junta eleitoral, a equipe de escrutinadores de Fisher ficou o tempo todo se movimentando de um lado para o outro dos corredores do auditório, exigindo que lhes mostrassem a segunda cédula eleitoral da parte superior de todas as pilhas de votos dados a Barrington.

Apesar disso, quarenta minutos depois, Wainwright pôde anunciar que não havia nenhuma alteração no resultado da segunda contagem. Mas Fisher exigiu imediatamente que fizessem mais uma apuração.

— Não vejo necessidade de atender a essa solicitação — respondeu Wainwright. — Os números foram os mesmos em três contagens diferentes — acrescentou ele, citando textualmente as palavras de Macaulay.

— Mas é óbvio que este não é o caso — protestou Fisher com veemência. — Os votos foram idênticos apenas em duas ocasiões. O senhor deve se lembrar de que, na primeira contagem, venci com folgada diferença.

— Foram os mesmos nas três apurações — repetiu Wainwright —, levando em conta o erro infeliz que seu colega cometeu na primeira contagem.

— Meu colega?! — questionou Fisher. — Essa alegação constitui uma mancha infame em meu caráter. Nunca vi esse homem na vida. Se o senhor não retirar o que disse e não autorizar uma recontagem, não terei escolha a não ser consultar meus advogados de manhã.

— Seria uma atitude extremamente infeliz — argumentou Wainwright —, pois eu não gostaria de ver o conselheiro municipal Peter Maynard no banco das testemunhas, tentando explicar que nunca teve contato ou relação com o presidente do diretório local de seu partido, que por acaso é também o candidato escolhido por ele para disputar o assento no Parlamento.

Vermelho de raiva, Fisher se retirou do palco pisando duro.

Em seguida, o sr. Wainwright se levantou, caminhou lentamente em direção à frente do palco e deu uns tapinhas com as pontas dos dedos no microfone pela última vez, pigarreando antes de anunciar:

— Eu, o presidente da junta eleitoral do distrito eleitoral da zona portuária de Bristol, informo que o número total de votos recebido por candidato é o seguinte:

Sir Giles Barrington	18.813
Sr. Reginald Ellsworthy	3.472
Major Alexander Fisher	18.809

— Declaro, portanto, Sir Giles Barrington eleito legitimamente membro do Parlamento pelo distrito eleitoral da zona portuária de Bristol.

O representante da zona portuária de Bristol no Parlamento olhou para a tribuna e cumprimentou Sebastian Clifton com uma profunda mesura.

SEBASTIAN CLIFTON

1955-1957

26

— Um brinde ao homem que nos deu a vitória dessa eleição! — clamou Griff, equilibrando-se precariamente sobre uma mesa no meio do salão, com uma taça de champanhe numa das mãos e um cigarro na outra.

— A Sebastian! — gritaram todos, seguidos por risadas e aplausos.

— Você tomou champanhe alguma vez na vida? — perguntou Griff depois que descera desajeitadamente da mesa para reunir-se ao rapaz.

— Só uma vez — confessou Sebastian —, na festa de aniversário de 15 anos de meu amigo Bruno, quando o pai dele nos levou para jantar num bar local. Acho que esta é minha segunda taça.

— Siga o meu conselho — recomendou Griff. — Não se acostume. É o néctar dos ricos. Enquanto nós, camaradas da classe trabalhadora — explicou ele, enlaçando-o com um dos braços —, só podemos nos dar ao luxo de desfrutar de um ou duas taças ao ano, e, além disso, sempre às custas de alguém.

— Mas eu pretendo ser rico.

— Acho que isso não me surpreende — disse Griff, enchendo a taça de novo. — Neste caso, você terá que se tornar um de nossos socialistas do champanhe e Deus sabe que já temos o bastante deles em nosso partido.

— Eu não sou do seu partido — disse Sebastian com firmeza. — Sou um conservador sob todos os aspectos, exceto no que diz respeito ao tio Giles.

— Então você terá que vir morar em Bristol — avisou Griff enquanto o recém-eleito parlamentar se aproximava.

— São poucas as chances de isso acontecer — observou Giles. — Os pais de Sebastian me disseram que têm grandes esperanças de que ele conseguirá uma bolsa de estudos em Cambridge.

— Bem, se for mesmo para Cambridge, em vez de Bristol, talvez acabe vendo seu tio mais do que a gente.

— Você já bebeu demais, Griff — advertiu Giles, dando um tapinha amigável nas costas dele.

— Nem tanto quanto eu teria bebido se tivéssemos perdido a eleição — retrucou Griff, ingerindo todo o conteúdo da taça. — E tente não se esquecer de que os malditos conservadores aumentaram a maioria deles no Parlamento.

— É melhor irmos andando agora, Seb, se quiser ter condições de assistir às aulas amanhã. Aliás, só Deus sabe quantas regras você infringiu nas últimas horas.

— Posso me despedir da srta. Parish antes de irmos embora?

— Sim, claro. Faça isso enquanto eu pago as bebidas. E saibam que é tudo por minha conta, agora que a eleição terminou.

Sebastian teve que se desviar de vários grupos de voluntários pelo caminho, alguns dos quais pareciam galhos de árvores balançando ao sabor do vento, enquanto outros, com suas cabeças caídas sobre a mesa mais próxima, tinham apagado ou simplesmente não conseguiam se mexer. O garoto acabou localizando a srta. Parish sentada num canto, no lado oposto do salão, tendo por companhia duas garrafas de champanhe vazias. Quando finalmente conseguiu chegar lá, viu que ela parecia não ter muita certeza de quem ele era.

— Senhorita Parish, gostaria de agradecer-lhe por ter permitido que eu fizesse parte de sua equipe. Aprendi muita coisa com a senhora. Pena que a senhora não é uma de minhas professoras na Abbey.

— É o maior elogio que eu poderia ouvir, Sebastian — comentou a srta. Parish. — Mas, infelizmente, acho que nasci no século errado. Será necessário muito tempo ainda para que deem às mulheres uma chance de lecionar numa escola particular para meninos — explicou ela, esforçando-se para levantar-se e dando em seguida um abraço apertado e afetuoso nele. — Boa sorte, Sebastian. Espero que consiga a bolsa para estudar em Cambridge.

— O que a srta. Parish quis dizer quando afirmou que ela nasceu no século errado? — perguntou Sebastian a Giles no carro, enquanto o tio o levava de volta a Manor House.

— Simplesmente que, às mulheres da geração dela, ninguém dava oportunidade de seguirem uma carreira profissional — respondeu Giles. — Ela teria sido uma grande professora, e centenas de crianças teriam se beneficiado de sua sabedoria e bom senso. A verdade é que nós não só perdemos duas gerações de homens em guerras mundiais, mas também duas gerações de mulheres, às quais não deram chance de ter um lugar ao sol.

— Belas palavras, tio Giles, mas que fará o senhor a respeito disso? — perguntou Sebastian, que riu.

— Eu poderia fazer muito mais coisas se nosso partido tivesse vencido a eleição, pois, amanhã, provavelmente eu faria parte do gabinete de ministros. Agora, terei que me contentar apenas com mais um mandato, trabalhando num dos principais assentos da bancada da oposição.

— Será que minha mãe terá o mesmo problema? — perguntou Sebastian. — Acho que ela poderia ser uma parlamentar excepcional.

— Não, não terá, embora eu não consiga vê-la querendo fazer parte do Parlamento. Acho que ela não tem muita paciência com idiotas. E o problema é que lidar com esse tipo de gente faz parte das atribuições do cargo. Apesar disso, tenho a sensação de que ela acabará surpreendendo a todos nós um dia.

Giles parou o carro em frente a Manor House, desligou o motor e pôs verticalmente o dedo indicador nos lábios.

— Psiu!... Prometi à sua mãe que não acordaria Jessica.

Praticamente na ponta dos pés, os dois atravessaram de mansinho o chão de cascalho da via de acesso da mansão, e, quando chegaram à porta, Giles a abriu com certo receio, torcendo para que não rangesse. Eles estavam no meio do salão quando Giles a viu, toda encolhidinha numa cadeira, aquecida pelo calor do braseiro mortiço de uma lareira prestes a apagar, num sono profundo. Ele a pegou gentilmente nos braços e subiu a escada. Sebastian subiu na frente correndo, abriu o quarto da irmãzinha e puxou o cobertor enquanto Giles a punha estendida na cama. Ele estava prestes a fechar a porta quando a ouviu perguntar:

— Nós vencemos, tio Giles?

— Sim, vencemos, Jessica — respondeu Giles baixinho. — Com quatro votos de diferença.

— Um deles foi meu — disse Jessica após um longo bocejo —, pois convenci Albert a votar no senhor.

— Então, esse voto vale por dois — observou Sebastian. Mas, antes mesmo que ele conseguisse explicar por que, Jessica tinha voltado a adormecer.

Pela hora que Giles finalmente apareceu para o café da manhã, já seria mais apropriado chamá-lo de *brunch*.

— Bom dia, bom dia, bom dia! — disse Giles enquanto contornava a mesa. Ele pegou um prato no aparador e levantou as tampas de três travessas de prata, das quais tirou grandes porções de ovos mexidos, bacon e feijão cozido em molho de tomate, como se ainda fosse um rapazinho em idade escolar. Em seguida, sentou-se ao lado de Sebastian e Jessica.

— Mamãe diz que é preciso tomar um copo de suco de laranja e mingau de flocos de milho com leite antes de se servir dos pratos quentes — avisou Jessica.

— E ela tem razão — concordou Giles —, mas isso não vai me impedir de me sentar ao lado de minha namoradinha favorita.

— Não sou sua namoradinha favorita — refutou Jessica, fazendo-o calar-se com uma eficiência que nenhum representante dos conservadores fora capaz de igualar nas sessões do Parlamento. — Mamãe me disse que sua namoradinha favorita é a Gwyneth. Esses políticos! — acrescentou ela, num tom de repreensão, imitando Emma, que caiu na gargalhada.

Giles tratou de passar para um terreno mais seguro e, virando-se para Sebastian, perguntou:

— Você jogará no time titular de futebol este ano?

— Não se quisermos vencer alguma partida — respondeu Sebastian jocosamente. — Não. Terei que dedicar a maior parte de meu tempo a todo esforço possível para passar na prova de conclusão do curso secundário básico e ter chance de chegar ao ciclo avançado.

— Isso deixaria sua tia Grace muito feliz.

— E à mãe dele também — acrescentou Emma, sem tirar os olhos do jornal.

— Quais matérias você escolherá se conseguir passar para o ciclo avançado? — perguntou Giles, ainda tentando sair da situação constrangedora.

— Letras, com matemática como minha segunda opção.

— Bem, se você ganhar mesmo uma bolsa para Cambridge, terá ido mais longe do que seu pai e mim.

— Do que seu pai e eu — corrigiu-o Emma.

— Mas não do que mamãe ou do que tia Grace — disse Sebastian a ele.

— É verdade — reconheceu Giles, que resolveu silenciar e se concentrar nas correspondências matinais, trazidas antes por Marsden de Barrington Hall.

Decidiu abrir primeiro um grande envelope, do qual tirou uma única folha de papel, que ele vinha esperando fazia seis meses. Leu o documento uma segunda vez, antes que, de repente, começasse a comemorar, pulando de alegria. Todos à mesa pararam de comer e ficaram olhando fixamente para ele, até que Harry resolveu perguntar:

— A Rainha o convidou para compor um novo governo?

— Não, uma notícia muito melhor do que essa — respondeu Giles. — Virginia finalmente assinou os documentos de divórcio. Finalmente sou um homem livre!

— Parece que ela fez isso no último minuto — comentou Emma, abandonando a leitura do *Daily Express* por um momento e olhando para ele.

— O que você quer dizer com isso? — perguntou Giles.

— Tem uma fotografia dela na coluna de William Hickey de hoje e a impressão que tenho é de que está no sétimo mês de gravidez.

— Aí diz quem é o pai da criança?

— Não, mas o duque de Arezzo é o nome do homem abraçado com ela na foto — informou Emma, passando o jornal para o irmão. — E, pelo visto, ele quer que todos vejam que ele é o homem mais feliz do mundo.

— O segundo mais feliz — disse Giles.

— Isso significa que não terei mais que falar com Lady Virginia novamente? — perguntou Jessica.

— Sim, é isso — respondeu Giles.

— Eba! — comemorou Jessica.

Giles abriu outro envelope, do qual tirou um cheque. Enquanto o lia, levantou a xícara de café e fez um brinde ao avô, Sir Walter Barrington, bem como a Ross Buchanan.

Emma meneou a cabeça num gesto de aprovação quando ele levantou o cheque para mostrá-lo à irmã, que disse:

— Recebi um também.

Alguns minutos depois, viram a porta abrir-se e Denby entrar na sala.

— Desculpe incomodá-lo, Sir Giles, mas a dra. Hughes está na linha.

— Eu já ia telefonar para ela — disse Giles, pegando a correspondência e dirigindo-se para a porta.

— Por que você não atende em meu escritório? — sugeriu Harry. — Lá, ninguém o incomodará.

— Obrigado — respondeu Giles, saindo da sala quase correndo.

— E é melhor que nos ponhamos a caminho também, Seb — disse Harry —, se você quiser voltar para lá a tempo de poder fazer o dever de casa.

Sebastian deixou que a mãe lhe desse um beijo rápido antes de ir buscar a pasta no andar de cima. Quando, alguns minutos depois, ele desceu, Denby estava com a porta aberta, aguardando para se despedir do patrãozinho.

— Até breve, senhor Sebastian — disse ele. — Aguardaremos com ansiedade o seu retorno para as férias de verão.

— Obrigado, Denby — agradeceu Sebastian enquanto disparava correndo pela via de acesso à mansão, onde se deparou com Jessica, parada perto da porta do carona no carro. Ele deu um forte abraço na irmã antes que se sentasse no banco da frente, ao lado do pai.

— Espero que se esforce bastante para passar nas oito provas do secundário avançado — disse Jessica — para que eu possa dizer a meus amigos quanto o meu irmão é inteligente.

27

O diretor da escola teria sido o primeiro a reconhecer que o garoto que tivera alguns dias de folga para ajudar seu tio na eleição geral já não era o mesmo rapazinho que voltou para a Beechcroft Abbey alguns dias depois.

O monitor do setor de Sebastian no internato, sr. Richards, descreveu o episódio como a epifania de "São Paulo na estrada para Bristol", pois, quando o pequeno Clifton voltou resolvido a queimar as pestanas de tanto estudar para as provas finais, não se satisfazia mais em avançar sem esforço, confiando apenas no próprio talento natural para idiomas e matemática, dom que sempre o ajudara a cruzar a linha de chegada no passado. Pela primeira vez na vida, ele começou a esforçar-se com o mesmo empenho dos amigos menos precoces, Bruno Martinez e Vic Kaufman.

Desse modo, quando os resultados das provas de conclusão do secundário básico foram afixados no quadro de avisos da escola, ninguém se surpreendeu com o fato de que os três iniciariam o ano letivo no ciclo avançado, embora várias pessoas, com exceção de sua tia Grace, tivessem ficado estupefatas quando Sebastian foi convidado para fazer parte do seleto grupo de alunos escolhidos para concorrerem a uma bolsa de estudos integral em Cambridge.

O monitor do internato de Sebastian concordou com a ideia de que o pequeno Clifton, Kaufman e Martinez poderiam compartilhar do mesmo alojamento e sala de estudos em seu último ano de curso e, embora Sebastian desse a impressão de estar se esforçando com o mesmo afinco de seus dois amigos, o sr. Richards disse ao diretor que o preocupava a possibilidade de o garoto acabar voltando aos hábitos de displicência anteriores. Esses receios poderiam ter se mostrado infundados se quatro diferentes incidentes não tivessem ocorrido ao longo do último semestre de Sebastian no Beechcroft Abbey, os quais transformariam sua vida para sempre.

O primeiro ocorreu no início do primeiro período letivo, quando Bruno convidou Sebastian e Vic para jantar com ele e o pai no Beechcroft Arms, onde comemorariam a derrota imposta à banca examinadora. Sebastian aceitou o convite com imenso prazer e não via a hora de degustar um pouco mais as delícias proporcionadas pelo champanhe quando a comemoração foi cancelada no último minuto. Bruno explicou que havia acontecido algo que obrigara seu pai a cancelar os planos.

— É mais provável que ele tenha simplesmente mudado de ideia — comentou Vic depois que Bruno se retirou para ensaiar no coral.

— O que você está querendo dizer com isso? — interrogou Sebastian, levantando a cabeça e abandonando o dever de casa por um momento.

— Acho que você vai descobrir que, quando o sr. Martinez soube que eu era judeu e Bruno não concordou em fazer a comemoração sem mim, o pai dele resolveu cancelar tudo.

— Eu até poderia entender se ele cancelasse tudo por descobrir que você fosse é um fumante e beberrão ou coisa do tipo, Kaufman, mas quem se importa com o fato de que você é judeu?

— Muito mais pessoas do que você imagina — respondeu Vic. — Não se lembra de quando Bruno o convidou para a festa de aniversário de 15 anos dele? Na ocasião, ele me explicou que só tinha permissão de convidar uma pessoa da escola e que, na próxima, seria a minha vez. Nós, judeus, não nos esquecemos dessas coisas.

— Ainda não consigo acreditar que o sr. Martinez cancelaria o jantar só porque você é judeu.

— Claro que não consegue, Seb, mas isso é porque seus pais são pessoas civilizadas. Eles não julgam as pessoas pelo berço em que nasceram e passaram essa falta de preconceito para você sem que tivessem consciência disso. Mas, infelizmente, você não representa a maioria, nem mesmo nesta escola.

Sebastian quis protestar, mas seu amigo tinha ainda mais a falar sobre o assunto.

— Conheço algumas pessoas que acham que nós judeus somos paranoicos sobre o Holocausto, mas quem poderia de fato nos culpar por isso, já que não param de chegar as revelações sobre o que realmente aconteceu nos campos de concentração alemães? Pode acreditar, porém, Seb, que sou capaz de farejar um antissemita a uns trinta metros de distância, e será apenas uma questão de tempo até que sua irmã passe a enfrentar esse mesmo tipo de problema.

— Jessica não é judia — refutou Sebastian, desatando a rir. — Talvez tenha algo de boêmia, mas não de judia.

— Embora eu só tenha tido contato com ela uma vez, posso lhe assegurar, Seb, que ela é judia.

Era necessária muita coisa para deixar Sebastian sem palavras, mas aquilo havia feito o truque.

O segundo incidente ocorreu durante as férias de verão, quando Sebastian reuniu-se com o pai em seu escritório para examinar seu boletim de fim de ano. Sebastian olhara de relance para uma grande coleção de fotografias da família sobre a mesa de Harry, quando uma delas lhe prendeu a atenção: uma fotografia de sua mãe de braços dados com seu pai e seu tio Giles no gramado de Manor House. Achou que, na época, sua mãe devia ter uns 12 anos de idade, ou talvez 13, e estava usando o uniforme escolar da Red Maids. Num primeiro relance, Sebastian chegou a achar que era Jessica a jovem na foto, de tão parecida com sua mãe então. Concluiu, por fim, que tudo não passava de efeitos da luz. Mas aí se lembrou da visita de sua família ao Dr. Barnardo e da rapidez com que seus pais haviam cedido quando ele havia insistido que Jessica era a garotinha que ele gostaria de ter como irmã.

— De um modo geral, muito satisfatório — comentou Harry depois de ter virado a última página do boletim de Sebastian. — Lamento que esteja abandonando latim, mas tenho certeza de que o diretor terá uma boa explicação para isso. E concordo com o dr. Banks-Williams que, se você continuar a se esforçar bastante, serão boas as suas chances de ganhar uma bolsa de estudos em Cambridge — acrescentou Harry, sorrindo. — Banks-Williams não é uma pessoa dada a exageros, mas ele me disse, no dia da entrega de prêmios aos melhores alunos do ano, que está tomando providências para que você faça uma visita à velha faculdade no próximo semestre, já que espera que você siga os passos dele na Peterhouse, onde, claro, foi ele o bolsista integral.

Mas Sebastian continuava de olhos fitos na fotografia.

— Você ouviu o que acabei de dizer? — perguntou-lhe o pai.

— Papai, não acha que está na hora de o senhor me contar a verdade a respeito de Jessica? — questionou Sebastian calmamente, passando o olhar da fotografia para o pai.

Harry pôs o boletim de lado, hesitou durante algum tempo e depois se recostou na cadeira para contar tudo a Sebastian. Iniciou a história com a história de como o avô do rapaz tinha sido assassinado por Olga Piotrovska e em seguida narrou o episódio em que a garotinha tinha sido achada numa cesta de vime no escritório dele, descrevendo a forma pela qual Emma havia conseguido localizar o paradeiro da menina num dos abrigos de órfãos do Barnardo, em Bridgwater. Quando ele chegou ao fim da história, Sebastian fez apenas uma pergunta.

— E quando o senhor contará a verdade a ela?

— Faço essa pergunta a mim mesmo todos os dias.

— Mas por que o senhor esperou tanto, papai?

— Porque não quero que ela passe pelas experiências que você me disse que seu amigo Vic Kaufman passa todos os dias.

— Jessica passará por coisas muito piores se descobrir a verdade por si mesma — advertiu Sebastian.

Harry ficou chocado com a pergunta seguinte do filho.

— O senhor quer que eu conte a ela?

Perplexo, Harry ficou olhando fixamente para o rapaz de apenas 17 anos. Perguntou-se quando, afinal, será que as crianças chegam à idade adulta.

— Não — respondeu ele, por fim. — Essa responsabilidade cabe a mim e à sua mãe. Mas teremos que descobrir a ocasião certa para isso.

— Não haverá ocasião certa.

Harry tentou lembrar-se da última vez que ouvira essas palavras.

O terceiro incidente ocorreu quando Sebastian se apaixonou pela primeira vez. E não foi por uma mulher, mas por uma cidade. Foi amor à primeira vista, pois nunca havia se deparado com algo tão belo, exigente, desejável e sedutor ao mesmo tempo. Quando virou as costas para voltar para Beechcroft, estava ainda mais determinado a ver seu nome gravado em letras douradas na lápide de honra dos alunos de maior distinção escolar da instituição.

Assim que retornou de Cambridge, Sebastian começou a se empenhar nos estudos durante horas do dia que julgara inexistentes, e assim até o diretor começou a achar que o improvável poderia tornar-se possível. Mas aí Sebastian conheceu o segundo amor de sua vida, o que por sua vez causou o último incidente.

Fazia algum tempo que ele sabia da existência de Ruby, mas foi somente em seu último semestre no Beechcroft que começou a prestar mais atenção nela. Talvez isso não houvesse acontecido nem mesmo então, não tivesse ela tocado na mão dele quando ele estava em pé na fila, com a bandeja na mão, esperando que lhe servisse uma tigela de mingau. Sebastian levou o fato na conta de mero acidente e não teria voltado a pensar nisso se não tivesse acontecido de novo no dia seguinte.

Ele tinha entrado na fila para pegar uma segunda porção de mingau, apesar do fato de que Ruby houvesse dado a ele mais mingau do que a qualquer outra pessoa na primeira vez. Quando se virou com a intenção de voltar para a mesa, Ruby pôs um bilhete na mão dele, que ele só leu quando estava sozinho em seu dormitório, depois do café.

Vejo voce no Beco da Scola as cinco?

Sebastian sabia muito bem que os alunos não tinham permissão de ir ao Beco da Escola e que, se um fosse pego circulando por essa área, levaria seis bengaladas do monitor de seu setor no traseiro. Mas achou que o risco valia a pena.

Quando a campainha anunciou o fim da última aula, Seb saiu discretamente da sala e tomou um caminho longo e sinuoso pelo complexo esportivo antes de escalar uma cerca de madeira e, do outro lado, resvalar meio desajeitado por um íngreme declive até o Beco da Escola. Chegou lá quinze minutos atrasado, mas viu Ruby sair detrás de uma árvore e vir direto em sua direção. Sebastian achou que a moça parecia muito diferente, e não apenas porque não estava usando um avental e tinha posto uma blusa branca, combinando com uma saia preta plissada, mas também porque trazia os cabelos soltos e era a primeira vez que ele a via usando batom.

Embora não houvessem tido muito assunto ou motivos para conversar, depois do primeiro encontro passaram a encontrar-se duas, às vezes três vezes por semana, mas nunca esses encontros duravam mais que meia hora, já que eles tinham de voltar a tempo para o jantar, servido às seis.

Seb tinha beijado Ruby várias vezes no segundo encontro, antes que ela o iniciasse na experiência de saber o que acontecia quando, colados uns nos outros, os lábios de ambos se abriam e suas línguas se acariciavam. No entanto, ele não foi muito além de apertos e amassos, na tentativa de descobrir, escondidos ambos atrás de uma árvore, sensações de diferentes partes do corpo dela. Faltando apenas quinze dias para o fim do semestre, porém, ela permitiu que ele desabotoasse sua blusa e apalpasse seus seios. Uma semana depois, mais experiente nas apalpadelas, ele achou o fecho do sutiã da moça e decidiu que, quando as provas terminassem, ele se graduaria em duas matérias.

Foi quando tudo começou a dar errado.

28

— Suspenso?

— Não vejo outra saída, Clifton.

— Mas faltam apenas quatro dias para o fim do semestre, senhor.

— E só Deus sabe o que você aprontaria durante esse tempo restante se eu não o suspendesse — replicou o diretor.

— Mas o que eu fiz para merecer uma punição tão severa, senhor?

— Acho que você sabe muito bem o que fez para merecer isto, Clifton, mas, se quiser que eu explique quantas normas da escola você infringiu nos últimos dias, farei isso com prazer.

Sebastian teve que se segurar para não sorrir ao rememorar sua última escapulida. O doutor Banks-Williams abaixou a cabeça e começou a examinar algumas anotações. Demorou-se um pouco antes de prosseguir.

— Como falta apenas menos de uma semana para o fim do semestre, Clifton, e como você concluiu as provas finais, eu poderia ter feito vista grossa para o fato de você ter sido pego fumando no anexo antigo e até ter ignorado a garrafa de cerveja vazia encontrada embaixo de sua cama, mas sua última imprudência não pode ser esquecida tão facilmente.

— Minha última imprudência? — repetiu Sebastian, sentindo prazer no constrangimento do diretor.

— A de ter sido pego em seu alojamento com uma servente da instituição após o apagar das luzes.

Sebastian teve vontade de perguntar se teria havido algum problema se ela não fosse servente e ele houvesse deixado as luzes acesas. Concluiu, porém, que tamanha irreverência poderia pô-lo numa situação ainda mais problemática e que, se ele não tivesse ganhado uma bolsa de estudos em Cambridge, a primeira conseguida pela instituição em mais de uma geração, seria bem possível ser expulso e não apenas suspenso. Mas já estava pensando numa forma de transformar essa situação constrangedora em motivo de orgulho. Afinal, depois que Ruby deixara claro que, por uma pequena remuneração, ela se disporia a vender-se ao diabo, Sebastian aceitara prontamente aqueles termos e ela concordara em entrar em seu alojamento pela janela depois do apagar das luzes naquela noite. Embora houvesse sido essa a primeira vez que Sebastian tinha visto uma mulher nua, percebeu logo que Ruby já tinha entrado por aquela janela antes.

— Preciso lhe fazer uma pergunta de homem para homem — disse o diretor, interrompendo os pensamentos do garoto e parecendo ainda mais pomposo do que o normal. — Sua resposta poderá influenciar minha decisão de procurar ou não o diretor de admissão de Cambridge para aconselhá-lo a revogar sua bolsa de estudos, algo que seria motivo de grande tristeza para todos nós do Beechcroft. Contudo, minha maior responsabilidade é zelar pela reputação da escola.

Sebastian cerrou os punhos e procurou manter-se calmo. Ser suspenso era uma coisa, mas perder sua vaga em Cambridge seria algo muito pior. Permaneceu em pé, praticamente sem mexer um dedo, esperando que o diretor prosseguisse.

— Vá com calma, pense bem antes de responder à minha próxima pergunta, Clifton, pois ela pode decidir o seu futuro. Kaufman ou Martinez teve alguma participação ou influência em suas — o diretor hesitou, dando mostras claras de que estava procurando a palavra certa, mas finalmente se contentou em repetir — imprudências?

Sebastian sufocou uma risada. A mera ideia de Victor Kaufman pronunciando a palavra "calcinha", sem falar na de relatar a tentativa do colega de tirá-la de Ruby, teria causado incredulidade e arrancado risadas de qualquer um, até mesmo de seus colegas da quinta série.

— Posso garantir, senhor diretor — respondeu Sebastian —, que, até onde sei, Victor nunca fumou um cigarro sequer nem tomou um único gole de cerveja. E, com respeito a mulheres, devemos considerar que ele tem vergonha de tirar a roupa até na frente da enfermeira-chefe.

O diretor sorriu. Estava claro que o recebera a resposta que ele queria ouvir, reforçada pelo fato de que era a verdade.

— E quanto a Martinez?

Sebastian tinha que pensar rápido para salvar seu maior amigo. Afinal, ele e Bruno eram amigos inseparáveis desde o primeiro período letivo, quando Sebastian partira em seu auxílio durante uma guerra de travesseiros, numa época em que o único crime do rapazinho era o fato de ser "estrangeiro" e, pior do que isso, oriundo de um país cujo povo não jogava críquete, por sinal um passatempo que Sebastian detestava. Aquele fato, porém, tinha servido para fortalecer ainda mais os laços de amizade entre os dois. Sebastian sabia que Bruno gostava de fumar um cigarro de vez em quando, e uma vez já tinha ido com ele a um bar local para tomar uma cerveja, mas somente depois da época das provas. Sabia também que Bruno não recusaria o que Ruby tinha para oferecer. Ele só não tinha como ter certeza do tanto que o diretor sabia a respeito do episódio. Adicione-se a isso o fato de que tinham oferecido a Bruno também uma vaga para iniciar os estudos em Cambridge em setembro e, embora ele houvesse tido contato com o pai do amigo apenas algumas vezes, não queria ser o responsável pela possibilidade de o filho dele acabar perdendo a chance de ir para Cambridge.

— E quanto a Martinez? — tornou a perguntar o diretor, agora com um pouco mais de firmeza.

— Bruno... tenho certeza de que sabe disto, senhor diretor... é católico fervoroso; me disse em várias ocasiões que a primeira mulher com a qual ele se deitará será sua esposa. — De fato, era verdade, embora o garoto não tivesse feito muito alarde daquilo nos tempos recentes.

O diretor meneou a cabeça pensativamente, levando Sebastian a se perguntar se ele tinha sido convincente, mas aí o dr. Banks-Williams acrescentou:

— E quanto a cigarros e bebidas?

— Sim, ele experimentou um cigarro uma vez nas férias — confessou Sebastian —, mas passou mal e, até onde sei, não voltou mais a experimentar. — Bem, pelo menos não desde a noite passada, teve Sebastian ímpeto de acrescentar, vendo que o diretor não parecia convencido. — E até o vi, sim, tomar uma taça de champanhe em certa ocasião, mas somente depois que lhe ofereceram uma vaga em Cambridge. Além disso, ele estava com seu pai na ocasião.

Algo, porém, que Sebastian não confessou foi que, depois que o sr. Martinez os levara de volta para a escola em seu Rolls-Royce vermelho naquela noite, o pequeno Clifton introduzira clandestinamente a garrafa de champanhe no alojamento, onde a esvaziaram após o apagar das luzes. Mas Sebastian havia lido um número suficiente de romances policiais do pai para saber que pessoas culpadas acabam por condenar a si mesmas quando repetem muito a mesma frase.

— Agradeço, Clifton, sua sinceridade em relação ao assunto. Não deve ser fácil para você ser interrogado a respeito de um amigo. Ninguém gosta de delatores.

Essas palavras do diretor foram seguidas por uma longa pausa, mas Sebastian não interrompeu o silêncio.

— Está claro que não existe razão para eu incomodar Kaufman — disse por fim o diretor —, mas precisarei ter uma conversa com Martinez, apenas como medida preventiva, de forma que me assegure de que ele não infringirá normas da escola em seus últimos dias no Beechcroft.

Sebastian sorriu quando ouviu isso, se bem que com uma gota de suor escorrendo-lhe pelo nariz.

— Enviei uma carta a seu pai, porém, explicando por que você voltará para casa com alguns dias de antecedência. Mas, por causa de sua franqueza e arrependimento, não informarei ao chefe de admissão de Cambridge a respeito da suspensão.

— Fico extremamente agradecido, senhor — disse Sebastian, soando autenticamente aliviado.

— Agora, volte ao alojamento, recolha suas coisas e prepare-se para partir imediatamente. O monitor de seu setor foi avisado de sua partida e providenciará sua viagem para Bristol.

— Obrigado, senhor — agradeceu Sebastian novamente, de cabeça baixa agora, receando que o diretor visse o sorriso irreverente em seu rosto.

— Não tente entrar em contato com Kaufman ou Martinez antes de ter deixado as dependências da escola. E mais uma coisa, Clifton, você continuará sujeito às normas da escola até o último dia do período letivo. Se desrespeitar alguma delas, não hesitarei em reconsiderar minha posição com relação à sua bolsa para Cambridge. Fui claro?

— Com certeza — respondeu Sebastian.

— Espero que você tenha aprendido algo com esta experiência, Clifton, algo que será bom para você no futuro.

— Também espero — disse Sebastian enquanto o diretor se levantava da mesa e lhe entregava uma carta.

— Faça o favor de entregar isto a seu pai assim que você chegar em casa.

— Pode deixar, diretor — prometeu Sebastian, pondo a carta no bolso interno do paletó.

Apertou a mão estendida do diretor, embora sem muito entusiasmo.

— Boa sorte, Clifton — disse o diretor, sem muita convicção.

— Obrigado, senhor — agradeceu Sebastian, antes de fechar lentamente a porta.

O diretor voltou a sentar-se, recostando-se na cadeira, bastante satisfeito com o encontro. Estava aliviado, embora nem um pouco surpreso com o fato de que Kaufman não se envolvera num incidente repugnante, principalmente porque o pai do rapaz, Saul Kaufman, era diretor-executivo de uma escola, além de presidente do Banco Kaufman, uma das instituições financeiras mais respeitadas da cidade de Londres.

E com certeza ele não iria querer se indispor com o pai de Martinez, até porque, pouco tempo atrás, ele havia dito que, caso oferecessem a seu filho uma vaga em Cambridge, faria uma doação de 10 mil libras à campanha de angariação de fundos para a biblioteca da escola. Embora não estivesse totalmente certo da maneira pela qual Dom Pedro Martinez havia feito fortuna, o fato era que ele pagava todas as taxas ou despesas extras imediatamente após os devidos requerimentos pelo correio.

Já Clifton tinha sido um problema desde o momento em que atravessara os portões da escola. O diretor bem que tentara ser compreensivo, em vista de todas as coisas pelas quais os pais do rapaz haviam passado, mas achava que devia haver um limite no tanto em que se podia esperar que a escola fosse tolerante. Aliás, se não houvesse a possibilidade de Clifton ganhar a bolsa de estudos em Cambridge, o dr. Banks-Williams não teria hesitado em expulsá-lo algum tempo antes. Agora, estava contente com o fato de que conseguira finalmente ver-se livre dele e torcia para que o rapaz não se juntasse à associação de Ex-Alunos da instituição.

— Ex-Alunos — disse ele em voz alta, avivando a memória. À noite, ele faria um discurso no jantar do encontro anual da associação em Londres, ocasião em que apresentaria seu relatório de fim de ano letivo; aliás, seu último relatório, depois de quinze anos como diretor de escola. Ele não gostava muito do galês que havia sido escolhido para sucedê-lo no cargo, pois o via como o tipo de sujeito que não se importava muito com o laço da gravata e que provavelmente teria deixado Clifton escapar impune, dando-lhe apenas uma advertência.

Sua secretária havia datilografado o discurso e deixara uma cópia em sua mesa, de modo que ele pudesse revisá-lo ou talvez fazer algumas alterações de última hora. De fato, tivera vontade de lê-lo uma vez mais; porém, como precisara lidar com Clifton, isso não havia sido possível. Conformou-se, pois, com o fato de que quaisquer alterações ou correções de última hora teriam que ser feitas à mão, durante a viagem de trem para Londres.

Ele deu uma olhada no relógio, pôs o discurso na pasta e subiu as escadas para recolher-se em seus aposentos particulares. Ficou contente quando verificou que sua esposa tinha posto seu conjunto de paletó e calças de gala na mala, bem como uma camisa engomada, uma gravata borboleta, um par de meias e uma bolsa com artigos de toalete. Ele deixara claro ao presidente dos Ex-Alunos que não aprovara a decisão de abolir o uso de gravata branca e fraque no jantar anual.

Sua esposa o levou de carro à estação, onde chegaram quando faltavam apenas alguns minutos para que o expresso com destino a Paddington chegasse. Ele comprou uma passagem de ida e volta na primeira classe e atravessou às pressas a passarela para alcançar a última plataforma de embarque, onde uma locomotiva estava acabando de estacionar antes de expelir os passageiros de suas entranhas. Quando pôs os pés na plataforma, voltou a olhar para o relógio. Viu que havia chegado quatro minutos antes de o trem partir. Cumprimentou com um abano de cabeça o guarda, que estava trocando a bandeirola vermelha pela verde.

— Todos a bordo! — gritou o guarda, enquanto o diretor se dirigia para os vagões de primeira classe, na parte dianteira do trem.

Ele entrou no vagão, refestelou-se num assento de canto e, logo depois, recebeu as más-vindas de uma nuvem de fumaça. Vício nojento, pensou. Aliás, concordava com o correspondente do *The Times* que sugerira havia pouco tempo que a Great Western Railway passasse a reservar muito mais vagões de não fumantes para passageiros de primeira classe.

Pouco depois, o diretor tirou o discurso da pasta e o pôs no colo. Levantou a cabeça quando a fumaça se dissipou, vendo em seguida o fumante sentado no outro lado do vagão.

29

Sebastian apagou o cigarro, levantou-se bruscamente, pegou a mala na parte do porta-bagagem acima dele e saiu do vagão sem dizer uma palavra. Estava bastante ciente de que, embora o diretor não houvesse dito nada, não tinha desgrudado os olhos dele um minuto sequer.

Atravessou vários vagões com a mala pesada até chegar a um dos últimos da traseira da composição, onde se enfiou espremido num vagão de terceira classe lotado de gente. Durante a viagem, ficou olhando fixamente para fora da janela, pensando se havia uma forma de sair daquela situação.

Será que não seria melhor voltar para o vagão de primeira classe e tentar explicar ao diretor que ele ia passar alguns dias em Londres com seu tio, Sir Giles Barrington, o deputado? Mas por que deveria fazer isso se recebera instruções de voltar para Bristol e entregar a carta do dr. Banks-Williams a seu pai? A verdade, porém, era que seus pais estavam em Los Angeles participando de uma cerimônia em que sua mãe receberia o diploma de administração de empresas, título conquistado com distinção máxima, e não estariam de volta à Inglaterra antes do fim de semana.

"Então por que você não me falou a respeito disso logo de início", já ouvia o diretor dizendo, já que então o monitor de seu setor poderia ter emitido a passagem apropriada? Porque, como ele pretendia voltar para Bristol somente no último dia do ano letivo, no sábado, quando seus pais tivessem voltado para casa, eles não ficariam sabendo de nada. Achou que poderia ter ficado isento de toda e qualquer punição se não tivesse embarcado naquele vagão de primeira classe, onde fora pego fumando. Tinha sido advertido das consequências que sofreria, afinal, se descobrissem que ele havia infringido mais uma das normas da escola antes do fim do ano letivo. O fim do ano letivo. Ele tinha violado três normas escolares no curto espaço de uma hora depois de ter deixado as dependências da instituição. Mas, por outro lado, jamais imaginou que um dia voltaria a cruzar com o diretor outra vez em sua vida.

Chegou a ter vontade de voltar lá e dizer ao velho: "Sou um ex-aluno agora e, portanto, posso fazer o que eu quiser", mas sabia que isso não iria funcionar. Além do mais, caso ele resolvesse voltar lá, a um vagão de primeira classe, correria o risco de o diretor descobrir que sua passagem era de terceira classe; esperteza de que sempre lançara mão em todas as suas viagens de ida e volta da escola, no início e no fim do ano letivo.

Para que a artimanha funcionasse, geralmente ele se acomodava num assento de canto de um vagão de primeira classe, de forma que tivesse uma visão desimpedida do corredor. Assim que o fiscal aparecia na extremidade oposta do vagão, Sebastian abandonava rapidamente o assento e desaparecia enfiando-se no toalete mais próximo, onde não trancava a porta, mas deixava a placa de desocupado no devido lugar. Assim que o fiscal passava para o vagão seguinte, ele voltava discretamente para o compartimento da primeira classe, onde permanecia durante o restante da viagem. E, como não era um trem parador, sua tática nunca falhava. Bem, na verdade, quase falhara uma vez, quando um condutor zeloso decidiu refazer a ronda de fiscalização e acabou pegando-o no vagão errado. Ele desatou a chorar imediatamente e, desculpando-se, explicou que sua mãe e seu pai sempre viajavam na primeira classe e, por isso, ele nem sabia que a terceira classe existia. Conseguira safar-se, mas também, na época, ele tinha apenas 11 anos. Agora tinha 17, e não seria mais apenas o fiscal que não acreditaria nele.

Resolveu esquecer toda chance de anistia e, resignando-se com a possibilidade de que não iria mais para Cambridge em setembro, Sebastian começou a pensar no que deveria fazer assim que o trem parasse em Paddington.

O diretor não chegou a dar uma olhadela sequer no discurso enquanto o trem atravessava velozmente a zona rural em direção à capital.

Será que ele não deveria sair à procura do garoto e exigir uma explicação? Como sabia que o monitor do setor de Clifton tinha dado a ele uma passagem de terceira classe para Bristol, o que o garoto estava fazendo num vagão de primeira classe de um trem rumando para Londres? Será que não teria entrado no trem errado? Não, esse era um rapaz que sempre sabia para onde estava indo. O fato é que, simplesmente, ele achava que não seria pego. Em todo caso, estava fumando, apesar do fato de que tinha sido expressamente advertido de que continuaria sujeito às normas da escola até o último dia do ano letivo. Mas o rapazinho não tinha esperado uma hora sequer para começar a desafiá-lo. Não havia no episódio, pois, circunstâncias atenuantes. O pequeno Clifton não lhe dava mesmo escolha.

Na manhã do dia seguinte, ele anunciaria na assembleia que Clifton tinha sido expulso da escola. Em seguida, telefonaria para o diretor de admissão da Peterhouse e depois para o pai do rapaz para explicar por que seu filho não iria mais iniciar os estudos em Cambridge no primeiro semestre letivo. Afinal de contas, o dr. Banks-Williams tinha que preservar o bom nome da escola, tarefa de que se desincumbira zelosa e honradamente nos últimos quinze anos.

Folheou várias páginas do discurso antes que conseguisse achar a que estava procurando. Leu o trecho que escrevera a respeito do êxito pessoal de Clifton, hesitou por um momento e depois o riscou com a caneta.

Sebastian estava pensando se deveria ser o primeiro ou o último a desembarcar do trem quando ele parasse em Paddington. Acabou chegando à conclusão de que isso não importava muito, desde que ele evitasse topar com o diretor pelo caminho.

Resolveu que seria melhor ser um dos primeiros a desembarcar e, assim, permaneceu sentado na beirada do assento durante os vinte minutos finais da viagem. Deu uma verificada nos bolsos e viu que tinha uma libra, doze xelins e seis *pence*, uma quantia maior do que a normal, mas, também, seu monitor lhe havia devolvido todo o dinheiro da mesada que ele não tinha gasto.

Sebastian havia planejado passar alguns dias em Londres antes de retornar para Bristol, no último dia do ano letivo, no qual não tinha absolutamente nenhuma intenção de entregar ao pai a carta do diretor. Quando a tirou do bolso, viu que estava endereçada a A/C Dr. H. A. Clifton: Confidencial. Sebastian espiou pelo vagão para verificar se havia alguém olhando para ele antes de abri-la. Leu as palavras do diretor lentamente e depois as leu de novo. Era uma carta com um teor pautado pela moderação, justa e, para a sua surpresa, sem nenhuma menção de Ruby. Viu que, se pelo menos ele tivesse tomado o trem para Bristol, ido para casa e entregado a carta ao pai quando ele voltasse dos Estados Unidos, as coisas poderiam ter sido muito diferentes. Droga. Afinal, que diabos o diretor estava fazendo no trem?

Sebastian repôs a carta no bolso e tentou se concentrar no que deveria fazer em Londres, pois, com certeza, só voltaria para Bristol quando toda aquela situação infernal tivesse passado, se bem que talvez isso demorasse um pouco a acontecer. Mas por quanto tempo ele conseguiria sobreviver com apenas uma libra, doze xelins e seis *pence* no bolso? Ele iria descobrir em breve.

Resolveu ficar em pé na porta de desembarque do vagão muito antes que ele parasse em Paddington, conseguindo abri-la antes mesmo de que a composição parasse totalmente na estação. Assim que fez isso, pulou fora e saiu correndo na direção da cancela, com o máximo de rapidez permitida pela mala pesada, e entregou a passagem ao fiscal antes de desaparecer no meio da multidão.

Ele tinha ido a Londres apenas uma vez, e mesmo assim com os pais, ocasião em que havia um carro esperando por eles para levá-los rapidamente para a casa de seu tio na cidade, na Smith Square. Seu tio Giles o levara à Torre de Londres para que visse as Joias da Coroa e depois ao Museu de Madame Tussaud, onde pôde maravilhar-se com os trabalhos em cera de Edmund Hillary, Betty Grable e Dom Bradman, antes que os dois fossem tomar chá com rosquinhas polvilhadas com açúcar e canela no Regent Palace Hotel. No dia seguinte, seu tio o levou para um passeio cultural pela Câmara dos Comuns, onde viram Winston Churchill fitando com a cara fechada os membros da casa a partir da bancada dos líderes partidários. Sebastian ficou surpreso quando viu quanto era relativamente baixo o grande líder.

Quando chegou o momento de voltar para casa, Sebastian disse ao tio que não via a hora de poder voltar a Londres. Agora, tinha finalmente conseguido realizar seu desejo. Só que, desta vez, não havia um carro para pegá-lo na estação e a última pessoa que ele poderia correr o risco de visitar era seu tio. Portanto, não fazia ideia de onde poderia passar a noite.

Enquanto avançava pela multidão, Sebastian levou uma trombada de um dos transeuntes, que o derrubou no chão. Assim que se virou, viu um jovem se afastando apressado — o sujeito nem se deu ao trabalho de pedir desculpa.

Sebastian saiu finalmente da estação e foi dar numa rua cheia de casas vitorianas geminadas, várias das quais exibiam placas de serviços de hospedaria em suas janelas. Ele escolheu a que tinha a aldrava mais lustrosa na porta e as jardineiras mais bonitas e mais bem-cuidadas na janela. Quando bateu à porta da hospedaria escolhida, uma mulher graciosa, usando um chambre de náilon com uma estampa floral, atendeu, dirigindo ao potencial hóspede um sorriso de boas-vindas. Se ficou surpresa por ter se deparado com um rapazinho de uniforme escolar em sua porta, não deu nenhum sinal disso.

— Entre — convidou ela. — Está à procura de um lugar para se hospedar, senhor?

— Sim — respondeu Sebastian, surpreso com o fato de ter sido chamado de "senhor". — Preciso de um quarto para passar a noite e gostaria de saber quanto a senhora cobra.

— Quatro xelins por noite, incluindo café da manhã, ou uma libra por semana.

— Preciso de um quarto por uma noite apenas — explicou Sebastian, tendo concluído que teria que procurar uma acomodação mais barata de manhã se quisesse ficar em Londres por algum tempo.

— Claro — tornou a mulher enquanto pegava sua mala, enfiando-se em seguida pelo corredor.

Sebastian nunca tinha visto uma mulher carregando uma mala, mas ela já estava na metade da escada antes que ele tivesse tempo de fazer qualquer coisa a respeito.

— Eu sou a sra. Tibbet — apresentou-se ela —, mas meus hóspedes regulares me chamam de Tibby. — Quando ela alcançou o patamar do primeiro andar, acrescentou: — O senhor ficará no número sete. Como fica nos fundos da casa, é menos provável que o senhor seja acordado pelo barulho do tráfego de manhã.

Sebastian não fazia ideia do que ela estava falando, já que nunca tinha sido acordado por esse tipo de coisa na vida.

A senhora Tibbet destrancou a porta do quarto sete e se pôs de lado para permitir que ele entrasse. Sebastian viu que o quarto era menor do que seu dormitório no Beechcroft, mas, assim como sua dona, era bem-arrumado. Havia uma única cama no recinto, com lençóis limpos e uma pia no canto.

— O banheiro fica no fim do corredor — informou a sra. Tibbet antes de ele ter chance de perguntasse.

— Mudei de ideia, sra. Tibbet — disse o jovem Clifton. — Vou ficar aqui por uma semana.

Ela tirou uma chave de um dos bolsos do chambre, mas, antes que a entregasse ao pequeno Clifton, a dona da hospedaria disse:

— Então, isso lhe custará uma libra, com pagamento adiantado.

— Sim, claro — concordou Sebastian, enfiando a mão no bolso das calças. Porém, viu que estava vazio. Tentou achar o dinheiro no outro bolso, depois em outro, mas não viu nem sinal de dinheiro. Por fim, ajoelhou-se, abriu a mala e iniciou uma vistoria entre as roupas, na tentativa desesperada de achar o maldito dinheiro.

A senhora Tibbet pôs as mãos nas cadeiras, agora sem mais exibir o sorriso de boas-vindas. Sebastian revirou as roupas em vão, até que acabou desistindo, desabou sobre a cama e implorou aos céus que Tibby fosse mais compreensiva do que o diretor.

O diretor se instalou em seu quarto no Reform Club, onde tomou um banho rápido antes de vestir o paletó do traje a rigor. Deu uma olhada na gravata diante do espelho fixado acima da pia e depois desceu a escada para reunir-se com o anfitrião.

Nick Judd, o presidente dos Ex-Alunos do Beechcroft, estava esperando por ele ao pé da escada e conduziu o convidado de honra para o salão de recepções, onde eles se reuniram a outros membros da associação no bar.

— O que gostaria de beber, diretor? — perguntou o presidente.

— Apenas um xerez seco, por favor.

As palavras ditas por Judd em seguida o deixaram constrangido.

— Antes de mais nada, gostaria de lhe dar os parabéns — disse o presidente depois de pedir as bebidas — por ter feito com que a escola fosse agraciada com a melhor bolsa de estudo para a Peterhouse. Uma grande honraria para coroar seu último ano como diretor.

O diretor não disse nada, mas concluiu que teria que revalidar as três linhas que ele tinha riscado do discurso. Achou que seria melhor deixar para mais tarde o anúncio da expulsão de Clifton da escola. Afinal de contas, o garoto tinha ganhado a bolsa de estudos e isso só mudaria depois que ele houvesse conversado com o diretor de admissão de Cambridge na manhã seguinte.

Infelizmente para ele, o presidente não foi a única pessoa a se referir ao sucesso de Clifton. Assim, quando o diretor enfim se levantou para apresentar seu relatório anual, não viu razão para informar aos membros da associação reunidos na plateia o que ele pretendia fazer no dia seguinte. Foi surpreendido pelos aplausos prolongados que o anúncio da bolsa integral provocou.

O discurso foi bem recebido, e, quando o dr. Banks-Williams se sentou, tantos membros da Ex-Alunos foram à mesa do convidado de honra, com o intuito de lhe desejar uma feliz aposentadoria, que ele quase perdeu o último trem de volta para Beechcroft. No trem, o diretor mal havia se acomodado no compartimento da primeira classe, e seus pensamentos já se voltavam para Sebastian Clifton. Ele começou a anotar algumas palavras para seu discurso na reunião da manhã seguinte: "padrões", "decência", "honra", "disciplina" e "respeito" lhe vieram à mente e, quando o trem parou em Beechcroft, ele tinha concluído o primeiro rascunho.

Quando entregou a passagem ao fiscal, ficou aliviado quando viu a esposa sentada no carro esperando por ele, apesar da hora avançada.

— Como foram as coisas? — perguntou ela, antes mesmo que ele fechasse a porta do carro.

— Acho que posso dizer que meu discurso foi bem recebido, levando em conta as circunstâncias.

— As circunstâncias?

Quando chegaram em casa, ele já havia contado à esposa tudo a respeito do infeliz encontro com Sebastian no trem para Londres.

— E o que pretende fazer a respeito? — perguntou ela enquanto ele abria a porta principal da residência.

— Ele me deixou sem opção. Amanhã de manhã, na reunião, anunciarei que Clifton foi expulso da escola e que, portanto, infelizmente, não irá para Cambridge em setembro.

— Não acha que está sendo severo demais? — questionou a sra. Banks-Williams. — Afinal de contas, é possível que ele tenha tido uma boa razão para estar naquele trem para Londres.

— Então por que saiu do vagão assim que me viu?

— Talvez não quisesse passar a viagem inteira perto de você, querido. Afinal, você pode ser muito intimidador.

— Mas não se esqueça de que o peguei fumando também — observou ele, ignorando o comentário.

— E por que ele não poderia fazer isso? Ele estava fora das dependências da escola e não mais *in statu pupillari*.

— Deixei bem claro que as normas da escola continuariam aplicáveis a ele até o fim do ano letivo e que, se as infringisse, teria que arcar com as consequências.

— Não gostaria de tomar um drinque antes de dormir, querido?

— Não, obrigado. Tenho que procurar ter uma boa noite de sono, pois o dia amanhã não vai ser nada fácil.

— Para você ou para Clifton? — indagou ela antes de apagar a luz.

Sebastian se sentou ao pé da cama e contou à sra. Tibbet tudo o que havia acontecido naquele dia. Não omitiu nada e até mostrou a ela a carta que o diretor tinha endereçado a seu pai.

— Não acha mais sensato voltar para casa? Afinal de contas, seus pais ficarão morrendo de preocupação se você não estiver lá quando eles voltarem. E, de qualquer forma, você não tem certeza se o diretor o expulsará mesmo da escola.

— Pode acreditar, sra. Tibbet, a essa altura o sr. Matuto deve ter tomado uma decisão, que anunciará amanhã de manhã na reunião.

— Ainda acho que você deveria ir para casa.

— Não posso. Não depois de tê-los decepcionado. A coisa que eles mais queriam na vida era que eu fosse para Cambridge. Nunca me perdoarão.

— Eu não teria tanta certeza disso — discordou a sra. Tibbet. — Meu pai sempre dizia que, quando você tem um problema sério, deve consultar o travesseiro e esfriar um pouco a cabeça antes de tomar uma decisão da qual pode se arrepender depois. Na manhã seguinte, as coisas sempre parecem menos graves.

— Mas eu nem sequer tenho um lugar para dormir.

— Deixe de ser tolinho — disse a sra. Tibbet, cingindo-lhe os ombros com um dos braços. — Você pode passar a noite aqui. Mas não de estômago vazio. Portanto, assim que tiver desfeito a mala, desça para comer algo comigo na cozinha.

30

— Estou tendo problema na mesa três — disse a garçonete, irrompendo cozinha adentro.

— Que tipo de problema, Janice? — perguntou a sra. Tibbet calmamente, enquanto quebrava dois ovos e os despejava numa grande frigideira.

— Não consigo entender uma palavra do que eles dizem.

— Ah, sim. São o sr. e a sra. Ferrer. Acho que são franceses. Tudo que você precisa saber é *un*, *deux* e *oeuf* — explicou a dona da hospedaria, mas Janice não pareceu convencida disso. — Procure falar devagar — recomendou a sra. Tibbet — e não aumente o tom de voz. Não é culpa deles que não saibam falar inglês.

— Não gostaria que eu falasse com eles? — ofereceu-se Sebastian, largando o garfo e a faca no prato.

— E você fala francês? — perguntou a sra. Tibbet, pondo a frigideira de volta no fogão.

— Sim, falo.

— Então, fique à vontade.

Sebastian se levantou da mesa e acompanhou Janice de volta ao refeitório. Viu que todas as mesas estavam ocupadas, e Janice atravessou o salão na direção de um casal de meia-idade, sentado no canto oposto do recinto.

— *Bonjour, monsieur* — disse Sebastian. — *Comment puis-je vous aider?*

Surpreso, o casal olhou para Sebastian com o olhar confuso.

— *Somos españoles* — responderam eles.

— *Buenos dias, señor. Cómo puedo ayudarle?* — perguntou ele.

Janice ficou esperando o sr. e a sra. Ferrer terminarem a breve conversa com Sebastian.

— *Volveré en uno momento* — informou o pequeno Clifton e voltou à cozinha.

— E então, o que querem nossos amigos franceses? — perguntou a sra. Tibbet enquanto quebrava mais dois ovos.

— Eles são espanhóis, não franceses — respondeu Sebastian —, e querem algumas fatias de pão integral levemente tostadas, dois ovos cozidos e duas xícaras de café preto.

— Mais alguma coisa?

— Sim. Informações de como chegar à embaixada espanhola.

— Janice, você serve o café e as torradas enquanto eu cuido dos ovos.

— E o que posso fazer? — indagou Sebastian.

— Temos uma lista telefônica na mesa do corredor. Procure nela o endereço da embaixada espanhola e depois dê uma olhada no mapa para explicar a eles como chegar lá.

— A propósito — disse Sebastian, pondo uma moeda de seis *pence* na mesa —, eles me deram isto.

— Sua primeira gorjeta — disse a sra. Tibbet, sorrindo.

— O primeiro dinheiro que ganhei trabalhando na vida — comentou Sebastian, empurrando a moeda pelo tampo da mesa. — Então, só lhe devo três xelins e seis *pence* agora — observou. Em seguida, saiu da cozinha sem dizer nada e pegou a lista telefônica na mesa do corredor. Procurou pela embaixada espanhola e, depois que a localizou num mapa, disse ao sr. e a sra. Ferrer o que deveriam fazer para chegar ao Chesham Place. Alguns minutos depois, ele voltou à cozinha com mais seis *pence* de gorjeta.

— Continue assim — comentou a sra. Tibbet — e você terá que se tornar meu sócio.

Sebastian tirou o paletó, arregaçou as mangas e se dirigiu para a pia.

— O que você está fazendo?

— Vou lavar os pratos — respondeu enquanto abria a torneira de água quente. — Não é isso o que fazem os clientes nos filmes quando não podem pagar a conta?

— Aposto que é a sua primeira vez nisto também — observou a sra. Tibbet enquanto punha duas fatias de bacon ao lado de dois ovos fritos. — Mesa um, Janice. Senhor e sra. Rambsbottom, de Yorkshire. Também não consigo entender uma palavra do que eles dizem. Mas então me diga, Sebastian — perguntou ela enquanto Janice saía da cozinha —, você fala mais algum outro idioma?

— Alemão, italiano, francês e hebraico.

— Hebraico? Você é judeu?

— Não, mas um dos meus amigos na escola era e foi me ensinando o idioma durante as aulas de química.

— Acho — tornou a sra. Tibbet, rindo — que você deveria partir para Cambridge o mais rápido possível, pois simplesmente não nasceu para ser lavador de pratos.

— Não vou mais para Cambridge, sra. Tibbet — lembrou-a Sebastian —, e não posso culpar ninguém por isso, a não ser a mim mesmo. Contudo, pretendo fazer uma visita à Eaton Square, na tentativa de descobrir onde meu amigo Bruno Martinez mora. Ele deverá voltar para casa na sexta-feira à tarde.

— Boa ideia — concordou a sra. Tibbet. — Com certeza, ela saberá que você foi expulso ou apenas... como é mesmo aquela palavra?

— Suspenso — respondeu Sebastian, enquanto Janice voltava a entrar apressada na cozinha, trazendo consigo dois pratos vazios, o mais sincero elogio que um cozinheiro pode receber. Ela os entregou a Sebastian antes de pegar mais dois ovos cozidos.

— Mesa cinco — lembrou a sra. Tibbet.

— E a mesa nove quer mais mingau de flocos de milho — informou Janice.

— Então pegue um novo pacote na despensa, sua tonta.

Sebastian só terminou de lavar tudo quando eram pouco mais de dez horas.

— E agora? — perguntou ele.

— Janice passará o aspirador de pó no refeitório e depois arrumará tudo para o café da manhã do dia seguinte, enquanto eu ficarei na cozinha. Os hóspedes fecharão a conta ao meio-dia, e, assim que eles tiverem partido, trocaremos os lençóis, arrumaremos as camas e regaremos as jardineiras das janelas.

— Mas e o que a senhora quer que eu faça? — indagou Sebastian, voltando a desarregaçar as mangas.

— Quero que pegue um ônibus para a Eaton Square e trate de saber se seu amigo vai chegar mesmo na sexta — respondeu ela. Sebastian pôs o paletó. — Mas não antes que tenha refeito sua cama e deixado o quarto limpo e arrumado.

— A senhora está começando a parecer minha mãe — observou ele, rindo.

— Vou tomar isso na conta de elogio. E veja se consegue estar de volta antes da uma da tarde, pois estou esperando alguns alemães, e você pode me ser útil.

Sebastian se dirigiu para a porta.

— Você vai precisar disto — acrescentou ela, devolvendo-lhe as duas moedas de prata de seis *pence*. — Quero dizer, a menos que pretenda ir e voltar de Eaton Square a pé.

— Obrigado, sra. Tibbet.

— Tibby, já que, aparentemente, você será freguês.

Sebastian embolsou o dinheiro e a beijou nas bochechas, levando a sra. Tibbet a silenciar durante algum tempo pela primeira vez.

Ele deixou a cozinha antes que a dona da hospedaria conseguisse recompor-se, subiu a escada correndo e arrumou a cama e o quarto. Depois, voltou ao corredor, onde consultou o mapa. Ficou surpreso quando viu que a grafia da Eaton Square era diferente da usada na escola que recusara seu tio Giles como aluno, em razão de um tipo qualquer de má conduta da qual a família nunca falava.

Antes que ele partisse, Janice disse a ele que pegasse o ônibus da linha 36, saltasse na Sloane Square e fosse caminhando de lá.

A primeira coisa que Sebastian notou quando fechou a porta da pensão foi o grande número de pessoas se deslocando apressadas em todas as direções, num ritmo muito diferente daquele com o qual os bristolenses estavam acostumados. Quando entrou numa fila no ponto de ônibus, ele viu vários coletivos de dois andares chegarem e partirem, antes que, finalmente, o veículo exibindo o número 36 aparecesse. Assim que embarcou, foi direto para o andar de cima, onde escolheu um assento na frente do veículo, já que queria ter uma boa visão de que tudo o que se passasse lá fora.

— Para onde, rapazinho? — perguntou o condutor.

— Sloane Square — respondeu Sebastian. — E, por favor, o senhor poderia me avisar quando chegarmos lá?

— São dois *pence*.

Sebastian ficou encantado com tudo que viu em sua passagem pelo Marble Arch, pela Park Lane e pelo cruzamento na parte sudeste do Hyde Park, mas tentou concentrar-se no que faria assim que chegasse lá. Tudo que ele sabia era que Bruno morava na Eaton Square, mas ignorava o número da residência. Torcia, contudo, para que a praça fosse pequena.

— Sloane Square! — avisou em voz alta o motorista quando parou o ônibus na frente da W. H. Smith.

Sebastian desceu rapidamente a escada e saltou. Assim que alcançou a calçada, olhou ao redor à procura de um ponto de referência, acabando por pousar o olhar no Royal Court, teatro em que Joan Plowright estava apresentando a peça *The Chairs*. Deu uma olhada no mapa, passou pelo teatro e dobrou à direita, calculando que a Eaton Square devia estar apenas a uns cem metros de distância.

Logo que chegou à praça, passou a caminhar mais devagar, na esperança de conseguir localizar o Rolls-Royce vermelho de Dom Pedro, mas não viu nem sinal do carro. Concluiu que, a menos que tivesse sorte, poderia levar horas para descobrir onde Bruno morava.

Enquanto caminhava pela calçada, notou que cerca da metade de parte das casas havia sido transformada em apartamentos, os quais exibiam a lista dos nomes de seus ocupantes ao lado das campainhas. Viu também que a outra metade era formada por casas e não dava nenhuma indicação de quem morava nelas, tendo cada uma apenas uma aldrava de latão ou uma campainha informando "Serviço". Sebastian tinha certeza de que o pai de Bruno não era o tipo de pessoa que residiria num lugar em que tivesse que dividir a porta principal com outro morador.

Resolveu parar no último degrau do número um e apertou a campainha da porta de serviço. Momentos depois, um mordomo atendeu, ostentando um longo paletó preto e uma gravata branca, os quais o fizeram lembrar-se de Marsden, o mordomo de Barrington Hall.

— Estou procurando pelo sr. Martinez — disse Sebastian educadamente.

— Aqui não mora ninguém com esse nome — respondeu o mordomo e fechou a porta antes mesmo que Sebastian tivesse a chance de perguntar se ele fazia ideia de onde o sr. Martinez morava.

Ao longo dos sessenta minutos seguintes, Sebastian ouviu de tudo, desde "Ele não mora aqui" até o barulho da porta sendo fechada com força na cara dele. Somente duas horas depois, quando tinha alcançado o lado oposto da praça, foi que, em resposta à sua pergunta tantas vezes repetidas, uma empregada perguntou:

— Ele é um senhor estrangeiro que tem um Rolls-Royce vermelho?

— Sim, é ele — confirmou Sebastian com um sentimento de alívio.

— Acho que ele mora no número 44, duas casas adiante — informou a empregada, apontando para a direita.

— Muito obrigado — agradeceu Sebastian e partiu caminhando rapidamente para o número 44, onde subiu a escada, respirou fundo e bateu com a aldrava na porta duas vezes.

Demorou um pouco para que alguém viesse abrir a porta e, quando isso aconteceu, Sebastian viu-se diante de um homem muito forte e musculoso, que devia ter mais de 1,80 metro de altura e se parecia mais com um boxeador do que com um mordomo.

— O que você quer? — perguntou, ríspido, com um sotaque cuja origem Sebastian não conseguiu identificar.

— Gostaria de saber se Bruno Martinez mora aqui.

— Quem gostaria?

— Meu nome é Sebastian Clifton.

— Ah, sim — disse o homem, mudando subitamente o tom de voz —, eu o ouvi falando a seu respeito, mas ele não está aqui.

— O senhor saberia dizer quando ele ficou de voltar para casa?

— Acho que ouvi o sr. Martinez dizer que ele voltaria para casa na sexta-feira à tarde.

Sebastian achou melhor não fazer mais perguntas, dizendo, simplesmente:

— Obrigado.

O gigante fez um breve meneio de cabeça e bateu a porta. Ou será que ele simplesmente a fechou?

Sebastian partiu em disparada na direção da Sloane Square, já que estava determinado a voltar a tempo para ajudar a sra. Tibbet com seus hóspedes alemães. Pegou o primeiro ônibus com destino a Paddington. Assim que chegou ao número 37 da Praed Street, juntou-se à sra. Tibbet e Janice na cozinha.

— Achou o que estava procurando, Seb? — perguntou a dona da hospedaria antes mesmo que ele pudesse sentar-se.

— Consegui descobrir onde Bruno mora — respondeu Sebastian com ar triunfal — e...

— Número 44 da Eaton Square — atalhou a sra. Tibbet enquanto punha na mesa um prato de salsichas com purê de batata para ele.

— Como a senhora sabe disso?

— Achei um tal Martinez na lista telefônica, mas você já tinha saído quando pensei em procurá-lo nela. Conseguiu saber quando ele voltará para casa?

— Sim, será na sexta-feira à tarde.

— Então vou ter que ficar com você aqui por mais alguns dias — observou ela, deixando Sebastian aparentemente constrangido, até que, por fim, acrescentou: — O que pode funcionar muito bem, pois, como os alemães ficarão aqui até sexta à tarde, você... — explicava ela, mas, de repente, teve o raciocínio interrompido quando ouviu alguém batendo firme na porta. — Se não estou enganada, devem ser o sr. Kroll e seus amigos. Venha comigo, Seb, e veja se consegue entender o que eles falam.

Com certa relutância, Sebastian abandonou a salsicha e o purê e foi atrás da sra. Tibbet, alcançando-a quando ela estava prestes a abrir a porta.

Sebastian conseguiu dormir apenas algumas horas durante as 48 horas seguintes, entre tarefas como a de levar malas para cima e para baixo, chamar táxis, servir bebidas e, principalmente, traduzir um monte de perguntas, desde "Onde fica o London Palladium? a "Você conhece bons restaurantes alemães na cidade?", a maioria das quais a sra. Tibbet conseguia responder sem que tivesse de consultar um mapa ou um guia de viagens. Na noite de quinta-feira, a última noite dos alemães na hospedaria, Sebastian corou quando lhe fizeram uma pergunta que ele não soube responder. Mas a sra. Tibbet foi em socorro dele.

— Diga a eles que acharão as garotas que estão procurando no Windmill Theatre, no Soho.

Assim que ele respondeu, os alemães agradeceram com uma mesura.

Quando, na sexta-feira à tarde, eles partiram, Herr Kroll deu uma libra a Sebastian, cumprimentando-o em seguida com um forte aperto de mão. Sebastian entregou o dinheiro à sra. Tibbet, mas ela o recusou, dizendo:

— É seu. Você mais do que merece essa gratificação.

— Mas ainda não paguei a hospedagem e a comida. E, se eu não fizer isso, minha avó, que foi gerente do Grand Hotel de Bristol, não vai parar de ficar buzinando isso em meus ouvidos.

— Boa sorte, Seb — disse a sra. Tibbet, abraçando o jovem carinhosamente. Quando ela finalmente o soltou, afastou-se e acrescentou: — Tire as calças.

Sebastian ficou ainda mais embaraçado do que na ocasião em que Herr Kroll lhe perguntara onde havia uma casa noturna de *strip-tease*.

— Preciso passá-las se você não quiser dar a impressão de que acabou de chegar do trabalho.

31

— Não tenho certeza de se ele está em casa — disse um homem para Sebastian, sujeito do qual jamais se esqueceria. — Mas vou verificar.

— Seb! — ecoou a voz do amigo pelo corredor de mármore. — Que bom vê-lo aqui, velho amigo! — acrescentou Bruno enquanto lhe apertava a mão. — Fiquei com receio de não vê-lo mais, se os rumores fossem verdade.

— Que rumores?

— Karl, faça o favor de pedir a Elena para servir chá na sala de estar.

Bruno guiou Sebastian casa adentro. Em Beechcroft, fora sempre Sebastian a tomar a iniciativa, indo à frente com Bruno no papel de seguidor. Agora, os papéis estavam invertidos, com o convidado seguindo o anfitrião por um corredor e depois entrando na sala de estar atrás dele. Sebastian sempre achara que tinha sido criado num ambiente com um nível de conforto considerável, talvez até de luxo, mas aquilo com que seus olhos se depararam quando ele entrou na sala de estar do amigo teria surpreendido a pequena nobreza. Os quadros, os móveis, até os tapetes não ficariam deslocados em um museu.

— Que rumores são esses, afinal? — insistiu Sebastian, nervoso, enquanto se sentava na beira do sofá.

— Já, já falamos nisso — disse Bruno. — Mas, primeiro, diga-me por que partiu de forma tão repentina? Em um momento você estava com o Vic e comigo no alojamento e, no outro, sumiu de repente.

— O diretor não falou nada a respeito disso na reunião matinal do dia seguinte?

— Nem uma palavra sequer, o que só fez aumentar o mistério. Lógico, cada um dos colegas apareceu com uma teoria diferente, mas, como tanto o monitor quanto o diretor ficaram de bico calado, ninguém tinha como saber realmente o que era fato e o que era ficção. Andei sondando a governanta, aquela fonte de informação, mas ela se calava sempre que seu nome era mencionado. Bem esquisito. Vic chegou a temer o pior, mas, também, ele é muito pessimista. Se convenceu de que você tinha sido expulso e que aquela era a última vez que havíamos tido notícias suas, mas eu disse a ele que a gente voltaria a se ver em Cambridge.

— Lamento dizer que não — disse Sebastian. — Vic tinha razão. — Em seguida, contou ao amigo tudo que havia acontecido desde a entrevista com o diretor dias antes, naquela semana, não deixando que restasse na alma de Bruno o menor traço de dúvida de quanto ele tinha ficado arrasado com o fato de que perdera sua vaga em Cambridge.

Quando Sebastian chegou ao fim do relato, Bruno concluiu:

— Então foi por isso que o sr. Matuto me chamou ao escritório depois da reunião matinal na quarta-feira.

— E qual foi a punição que ele impôs a você?

— Seis bengaladas no traseiro, a revogação de minha condição de monitor e de uma advertência, dizendo que, se eu cometesse mais uma única imprudência que fosse, eu ganharia uma suspensão.

— Eu poderia ter levado apenas uma suspensão — observou Sebastian — se o sr. Matuto não houvesse me pegado fumando no trem para Londres.

— Mas por que você veio para Londres quando sua passagem era para Bristol?

— Eu pretendia ficar por aqui até sexta-feira e depois, no último dia do ano letivo, voltar para casa. Como mamãe e papai só terão voltado dos Estados Unidos amanhã, achei que eles não ficariam sabendo de nada. Se eu não tivesse topado com o sr. Matuto no trem, eu teria me safado dessa.

— Mas, se você pegar o trem para Bristol hoje, ainda assim eles não ficarão sabendo de nada.

— Sem chance — disse Sebastian. — Não se esqueça daquilo que o sr. Matuto disse. — "Você ficará sujeito às normas da escola até o último dia do ano letivo" — repetiu Sebastian, arremedando o diretor, segurando as lapelas do paletó. — "Se você desrespeitar alguma delas, não hesitarei em reconsiderar minha posição com relação à sua vaga em Cambridge. Fui claro?" Só que, menos de uma hora depois de eu ter sido praticamente posto para fora de seu escritório, eu infringi três normas na frente dele!

Nisso, uma empregada entrou na sala trazendo uma grande bandeja de prata carregada de guloseimas que nenhum dos dois jamais havia experimentado em Beechcroft.

— Depois que tivermos tomado chá — propôs Bruno enquanto passava manteiga num bolinho —, que tal você voltar à hospedaria para pegar suas coisas? Você poderia passar a noite aqui, onde tentaríamos ver o que seria melhor você fazer em seguida.

— Mas o que seu pai acharia disso?

— No caminho de volta da escola para casa, contei a ele que eu não iria para Cambridge em setembro se você não tivesse levado a culpa pelo que aconteceu. Ele disse que é uma sorte danada ter um amigo assim e gostaria de ter a chance de agradecer-lhe pessoalmente por isso.

— Se Banks-Williams o tivesse visto primeiro, Bruno, você teria feito a mesma coisa.

— Isso não vem ao caso, Seb. O fato é que, como ele o viu primeiro, acabei levando apenas umas bengaladas, enquanto Vic escapou por pouco, por muito pouco mesmo, pois Vic vinha alimentando a esperança de poder conhecer Ruby mais intimamente.

— Ruby — repetiu Sebastian. — Você soube o que aconteceu com ela?

— Ela desapareceu no mesmo dia que você. Cook me disse que não a veríamos mais.

— E você *ainda* acha que tenho chance de ir para Cambridge?

Ambos os garotos se calaram.

— Elena — disse Bruno quando a empregada retornou, desta vez trazendo um grande bolo de frutas —, meu amigo voltará a Paddington para pegar suas coisas. Você poderia pedir ao motorista que o levasse lá de carro e preparar um quarto de hóspedes para quando ele voltar?

— Lamento informar que o motorista acabou de sair para pegar seu pai no escritório. Acho que não voltarão antes do jantar.

— Então, você terá que pegar um táxi — disse Bruno. — Mas só depois que tiver experimentado o bolo de frutas do cozinheiro.

— Se quase nem tenho dinheiro suficiente para o ônibus, imagine para um táxi — disse Sebastian baixinho.

— Eu mando chamar um para você e depois ponho a corrida na conta de meu pai — disse Bruno enquanto pegava a faca para partir o bolo.

— Que notícia boa! — disse a sra. Tibbet assim que Sebastian terminou de contar a ela tudo que tinha acontecido naquela tarde. — Mas ainda acho que você deveria telefonar para seus pais e avisar onde está. Afinal de contas, você ainda não tem certeza de se perdeu mesmo a vaga em Cambridge.

— Ruby foi demitida, o monitor de meu setor se recusa a falar sobre o assunto e até a enfermeira-chefe, que nunca deixa de opinar, não disse uma palavra sequer. Posso garantir, sra. Tibbet, que não vou para Cambridge. Em todo caso, uma vez que meus pais só terão voltado dos Estados Unidos amanhã, eu não poderia conversar com eles hoje nem se eu quisesse.

A senhora Tibbet continuou a achar que seria melhor que ele seguisse o seu conselho.

— Bem, se você vai mesmo partir — disse ela —, é melhor que vá arrumar suas coisas, pois eu poderia alugar seu quarto. Já tive que recusar três pedidos de hospedagem.

— Vou fazer isso o mais rápido possível — prometeu Sebastian, que saiu da cozinha e subiu a escada correndo, dirigindo-se para o quarto. Assim que recolheu suas coisas, arrumou tudo e voltou a descer a escada, deparou-se com a sra. Tibbet e Janice esperando por ele lá embaixo, no corredor.

— Foi uma semana memorável, simplesmente inesquecível — disse a sra. Tibbet enquanto abria a porta da frente para ele —, da qual duvido que Janice e eu nos esqueceremos.

— Quando eu escrever minhas memórias, Tibby, você ganhará um capítulo inteiro — prometeu Sebastian enquanto saíam todos juntos para a calçada.

— Você terá se esquecido de nós duas muito antes disso — disse ela com um ar tristonho mesclado de saudade antecipada.

— De jeito nenhum. Esta casa se tornará meu segundo lar. Você verá — asseverou Sebastian, beijando a bochecha de Janice antes que desse um forte e demorado abraço em Tibby. — Vocês não ficarão livres de mim tão facilmente assim — acrescentou ele enquanto se virava para entrar no táxi à espera.

A senhora Tibbet e Janice ficaram acenando para Sebastian enquanto o táxi partia lentamente, iniciando a corrida de volta para a Eaton Square. Tibby teve vontade de dizer a ele mais uma vez que, pelo amor de Deus, tratasse de telefonar para a mãe assim que ela voltasse dos Estados Unidos, mas sabia que o conselho não teria adiantado nada.

— Janice, vá trocar os lençóis do número sete — ordenou ela quando o táxi dobrou à direita no fim da rua e desapareceu de vista. Em seguida, voltou às pressas para a hospedaria. Já que Sebastian não iria entrar em contato com a mãe, ela faria isso por conta própria

Naquela noite, o pai de Bruno levou os jovens para jantar no Ritz, onde tiveram à disposição mais champanhe, e Sebastian experimentou ostras pela primeira vez. Dom Pedro, tal como fizera questão de que Sebastian passasse a chamá-lo, agradeceu-lhe várias vezes por ele ter levado a culpa no lugar do filho, possibilitando, assim, que Bruno ainda tivesse condições de estudar em Cambridge.

— Atitude tipicamente britânica — observou ele muitas vezes, em tom de elogio.

Bruno permanecia em silêncio, beliscando discretamente a comida, raramente participando da conversa. Toda a confiança demonstrada por ele à tarde parecia ter-se evaporado na presença do pai em casa. Contudo, a maior surpresa da noite veio quando Dom Pedro revelou que Bruno tinha dois irmãos mais velhos, Diego e Luis, que o amigo jamais mencionara na escola e que com certeza nunca o tinham visitado no ano letivo. Sebastian teve vontade de perguntar o porquê, mas, como seu amigo ficava com a cabeça baixa quase o tempo todo, achou que era melhor fazer isso quando estivessem sozinhos.

— Eles trabalham comigo no negócio da família — disse Dom Pedro.

— E qual é o negócio da família? — perguntou Sebastian ingenuamente.

— Importação e exportação — respondeu Dom Pedro, sem entrar em detalhes.

Dom Pedro ofereceu ao jovem convidado o primeiro charuto cubano visto por ele na vida e perguntou o que ele pretendia fazer, agora que não iria mais para Cambridge.

— Acho que vou ter que procurar emprego — reconheceu Sebastian entre uma tossida e outra.

— Não gostaria de ganhar cem libras em dinheiro? Tenho uma coisa que você poderia fazer para mim em Buenos Aires, e você estaria de volta à Inglaterra no fim do mês.

— Obrigado, senhor. É muito generoso de sua parte. Mas o que eu teria que fazer em troca de tanto dinheiro assim?

— Parta comigo para Buenos Aires na próxima segunda-feira, fique hospedado comigo durante alguns dias e depois traga um pacote para Southampton no *Queen Mary*.

— Mas por que eu? Certamente, um de seus empregados poderia realizar uma tarefa simples como essa, não?

— Porque o pacote contém uma relíquia da família — disse Dom Pedro sem hesitar — e preciso de alguém que, além de falar espanhol e inglês, seja confiável. Afinal de contas, a forma pela qual você se comportou quando Bruno estava em apuros me convenceu de que é a pessoa certa — explicou ele e, olhando para Bruno, acrescentou: — E talvez esta seja uma forma de eu dizer obrigado.

— Muito gentil de sua parte, senhor — disse Sebastian, não conseguindo acreditar em tamanha sorte.

— Vou lhe dar dez libras de adiantamento — disse Dom Pedro, tirando a carteira do bolso. — Você receberá as noventa restantes no dia em que tiver chegado de volta à Inglaterra — acrescentou. Ele tirou duas notas de cinco libras da carteira e as empurrou pelo tampo da mesa na direção de Sebastian. Era mais dinheiro do que qualquer outra quantia que alguém tinha dado ao jovem na vida. — E que tal você e o Bruno irem se divertir neste fim de semana? Afinal, vocês merecem.

Bruno permaneceu calado.

Logo depois que o último hóspede tinha sido servido, a sra. Tibbet mandou que Janice passasse o aspirador de pó no refeitório e deixasse tudo arrumado para o café da manhã do dia seguinte, mas não antes que ela houvesse terminado de lavar a louça, como se nunca tivesse dado essa ordem antes. Depois disso, a sra. Tibbet subiu para o andar de cima e não apareceu mais. Janice presumiu que ela tinha ido para o escritório, onde prepararia a lista de compras da manhã seguinte, mas, em vez disso, ela se sentou à mesa e ficou olhando fixamente para o telefone. Logo depois, pegou um copo de uísque — algo que ela raramente fazia antes que seu último hóspede tivesse ido dormir —, tomou um gole e tirou o fone do gancho.

— Auxílio à lista — solicitou ela, esperando em seguida até ouvir a voz de outra pessoa na linha.

— Qual o nome da pessoa? — perguntou a atendente.

— Senhor Harry Clifton — respondeu ela.

— E qual é a cidade?

— Bristol.

— E o endereço?

— Não tenho, mas ele é um escritor famoso — observou a sra. Tibbet, tentando parecer que o conhecia. Visto que teve de esperar um pouco, começou a achar que haviam cortado a ligação, até que, por fim, ouviu a atendente informar: — Como o assinante solicitou que seu número fosse retirado da lista, madame, lamento, mas não poderei completar a ligação.

— Mas é uma emergência.

— Sinto muito, madame, mas eu não poderia fazer isso nem que a senhora fosse a rainha da Inglaterra.

A senhora Tibbet desligou o telefone. Ficou sentada, pensando se havia outra forma de entrar em contato com a sra. Clifton. Foi quando pensou em Janice e voltou para a cozinha.

— Onde você compra aqueles livros que você vive lendo? — perguntou ela a Janice.

— Na estação, a caminho do trabalho — respondeu Janice enquanto continuava a lavar a louça. A senhora Tibbet ficou limpando o fogão enquanto pensava na resposta de Janice. Assim que achou que tinha feito um bom serviço, tirou o avental, dobrou-o caprichosamente, pegou a cesta de compras e informou: — Vou fazer compras.

Logo que deixou a hospedaria, não virou à direita, tal como fazia de manhã, dia sim, dia não, quando ia ao açougue em busca das melhores fatias de bacon dinamarquês, ao hortifruti, onde selecionava as frutas mais belas e frescas, e à padaria, na qual comprava os pães mais quentinhos, recém-saídos do forno, mas ainda assim só se o preço fosse razoável. Naquele dia, porém, não; desta vez, virou à esquerda e seguiu caminhando para a Estação de Paddington.

Tratou de segurar a bolsa com firmeza, já que hóspedes decepcionados lhe haviam dito várias vezes que tinham sido roubados minutos depois de terem posto os pés em Londres — hóspedes dos quais, aliás, Sebastian fora o mais recente exemplo. Mas havia também o fato de que embora o rapazinho fosse, em certo sentido, bastante maduro para a idade, ainda era muito ingênuo.

A sra. Tibbet ficou excepcionalmente nervosa enquanto atravessava a rua e se misturava a uma apressada e agitada multidão a caminho do trabalho, seguindo para a estação. Talvez seu nervosismo se devesse ao fato de que nunca estivera numa livraria antes. É que fazia quinze anos que não tinha muito tempo para ler, desde a época em que seu marido e seu filhinho haviam sido mortos num bombardeio aéreo ao distrito oriental de Londres. Na verdade, caso o filho tivesse sobrevivido, teria mais ou menos a mesma idade de Sebastian.

Sem nem mesmo um teto para morar então, Tibby migrara para o oeste como um pássaro necessitado de um novo local para se sustentar. Assim, conseguiu um emprego na hospedaria Safe Haven como auxiliar de serviços gerais. Três anos depois, foi promovida a garçonete e, quando o proprietário morreu, ela não só herdou a hospedaria, como também assumiu a direção, já que o banco estava à procura de qualquer um que se dispusesse a pagar a hipoteca.

Ela quase foi à falência, mas, em 1951, foi socorrida pela Grande Feira de Amostras da Grã-Bretanha, evento que atraiu um milhão de visitantes adicionais a Londres, possibilitando que a hospedaria apresentasse lucro pela primeira vez. Esse lucro foi aumentando todos os anos, ainda que em pequena soma, e agora a hipoteca tinha sido paga e o negócio era dela de fato. Para manter a si mesma e ao negócio durante o inverno, ela contava com seus hóspedes regulares, tal como aprendera desde cedo, sabendo agora que os donos de hospedaria que se fiavam apenas em hóspedes temporários logo acabavam tendo que fechar suas portas

Por fim, quando a sra. Tibbet despertou de seu devaneio, varreu com o olhar a estação, até que seus olhos se depararam com a placa da W. H. Smith. Durante algum tempo, ficou observando passageiros habituados a esse tipo de loja entrarem e deixarem apressados o estabelecimento. Viu que a maioria apenas comprava o jornal matinal de meio *penny*, mas que outros, nos fundos da loja, ficavam olhando as prateleiras.

Acabou criando coragem e entrou, mas, sem saber o que fazer, parou no meio da loja, atrapalhando a circulação dos clientes. Quando viu uma mulher nos fundos da loja tirando livros de um carrinho de madeira e os arrumando nas prateleiras, dirigiu-se a ela, mas não interrompeu o seu trabalho.

Quando notou sua presença, a atendente levantou a cabeça e perguntou:

— Posso ajudá-la, madame? — perguntou ela com educação.

— Você já ouviu falar num escritor chamado Harry Clifton?

— Ah, sim — respondeu a atendente. — Ele é um dos nossos escritores mais populares. A senhoria estaria procurando algum título específico? — A senhora Tibbet abanou a cabeça. — Então, vamos dar uma olhada no que temos na loja — sugeriu a mulher, dirigindo-se para o outro lado da loja, com a sra. Tibbet indo logo atrás e parando quando chegaram a uma seção denominada ROMANCES POLICIAIS. Ela viu que os livros da série os Mistérios de William Warwick estavam bem empilhados numa fileira, com vários espaços vazios confirmando que o autor era mesmo um escritor de sucesso. — E, logicamente, temos também os diários do cárcere e uma biografia de autoria de Lorde Preston, intitulada *O princípio de hereditariedade*, história que gira em torno do fascinante caso da disputa hereditária dos Clifton-Barrington. Talvez a senhora se lembre dele, não? Foi manchete na maioria dos jornais durante semanas.

— Quais dos romances do sr. Clifton você me recomendaria?

— Toda vez que me fazem essa pergunta sobre qualquer autor, sempre sugiro que a pessoa comece a ler a primeira de suas obras — respondeu a assistente, tirando um exemplar de *William Warwick e o caso da testemunha cega* da prateleira.

— Será que o outro, o do caso da hereditariedade, não me diria mais coisas a respeito da família Clifton?

— Sim. E a senhora o achará tão empolgante quanto qualquer outro de seus romances — informou a assistente enquanto se dirigia para a seção de biografias. — São três xelins, madame — disse a mulher, entregando dois livros a ela.

Quando, pouco antes do almoço, a sra. Tibbet voltou para a hospedaria, Janice ficou surpresa ao ver que a cesta de compras estava vazia e ainda mais surpresa quando ela se trancou no escritório, apenas saindo de lá quando foi informada de que havia um possível cliente batendo à porta.

Ela levou dois dias e duas noites para ler *O princípio de hereditariedade*, de Reg Preston, após os quais a sra. Tibbet concluiu que teria que fazer uma visita a outro lugar, ao qual nunca tinha ido também e que seria muito mais estressante do que uma livraria.

Sebastian desceu para tomar café cedo na segunda-feira, já que desejava ter uma conversa com o pai de Bruno antes que ele saísse para trabalhar.

— Bom dia, senhor — disse ele enquanto se sentava à mesa.

— Bom dia, Sebastian — disse Dom Pedro, deixando de lado o jornal. — E então? Decidiu se vai comigo para Buenos Aires?

— Sim, eu me decidi, senhor. Eu adoraria ir caso eu não tenha demorado muito a tomar uma decisão.

— Nenhum problema com relação a isso — disse Dom Pedro. — Apenas trate de estar pronto quando eu voltar.

— Quando partiremos, senhor?

— Por volta das cinco horas.

— Vou estar pronto e esperando — prometeu Sebastian enquanto Bruno entrava na sala.

— Você vai ficar contente em saber que Sebastian viajará comigo para Buenos Aires — informou Dom Pedro enquanto o filho se sentava. — Ele estará de volta a Londres no fim do mês. Não deixe de cuidar dele quando ele retornar.

Bruno estava prestes a dizer algo quando Elena entrou no recinto e pôs uma bandeja com torradas no centro da mesa.

— O que gostaria de comer, senhor? — perguntou ela a Bruno.

— Dois ovos cozidos, por favor.

— Para mim também — solicitou Sebastian.

— Preciso ir — disse Dom Pedro, levantando-se de seu assento na cabeceira da mesa. — Tenho um compromisso na Bond Street — explicou, virando-se para Sebastian e acrescentando: — Não deixe de estar com a mala arrumada e pronto para partir às cinco horas. Não podemos perder o navio.

— Não vejo a hora de partir, senhor — disse Sebastian, parecendo sinceramente animado.

— Tenha um bom dia, papai — disse Bruno enquanto seu pai saía da sala. Ele não disse nada enquanto não ouviu a porta da frente se fechar. Em seguida, olhou para o amigo, sentado do outro lado da mesa, e perguntou: — Tem certeza de que sabe o que está fazendo?

A senhora Tibbet não conseguia parar de tremer. Ela não tinha certeza se deveria ir adiante com o que pretendia fazer. De manhã, quando os hóspedes se sentaram às mesas para o café, os ovos cozidos estavam frios, as torradas praticamente queimadas e o chá apenas morno, mas foi Janice quem acabou levando a culpa. E, obviamente, não serviu muito como desculpa o fato de que fazia dois dias que a sra. Tibbet não havia feito compras e, por isso, o pão estava velho, as frutas maduras demais e o bacon havia acabado. Janice ficou aliviada quando o último dos hóspedes insatisfeitos deixou o refeitório. Um deles quase se recusou a pagar a conta.

Ela foi à cozinha para ver se a sra. Tibbet estava se sentindo mal, mas não havia nem sinal dela, levando Janice a se perguntar aonde ela poderia ter ido.

A essa altura, a senhora Tibbet estava no ônibus da linha 148 com destino a Whitehall. Ele ainda não tinha certeza se deveria seguir com aquilo até o fim. Ainda que ele concordasse em recebê-la, o que ela diria? Afinal de contas, o que ela tinha a ver com o problema? Ela ficou tão preocupada que se distraiu e nem notou que o ônibus tinha atravessado a Ponte de Westminster, indo além do ponto em que deveria saltar. Porém, não se apressou na inevitável travessia do Tâmisa, embora não porque, tal como os turistas, quisesse apreciar as paisagens que margeavam o rio em ambos os sentidos.

Ela tinha mudado de ideia várias vezes antes de ter alcançado a Praça do Parlamento, onde começou a diminuir cada vez mais o ritmo da caminhada, até que, por fim, parou na entrada da Câmara dos Comuns, como se, igual à esposa de Ló, tivesse sido transformada numa estátua de sal.

O chefe da portaria, acostumado a lidar com pessoas que se embasbacavam em sua primeira visita ao Palácio de Westminster, sorriu para a congelada estátua humana e perguntou:

— Posso ajudá-la, madame?

— É aqui que posso entrar em contato com um parlamentar?

— A senhora tem hora marcada?

— Não, não tenho — respondeu a sra. Tibbet, achando que ele a mandaria embora.

— Não se preocupe, pois são poucas as que têm hora marcada. Mas a senhora precisará torcer para que ele esteja na câmara e com tempo disponível para recebê-la. Se a senhora não quiser entrar na fila, talvez um de meus colegas possa ajudá-la.

A senhora Tibbet subiu a escada, passou pelo Westminster Hall e entrou numa fila comprida e silenciosa. Quando, cerca de uma hora depois, ela chegou ao ponto correspondente ao início da fila, lembrou-se de que não havia dito a Janice aonde estava indo.

Tendo chegado ali, ela foi levada ao Saguão Central, onde um funcionário a conduziu à recepção.

— Boa tarde, madame — disse o recepcionista. — Com qual membro a senhora pretende conversar?

— Sir Giles Barrington.

— A senhora é eleitora dele, madame?

"Mais uma chance para sair correndo dali", foi a primeira coisa em que pensou.

— Não. Preciso conversar com ele a respeito de um assunto pessoal.

— Compreendo — disse o recepcionista, como se nada pudesse surpreendê-lo. — Queira, por gentileza, informar seu nome para que eu possa preencher um cartão de visita.

— Senhora Florence Tibbet.

— E qual o seu endereço?

— Rua Praed, número 37, Paddington.

— A respeito de qual assunto a senhora deseja conversar com Sir Giles?

— Sobre seu sobrinho, Sebastian Clifton.

Quando o recepcionista terminou de preencher o cartão, ele o entregou a um mensageiro.

— Quanto tempo precisarei esperar? — perguntou ela.

— Geralmente, os membros atendem com razoável rapidez se estiverem na câmara. Mas talvez seja melhor a senhora sentar-se enquanto espera — recomendou ele, apontando para as cadeiras verdes junto às paredes do Saguão Central.

Enquanto isso, o mensageiro iniciava a pequena caminhada pelo longo corredor de acesso à Câmara Baixa. Quando entrou no saguão dos membros do Parlamento, ele entregou o cartão a um de seus colegas, que por sua vez o levou para a câmara. A casa estava lotada de parlamentares, que tinham comparecido ao local para ouvir o pronunciamento de Peter Thorneycroft, o ministro da Fazenda, a respeito do fim do racionamento de gasolina, após a Crise do Canal de Suez.

O outro mensageiro localizou Sir Giles Barrington sentado no lugar de sempre e entregou o cartão a um parlamentar sentado no fim da terceira fileira de assentos, donde o cartão iniciou, de mão em mão, sua lenta viagem pelas bancadas lotadas, com cada um dos membros verificando a qual deles se destinava o cartão e repassando-o pela fileira, até que, por fim, ele chegou a Sir Giles.

Após ter lido a frente do cartão, o parlamentar da zona portuária de Bristol o pôs no bolso quando se levantou bruscamente, na esperança de atrair a atenção do presidente da assembleia, assim que o ministro das Relações Exteriores acabou de responder à pergunta anterior.

— Sir Giles Barrington — anunciou o presidente, indicando o autor da pergunta seguinte.

— Poderia o senhor ministro das Relações Exteriores explicar à câmara por que o pronunciamento do presidente americano afetará a indústria britânica, principalmente no que diz respeito aos nossos concidadãos que trabalham no setor da defesa?

O senhor Selwyn Lloyd se levantou mais uma vez e, segurando firme as bordas da tribuna, respondeu:

— Posso garantir ao respeitável e valoroso cavalheiro que mantenho contato permanente com nosso embaixador em Washington, e ele me assegurou que...

Quando, uns quarenta minutos depois, o sr. Lloyd havia respondido à última pergunta, Giles tinha se esquecido completamente do cartão de visita.

Somente cerca de uma hora depois, quando ele estava sentado na sala de chá com alguns colegas, voltou a tirar do bolso a carteira, deixando o cartão cair no chão sem querer. Ela o pegou e deu uma olhada no nome, mas concluiu que não sabia de onde era a tal de sra. Tibbet. Quando ele virou o cartão e leu a mensagem, abandonou a cadeira às pressas, saiu correndo da sala de chá e só parou quando chegou ao Saguão Central, rezando para que ela não houvesse desistido de esperar. Quando passou na recepção, pediu que localizassem para ele uma tal de sra. Tibbet.

— Lamento, Sir Giles, mas a madame foi embora alguns minutos atrás. Ela disse que tinha de voltar para o trabalho.

— Droga! — disse Giles, voltando a virar a ficha para dar uma olhada no endereço dela.

32

— Rua Praed, Paddington — disse Giles quando pegou um táxi na frente da porta de acesso da câmara usada pelos parlamentares. — E, como já estou atrasado — acrescentou ele —, trate de pisar fundo.

— Não vai querer que eu desrespeite o limite de velocidade, vai, chefe? — disse o taxista quando ele passava com o carro pelos portões principais e entrava na Praça do Parlamento.

Sim, vou, Giles teve vontade de responder, mas achou melhor se calar. Assim que soube que a sra. Tibbet tinha ido embora da câmara, contatara o cunhado por telefone, com a intenção de lhe falar a respeito da misteriosa mensagem deixada pela estranha senhora. A primeira coisa que Harry pensou em fazer foi pegar um trem para Londres, mas Giles o convenceu a desistir da ideia, pois tudo podia não passar de um simples alarme falso. Giles ponderou também que, por outro lado, era possível que Sebastian estivesse a caminho de Bristol.

Giles ficou bastante ansioso durante a corrida inteira, torcendo para que cada um dos semáforos abrisse logo e pedindo ao motorista que mudasse de pista toda vez que via uma chance de poderem avançar alguns metros mais rapidamente. Não conseguia parar de pensar na angústia que Harry e Emma deviam ter experimentado nos últimos dois dias. "Será que haviam contado o ocorrido a Jessica?" Chegou a imaginar que, se porventura eles tivessem feito isso, a garotinha devia ter ficado horas no último degrau da escada de Manor House, esperando ansiosamente que o irmão voltasse para casa.

Quando o táxi parou na frente do número 37, o motorista não pôde deixar de se perguntar que motivos levariam um membro do Parlamento a visitar uma hospedaria em Paddington. Mas ele se lembrou de que isso não era problema seu, principalmente depois da generosa gorjeta que o cavalheiro lhe dera.

Giles saltou apressado do táxi, correu até a porta da hospedaria e, várias vezes, bateu forte a aldrava contra a entrada. Algum tempo depois, uma mulher atendeu e disse:

— Desculpe, senhor, mas estamos lotados.

— Não estou querendo um quarto — disse Giles a ela. — Vim à procura da... — ele deu mais uma olhada no cartão de visita — sra. Tibbet.

— Quem gostaria de falar com ela?

— Sir Giles Barrington.

— Peço a gentileza de esperar aí, senhor, que vou lá avisá-la — disse a mulher antes que fechasse a porta.

Giles ficou esperando na calçada, perguntando-se se, no fim das contas, Sebastian estivera o tempo todo hospedado num local a apenas uns cem metros da Estação de Paddington. Teve que esperar apenas alguns minutos antes que a porta voltasse a ser aberta com certa urgência.

— Peço que me desculpe, Sir Giles — escusou-se a sra. Tibbet, parecendo transtornada. — Janice não faz ideia de quem o senhor é. Por favor, venha comigo para a sala de estar.

Assim que Giles se acomodou numa confortável cadeira de espaldar alto, a sra. Tibbet lhe ofereceu uma xícara de chá.

— Não, obrigado — disse ele. — Estou ansioso para saber se a senhora tem alguma notícia de Sebastian. Seus pais estão morrendo de preocupação.

— Claro, imagino que sim. Pobres criaturas — lamentou a sra. Tibbet. — Bem que eu lhe disse várias vezes que ele deveria entrar em contato com a mãe, mas...

— Mas? — atalhou Giles.

— É uma longa história, Sir Giles, mas tentarei ser o mais breve possível.

Dez minutos depois, a sra. Tibbet dizia a ele que a última vez que vira Sebastian foi quando ele partira num táxi de volta para a Eaton Square, explicando que, desde então, não tivera mais notícias do garoto.

— Então, até onde a senhora sabe, ele está hospedado na casa de seu amigo Bruno Martinez, no número 44 da Eaton Square?

— Isso mesmo, Sir Giles. Mas eu...

— Tenho uma dívida enorme com a senhora — interrompeu-a Giles, levantando-se da cadeira e pegando a carteira.

— O senhor não me deve nada — disse a sra. Tibbet, fazendo um gesto de negação com a mão. — Tudo que fiz foi por Sebastian, não pelo senhor. Mas, se o senhor me permite que lhe dê um conselho...

— Sim, claro — concordou Giles, voltando a sentar-se.

— Sebastian está apreensivo com a possibilidade de que seus pais tenham ficado muito chateados com ele por ter desperdiçado a chance de ir para Cambridge e...

— Mas ele não perdeu a vaga em Cambridge — informou Giles, interrompendo-a mais uma vez.

— Graças a Deus. É a melhor notícia que tive esta semana. Então, acho melhor que o senhor tente achá-lo o mais rapidamente possível para dizer isso ao rapaz, pois ele não vai querer voltar para casa enquanto achar que seus pais estão chateados com ele.

— Minha próxima parada será no número 44 da Eaton Square — informou Giles enquanto se levantava pela segunda vez.

— Antes de o senhor partir — advertiu a sra. Tibbet, ainda sem sair do lugar —, acho melhor que saiba que ele levou a culpa no lugar de seu amigo Bruno Martinez e, por isso, o amigo não sofreu o mesmo tipo de punição. Portanto, talvez ele mereça uns tapinhas nas costas, em vez de uma reprimenda.

— A senhora está na profissão errada, sra. Tibbet; deveria era fazer parte do corpo diplomático.

— E o senhor deve ser um lisonjeador inveterado, Sir Giles, assim como a maioria dos membros do Parlamento. Não que eu tenha cruzado com algum deles na vida. Mas não quero tomar mais do seu tempo.

— Obrigado mais uma vez. E assim que eu tiver conversado com Sebastian e resolvido toda esta situação — propôs Giles após ter se levantado pela terceira vez —, que tal a senhora voltar à câmara para tomar um chá conosco?

— Muito amável de sua parte, Sir Giles. Mas não posso tirar dois dias de folga na mesma semana.

— Então terá que ser na semana seguinte — disse Giles enquanto abria a porta da frente e punha os pés na calçada. — Enviarei um carro para pegá-la.

— Muita gentileza sua — agradeceu a sra. Tibbet novamente. — Porém...

— Nada de poréns. Sebastian teve sorte, muita sorte, quando resolveu parar no número 37.

Quando o telefone tocou, Dom Pedro atravessou a sala, mas só atendeu depois que verificou que a porta do escritório estava fechada.

— Seu contato internacional de Buenos Aires está na linha, senhor.

Ele ouviu um clique primeiro e depois a voz do contato.

— É o Diego.

— Escute com atenção. Está tudo pronto, inclusive com relação ao nosso cavalo de Troia.

— Isto significa que a Sotheby concordou em...?

— A escultura será incluída na venda no fim do mês.

— Então, tudo de que precisamos é de um portador.

— Acho que tenho a pessoa ideal. Um amigo de escola de Bruno que está precisando de trabalho e fala espanhol fluentemente. Melhor ainda, como seu tio é membro do Parlamento e um de seus avós era lorde, ele é alguém que os ingleses consideram pessoa de sangue azul, fato que servirá para facilitar as coisas.

— Ele sabe que o senhor o escolheu para isso?

— Não. E esse é o nosso grande trunfo — respondeu Dom Pedro —, o segredo mais bem guardado, o que nos manterá longe de qualquer suspeita durante toda a operação.

— Quando ele chegará a Buenos Aires?

— Ele embarcará no navio comigo hoje à noite e estará de volta à Inglaterra muito antes que qualquer pessoa consiga descobrir o que andamos fazendo.

— O senhor acha que ele tem maturidade suficiente para realizar uma tarefa tão importante?

— O garoto tem mais maturidade do que aparenta e, tão importante quanto isso, está disposto a correr riscos.

— Parece ideal. E o senhor pôs Bruno a par disso?

— Não. Quanto menos ele souber, melhor.

— Concordo — disse Diego. — Há mais alguma coisa que o senhor gostaria que eu fizesse antes de vocês chegarem?

— Só que trate de providenciar para que a carga esteja pronta para o embarque no *Queen Mary* em sua viagem de volta para cá.

— E quanto às cédulas?

Dom Pedro foi interrompido por alguém batendo suavemente à porta. Quando se virou, viu Sebastian entrando no escritório.

— Espero que eu não esteja interrompendo, senhor.

— Não, não — respondeu Dom Pedro, repondo o fone no gancho e sorrindo para o jovem que havia se tornado a última peça de seu quebra-cabeça.

Giles pensou em dar uma parada na cabine telefônica mais próxima para informar a Harry que ele tinha descoberto o paradeiro de Sebastian e estava a caminho do local para pegá-lo, mas ele queria ficar cara a cara com o garoto antes de dar o telefonema.

O trânsito na Park Lane estava muito lento, com os carros praticamente colados uns nos outros, e o taxista não parecia disposto a mudar de faixa, na tentativa de avançar mais rapidamente, aproveitando os espaços vazios, e muito menos ultrapassar sinais amarelos. Resignado, Giles suspirou fundo. "Quanta diferença alguns minutos talvez pudessem fazer", pensou ele enquanto contornavam a Hyde Park Corner.

Finalmente, o táxi parou na frente do número 44 da Eaton Square e Giles pagou a quantia exata indicada no taxímetro, antes que subisse a escada e batesse à porta da residência. Um verdadeiro gigante atendeu e sorriu para Giles, quase como se estivesse esperando por ele.

— Em que posso ajudá-lo, senhor?

— Estou procurando meu sobrinho, Sebastian Clifton, que está hospedado aqui com seu amigo Bruno Martinez, segundo fui informado.

— De fato, ele estava aqui, senhor — respondeu o mordomo polidamente. — Mas foram para o Aeroporto de Londres cerca de vinte minutos atrás.

— Você sabe em qual voo eles vão embarcar? — perguntou o deputado.

— Não faço ideia, Sir Giles.

— Ou para onde estão indo?

— Não perguntei.

— Obrigado — agradeceu Giles, que, após ter jogado críquete durante anos como rebatedor de ataque, aprendera a reconhecer falta de cooperação. Voltou-se, pois, para a rua e tratou de procurar logo um táxi, enquanto o mordomo fechava a porta. Assim que avistou uma pequena placa amarela iluminada, fez sinal, levando o taxista a dar meia-volta para pegá-lo.

— Aeroporto de Londres — solicitou ele, antes mesmo que se acomodasse no banco traseiro do veículo. — Eu lhe pagarei o dobro do que o taxímetro indicar no fim da corrida se você chegar lá em quarenta minutos. — Eles partiram justamente no momento em que a porta do 44 voltou a ser aberta. Foi quando um jovem saiu apressado da residência, desceu a escada correndo e começou a acenar desesperadamente.

— Pare! — gritou Giles. O taxista freou bruscamente, fazendo guinchassem os pneus.

— É melhor se decidir logo, chefe.

Giles abriu o vidro enquanto o jovem, saído às pressas da residência, corria em sua direção.

— Meu nome é Bruno Martinez — apresentou-se ele. — Eles não foram para o aeroporto. Na verdade, estão a caminho de Southampton, onde embarcarão no navio a vapor *South America*.

— A que horas o navio partirá? — perguntou Giles.

— Zarpará com a maré, por volta das nove horas da noite.

— Obrigado — agradeceu Giles. — Informarei a Sebastian...

— Não, por favor, senhor — implorou Bruno. — Independentemente do que fizer, não deixe que meu pai saiba que falei com o senhor.

Nenhum dos dois, porém, notou que havia alguém observando tudo de uma das janelas do 44.

Sebastian gostou da viagem no banco traseiro de um Rolls-Royce, mas ficou surpreso quando eles pararam em Battersea.

— Já andou de helicóptero antes? — perguntou Dom Pedro.

— Não, senhor. Nunca viajei sequer de avião.

— Ele vai nos poupar duas horas de viagem. Se quiser mesmo trabalhar para mim, terá que aprender rápido que tempo é dinheiro.

O helicóptero decolou, lançou-se para a direita e rumou para o sul, na direção de Southampton. Sebastian ficou observando o trânsito do início da noite, com os veículos escoando lentamente pelas vias de Londres, deixando a cidade.

— Não dá para chegar a Southampton em quarenta minutos, chefe — avisou o taxista.

— Tudo bem — concordou Giles —, mas, se conseguir me levar até as docas antes de o navio *South America* zarpar, manterei a promessa de lhe pagar o dobro do valor da corrida.

O taxista disparou com o carro como um garanhão ao sair do estábulo, fazendo o melhor que pôde para vencer a barreira do trânsito do período mais crítico do dia e tomando atalhos, seguindo por ruas vicinais que Giles jamais imaginara que existiam, cruzando becos transversais antes que, mais adiante, fizesse desvios e cortadas bruscas para avançar sinais fechados. Todavia, ainda assim, o motorista levou mais de uma hora para alcançar a Winchester Road, onde acabou deparando com longos trechos em obras, que o obrigaram a manter-se numa única faixa da estrada e reduziam a velocidade do mais lento dos carros transitando pela via então. Impaciente, Giles olhou mais atentamente para fora, mas não viu tanto trabalho que explicasse tamanha lentidão do trânsito.

Não parava de lançar olhadelas para o relógio, apenas constatando com isso que o ponteiro dos segundos era a única coisa que avançava com regularidade e que, a cada minuto, as chances de eles chegarem às docas antes das nove iam se tornando cada vez menores. Chegou a rezar para que ocorressem pelo menos alguns minutos de atraso na partida do navio, embora soubesse que o capitão não podia dar-se ao luxo de perder a ajuda da maré.

Acabou por recostar-se no assento e começou a pensar nas palavras de Bruno. "Independentemente do que o senhor fizer, não deixe que meu pai saiba que falei com o senhor." Achou que Sebastian não poderia pedir mais provas de amizade da parte de um amigo. E voltou a olhar para o relógio: sete e meia. Pensou então como era possível que o mordomo poderia ter cometido um erro tão simples assim quando disse que eles estavam a caminho do Aeroporto de Londres. Eram quinze para as oito então. Concluiu que, com certeza, o mordomo não havia se enganado — afinal, o homem o chamara de "Sir Giles". Além do mais, não tinha como saber que ele estava prestes a dar as caras diante da porta da residência. A não ser que... oito horas. E, quando ele disse "*eles* foram para o Aeroporto de Londres", quem era a outra pessoa a que ele estava se referindo? Ao pai de Bruno? Viu que eram oito e quinze agora. Quando, quinze minutos depois, o táxi finalmente saiu da Winchester Road e rumou para as docas, Giles ainda não tinha conseguido atinar com uma resposta satisfatória para nenhuma dessas perguntas. Por fim, resolveu pôr de lado todas as suas dúvidas e preocupações e começou a pensar no que precisaria ser feito se eles chegassem às docas antes que o navio tivesse levantado âncora. Agora, faltavam quinze minutos para as nove.

— Mais rápido! — exigiu ele, embora desconfiasse que o motorista já estivesse pisando o mais fundo possível no acelerador. Avistou finalmente, a considerável distância, o grande transatlântico, e, à medida que o navio ia ficando cada vez maior diante de seus olhos, começou a acreditar que talvez pudessem chegar lá a tempo. Mas aí, ecoou pelos ares um som que ele ficara receoso de ouvir desde que avistara a nau: três fortes e prolongados apitos.

— O tempo e a maré não esperam por ninguém — observou o motorista. Observação que Giles achou totalmente dispensável em um momento como aquele.

O táxi parou bem ao lado do *South America*, mas já tinham recolhido sua prancha de embarque e soltas as suas amarras, permitindo que o navio se afastasse lentamente do cais e rumasse para o mar aberto.

Giles se sentiu assaltado por uma horrível sensação de impotência quando viu dois rebocadores conduzindo o navio para o estuário, como se fossem formigas levando um elefante para um terreno mais seguro.

— Para o escritório do capitão do porto! — gritou ele, sem nenhuma ideia de onde poderia ficar isso. O motorista teve que parar duas vezes para pedir informações, antes que acabasse estacionando na frente do único prédio de escritórios com luzes acesas ainda.

Giles saiu às pressas do táxi e irrompeu pelo escritório do capitão do porto sem bater à porta. Dentro do recinto, deparou-se com três homens assustados com o inusitado da situação.

— Quem é você? — perguntou um deles, trajando um uniforme de autoridade do porto e exibindo mais galões dourados do que seus colegas oficiais ali presentes.

— Sir Giles Barrington. Meu sobrinho está naquele navio — informou ele, apontando para um local janela afora. — Existe alguma forma de tirá-lo de lá?

— Acho que não, senhor, a menos que o capitão se disponha a parar o navio e permitir que ele seja transferido para uma de nossas lancha de prático, o que acho muito improvável. Mas posso tentar. Qual é o nome do passageiro?

— Sebastian Clifton. Ele ainda é menor de idade e tenho a autorização de seus pais para tirá-lo daquele navio.

O capitão do porto pegou um microfone e começou a mexer em alguns botões de um painel de controle enquanto tentava estabelecer contato com o capitão do navio.

— Não quero com isto alimentar falsas esperanças — observou o capitão —, mas, como o capitão do navio e eu servimos juntos na Marinha Real...

— Aqui é o capitão do *South America* — disse um homem com forte sotaque inglês.

— É o Bob Walters, capitão. Temos um problema e eu ficaria muito grato com qualquer ajuda que você pudesse dar — disse o capitão do porto antes que passasse a ele a solicitação de Sir Giles.

— Em circunstâncias normais, eu atenderia com prazer a solicitação, Bob — respondeu o capitão do navio —, mas, como o dono está na ponte de comando, terei que pedir autorização a ele.

— Obrigado — disseram Giles e o capitão do porto em coro antes que viesse uma pausa na comunicação.

— Existe alguma situação em que você tem autoridade para impor-se à vontade de um capitão? — perguntou Giles enquanto aguardava.

— Somente enquanto o navio está no estuário. Assim que passa pelo farol norte, devo aceitar que ele está no Canal da Mancha e, portanto, fora de minha jurisdição.

— Mas você pode dar uma ordem ao capitão enquanto seu navio ainda estiver no estuário?

— Sim, senhor, mas lembre-se de que se trata de um navio estrangeiro e, como devemos evitar incidentes diplomáticos, eu não me disporia a impor minha autoridade ao capitão, a não ser que me achasse convicto de que algum tipo de delito estivesse sendo cometido.

— Por que será que estão demorando tanto? — indagou Giles após alguns minutos. Porém, de repente, ouviram uma voz no intercomunicador.

— Sinto muito, Bob. O dono do navio não quer atender a sua solicitação, já que estamos nos aproximando do limite da zona portuária e logo estaremos no canal.

Giles tomou o microfone do capitão do porto.

— Sir Giles Barrington falando. Queira pôr o dono do navio na linha, por favor. Quero falar com ele pessoalmente.

— Sinto muito, Sir Giles — respondeu o capitão —, mas o sr. Martinez deixou a ponte de comando e recolheu-se em sua cabine, deixando ordens estritas para que ninguém o incomodasse.

HARRY CLIFTON

1957

33

Harry achava que nada poderia superar o orgulho que ele sentiu quando soube que Sebastian tinha ganhado uma bolsa de estudos em Cambridge. Mas viu que se enganou, pois ficou igualmente orgulhoso quando acompanhou com o olhar a esposa subindo a escada de acesso ao palco para receber o diploma de administração de empresas, obtido com distinção máxima, das mãos de Wallace Sterling, o presidente da Stanford University.

Sabia melhor do que ninguém os sacrifícios que Emma tinha feito para satisfazer os altos padrões de qualidade estabelecidos pelo professor Feldman para si mesmo e para seus alunos, se bem que de Emma este sabia que podia esperar muito mais, tal como deixara claro ao longo dos anos.

Quando, sob intensos aplausos, ela deixou o palco, trajando a beca com uma capa azul-marinho, jogou eufórica o barrete de formatura para o alto, assim como haviam feito todos os formandos antes dela, o sinal de que seus anos de universitária haviam ficado para trás. Ficou imaginando o que sua querida mãe teria achado de uma atitude como aquela vinda de uma senhora com 36 anos de idade, ainda mais em público.

Enquanto ela ainda voltava para o assento na plateia, Harry transferiu o olhar de admiração pela esposa para o renomado professor de administração de empresas, sentado no palco perto do presidente da universidade, separado dele por apenas alguns assentos. Cyrus Feldman não fez nada para esconder seus sentimentos quando chegou a vez de sua aluna mais brilhante receber o diploma. O mestre foi o primeiro a levantar-se para aplaudir Emma e também o último a sentar-se. Aliás, haviam sido muitas as vezes em que Harry se encantara com a forma pela qual a esposa conseguira levar, com grande sutileza, homens poderosos, de ganhadores de Pulitzer a presidentes de companhias, a se renderem à sua vontade, tal como sua mãe fora capaz de fazer em seu tempo.

Ficou imaginando também quanto Elizabeth teria ficado orgulhosa da filha nesse dia, se bem que não mais orgulhosa do que a mãe dele, pois Maisie passara pela mesma experiência dolorosa antes de finalmente poder usar as iniciais de bacharel depois do nome.

Harry e Emma tinham jantado com o professor Feldman e Ellen, sua resignada esposa, na noite anterior. Feldman não conseguira tirar os olhos de Emma e até sugerira que ela voltasse para Stanford, onde, sob supervisão direta dele, ela poderia apresentar tese, visando obter diploma de doutorado.

— E quanto ao meu marido? — questionou Emma, enlaçando um dos braços no de Harry.

— Ele terá que aprender a viver sem você durante alguns anos — respondeu Feldman, não fazendo nenhuma tentativa de ocultar o que tinha em mente. Se algum dos muitos ingleses de sangue quente ouvisse Feldman fazer uma proposta dessas à esposa, talvez houvesse dado um soco em seu nariz, e teria sido perfeitamente justificável se uma esposa menos tolerante que a sra. Feldman tivesse iniciado um processo de divórcio por conta disso, tal como haviam feito três de suas antecessoras. Mas Harry apenas sorriu, enquanto a sra. Feldman fingiu que nada havia acontecido.

Harry tinha concordado com a sugestão de Emma de que seria melhor que retornassem de avião para a Inglaterra logo após a cerimônia, já que ela queria estar de volta à Manor House antes do retorno de Sebastian de Beechcroft. Afinal, o filho não era mais um simples colegial, argumentara ela, pensativa, mas um rapazinho que estava a três meses de se tornar universitário.

Logo que a cerimônia de colação de grau terminou, Emma ficou circulando pelo gramado, desfrutando do clima de festa e comemoração com os colegas diplomados, que, tal como ela, haviam dedicado um sem-número de horas aos estudos em terras distantes e agora estavam se encontrando pela primeira vez. Assim, maridos e esposas eram apresentados aqui e ali, enquanto outros mostravam fotografias da família e outros mais trocavam endereços de contato. Por volta das seis da tarde, quando os garçons começaram a dobrar as cadeiras, recolher garrafas de champanhe vazias e empilhar os últimos pratos vazios, Harry sugeriu que voltassem para o hotel.

Emma não parou de falar um minuto sequer durante todo o caminho de volta para Fairmont, tampouco enquanto arrumava as malas, nem durante a corrida de táxi para o aeroporto, e muito menos quando ficaram esperando a hora do embarque, no saguão de passageiros da primeira classe. Por conta disso, logo depois que entrou no avião, achou seu assento e pôs o cinto de segurança, fechou os olhos e caiu imediatamente num sono profundo.

— Você está parecendo um velho ou pelo menos um homem de meia-idade — observou Emma quando iniciaram a longa viagem de carro do aeroporto para Manor House.

— E sou mesmo um homem de meia-idade — reconheceu Harry. — Afinal, tenho 37 anos, e o pior é que mulheres jovens começaram a me chamar de senhor.

— Bem, eu não me sinto uma mulher de meia-idade — disse Emma, examinando o mapa. — Dobre à direita no semáforo que entraremos na Great Bath Road.

— Você diz isso porque a vida para você apenas começou.

— O que quer dizer com isso?

— Isso mesmo que você ouviu. Você acabou de receber o diploma e foi empossada como membro da diretoria na Barrington. Essas duas conquistas abriram novos caminhos na vida para você. Encaremos a realidade. A verdade é que, vinte anos atrás, você não teria tido nenhuma dessas duas oportunidades.

— Essas oportunidades só se tornaram possíveis no meu caso porque Cyrus Feldman e Ross Buchanan são homens iluminados quando é o caso de se tratar mulheres em pé de igualdade com os homens. E não se esqueça de que Giles e eu somos donos de 22% da companhia e que ele nunca teve o menor interesse em se tornar membro da diretoria.

— Talvez seja mesmo o caso, mas, se souberem que você está fazendo um bom trabalho, pode ser que isso ajude a convencer presidentes de outras companhias a seguir o exemplo de Ross.

— Não se iluda. Serão necessárias décadas para que mulheres competentes tenham chances de substituir homens incompetentes.

— Bem, vamos pelo menos rezar para que seja diferente no caso de Jessica. Espero que, quando ela terminar os estudos na escola, seus únicos objetivos na vida não sejam aprender a cozinhar e conhecer o homem ideal para se casar.

— Você acha que esses eram meus únicos objetivos na vida?

— Se foram, você fracassou em ambos os casos — disse Harry. — E não se esqueça de que você me escolheu como o homem de sua vida quando tinha apenas 11 anos de idade.

— Dez — corrigiu-o Emma. — Mesmo assim, foram necessários mais sete anos para que isso acontecesse.

— De qualquer forma — observou Harry —, não deveríamos achar que, só porque nós dois conseguimos estudar em Oxford e Grace é professora assistente em Cambridge, esse será o caminho que Jessica desejará trilhar.

— E por que ela deveria fazer isso, já que é tão talentosa? Sei que ela admira os êxitos de Sebastian, porém, seus ídolos são Barbara Hepworth e uma tal de Mary Cassatt. É por isso que andei pensando em quais opções ela tem em aberto e qual delas poderia abraçar — argumentou Emma, voltando a examinar o mapa em seguida. — Vire à direita daqui a uns oitocentos metros, onde deve haver uma placa indicando Reading.

— Por acaso vocês andaram tramando algo sem o meu conhecimento? — perguntou Harry.

— Se Jessica for mesmo bastante talentosa, e sua professora de artes me garante que ela é, a escola vai querer que se candidate a uma vaga na Royal College of Art ou na Slade School of Fine Art.

— A srta. Fielding não estudou na Slade?

— Sim, e vive me dizendo que Jessica, embora tenha apenas 15 anos, é uma artista muito melhor do que ela na época em que ela obteve diploma.

— Isso deve ser um tanto constrangedor para a professora.

— Atitude típica de homens mesquinhos. Na verdade, o único interesse da srta. Fielding é ver Jessica desenvolver todo o seu potencial. Ela quer que Jessica seja a primeira garota da Red Maids a conseguir uma vaga na Royal College.

— Seria uma conquista dupla e tanto essa — observou Harry —, já que Sebastian foi o primeiro garoto do Beechcroft Abbey a conseguir uma bolsa de estudos integral em Cambridge.

— O primeiro desde 1922 — corrigiu-o Emma. — Dobre à esquerda na primeira rotatória.

— Os membros da diretoria da Barrington devem adorá-la, Emma — comentou Harry enquanto seguia as instruções da esposa. — A propósito, caso você tenha esquecido, meu último livro será publicado na próxima semana.

— E eles vão enviá-lo a algum lugar interessante para promovê-lo?

— Vou dar uma palestra num almoço do círculo literário do *Yorkshire Post* na sexta-feira e me informaram que venderam tantos ingressos para o evento que tiveram de transferi-lo de um hotel local para o hipódromo de York.

Impressionada, Emma se inclinou para lhe dar um beijo na bochecha.

— Parabéns, querido!

— Lamento dizer que não fizeram isso por minha causa, pois não serei o único palestrante.

— É só me dizer o nome de seu rival que mando matá-lo.

— O nome *dela* é Agatha Christie.

— Então quer dizer que finalmente William Warwick está se revelando um rival de Hercule Poirot?

— Infelizmente, ainda não. Mas devemos considerar que a srta. Christie escreveu 49 até agora, enquanto eu acabei de completar meu quinto livro.

— Talvez você já empate em sucesso com o personagem dos livros dela quando tiver escrito seu quadragésimo nono.

— Eu não teria tanta sorte. Então, enquanto eu estiver passeando pelo país, na tentativa de fazer o livro entrar na lista dos best-sellers, o que você ficará fazendo?

— Eu disse a Ross que passaria no escritório para uma reunião com ele na segunda-feira. Estou tentando convencê-lo a desistir de prosseguir com o projeto de construção do *Buckingham*.

— Mas por quê?

— Porque agora não é o momento certo para nos arriscarmos a investir todo esse dinheiro num transatlântico de luxo, quando passageiros estão migrando rapidamente para os serviços de transporte aéreo.

— Entendo seu ponto de vista, embora eu ache muito melhor viajar para Nova York de navio do que de avião.

— Você diz isso porque é um homem de meia-idade — observou Emma, dando uns tapinhas na coxa dele. — Prometi também a Giles que passaria em Barrington Hall e faria com que Marsden deixasse tudo pronto para quando ele e Gwyneth chegassem para o fim de semana.

— Com certeza, Marsden deixará tudo perfeitamente preparado para recebê-los.

— Ele fará 60 anos no ano que vem e sei que está pensando em se aposentar.

— Não será fácil achar um substituto para ele — observou Harry enquanto passavam pela primeira placa indicando o caminho para Bristol.

— Gwyneth não quer pôr ninguém no lugar dele. Ela diz que já está na hora de Giles começar a viver a realidade da segunda metade do século XX.

— E o que ela pretende fazer?

— Ela acha que, na próxima eleição, o novo governo será formado pelos trabalhistas e, como ela prevê que é praticamente certo que Giles se torne ministro, pretende prepará-lo para a tarefa, a qual julga que não deve incluir uma vida em que ele fique sendo mimado o tempo todo por empregados. Segundo os planos dela, os únicos empregados que deverão ajudá-lo no futuro deverão ser membros comuns da sociedade.

— Giles teve uma sorte danada quando conheceu Gwyneth.

— Não acha que já está na hora de ele pedir a pobre garota em casamento?

— Sim, acho, mas ele continua escaldado com a experiência que teve com Virginia e acho que não está preparado para outro compromisso desse tipo.

— É melhor ele se decidir logo, pois mulheres boas como Gwyneth não costumam aparecer com tanta facilidade assim — comentou Emma, voltando a concentrar a atenção no mapa.

— Ainda não consigo me acostumar com a ideia de Seb não ser mais um simples estudante de colegial — disse Harry enquanto acelerava para ultrapassar um caminhão.

— Você pensou em algo para distraí-lo em sua primeira semana de volta ao lar?

— Estou pensando em levá-lo para ver o jogo do Gloucestershire contra o Blackbeath no County Ground amanhã.

— Isso servirá muito mesmo para moldar o caráter dele — comentou Emma, rindo com certa ironia — levá-lo para assistir ao jogo de um time que mais perde do que vence.

— E talvez pudéssemos ir também ao Old Vic à noite na semana que vem — acrescentou Harry, ignorando o comentário da esposa.

— Qual a peça em cartaz?

— *Hamlet.*

— Quem está fazendo o papel do príncipe?

— Um jovem ator chamado Peter O'Toole, que o Seb afirma que está com tudo.

— Será maravilhoso termos o Seb conosco no verão. Talvez devêssemos dar uma festa antes que ele vá para Cambridge. Dar a ele uma chance de conhecer algumas garotas.

— Ele terá bastante tempo para conhecer garotas. Acho muito lamentável que o governo tenha acabado com o serviço militar obrigatório. O Seb poderia dar um ótimo oficial, e seria muito bom para ele tomar responsabilidade pelo comando de outros homens.

— Você não é um homem de meia-idade — observou Emma enquanto eles entravam na via de acesso da mansão. — Na verdade é um troglodita, com certeza.

Harry riu enquanto estacionava o carro em frente à Manor House e ficou muito feliz quando viu Jessica sentada no último degrau da escada, esperando por eles.

— Onde está o Seb? — foi a primeira pergunta que Emma fez quando saiu do carro e abraçou Jessica.

— Ele não voltou da escola ontem. Talvez tenha ido direto para Barrington Hall, onde passou a noite com o tio Giles.

— Achei que Giles estivesse em Londres — comentou Harry. — Vou telefonar para ele e procurar saber se os dois não poderiam vir jantar conosco.

Harry subiu a escada e entrou na mansão, onde pegou o telefone no corredor e ligou para um número local.

— Voltamos — informou ele quando ouviu a voz de Giles na linha.

— Sejam bem-vindos, Harry. Foi boa a viagem que vocês fizeram aos Estados Unidos?

— Não poderia ter sido melhor. Emma roubou a cena, logicamente. Acho que Feldman quer que ela seja a quinta esposa dele.

— Bem, com certeza haveria ótimas vantagens nisso — observou Giles. — Porém, quando se trata desse homem, nunca se pode esperar um compromisso duradouro e, em se tratando da Califórnia, no fim das contas o divórcio seria um processo bastante natural — acrescentou, fazendo Harry rir com a observação.

— A propósito, o Seb está com você? — perguntou Clifton.

— Não, não está. Aliás, faz algum tempo que não o vejo. Mas tenho certeza de que não deve estar muito longe. Por que não telefona para a escola e procura saber se ele ainda está lá? Ligue para mim quando descobrir seu paradeiro, pois tenho notícias para você.

— Farei isso — prometeu Harry. Assim que desligou, Clifton começou a procurar o número do telefone do diretor da escola na lista.

— Não se preocupe, querida. Ele não é mais um garotinho, como você mesma vive me dizendo — aconselhou ele quando viu o semblante de apreensão de Emma. — Tenho certeza de que deve ter havido uma razão simples para o ocorrido — assegurou e ligou para Beechcroft 117. Enquanto ele ficou esperando que atendessem, deu um abraço na esposa.

— Doutor Banks-Williams falando.

— Diretor, é Harry Clifton. Desculpe incomodá-lo depois do fim do ano letivo, mas gostaria de saber se o senhor tem ideia de onde meu filho Sebastian poderia estar.

— Não faço ideia, sr. Clifton. Não o vejo desde quando ele foi suspenso, alguns dias atrás.

— Suspenso?

— Lamento que sim, sr. Clifton. Infelizmente, não tive muitas opções.

— Mas o que ele fez para merecer isso?

— Várias pequenas transgressões, incluindo a de fumar.

— E houve alguma violação mais séria?

— Ele foi pego consumindo bebida alcoólica em seu alojamento na companhia de uma servente da escola.

— E isso é mesmo um motivo sério para suspensão?

— Eu poderia ter feito vista grossa para isso, já que estávamos na última semana do ano letivo, mas, infelizmente, o fato é que ambos estavam nus.

Harry suprimiu uma risada e ficou feliz que Emma não pudesse ouvir a pessoa no outro lado da linha.

— Quando, no dia seguinte, ele se apresentou em meu escritório, eu disse a ele que, depois de ter pensado no assunto e consultado seu monitor, concluí que eu não tinha escolha a não ser suspendê-lo. Em seguida, dei a ele uma carta, solicitando que a entregasse ao senhor. Pelo visto, está claro que ele não o fez.

— Mas onde acha que ele pode estar? — perguntou Harry, ficando apreensivo pela primeira vez.

— Não tenho ideia. Tudo que posso lhe dizer é que seu monitor deu a ele uma passagem de ida na terceira classe para Temple Meads e achei que essa seria a última vez que eu o veria. Contudo, tive que fazer uma viagem a Londres naquela tarde, visando participar de um jantar oferecido pela Associação dos Ex-Alunos, e, para minha surpresa, deparei-me com ele no trem.

— O senhor perguntou a ele por que ele estava indo para Londres?

— Eu teria feito isso — respondeu o diretor secamente — se ele não tivesse deixado o vagão assim que me viu.

— E por que ele faria isso?

— Talvez porque estivesse fumando e porque eu o tinha advertido antes de que, se infringisse alguma das normas da escola mais uma vez durante o ano letivo, seria expulso. E ele sabia muito bem que isso me levaria a telefonar para o diretor de admissões de Cambridge com o objetivo de recomendar que a bolsa de estudos integral concedida a ele fosse revogada.

— E o senhor fez isso?

— Não, não fiz. E o senhor deveria agradecer à minha esposa por isso, pois, por mim, ele teria sido expulso e perdido a vaga em Cambridge.

— Por fumar quando ele não estava sequer nas dependências da escola?

— Essa não foi a única infração cometida por ele. Ele estava viajando também na primeira classe quando não tinha dinheiro para comprar uma passagem para viajar ali e, horas antes, ele mentira para o monitor, dizendo que iria para Bristol. Isso, além das outras infrações, já teria sido suficiente para me convencer de que ele era indigno de desfrutar de uma vaga em minha antiga universidade. E não tenho dúvida de que ainda viverei o suficiente para me arrepender de minha condescendência.

— E essa foi a última vez que o senhor o viu? — perguntou Harry, tentando manter-se calmo.

— Sim, e espero que tenha sido mesmo a última — respondeu o diretor, antes que desligasse o telefone.

Harry relatou a Emma a outra parte da conversa, omitindo apenas o incidente envolvendo a servente da escola.

— Mas onde ele poderia estar agora? — perguntou Emma, aflita.

— A primeira coisa que farei será ligar para Giles e informá-lo do que aconteceu antes que decidamos o que fazer em seguida — disse Harry, voltando a tirar o fone do gancho. Levou algum tempo para que conseguisse recontar, quase com as mesmas palavras, a conversa com o diretor.

Giles permaneceu em silêncio durante algum tempo, até que, por fim, observou:

— É difícil saber o que andou passando pela cabeça do Seb depois que Banks-Williams se deparou com ele no trem.

— Também não faço a menor ideia — disse Harry.

— Tentemos nos pôr no lugar dele — sugeriu Giles. — Ele acha que, uma vez que o diretor o pegou fumando numa viagem para

Londres sem permissão, ele deve ter sido expulso e perdido sua vaga em Cambridge. Acho que você acabará descobrindo que ele ficou com receio de voltar para casa e ter que enfrentar a você e a Emma.

— Ora, isso não é mais problema, mas, em todo caso, temos que achá-lo para lhe dizer isso. Se eu fosse de carro para Londres imediatamente, poderia ficar em sua residência da Smith Square?

— Claro que sim, mas não adiantaria nada, Harry. Seria melhor você ficar em Manor House com Emma. Eu mesmo irei a Londres para cuidar disso e, assim, ambos os lugares terão alguém para procurá-lo ou recebê-lo.

— Mas não se esqueça de que você e Gwyneth programaram passar um fim de semana juntos.

— E não se esqueça você também de que o Seb ainda é meu sobrinho, Harry.

— Obrigado, Giles — disse Harry.

— Telefonarei para você assim que eu chegar a Londres.

— Você não disse que tinha notícias?

— Não é nada importante. Bem, pelo menos não tão importante quanto localizar o Seb.

Giles dirigiu até Londres à noite e, quando chegou à Smith Square, a governanta confirmou que Sebastian não tinha feito contato.

Assim que Giles transmitiu essa notícia a Harry, sua providência seguinte foi telefonar para o subdiretor da Scotland Yard. O agente não poderia ter sido mais simpático, mas advertiu que recebia pelo menos uma dezena de avisos de crianças desaparecidas em Londres todos os dias, a maioria das quais era muito mais jovem do que Sebastian. Ele explicou que, numa cidade com uma população de 8 milhões de habitantes, era como procurar agulha em palheiro. Mas disse que avisaria a todas as delegacias da área da Polícia Metropolitana.

Harry e Emma ficaram acordados até tarde, em conversas telefônicas com Maisie, a avó de Sebastian, sua tia Grace, Deakins,

Ross Buchanan, Griff Haskins e até com a srta. Parish, na tentativa de saber se Sebastian havia entrado em contato com alguma dessas pessoas. No dia seguinte, Harry falou com Giles várias vezes, mas o cunhado não tinha nenhuma informação nova para passar. Era como procurar agulha em palheiro, repetiu.

— E como está Emma? — perguntou Giles.

— Nada bem. Ela teme o pior, à medida que as horas vão passando.

— E Jessica?

— Inconsolável.

— Telefonarei para você assim que eu souber de algo.

Na tarde do dia seguinte, Giles telefonou para Harry da Câmara dos Comuns para informar que estava a caminho de Paddington, onde faria uma visita a uma mulher que havia solicitado uma audiência com ele, pois tinha notícias de Sebastian.

Harry e Emma não saíram de perto do telefone, aguardando ansiosos um telefonema de Giles, que prometera telefonar dali a uma hora, mas ele telefonou somente depois das nove naquela noite.

— Diga-me que ele está bem e com saúde — rogou Emma a Giles depois que arrebatara o telefone da mão de Harry.

— De fato, ele está bem e com saúde — respondeu seu irmão —, mas lamento informar que essa é a única notícia boa, pois o garoto está a caminho de Buenos Aires.

— Do que você está falando?! — perguntou Emma. — Por que o Seb estaria indo para Buenos Aires?

— Não tenho ideia. Tudo que posso lhe dizer é que ele está a bordo do vapor *South America*, na companhia de um homem chamado Pedro Martinez, o pai de um de seus amigos de escola.

— Bruno — disse Ema. — E o amigo está no navio também?

— Não e nem poderia, pois eu o vi em sua residência na Eaton Square.

— Partiremos para Londres de carro imediatamente — disse Emma. — E faremos uma visita à casa de Bruno de manhã cedo.

— Acho que isso não seria sensato nas atuais circunstâncias — advertiu Giles.

— Por que não? — questionou Emma.

— Por várias razões, mas principalmente porque acabei de receber um telefonema de Sir Alan Redmayne, o chefe de gabinete de ministros. Ele perguntou se nós três não poderíamos nos reunir com ele em Downing Street às dez horas amanhã. Não posso crer que seja mera coincidência.

34

— Bom dia, Sir Alan — disse Giles quando os três entraram no escritório do chefe de gabinete de ministros. — Permita que lhe apresente minha irmã, Emma, e meu cunhado, Harry Clifton.

Sir Alan Redmayne apertou as mãos de Harry e Emma antes que lhes apresentasse o sr. Hugh Spencer.

— O senhor Spencer é vice-ministro do Ministério da Fazenda — explicou ele. — Logo, logo vocês entenderão a razão de sua presença aqui.

Todos se sentaram em uma mesa circular no centro da sala.

— Sei que esta reunião foi convocada para tratarmos de um assunto muito sério — disse Sir Alan — mas, antes de começarmos, gostaria de dizer, sr. Clifton, que sou um ávido seguidor dos casos de William Warwick. Infelizmente, como, por enquanto, seu livro fica o tempo todo no lado da cama em que minha esposa se deita, só terei permissão de lê-lo quando ela tiver virado a última página da história.

— É muita gentileza sua, senhor.

— Permitam que eu comece explicando por que precisei me reunir com os senhores com tanta urgência assim — disse Sir Alan, mudando o tom de voz. — Gostaria de assegurar-lhes, sr. e sra. Clifton, que estamos tão preocupados com o bem-estar de seu filho quanto vocês, ainda que possa haver algumas diferenças entre os nossos e os seus interesses. Os interesses do governo — prosseguiu ele — giram em torno de um homem chamado Dom Pedro Martinez, que está envolvido em tantos negócios escusos que agora temos um fichário dedicado exclusivamente a ele. O senhor Martinez é um cidadão argentino dono de uma residência na Eaton Square, uma casa de campo em Shillingford, três transatlânticos de luxo, uma série de cavalos usados na prática do polo, tudo abrigado no Guards Polo Club do

Windsor Great Park, e um camarote no hipódromo de Ascot. Ele sempre vem a Londres na alta temporada e tem um grande círculo de amigos e parceiros, os quais acreditam que ele é simplesmente um rico criador de gado. E por que não deveriam acreditar nisso? Afinal, ele é dono de 300 mil acres de terra nos Pampas argentino, com cerca de meio milhão cabeças de gado pastando ali. Embora esses animais lhe proporcionem um lucro estupendo, na verdade esse negócio não passa de uma fachada para encobrir suas atividades criminosas.

— E quais atividades são essas?

— Para ser franco e direto, Sir Giles, ele é um criminoso internacional. Ele faz o genial professor Moriarty parecer um garotinho de coro de igreja. Permita que lhe fale um pouco mais sobre o que sabemos a respeito do sr. Martinez e depois responderei com satisfação a qualquer pergunta que o senhor queira fazer. Nossos caminhos se cruzaram pela primeira vez em 1935, quando eu era um assessor especial no Ministério da Guerra. Descobri então que ele vinha fazendo negócios com a Alemanha nazista. Ele estabeleceu uma estreita relação com Heinrich Himmler, o comandante da SS, e sabemos também que se encontrou com Hitler em pelo menos três ocasiões. Durante a guerra, ele conseguiu uma fortuna imensa com o fornecimento aos alemães de todo tipo de matéria-prima a eles escassa, embora ainda estivesse morando na Eaton Square.

— Por que o senhor não o prendeu ainda? — questionou Giles.

— Porque não convinha aos nossos objetivos — respondeu Sir Alan. — Estávamos ansiosos por descobrir quais eram seus contatos na Grã-Bretanha e o que eles andavam tramando. Assim que a guerra acabou, Martinez voltou para a Argentina e prosseguiu com suas atividades de pecuarista. Aliás, ele nunca mais voltou a Berlim depois que os Aliados entraram na cidade, mas continuou a fazer visitas frequentes ao nosso país. Chegou a enviar seus três filhos para estudar em internatos ingleses e, atualmente, sua filha está na Roedean.

— Desculpe interromper — interveio Emma —, mas como é que Sebastian se encaixa nisso tudo?

— Ele não se encaixava, sra. Clifton, pelo menos não até a semana passada, quando apareceu no número 44 da Eaton Square sem avisar, onde seu amigo Bruno o convidou a ficar hospedado lá.

— Estive com Bruno algumas vezes — observou Harry — e o achei um rapaz encantador.

— Tenho certeza de que é mesmo — concordou Sir Alan. — Fato que serve para consolidar a imagem do sr. Martinez como um decente homem de família que ama a Inglaterra. Todavia, embora involuntariamente, seu filho, quando teve contato com Dom Pedro Martinez pela segunda vez, se envolveu numa operação em que nossos órgãos de repressão ao crime vêm trabalhando há vários anos.

— Pela segunda vez? — indagou Giles.

— No dia 18 de junho de 1954 — informou Sir Alan, consultando suas anotações —, Martinez convidou Sebastian a ir com ele e o filho à cervejaria Beechcroft Arms para comemorar o aniversário de 15 anos de Bruno.

— Mas vocês mantêm Martinez sob uma vigilância tão severa assim? — perguntou Giles.

— Com certeza — respondeu o chefe de gabinete, pegando um envelope pardo de uma pilha de documentos mantida na frente dele, do qual tirou duas cédulas de cinco libras e as pôs sobre a mesa. — E o sr. Martinez deu ao seu filho estas duas cédulas na noite de sexta-feira.

— Mas isso é mais dinheiro do que qualquer quantia que Sebastian já teve na vida — comentou Emma. — Damos a ele apenas meia coroa de mesada por semana.

— Acho que Martinez percebeu que uma quantia como essa seria um engodo mais que suficiente para virar a cabeça do rapaz. Então, de caso pensado, ele reforçou a artimanha convidando Sebastian a acompanhá-lo em uma sedutora viagem a Buenos Aires, justamente num momento em que o rapaz se achava extremamente vulnerável.

— Como o senhor conseguiu apreender aleatoriamente as duas cédulas de cinco libras que Martinez deu a meu filho? — indagou Harry.

— Não são cédulas aleatórias — respondeu o outro integrante do Ministério da Fazenda, falando pela primeira vez. — Nós apreendemos mais de 10 mil delas nos últimos dez anos, como resultado de informações fornecidas por intermédio do que acredito que a polícia chama de fonte confiável.

— E que fonte confiável é essa? — questionou Giles.

— Vocês já ouviram falar de um oficial da SS chamado major Bernhard Krüger? — perguntou Spencer.

O silêncio que se fez em seguida indicou que nenhum deles tinha ouvido falar no sujeito.

— O major Krüger é um homem engenhoso e inteligente que havia sido inspetor de polícia em Berlim antes de ingressar na SS. Aliás, ele acabou se tornando chefe do esquadrão antifalsificações nazista. Depois que a Inglaterra declarou guerra à Alemanha, ele convenceu Himmler de que os nazistas conseguiriam desestabilizar a economia britânica inundando a Inglaterra de cópias perfeitas de notas de cinco libras, mas advertiu que isso seria possível somente se ele tivesse permissão de escolher os melhores impressores, calcógrafos e retocadores no campo de concentração de Sachsenhausen, do qual ele era o comandante. Contudo, sua maior jogada foi recrutar o mestre das falsificações Salomon Smolianoff, a quem ele prendera e enviara para a prisão em nada menos do que três ocasiões, durante seu tempo na polícia de Berlim. Assim que Smolianoff passou a integrar a equipe de Krüger, eles conseguiram forjar cerca de 27 milhões de cédulas de cinco libras, cujo valor nominal montava a 135 milhões de libras.

Espantado, Harry suspirou forte quando ouviu isso.

— Em 1945, quando os Aliados estavam avançando sobre Berlim, Hitler deu uma ordem determinando que as máquinas de impressão fossem destruídas, e temos todos os motivos para acreditar que isso de fato foi feito. No entanto, algumas semanas antes da rendição da Alemanha, Krüger foi preso quando tentava atravessar a fronteira entre a Alemanha e a Suíça com uma mala cheia de notas falsificadas. Ele ficou dois anos preso no setor britânico da Berlim ocupada.

"Poderíamos ter perdido todo o interesse nele se o Banco Central da Inglaterra não nos tivesse deixado preocupados quando alertou mentirosamente que, na verdade, as notas achadas com Krüger eram verdadeiras. O presidente do banco na época alegou que ninguém na Terra seria capaz de falsificar a nota de cinco libras britânica e que nada o convenceria do contrário. Perguntamos a Krüger quantas dessas notas estavam em circulação, mas, antes que ele aceitasse nos fornecer essa informação, conseguiu negociar com habilidade as condições de sua soltura, usando denúncias contra Dom Pedro Martinez como moeda de troca.

O senhor Spencer fez uma pausa para tomar um gole d'água, mas ninguém o interrompeu em seguida.

— Assim, chegaram a um acordo para soltar Krüger, isso depois de ele ter cumprido apenas três anos de uma pena de sete anos de prisão. Só foi solto, porém, depois de nos ter informado que, quase no fim da guerra, Martinez havia feito um acordo com Himmler para sair clandestinamente da Alemanha com o equivalente a 20 milhões de libras em notas de cinco falsas e dar um jeito de fazê-las chegar à Argentina, onde ele deveria ficar aguardando novas ordens. Não deve ter sido uma tarefa difícil para um homem que conseguia contrabandear todo tipo de coisas para a Alemanha, desde tanques Sherman a submarinos soviéticos.

"Em troca da redução de mais um ano em seu tempo de prisão, Krüger nos informou que Himmler, juntamente com um pequeno grupo de membros cuidadosamente escolhidos na cúpula do comando nazista, com a possibilidade de inclusão do próprio Hitler, estava alimentando a esperança de conseguir escapar de seu destino fatídico descobrindo uma forma de chegar a Buenos Aires, onde procuraria viver o restante de seus anos de vida com o dinheiro supostamente emitido pelo Banco Central da Inglaterra.

"Porém, quando ficou claro que nem Himmler nem os seus parceiros conseguiriam dar as caras na Argentina — prosseguiu Spencer —, Martinez acabou se vendo como o único dono dos 20 milhões de libras em notas falsas, das quais ele tinha que dar um jeito de se desfazer. Tarefa nem um pouco fácil, por sinal. No início, desprezei a história de Krüger, considerando-a pura fantasia, inventada para salvar a própria pele. Mas depois, com o passar dos anos, mais e mais notas de cinco libras falsificadas aparecendo no mercado toda vez que Martinez estava em Londres ou quando seu filho Luis utilizava as notas para fazer apostas nas mesas de jogos em Monte Carlo, percebi que tínhamos um problema sério e real. Isso ficou provado mais uma vez quando Sebastian gastou uma de suas duas notas de cinco libras na compra de um terno na famosa rua Savile Row, e o vendedor da loja nem sequer desconfiou de que não era verdadeira.

"Apenas dois anos atrás — atalhou Sir Alan —, manifestei a Winston Churchill minha frustração com a atitude do Banco da Inglaterra.

Com a simplicidade de um gênio, ele deu ordens determinando que pusessem um novo tipo de cédula de cinco libras em circulação o mais rapidamente possível. Logicamente, pôr esse novo tipo de nota em circulação não poderia ser feito da noite para o dia e, quando o Banco da Inglaterra finalmente anunciou planos de passar a emitir uma nova nota de cinco libras, alguém avisou a Martinez que seu tempo para se desfazer de sua imensa fortuna em forma de notas falsas estava se esgotando.

"E aí todos aqueles fraudadores infiltrados no Banco Central da Inglaterra — voltou o sr. Spencer a manifestar-se, tomado de certa emoção — anunciaram que todas as cédulas de cinco libras apresentadas no Banco Central antes de 31 de dezembro de 1957 poderiam ser trocadas por cédulas novas. Assim, tudo que Martinez precisou fazer foi introduzir suas notas falsas clandestinamente na Grã-Bretanha, já que o Banco Central da Inglaterra teria imensa satisfação em trocá-las por cédulas legítimas. De acordo com nossas estimativas, nos últimos dez anos, Martinez conseguiu livrar-se de algo entre 5 e 10 milhões de libras dessa forma, mas isso indica que ainda lhe restam entre 8 e 9 milhões em notas falsas mantidos em um local secreto na Argentina. Logo que percebemos que não havia nada que pudéssemos fazer para mudar a atitude do Banco Central da Inglaterra em relação a isso, providenciamos a inclusão de uma cláusula no documento do orçamento nacional no ano passado, visando unicamente dificultar a tarefa de Martinez de se desfazer do dinheiro falso. Portanto, no mês de abril passado, tornou-se ilegal para qualquer pessoa entrar com mais de mil libras em dinheiro no Reino Unido. E Martinez soube recentemente, para azar dele, que nem ele nem nenhum de seus parceiros podem mais atravessar nenhuma fronteira da Europa sem que o pessoal da alfândega separe e examine a bagagem deles.

— Mas isso ainda não explica o que Sebastian foi fazer em Buenos Aires — observou Harry.

— Temos razão para crer, sr. Clifton, que seu filho foi inocentemente enrodilhado na rede de ilicitudes de Martinez — explicou Spencer. — Achamos que ele será usado por Dom Pedro para contrabandear para a Inglaterra os últimos 8 ou 9 milhões de libras falsificadas. Mas não sabemos como ou quando isso será feito.

— Então Sebastian deve estar correndo grande perigo? — indagou Emma, olhando fixamente para o chefe de gabinete.

— Sim e não — respondeu Sir Alan. — Desde que ele não saiba o verdadeiro motivo pelo qual Martinez queria que ele viajasse para a Argentina, nem um único fio de cabelo do rapaz sofrerá algum tipo de dano. Mas, se por acaso ele descobrir a verdade enquanto estiver em Buenos Aires, já que, segundo opinião geral, o rapaz é inteligente e engenhoso, não hesitaremos em transferi-lo imediatamente para o ambiente seguro de nossa embaixada.

— Por que vocês simplesmente não fazem isso assim que ele puser os pés fora do navio? — questionou Emma. — Nosso filho vale muito mais para nós do que 10 milhões de libras da fortuna de alguém — argumentou ela, olhando para Harry em busca de apoio.

— Porque isso alertaria Martinez do fato de que sabemos o que ele anda fazendo — afirmou Spencer.

— Mas deve haver o risco de Sebastian acabar sendo sacrificado, como um peão num tabuleiro de xadrez sobre o qual você não tem mais nenhum controle.

— Isso não acontecerá enquanto ele continuar ignorando o que está acontecendo. Estamos convictos de que, sem a ajuda de seu filho, Martinez não pode alimentar a esperança de transferir essa dinheirama. Sebastian é a nossa chance de descobrir a forma pela qual ele pretende fazer isso.

— Ele tem apenas 17 anos — observou Emma com uma sensação de impotência.

— Não muito mais jovem do que seu marido quando ele foi preso por suspeita de assassinato ou do que Sir Giles quando ele conquistou o assento no Parlamento.

— Foram situações totalmente diferentes — asseverou Emma.

— Mas o mesmo inimigo — observou Sir Alan.

— Sabemos que o Seb se disporia a ajudar de todas as formas possíveis — afirmou Harry, segurando a mão da esposa —, mas isso não vem ao caso. Os riscos são grandes demais.

— O senhor tem razão, claro — concordou o chefe de gabinete de ministros —, e, se o senhor nos disser que deseja que ele seja detido assim que desembarcar do navio, darei a ordem imediatamente.

Mas — disse ele antes que Emma pudesse concordar com a proposta — temos que criar um plano. E ele não funcionará sem a cooperação dos senhores.

O ministro ficou esperando para ver se algum deles protestaria, mas os três convocados permaneceram em silêncio.

— O *South America* só chegará a Buenos Aires daqui a cinco dias — prosseguiu Sir Alan. — Se quisermos que nosso plano funcione, precisaremos enviar uma mensagem ao nosso embaixador antes que o navio atraque.

— Por que o senhor simplesmente não telefona para ele? — questionou Giles.

— Eu gostaria que fosse tão fácil assim. A central de telefonia internacional em Buenos Aires é operada por doze mulheres, todas as quais estão na folha de pagamentos de Martinez. Tal é o caso também do sistema de telegrafia. O trabalho desses funcionários consiste, principalmente, em coletar informações que possam ser do interesse dele, tais como dados sobre políticos, operações bancárias, empresários e até de operações da polícia, de modo que ele possa usá-las em benefício próprio e ganhar ainda mais dinheiro. A simples menção do nome dele numa ligação telefônica poria essas pessoas em estado de alerta, e seu filho Diego seria avisado em questão de minutos. Aliás, houve ocasiões em que conseguimos tirar proveito dessa situação, fornecendo informações falsas a Martinez; desta vez, porém, isso seria arriscado demais.

— Sir Alan — sugeriu o vice-ministro — por que o senhor não conta ao sr. e à sra. Clifton o plano que temos em mente e deixa que eles tomem a decisão?

35

Quando ele entrou no Aeroporto de Londres, seguiu direto na direção da placa indicando "Tripulação Apenas".

— Bom dia, comandante May — disse o oficial de serviço depois que verificou o passaporte dele. — Para onde vai hoje, senhor?

— Buenos Aires.

— Tenha uma boa viagem.

Assim que suas malas foram examinadas, ele passou pela alfândega e foi direto para o portão de número 11. Não pare, não olhe ao redor, não chame a atenção, foram as instruções dadas a ele por um homem não identificado e mais acostumado a lidar com espiões do que com escritores.

Ele não havia tido um minuto sequer para descanso nas últimas 48 horas, depois que Emma finalmente concordara, ainda que relutantemente, com a ideia de que ele poderia ajudá-los na Operação Abandonar o Navio. Desde então, citando as palavras de seu velho primeiro-sargento, ele ainda não tinha posto os pés em terra firme.

A necessidade de experimentar e ajustar um uniforme de comandante da companhia de aviação BOAC havia consumido uma dessas horas, enquanto a fotografia para o passaporte falso, mais uma; a assimilação das informações de seu novo e fictício passado, entre as quais as relacionadas a um divórcio e a dois filhos, três horas; uma aula sobre os deveres de um moderno comandante da BOAC, três horas; as informações de um guia de viagem de Buenos Aires, uma hora; e, durante um jantar com Sir Alan em seu clube, ele ainda tinha dezenas de perguntas necessitando de respostas.

Pouco antes de ele ter deixado o clube londrino Ateneu para enfrentar uma noite insone na casa de Giles na Smith Square, Sir Alan lhe havia entregado uma pasta grossa, uma mala e uma chave.

— Leia tudo que está dentro desta pasta durante a viagem a Buenos Aires e depois a entregue ao embaixador, que a destruirá. Fizemos reserva para o senhor no Milonga Hotel. Nosso embaixador, sr. Philip Matthews, espera vê-lo na embaixada às dez horas da manhã de sábado. O senhor deverá entregar-lhe esta carta também, enviada pelo sr. Selwyn Lloyd, ministro das Relações Exteriores, que explicará por que você está na Argentina.

Assim que ele alcançou o portão, seguiu direto para o atendente no balcão.

— Bom dia, comandante — disse o atendente, antes mesmo que o comandante abrisse o passaporte. — Espero que tenha uma boa viagem.

Em seguida, dirigiu-se para a pista de decolagem, subiu a escada da aeronave e entrou numa cabine de primeira classe.

— Bom dia, comandante May — disse uma jovem atraente. — Meu nome é Annabel Carrick. Sou a chefe das aeromoças.

O uniforme, bem como a disciplina, dava-lhe a sensação de que ele tinha voltado para o exército, ainda que fosse enfrentar um inimigo diferente desta vez, ou seria, tal como observado por Sir Alan, o mesmo de outrora?

— Posso conduzi-lo até o assento?

— Obrigado, srta. Carrick — agradeceu enquanto ela o levava para a traseira da cabine da primeira classe, onde havia dois lugares vazios, mas ele sabia que apenas um seria ocupado. Afinal, Sir Alan não deixava esse tipo de coisa nas mãos do destino.

— O primeiro trecho do voo deve durar cerca de sete horas — informou a aeromoça. — Gostaria de tomar alguma coisa antes da decolagem, comandante?

— Apenas um copo d'água, obrigado. — Ele tirou o quepe e o pôs no assento ao lado. Depois, guardou a mala embaixo da poltrona. Haviam dito a ele que só abrisse a mala depois que o avião tivesse decolado e que não deixasse de jeito nenhum que alguém visse o que ele estava lendo. Não que Martinez tivesse sido citado nominalmente, da primeira à última página, no dossiê guardado na pasta, documento em que, na verdade, as referências a ele apareciam apenas na forma de "o sujeito".

Alguns minutos depois, os primeiros passageiros começaram a entrar no avião também e, durante os vinte minutos seguintes, procuraram seus lugares, puseram as malas nos bagageiros acima de seus respectivos assentos, tiraram seus sobretudos e paletós, acomodaram-se nas poltronas, tomaram taças de champanhe, puseram seus cintos de segurança, escolherem um jornal ou revista para ler e ficaram aguardando as palavras: "Senhores passageiros, aqui é o comandante da aeronave."

Harry sorriu quando lhe ocorreu a ideia de que o comandante poderia sentir-se mal durante a viagem e de que provavelmente a srta. Carrick fosse procurá-lo às pressas em busca de ajuda. "Como será que ela reagiria quando eu lhe dissesse que tinha servido na marinha mercante britânica e no exército americano, mas nunca na força aérea?", pensou.

O avião começou a taxiar na pista de decolagem, mas Harry não abriu a mala até que estivessem em pleno voo e o comandante tivesse desligado o aviso de afivelar os cintos. Ele tirou uma pasta grossa da pasta, abriu-a e começou a estudar as instruções nela contidas, como se estivesse preparando-se para prestar exames.

A impressão era que estava lendo um romance de Ian Fleming; a única diferença era que ele estava fazendo o papel do comandante Bond. À medida que foi virando as páginas do dossiê, Harry viu a vida de Martinez se descortinar diante de seus olhos. Quando fez uma pausa para jantar, ficou o tempo todo pensando quanto Emma tinha razão: eles jamais deveriam ter deixado que Sebastian prosseguisse em seu inocente envolvimento com aquele homem. Era mesmo algo muito arriscado.

Contudo, ele tinha combinado com a esposa que, se a qualquer momento ele achasse que a vida de seu filho estivesse correndo sério perigo, ele daria um jeito de voltar para Londres com Sebastian sentado ao seu lado no avião. De repente, teve vontade de olhar para fora. "Que coisa", pensou. Afinal, naquela manhã, em vez de rumarem para o sul, ele e William Warwick deveriam estar a bordo de um avião seguindo para o extremo norte do país, onde iniciariam uma turnê de promoção de seu último livro. Aguardara com ansiedade a ocasião de encontrar-se com Agatha Christie no almoço do círculo literário do *Yorkshire Post*, mas, em vez de estar no avião para participar do encontro, embarcara numa aeronave com destino à América do Sul, movido pela esperança de frustrar os planos de Dom Pedro Martinez.

Ele fechou a pasta e a pôs de volta na mala, empurrando-a em seguida para debaixo do assento. Acabou cochilando, mas "o sujeito" jamais lhe saiu da consciência. Como num sonho, lembrou-se de ter lido que, aos 14 anos de idade, Martinez abandonara os estudos e começara a trabalhar como aprendiz de açougueiro. Mas foi despedido alguns meses depois (por motivo desconhecido), e a única habilidade que levara consigo para as ruas fora a técnica rudimentar de esquartejar as carnes de reses abatidas. Dias depois de ter ficado desempregado, o sujeito acabara se envolvendo na prática de pequenos delitos, incluindo furto, assalto e arrombamento de máquinas caça-níqueis, uma série de crimes que o levou a ser preso e enviado para a prisão, onde cumpriu pena de seis meses.

Na prisão, dividiu uma cela com Juan Delgado, criminoso dado à prática de pequenos delitos que tinha passado mais anos atrás das grades do que em liberdade. Depois de cumprir pena, Martinez entrou para a gangue de Juan, onde se tornou rapidamente um de seus maiores braços direitos. Quando Juan foi preso mais uma vez e voltou para a prisão, Martinez ficou encarregado de comandar seu decadente império. Ele tinha 17 anos na época, a mesma idade de Sebastian, e parecia mesmo destinado a uma carreira de crimes. Mas sua vida tomou um rumo inesperado quando ele se apaixonou por Consuela Torres, uma telefonista que trabalhava no setor de ligações internacionais de uma central telefônica. Todavia, o pai de Consuela, um político local que tinha planos de concorrer à prefeitura de Buenos Aires, deixou claro para a filha que não queria um criminoso como genro.

Consuela ignorou o conselho do pai, casou-se com Pedro Martinez e deu à luz quatro filhos, três meninos e uma menina, seguindo assim a tradicional ordem de progenitura na América do Sul. Por fim, Martinez ganhou o respeito do sogro quando conseguiu levantar dinheiro suficiente para financiar a vitoriosa campanha eleitoral do futuro prefeito.

Assim que o prefeito assumiu o cargo na prefeitura de Buenos Aires, não houve mais contratos de obras e serviços públicos que não passassem pelas mãos de Martinez, cujos valores eram sempre fixados com o acréscimo de uma "taxa de serviço" de 25%. Contudo, não demorou muito para que o sujeito se entediasse não só de Consuela como também da política local e começasse a expandir seus interesses comerciais, tendo percebido que uma guerra mundial era sinônimo de infinitas oportunidades para países e empreendedores que alegassem neutralidade.

Embora Martinez se sentisse naturalmente inclinado a apoiar os britânicos, foram os alemães que lhe ofereceram a oportunidade de transformar sua pequena fortuna num tesouro opulento.

O regime nazista precisava de amigos que dessem conta do recado e cumprissem o prometido, embora o sujeito tivesse apenas 22 anos de idade quando apareceu pela primeira vez em Berlim com uma caderneta de encomendas, donde partiu, meses depois, com pedidos de todo tipo de produtos, de oleodutos italianos a navios petroleiros gregos. Sempre que tentava fechar um negócio com os alemães, o sujeito informava que era amigo íntimo do Reichsführer Heinrich Himmler, o chefe da SS, e que havia tido contato direto com Herr Hitler em várias ocasiões.

Nos dez anos seguintes, o sujeito dormira em aviões e navios, bem como em trens, ônibus e, certa vez, até numa carroça puxada a cavalo em suas viagens pelo mundo, ticando uma longa lista de pedidos dos alemães à medida que ia comprando as mercadorias.

Seus encontros com Himmler se tornaram mais frequentes. Perto do fim da guerra, quando uma vitória dos Aliados parecia inevitável e o Reichsmark perdeu o valor, o comandante da SS começou a pagar ao sujeito em dinheiro vivo; notas de cinco libras novas em folha, saídas quentinhas da gráfica de Sachsenhausen. Depois disso, o sujeito cruzava a fronteira com a Suíça e depositava o dinheiro em Genebra, onde era convertido em francos suíços.

Muito antes do fim da guerra, Dom Pedro havia feito uma fortuna. Mas só depois que os Aliados estavam bem perto da capital germânica foi que Himmler lhe ofereceu a maior oportunidade de sua vida. Os dois fecharam, pois, o grande negócio, e o sujeito partiu da Alemanha com 20 milhões em cédulas de cinco libras falsas, seu próprio submarino alemão e um jovem braço direito da equipe de assessores pessoal de Himmler. Depois disso, nunca mais voltou a pôr os pés em solo germânico.

Quando chegou a Buenos Aires, o sujeito comprou um banco em dificuldades financeiras por 50 milhões de pesos, escondeu seus 50 milhões de libras nas caixas-fortes da instituição e ficou esperando que os sobreviventes da liderança nazista aparecessem em Buenos Aires para sacar o dinheiro de seu "plano" de aposentadoria.

O embaixador observava a fita do teleimpressor mover-se num dos cantos de seu gabinete.

Viu que estava recebendo uma mensagem enviada diretamente de Londres. Mas, assim como acontecia com todas as diretrizes emanadas do Ministério das Relações Exteriores, precisaria lê-la nas entrelinhas, pois todos sabiam que o serviço secreto argentino receberia uma cópia da mensagem ao mesmo tempo, num escritório localizado apenas a cem metros dali.

> "Peter May, o capitão da seleção de críquete da Inglaterra, iniciará a série de rebatidas no primeiro dia da partida internacional no Lord neste sábado, às dez horas. Tenho dois ingressos para a partida e espero que o capitão May consiga ir ao estádio com vocês."

O embaixador sorriu depois que leu a mensagem. Sabia muito bem, tal como qualquer estudante inglês, que os jogos internacionais das seleções de críquete sempre começavam às onze e meia das quintas-feiras e que Peter May nunca participava da primeira série de rebatidas. Mas também, por outro lado, a Grã-Bretanha nunca estivera em guerra com um país cujo povo jogava críquete.

— Nós não nos conhecemos de algum lugar, velho amigo?

Harry fechou a pasta rapidamente e, quando levantou a cabeça, deparou-se com um homem de meia-idade que dava a clara impressão de que sobrevivia à base de ajuda de custo. Reparou que o sujeito segurava firme, com uma das mãos, o apoio para a cabeça do assento vazio ao lado, enquanto, com a outra, uma taça de vinho tinto.

— Acho que não — respondeu Harry.

— Mas eu poderia jurar que sim — insistiu o homem, olhando para ele. — Talvez eu o tenha confundido com outra pessoa.

Harry soltou um suspiro de alívio quando o homem deu de ombros e retornou cambaleando para o próprio assento, na parte dianteira da cabine. Ele estava prestes a abrir a pasta de novo e continuar seu estudo do passado de Martinez quando o homem se virou e voltou lentamente na direção dele.

— Você é famoso?

— É muito pouco provável que sim — respondeu Harry, soltando uma risada. — Pois, como pode ver, trabalho como piloto da BOAC e isso há doze anos.

— Então, você não está vindo de Bristol?

— Não — confirmou Harry, mantendo com sólida segurança a fachada de personalidade fictícia. — Nasci em Epsom e agora moro em Ewell.

— Ainda vou conseguir me lembrar da pessoa com quem você se parece — disse o sujeito, mais uma vez retirando-se para voltar ao seu lugar.

Harry tornou a abrir a pasta, mas, tal como Dick Whittington, o chato do homem voltou uma terceira vez, antes que Clifton tivesse a chance de ler pelo menos mais uma linha. Desta vez, ele pegou o quepe de comandante de Harry e se sentou pesadamente no assento vazio ao lado dele.

— Por acaso você não é escritor?

— Não — respondeu Harry ainda com mais firmeza, no momento em que a srta. Carrick vinha trazendo uma bandeja de coquetéis. Clifton aproveitou o ensejo para levantar as sobrancelhas e exibir um semblante de alguém que quisesse dizer: "Ajude-me, por favor!"

— Você se parece com um escritor de Bristol, mas não consigo me lembrar do nome dele de jeito nenhum. Tem certeza de que não é mesmo de Bristol? — insistiu mais uma vez o sujeito, olhando Harry mais de perto antes que soltasse uma baforada de cigarro na cara dele.

De repente, Harry viu a srta. Carrick abrindo a porta da cabine de pilotos.

— Deve ser uma vida interessante, a de piloto...

— Aqui, é o comandante falando. Estamos prestes a enfrentar turbulências. Portanto, peço a todos os passageiros que voltem para os seus lugares e ponham o cinto de segurança.

A senhorita Carrick voltou a aparecer no interior da cabine, indo direto para a parte traseira da seção da primeira classe logo em seguida.

— Lamento incomodá-lo, senhor, mas o comandante solicitou que todos os passageiros...

— Sim, eu ouvi — respondeu o homem, levantando-se com dificuldade, mas não antes que soltasse mais uma baforada em cima de Harry. — Ainda vou conseguir me lembrar... da pessoa com que você se parece — prometeu o sujeito, antes de voltar lentamente para o próprio assento.

36

No segundo trecho da viagem para Buenos Aires, Harry concluiu a leitura do dossiê de Dom Pedro Martinez.

Ele soube que, após a guerra, o sujeito resolveu permanecer na Argentina, onde daria tempo ao tempo para ver o que deveria fazer com uma montanha de dinheiro. Algum tempo depois, Himmler cometera suicídio, antes que fosse levado a julgamento em Nuremberg, enquanto seis dos homens de sua lista de sequazes mais próximos foram condenados à morte. Outros dezoito deles foram enviados para a prisão, incluindo o major Bernhard Krüger. Assim, no fim das contas, ninguém foi bater à porta de Dom Pedro para reivindicar o seguro de vida.

Quando virou mais uma das páginas do dossiê, Harry se deparou com uma seção dedicada a relatos sobre a família do sujeito, mas achou que seria melhor descansar um pouco antes de prosseguir.

Viu em seguida que Martinez tinha quatro filhos. Diego, o primogênito, havia sido expulso do Harrow depois de amarrar um novato a um aquecedor pelando de quente. Após a expulsão e sem o certificado de conclusão do curso médio básico na mala, Diego resolveu voltar para sua terra natal, onde se juntou ao pai nos negócios e, três anos depois, graduou-se com distinção na universidade do crime. Embora o rapaz usasse elegantes ternos risca de giz com duas fileiras de botões, feitos sob medida na famosa Savile Row, teria passado a maior parte da vida trajando um uniforme de presidiário caso seu pai não tivesse um número incontável de juízes, policiais e políticos na folha de pagamento.

Luis, seu segundo filho, passou de garoto imaturo a jovem *playboy* num período de férias de verão na Riviera francesa. E, atualmente, passava a maior parte do tempo nas mesas de roleta dos cassinos de

Monte Carlo, jogando com as cédulas de cinco libras falsas do pai, na tentativa de recuperá-las na forma de outra moeda corrente.

Sempre que Luis tinha sorte nos cassinos, uma enxurrada de francos monegascos acabava parando na conta bancária de Dom Pedro em Genebra. Ainda assim, Martinez vivia aborrecido com o fato de que o cassino sempre tinha um retorno maior do que o total do dinheiro que investia na jogatina.

Já Bruno, seu terceiro filho, no que diz respeito à índole e ao feitio moral-psicológico, não viera ao mundo como a imagem do pai, exibindo muito mais as qualidades da mãe do que os defeitos do outro, embora Martinez gostasse muito de dizer a seus amigos londrinos que ele tinha um filho que iria para Cambridge em setembro.

Quanto a Maria Teresa, da qual pouca coisa se sabia, ainda estava na Roedean e sempre passava as férias com a mãe.

Harry interrompeu a leitura do documento quando a srta. Carrick veio trazer e preparar uma mesa de jantar para ele, mas, até durante a refeição, o maldito homem não lhe saiu do pensamento.

Depois da guerra, Martinez começou a acumular suas reservas bancárias. Com seu Banco Amigo das Famílias de Fazendeiros, administrava contas de clientes que tinham terras, mas nenhum dinheiro. Os métodos de Martinez eram grosseiros, mas eficazes. Ele concedia aos fazendeiros, a título de empréstimo, qualquer quantia que solicitassem, ainda que com taxas de juros exorbitantes, desde que os empréstimos tivessem a cobertura hipotecária do valor das terras do fazendeiro beneficiário.

Quando os clientes não conseguiam pagar a parcela trimestral, recebiam um aviso de execução de hipoteca, com o qual o sujeito dava a eles noventa dias para saldar o total da dívida. Se não conseguissem, e quase todos não conseguiam, a escritura das terras seria confiscada pelo banco, contribuindo assim para aumentar ainda mais a imensidão de terras que Martinez já tinha. Os que se queixavam da medida recebiam uma visita de Diego, que amassava a cara deles; afinal, era muito mais barato e mais eficaz do que contratar advogados.

A única coisa que poderia minar a imagem de barão de gado afável que Martinez tinha se esforçado tanto para cultivar em Londres era o fato de que Consuela, sua esposa, tinha finalmente chegado à conclusão de que seu pai sempre tivera razão e, por conta disso, iniciara um processo de divórcio. Enquanto o processo corria em Buenos Aires, Martinez dizia a todos em Londres que lhe faziam perguntas sobre a esposa que, infelizmente, Consuela havia morrido de câncer, transformando assim qualquer possível estigma social em compaixão.

Depois que o pai de Consuela fracassou na tentativa de reeleger--se prefeito — Martinez tinha apoiado o candidato da oposição —, ela acabou indo morar num povoado situado a alguns quilômetros de Buenos Aires. Ela recebia uma pensão mensal, mas insuficiente para que lhe permitisse ir muitas vezes à capital fazer compras e, mais ainda, para viagens ao exterior. Além disso, infelizmente para Consuela, apenas um de seus filhos manifestou interesse em manter--se em contato com ela, embora ele morasse agora na Inglaterra.

No documento que incumbiram Harry de estudar, havia somente uma pessoa que não fazia parte da família de Martinez e que tinha uma página dedicada exclusivamente a ele: seu nome era Karl Ramirez, homem a quem Martinez contratara como mordomo e factótum de confiança. Embora Ramirez tivesse um passaporte argentino, apresentava uma parecença incrível com Karl Otto Lunsdorf, um dos membros da equipe de luta livre alemã nos Jogos Olímpicos de 1936, realizados na Alemanha, e o sujeito que depois se tornou tenente da SS especializado em interrogatórios. Os documentos de identificação de Ramirez eram tão impressionantes quanto às notas de cinco libras falsas de Martinez, sendo praticamente certo que provinham da mesma fonte.

Assim que a senhorita Carrick recolheu a bandeja de jantar, ofereceu ao comandante May um copo de conhaque e um charuto, os quais ele recusou com polidez, depois que lhe agradeceu o providencial anúncio da turbulência fictícia. A aeromoça apenas sorriu.

— É que a turbulência acabou não sendo tão grave quanto o comandante tinha achado que seria — alegou ela, disfarçando um sorriso. — Ele me pediu que informasse que, se o senhor vai ficar hospedado no Milonga, teríamos o imenso prazer de levá-lo conosco no ônibus da BOAC, o que permitiria que o senhor evitasse contato com o sr. Bolton — acrescentou ela, levando Harry a erguer uma das sobrancelhas —, o homem de Bristol que está absolutamente convicto de que conhece o senhor de algum lugar.

Harry não pôde deixar de notar que a srta. Carrick havia olhado de relance para sua mão esquerda mais de uma vez, na qual um pálido círculo de pele indicava claramente que um anel de casamento fora removido dali. Mas ele tinha bem ensaiada a história de que o comandante Peter May havia se divorciado de Ângela, sua esposa, fazia pouco mais de dois anos. Aliás, para todos os efeitos, eles tiveram dois filhos: Jim, com 10 anos de idade e planos de ir para a Epsom College, e Sally, uma garotinha contando oito primaveras e orgulhosa proprietária de um pônei. Ele tinha até uma fotografia deles para provar. Harry tinha deixado a aliança aos cuidados de Emma pouco antes de partir. Foi mais uma medida da qual ela não gostou nem um pouco.

— Londres solicitou que eu marcasse na agenda uma audiência com um tal de comandante Peter May para as dez de amanhã — disse o embaixador.

Sua secretária fez uma anotação na agenda e perguntou:

— O senhor precisará de informações sobre o passado do comandante May?

— Não, pois não faço ideia de quem é esse homem ou por que o Ministério das Relações Exteriores quer que eu tenha uma audiência com ele. Só quero que providencie para que ele venha direto para o meu gabinete assim que chegar.

Harry esperou que o último passageiro desembarcasse antes de se juntar à tripulação. Depois que foi liberado pela alfândega, saiu do aeroporto e viu que um micro-ônibus estava esperando junto ao meio-fio.

O motorista pôs a mala dele no porta-bagagem enquanto Harry entrava no ônibus, onde foi recebido por uma sorridente srta. Carrick.

— Posso me sentar ao seu lado? — perguntou ele.

— Sim, claro — respondeu ela, movendo-se para o lado para lhe dar espaço.

— Meu nome é Peter — disse ele enquanto se cumprimentavam com um aperto de mãos.

— Annabel. E o que trouxe você à Argentina? — perguntou ela enquanto o ônibus se dirigia para a cidade.

— Meu irmão Dick trabalha lá. Como faz muitos e muitos anos que não nos vemos, achei que deveria fazer um esforço, já que ele vai completar 40 anos agora.

— Seu irmão mais velho? — perguntou Annabel com um sorriso. — O que ele faz?

— Ele é engenheiro mecânico. Faz cinco anos que trabalha no projeto de construção da Usina Hidrelétrica do Paraná.

— Nunca ouvi falar.

— Não me admira. Afinal, fica no fim do mundo.

— Vai ser um verdadeiro choque cultural para ele quando vier a Buenos, pois é uma das cidades mais cosmopolitas da Terra e, com certeza, minha escala favorita.

— Quanto tempo vai ficar aqui desta vez? — perguntou Harry, tentando mudar de assunto antes que acabasse ficando sem mais informações a respeito de sua recém-adotada família de mentirinha.

— Quarenta e oito horas. Você conhece Buenos Aires, Peter? Se ainda não conhece, vai gostar muito.

— Não. Esta é minha primeira vez aqui — respondeu Harry, seguindo o roteiro com perfeição até ali. "Não se desconcentre", recomendara-lhe Sir Alan, "pois, se isso acontecer, poderá cometer deslizes".

— Normalmente, qual é a rota de seus voos? — perguntou a mulher.

— Trabalho na rota do transatlântico: Nova York, Boston e Washington. — O sujeito desconhecido do Ministério das Relações Exteriores havia escolhido essa rota porque incluía três cidades que Harry tinha visitado na turnê publicitária de seu livro.

— Parece interessante. Mas não deixe de experimentar as atrações noturnas enquanto estiver aqui. Os argentinos fazem os ianques parecerem conservadores.

— Conhece algum lugar especial ao qual eu deveria levar meu irmão?

— O Lizard tem os melhores dançarinos de Tango, mas me disseram que o Majestic oferece os pratos mais saborosos, não que eu tenha experimentado algum. Geralmente, a tripulação acaba parando na Boate Matador, na Avenida Independência. Portanto, se você e seu irmão tiverem tempo disponível e quiserem aparecer por lá, seriam muito bem-vindos.

— Obrigado — agradeceu Harry enquanto o ônibus parava na frente do hotel. — É bem possível que eu aceite o convite.

Ele levou a mala de Annabel para o hotel.

— O hotel é barato e agradável — disse ela enquanto faziam o registro de entrada. — Se tiver vontade de tomar banho de banheira, mas não quiser esperar a água esquentar, a melhor coisa é fazer isso tarde da noite ou de manhã cedo — acrescentou ela enquanto entravam no único elevador do hotel.

Logo que chegaram ao quarto andar e Harry se separou de Annabel, ele viu, assim que saiu do elevador, que teria de procurar o quarto 469 num corredor mal-iluminado. Depois que finalmente entrou, descobriu que o quarto não era muito melhor do que o corredor. Havia uma cama de casal com uma depressão no meio, uma torneira na pia que pingava uma água ferrugenta, um toalheiro com apenas uma toalha de rosto e um aviso que informava que o banheiro ficava no fim do corredor. Foi quando se lembrou da observação de Sir Alan: "Fizemos uma reserva para você num hotel que Martinez e seus comparsas jamais pensariam em visitar." E ele tinha entendido o porquê. Achou também que sua mãe precisaria ser gerente do estabelecimento, de preferência que lhe houvessem dado o cargo pelo menos no dia anterior.

Harry tirou o quepe e se sentou ao pé da cama. Sentiu vontade de telefonar para Emma e descrever-lhe o tamanho da saudade que estava sentindo por ela, mas Sir Alan não poderia ter sido mais claro: nada de telefonemas, nada de casas noturnas, nem passeios turísticos; ele não deveria sequer pensar em sair do hotel, exceto quando chegasse a hora de partir para o encontro com o embaixador. Ele pôs os pés na cama e repousou a cabeça no travesseiro. E pensou em Sebastian, Emma, Sir Alan, Martinez, na Boate Matador... O comandante acabou adormecendo.

37

Quando Harry acordou, a primeira coisa que fez foi acender a luz ao lado da cama e olhar para o relógio: eram quase duas e meia da madrugada. Praguejou quando viu que não havia tirado a roupa.

Depois que quase caiu da cama ao tratar de se levantar, foi até a janela, onde ficou olhando para uma cidade lá fora que deixava claro que grande parte de seus habitantes, a julgar pelo barulho do tráfego e pelas luzes cintilantes, continuava acordada. Ele fechou as cortinas, tirou a roupa e voltou para a cama, esperando adormecer logo. Mas pensamentos em torno de Martinez, Seb, Sir Alan, Emma, Giles e Jessica lhe roubaram o sono e, por mais que tentasse relaxar e tirá-los da cabeça, mais pareciam exigir sua atenção.

Às quatro e meia da madrugada, desistiu de tentar dormir e achou melhor tomar um banho. Só depois disso conseguiu dormir. Quando acordou, levantou-se apressado da cama, abriu as cortinas e viu os primeiros raios de sol banhando a cidade. Deu uma olhada no relógio e viu que eram sete e dez. Ainda se sentindo sujo, sorriu diante da ideia de tomar mais um banho, dessa vez quente e demorado.

Começou a procurar um roupão, mas descobriu que o hotel oferecia aos hóspedes apenas uma fina toalha de banho e um magro pedaço de sabonete. Saiu do quarto e se dirigiu para o banheiro, onde se deparou com uma placa pendurada na porta informando "Ocupado" e ouviu uma pessoa tomando banho. Resolveu esperar, já que assim ninguém tomaria seu lugar na fila. Quando finalmente a porta se abriu, depois de quase vinte minutos de banho, Harry ficou cara a cara com um homem que ele tinha achado que nunca mais veria na vida.

— Bom dia, comandante — disse o homem, bloqueando a passagem para o interior do banheiro.

— Bom dia, sr. Bolton — respondeu Harry, tentando passar espremido entre o sujeito e a ombreira da porta.

— Não se apresse, velho amigo — avisou ele. — Serão necessários quinze minutos pelo menos para que a banheira se esvazie e depois mais quinze para que volte a encher — explicou. Harry não disse nada, na esperança de que, com isso, o importuno Bolton entendesse a indireta e sumisse de seu caminho. Mas ele continuou na mesma.

— Ele é igualzinho a você — observou o sujeitinho inconveniente. — Escreve romances policiais. O estranho é que me recordo do nome do detetive, William Warwick, mas não consigo me lembrar de jeito nenhum do nome do escritor, embora me esteja na ponta da língua.

Quando Harry ouviu os últimos restinhos da água escorrendo gorgolejante pelo ralo, Bolton saiu do caminho com certa relutância, permitindo que ele entrasse no banheiro.

— Está na ponta da língua — repetiu Bolton enquanto se retirava pelo corredor.

Harry fechou e trancou a porta, mas, logo que abriu a torneira, ouviu alguém batendo lá fora.

— Quanto tempo você vai demorar?!

Assim que viu que a banheira tinha água suficiente para ele entrar, notou que agora havia duas pessoas conversando lá fora. Ou será que eram três?

O sabonete praticamente acabou quando a ensaboada chegou aos pés e, logo que ele terminou de enxugar entre os dedos, a toalha estava encharcada. Quando abriu a porta do banheiro, deparou-se com uma fila de hóspedes irritados e tentou nem imaginar a que horas o último deles poderia descer para tomar café. E viu que a srta. Carrick tinha razão, que ele deveria ter tomado banho de banheira quando despertara no meio da noite.

Assim que voltou para o quarto, Harry se barbeou e se vestiu rapidamente, dando-se conta de que não tinha comido nada desde que desembarcara do avião. Saiu do quarto logo depois, trancou a porta, pegou o elevador para o térreo e atravessou o saguão, dirigindo-se para o restaurante. Quando entrou no salão, a primeira pessoa com que seus olhos toparam foi o sr. Bolton, sentado sozinho e passando geleia de laranja numa torrada. Harry se virou imediatamente e se retirou dali às pressas. Chegou a pensar no serviço de quarto, mas não se deteve muito na ideia.

Seu compromisso com o embaixador era só às dez e ele sabia, com base nas instruções por escrito a ele repassadas, que a embaixada ficava apenas a uns dez ou quinze minutos dali a pé. Em razão disso, concluiu que até se disporia a fazer uma caminhada à procura de uma cafeteria, não fosse por uma das advertências de Sir Alan: evite expor-se sem necessidade. Apesar disso, ele resolveu partir um pouco mais cedo e caminhar devagar até o local do encontro. Ficou aliviado quando constatou que o sr. Bolton não se achava à espreita no corredor, no elevador ou no saguão, conseguindo sair do hotel sem que, mais uma vez, acabasse cruzando com o chato pelo caminho.

De acordo com um guia de viagens, bastava avançar por três quarteirões à direita e depois mais dois à esquerda para que ele alcançasse a Plaza de Mayo. Dez minutos de caminhada depois, confirmou que o guia era mesmo confiável. Quando viu bandeiras do Reino Unido sendo hasteadas em mastros espalhados pela praça, Harry ficou se perguntando a razão disso.

Ele atravessou a via, tarefa nada fácil numa cidade que se orgulhava de não ter semáforos, mas continuou caminhando pela Avenida da Constituição, parando por alguns instantes para apreciar a estátua de alguém chamado Estrada. De acordo com suas instruções, se ele continuasse caminhando, chegaria, dali a uns duzentos metros, a um local com portões de ferro batido ostentando o brasão da família real.

Às 9h33, Harry tinha posto os pés na calçada do prédio da embaixada britânica. Depois de uma volta no quarteirão, viu que eram 9h43. Mais uma volta depois, o relógio indicava 9h56. Por fim, achou melhor atravessar os portões, passou por um pátio com piso de cascalho e subiu uma escada com uma dúzia de degraus, ao fim da qual se deparou com uma grande porta com folhas duplas, aberta para ele por um guarda ostentando duas medalhas, indicando que os dois tinham servido no mesmo teatro de guerra. Bem que o tenente Harry Clifton, membro do Texas Rangers, gostaria de parar ali para uma conversa com o guarda, mas nesse dia não seria possível. Enquanto se dirigia para a recepção, uma jovem deu alguns passos adiante e perguntou:

— O senhor é o comandante May?

— Sim, sou.

— Meu nome é Becky Shaw. Sou a secretária particular do embaixador, que me pediu que o levasse direto para o gabinete dele.

— Obrigado — agradeceu Harry. Ela o conduziu por um corredor forrado por um tapete vermelho, ao fim do qual parou, bateu com delicadeza a uma imponente porta de folhas duplas e entrou sem esperar que alguém atendesse ou respondesse. Harry logo viu que qualquer receio que houvesse tido com relação à possibilidade de que o embaixador não estivesse esperando por ele não tinha fundamento.

Harry entrou numa sala grande, decorada com elegância, onde se deparou com o embaixador sentado na mesa do gabinete, posicionada na frente de um amplo semicírculo de janelas. Sua Excelência, um homem baixo e de queixo quadrado, parecendo transbordar de energia, levantou-se e caminhou vigorosamente ao encontro de Harry.

— Muito prazer em conhecê-lo, comandante May — disse ele, dando-lhe um forte aperto de mãos. — Gostaria de tomar um café, talvez com biscoitos de gengibre?

— Biscoitos de gengibre — repetiu Harry. — Sim, obrigado.

Quando viu o embaixador assentir, a secretária deixou o gabinete rapidamente e fechou a porta.

— Agora, preciso ser franco com você, meu caro — disse o embaixador enquanto conduzia Harry para um par de poltronas confortáveis, dando vista para um gramado da embaixada muito bem cuidado e ostentando vários canteiros de rosas. Seria fácil confundi-los com os jardins dos elegantes subúrbios ao redor de Londres. — Não faço a menor ideia do objetivo desta reunião, mas reconheço que, se o chefe de gabinete de ministros quer que você se encontre comigo com urgência, deve ser algo muito importante. Afinal, ele é não um homem dado a desperdiçar o tempo das pessoas.

Harry retirou o envelope do paletó e o entregou ao embaixador, juntamente com uma grossa pasta cujo conhecimento do conteúdo as autoridades britânicas tinham confiado a ele.

— Não costumo receber muitos destes — comentou Sua Excelência, olhando para a insígnia no verso do envelope.

Quando a porta voltou a ser aberta, viram Becky retornar com uma bandeja de café e biscoitos, a qual ela pôs na mesa entre os dois. O embaixador abriu a carta do chefe de gabinete de ministros e a leu devagar, mas não disse nada até que Becky tivesse saído da sala.

— Achei que não havia nada de novo que eu pudesse saber a respeito de Dom Pedro Martinez, mas parece que você está prestes a provar que me enganei. Por que não começa a contar tudo do início, comandante May?

— Meu nome verdadeiro é Harry Clifton — revelou Harry e, duas xícaras de café e seis biscoitos depois, ele havia explicado por que estava hospedado no Hotel Milonga e por que não pudera telefonar para o filho e dizer ao garoto que ele deveria voltar para a Inglaterra imediatamente.

A revelação feita pelo embaixador em seguida pegou Harry de surpresa.

— Sabia, sr. Clifton, que, se o chefe de gabinete de ministros tivesse ordenado que eu mandasse assassinar Martinez, eu teria providenciado a execução dessa ordem com imensa satisfação? Não consigo nem imaginar quantas vidas esse homem arruinou até agora.

— E meu medo é que meu filho seja o próximo da fila.

— Não se eu tiver que lidar com este caso. Agora, pelo que entendo, nossa primeira e mais urgente tarefa deve ser a de garantir a segurança de seu filho. Nossa segunda tarefa, a qual imagino que Sir Alan ache igualmente importante, é descobrir a forma pela qual Martinez pretende passar com uma montanha de dinheiro pela alfândega. É óbvio que Sir Alan acredita — comentou o embaixador, dando uma olhada na carta — que talvez seu filho seja a pessoa que consiga descobrir o modo pelo qual Martinez pretende alcançar esse objetivo. Acha que fiz uma boa avaliação da situação?

— Sim, senhor, mas Sebastian não conseguirá fazer isso, a menos que eu fale com ele sem que Martinez saiba.

— Entendido — disse o embaixador, que se recostou na cadeira, fechou os olhos e juntou as mãos, fazendo as pontas dos dedos tocarem umas nas outras, como se estivesse imerso em orações profundas. — O truque — explicou ele, ainda mantendo os olhos fechados — será oferecer a Martinez algo que o dinheiro não pode comprar.

De repente, levantou-se de um pulo, foi até a janela e ficou olhando fixamente para o gramado lá embaixo, onde vários membros de sua equipe se movimentavam atarefadamente, preparando-se para uma festa ao ar livre.

— Você disse que Martinez e seu filho só chegarão a Buenos Aires amanhã, certo?

— O vapor *South America* deve atracar aqui por volta das seis horas da manhã de amanhã, senhor.

— E certamente você está a par da iminente chegada da princesa Margarete, em visita oficial ao país, não?

— Então é por isso que havia tantas bandeiras do Reino Unido na Plaza de Mayo — respondeu Harry.

— Sua Alteza Real só ficará conosco durante 48 horas — disse o embaixador, sorrindo. — O ponto alto de sua visita será uma festa ao ar livre em sua homenagem, a ser realizada na segunda-feira à tarde na embaixada, para a qual convidamos as pessoas mais importantes de Buenos Aires. Martinez não foi incluído na lista de convidados, apesar de ter deixado perfeitamente claro em nossos contatos, em mais de uma ocasião, de que gostaria muito de fazer parte da lista. Contudo, se quisermos mesmo que meu plano dê certo, teremos que agir, e agir com urgência.

O embaixador se virou e apertou um botão embaixo do tampo da mesa. Instantes depois, a srta. Shaw retornou com um bloco de anotações e um lápis

— Quero que envie um convite a Dom Pedro Martinez para a festa ao ar livre na embaixada, na segunda-feira — ordenou o embaixador. Se a secretária ficou surpresa, não demonstrou nem um pouco. — Quero também que envie uma carta junto com o convite — acrescentou, fechando os olhos, dando mostras claras de que estava compondo a carta mentalmente.

— Prezado Dom Pedro, tenho grande satisfação em convidá-lo. Não, não. Tenho a *imensa* satisfação de convidá-lo para participar da festa ao ar livre na embaixada, na qual seremos imensamente prestigiados com a... Não, não. Já usei "imensa". Na qual teremos a grande honra de contar com a insigne presença de Sua Alteza Real, a Princesa Margarete. Novo parágrafo. Como Vossa Senhoria poderá verificar, o convite se destina ao senhor e a um convidado seu. Longe de mim a ideia de aconselhá-lo na escolha, mas, se Vossa Senhoria tiver algum cidadão inglês em seu quadro de funcionários que talvez possa comparecer à festa, acho que Sua Alteza acharia isso bastante conveniente. Teremos imenso prazer em contar com sua presença. Atenciosamente etc. Acha que soei bastante solene?

— Sim — respondeu a srta. Shaw com um aceno da cabeça. Harry preferiu manter a boca fechada.

— E, srta. Shaw, eu a assinarei assim que você a tiver datilografado. Depois, quero que providencie para que ela e o convite sejam entregues no escritório dele imediatamente, de forma que estejam em sua mesa antes que ele volte amanhã de manhã.

— Qual data devo pôr nela, senhor?

— Bem pensado — disse o embaixador, olhando de relance para o calendário em sua mesa. — Quando foi que seu filho partiu da Inglaterra, comandante May?

— Dia 10 de junho, numa segunda-feira, senhor.

— Ponha 7 de junho — disse o embaixador depois de dar mais uma olhada no calendário. — Podemos pôr a culpa do atraso na entrega da carta no correio. Todo mundo faz isso — comentou ele, não mais voltando a falar enquanto sua secretária não saiu do gabinete.

— Agora, sr. Clifton — prosseguiu o embaixador, voltando para a cadeira. — Permita que lhe conte o plano que tenho em mente.

Harry não estava presente quando Sebastian, acompanhado de Martinez, desceu o passadiço do *South America* na manhã seguinte, mas a secretária do embaixador, sim. Mais tarde, ela entregou um bilhete no hotel de Harry, confirmando que eles haviam chegado e solicitando que ele se apresentasse na entrada lateral da embaixada na rua dr. Luis Agote às duas horas da tarde do dia seguinte, uma hora antes de os primeiros convidados chegarem para a festa ao ar livre.

Sentado ao pé da cama, Harry se perguntava se a previsão do embaixador de que Martinez morderia a isca mais rápido do que os salmões do rio Tweed se confirmaria. Na única oportunidade em que estivera em uma pescaria, os salmões nem sequer se deram conta de sua presença.

— Quando este convite chegou? — perguntou Martinez, quase gritando e segurando o cartão de bordas douradas com o braço levantado.

— Foi entregue em mãos ontem de manhã por um dos membros da equipe de assessores diretos do embaixador — respondeu sua secretária.

— Nem um pouco do feitio dos britânicos enviar um convite tão em cima da hora assim — comentou Martinez com desconfiança.

— A secretária do embaixador telefonou para pedir desculpas. Ela me disse que não tinham recebido respostas de alguns dos convites enviados pelo correio e presumiram que haviam se extraviado. Aliás, ela disse que o senhor receberia outro pelo correio, mas solicitou que o ignorasse.

— Maldito serviço postal — queixou-se Martinez. Em seguida, passou o convite para o filho e começou a ler a carta enviada pelo embaixador.

— Como pode ver pelo convite — observou Martinez —, poderei levar uma pessoa comigo. Gostaria de ir?

— O senhor deve estar brincando — respondeu Diego. — Eu preferiria passar o dia de joelhos numa missa cantada na catedral a deixar que me vissem fazendo rapapés servis numa festa para inglês ver.

— Então, talvez eu leve Sebastian comigo. Afinal de contas, como ele é neto de um lorde, não vejo nenhum problema em dar a impressão de que tenho boas relações com a aristocracia britânica.

— Onde está o garoto agora?

— Providenciei para que ficasse hospedado no Royal Hotel por alguns dias.

— Mas, afinal, por que o senhor o trouxe aqui?

— Eu disse que ele poderia passar alguns dias de férias em Buenos Aires antes que voltasse para a Inglaterra com uma remessa que preciso que seja entregue à Sotheby's, tarefa pela qual receberia uma boa quantia.

— O senhor vai dizer a ele o que está no caixote?

— Com certeza, não. Quanto menos ele souber, melhor.

— Talvez seja melhor que eu vá com ele para evitarmos qualquer deslize.

— Não, pois isso poderia prejudicar o propósito da operação. O garoto voltará para a Inglaterra no *Queen Mary*, enquanto nós iremos para Londres de avião alguns dias depois. Isso permitirá que ele passe sem problemas pela alfândega, enquanto os britânicos concentram todo seu poder de fogo em nós. E ainda assim chegaremos a Londres bem antes do leilão.

— O senhor ainda quer que eu dê os lances em seu nome?

— Sim. Não posso correr o risco de envolver outra pessoa de fora da família.

— Mas não corremos o risco de alguém me identificar?

— Não se você der os lances por telefone.

38

— Se fizer a gentileza de esperar aqui, presidente — disse o embaixador —, o senhor será a primeira pessoa com que Sua Alteza Real falará. Tenho certeza de que ambos têm muita coisa para tratar.

— Meu inglês não é muito bom — respondeu o presidente.

— Não se preocupe, senhor presidente, pois Sua Alteza está acostumada a lidar com esse tipo de problema.

Em seguida, o embaixador deu um passo para a direita.

— Boa noite, primeiro-ministro. O senhor será a segunda pessoa a ser apresentada à princesa, assim que ela houver acabado de conversar com o presidente.

— O senhor poderia orientar-me quanto à forma correta de me dirigir à Sua Majestade?

— Claro, senhor — respondeu o embaixador, sem se preocupar em corrigir a gafe. — Sua Alteza Real dirá "Boa tarde, primeiro-ministro" e, antes que os dois se cumprimentem com um aperto de mãos, o senhor deverá fazer uma mesura — explicou o embaixador, inclinando a cabeça para exemplificar o cumprimento. Várias pessoas nas proximidades começaram a praticar o movimento, por via das dúvidas. — Após o cumprimento, o senhor dirá: "Boa tarde, Vossa Alteza Real." A princesa iniciará a conversa com um assunto escolhido por ela, ao qual o senhor poderá responder com a devida propriedade. Não é considerado cortês da parte do interlocutor fazer perguntas a ela, e a partir daí o senhor deve tratá-la por madame. Quando ela se retirar para falar com o prefeito, o senhor deverá inclinar-se mais uma vez para cumprimentá-la e dizer: "Até logo, Vossa Alteza Real."

O primeiro-ministro pareceu confuso.

— Sua Alteza Real estará conosco dentro de alguns minutos — informou o embaixador antes de se dirigir ao prefeito de Buenos Aires, ao qual passou as mesmas instruções e depois acrescentou:

— A sua será a última apresentação oficial, senhor prefeito.

O embaixador não deixou de notar a presença de Martinez na festa, que havia se posicionado alguns passos atrás do prefeito. Ele viu também que o rapazinho em pé ao lado dele era o filho de Harry Clifton. Assim que a oportunidade apareceu, Martinez dirigiu-se diretamente ao embaixador, fazendo Sebastian vir logo atrás.

— Será que poderei conhecer Sua Majestade? — perguntou ele.

— Estava mesmo pensando em apresentar o senhor à Sua Alteza Real. Portanto, se fizer a gentileza de permanecer aí mesmo onde está, sr. Martinez, eu a trarei até o senhor assim que ela houver terminado a conversa com o prefeito. Mas lamento dizer que isso não poderá incluir o seu convidado. A princesa não está acostumada a ter que falar com duas pessoas ao mesmo tempo e, por isso, talvez seja melhor pedir ao rapazinho que se mantenha a alguns passos do senhor.

— Claro que sim — concordou Martinez, sem consultar Sebastian.

— Preciso ir agora, pois, do contrário, esta festa nunca vai decolar — disse o embaixador, começando a atravessar o gramado e tomando o cuidado de não pisar no tapete vermelho enquanto retornava para o gabinete.

A convidada de honra estava sentada num dos cantos do gabinete, fumando um cigarro e conversando com a esposa do embaixador. De uma de suas mãos enluvadas de branco, pendia uma longa e elegante piteira de marfim.

— Estamos prontos, madame — informou o embaixador depois de tê-la cumprimentado com ligeira inclinação do corpo — caso Vossa Alteza esteja também.

— Então, vamos em frente com isto, certo? — disse a princesa, soltando uma última baforada antes que apagasse o cigarro no cinzeiro mais próximo.

O embaixador a acompanhou até a sacada, onde permaneceram por alguns instantes. Quando viu a princesa assomar à sacada, o maestro da banda de um dos regimentos da Scots Guards ergueu a batuta, fazendo a banda começar a tocar o hino nacional da convidada. Todos silenciaram, a maioria dos homens imitando em seguida o embaixador, pondo-se em firme posição de sentido.

Depois de a última nota do hino ter ecoado pelos ares, Sua Alteza Real caminhou vagarosamente pelo tapete vermelho e pelo gramado à sua volta, onde a primeira pessoa que o embaixador a apresentou foi o presidente Pedro Aramburu.

— É um prazer vê-lo novamente, senhor presidente — disse a princesa. — E agradeço muito pela manhã fascinante. Gostei muito de ter assistido a uma sessão dos trabalhos do congresso e almoçado com Vossa Excelência no gabinete presidencial.

— Foi uma honra para nós tê-la como convidada especial, madame — respondeu o presidente, dizendo a frase ensaiada.

— E tenho que concordar com o senhor quando diz que a carne bovina produzida em seu país se iguala a tudo que produzimos nos Altiplanos da Escócia.

Ambos riram, ainda que o presidente não soubesse exatamente por quê.

Nesse momento, o embaixador olhou discretamente, de relance, por sobre os ombros do presidente, objetivando verificar se o primeiro-ministro, o prefeito e o sr. Martinez estavam plantados no lugar indicado. Como viu que o sr. Martinez não tirava os olhos da princesa, ele acenou com a cabeça para Becky, que avançou imediatamente, pôs-se atrás de Sebastian e disse baixinho, bem perto de seus ouvidos:

— Senhor Clifton.

O rapaz se virou.

— Pois não? — disse ele, surpreso com o fato de que alguém ali soubesse o nome dele.

— Sou a secretária particular do embaixador. Ele pediu que o senhor faça a gentileza de me acompanhar.

— Devo informar isso a Dom Pedro?

— Não — respondeu Becky com firmeza. — Isso levará apenas alguns minutos.

Sebastian pareceu indeciso, mas a seguiu, com a jovem se desviando dos grupos de pessoas conversando e trajando elegantes ternos e vestidos na altura do joelho. Logo depois, entrou com ele na embaixada por uma porta lateral, que alguém mantivera aberta, aguardando a vinda de ambos. O embaixador sorriu, contente com o fato de que a primeira parte da operação havia corrido sem problemas.

— Com certeza, enviarei seus cumprimentos à Sua Majestade — prometeu a princesa, antes que o embaixador a conduzisse até o primeiro-ministro. Embora ele tentasse se concentrar em cada palavra dita pela princesa, para o caso de haver necessidade de ele esclarecer ou traduzir algo, achou conveniente olhar ocasionalmente de relance para a janela de seu gabinete, na esperança de ver Becky aparecer na sacada, o sinal de que o encontro entre pai e filho já tinha acontecido.

Quando achou que a princesa havia conversado o suficiente com o primeiro-ministro, ele a levou para conversar com o prefeito.

— Muito prazer em conhecê-lo — disse a princesa. — Ainda na semana passada, o prefeito de Londres estava me contando quanto gostou da visita que fez à sua cidade.

— Obrigado, madame — respondeu o prefeito. — Não vejo a hora de poder retribuir o elogio visitando a cidade londrina no próximo ano.

O embaixador voltou a olhar de relance para o gabinete, mas não viu nem sinal de Becky.

A princesa não se alongou muito na conversa com o prefeito, procurando logo deixar discretamente claro que desejava conversar com o convidado especial seguinte. Embora sentisse certa relutância, o embaixador satisfez a vontade dela.

— Madame, permita-me que lhe apresente um dos mais importantes banqueiros da cidade, Dom Pedro Martinez, que, tenho certeza de que Vossa Alteza gostará de saber, passa a alta estação em sua casa em Londres todos os anos.

— É uma grande honra conhecê-la, Vossa Majestade — disse Martinez, inclinando-se exageradamente e antes mesmo que a princesa tivesse a chance de falar.

— Onde é sua casa em Londres? — indagou a princesa.

— Na Eaton Square, Vossa Majestade.

— Que maravilha. Tenho muitos amigos que moram nessa parte da cidade.

— Já que é assim, Vossa Majestade, talvez a senhora aceitasse um convite para jantar conosco. E fique à vontade para levar consigo quem a senhora quiser.

O embaixador mal podia esperar para ouvir a resposta da princesa.

— Mas que ideia interessante! — respondeu ela, tentando demonstrar naturalidade antes de seguir adiante apressada.

Martinez se inclinou exageradamente mais uma vez, vendo-se o embaixador obrigado a apressar-se para alcançar a convidada real em sua desabalada retirada. Sentiu um alívio quando viu que ela parou para conversar com sua esposa, mas a única frase que ele captou da conversa foi: "Que sujeitinho desagradável. Como é possível que o tenham convidado?"

O embaixador olhou mais uma vez para a janela do gabinete e soltou um suspiro de alívio quando, finalmente, viu Becky sair à sacada e acenar positiva e vigorosamente para ele com a cabeça. Depois disso, tratou de se concentrar no que a princesa estava dizendo à sua esposa.

— Marjorie, estou louca por um cigarro. Você acha que eu poderia ausentar-me por alguns minutos?

— Sim, claro, madame. Que tal voltarmos para a embaixada?

Quando elas se retiraram, o embaixador virou-se para verificar onde estava Martinez. Viu que o sujeito, ébrio de satisfação, não havia saído um centímetro sequer do lugar que lhe fora assinalado. Seus olhos continuavam grudados na princesa, e ele não pareceu notar Sebastian retornando de mansinho para o seu lugar, apenas alguns metros atrás do dele.

Assim que viu a princesa sumir de vista, Martinez se virou e acenou para que Sebastian se aproximasse.

— Fui a quarta pessoa a ser apresentada à princesa — foram as primeiras palavras que tratou de dizer logo. — Somente o presidente, o primeiro-ministro e o prefeito foram apresentados antes de mim.

— Que grande honra, senhor! — comentou Sebastian, como se houvesse presenciado o encontro inteiro. — O senhor deve estar muito orgulhoso.

— Apequenado, eu diria — disse Martinez. — Este foi um dos grandes dias de minha vida. Sabia — acrescentou ele — que talvez Sua Majestade aceite jantar comigo na próxima vez que eu for a Londres?

— Sinto-me culpado por isso — confessou Sebastian.

— Culpado?

— Sim, senhor. O Bruno é que deveria estar aqui para dividir este momento de glória com o senhor, e não eu.

— Ora, você poderá contar tudo ao Bruno quando voltar para Londres.

Sebastian viu o embaixador e sua secretária voltarem para a embaixada e ficou se perguntando se seu pai ainda estava lá.

— Só posso me ausentar pelo tempo que a princesa fuma um cigarro — observou o embaixador ao entrar apressado e ansioso no gabinete —, mas não estou muito curioso para saber como foi o encontro com seu filho.

— Ele ficou chocado quando me viu, é claro — respondeu Harry enquanto recolocava o paletó da BOAC. — Todavia, quando eu disse que ele não tinha sido expulso e que eles ainda estariam esperando por ele em Cambridge em setembro, ele relaxou um pouco. Pedi que ele voltasse para a Inglaterra comigo, mas ele disse que tinha prometido que levaria um pacote para Southampton no *Queen Mary* e que, como Martinez havia sido muito gentil com ele, era o mínimo que ele poderia fazer.

— Southampton — repetiu o embaixador. — Ele disse o que havia no pacote?

— Não, e eu não o pressionei, para evitar que ele acabasse descobrindo a verdadeira razão de eu ter feito esta longa viagem.

— Sábia decisão.

— Pensei também em voltar no *Queen Mary* com ele, mas concluí que, se eu fizesse isso, Martinez logo descobriria que eu havia estado aqui.

— Tem razão — disse o embaixador. — Mas então como ficaram as coisas?

— Prometi que estarei lá para pegá-lo quando o *Queen Mary* atracar em Southampton.

— Como acha que Martinez reagirá se Sebastian contar a ele que você está em Buenos Aires?

— Aconselhei-o que talvez não fosse bom mencionar isso, já que certamente ele faria com que o Seb voltasse de avião para Londres comigo. Ele concordou em não dizer nada.

— Então, agora, tudo que preciso fazer é descobrir o que há naquele pacote, enquanto você volta para Londres antes que alguém aqui o reconheça.

— Nem sei como agradecer por tudo que o senhor tem feito, Excelência — disse Harry. — Sinto-me culpado por esse transtorno que o senhor poderia muito bem não ter que enfrentar no momento.

— Esqueça isso, Harry. Fazia muito anos que eu não me divertia tanto. Contudo, talvez seja melhor que você suma logo daqui antes que...

De repente, viram a portar se abrir e a princesa entrar. O embaixador se curvou imediatamente, ao passo que Sua Alteza Real ficou olhando fixamente para o homem usando o uniforme de comandante da BOAC.

— Permita-me que lhe apresente o comandante Peter May, madame — disse o embaixador, sem se abalar.

Foi a vez de Harry inclinar-se para cumprimentá-la.

— Comandante May — disse a princesa, depois que tirou a cigarrilha da boca —, é um prazer conhecê-lo. — Contudo, depois que olhou mais atentamente para Clifton, observou: — Não nos conhecemos de algum lugar?

— Não, madame — respondeu ele. — Acho que eu me lembraria se fosse o caso.

— Que engraçado, comandante May — observou ela, sorrindo afetuosamente para Harry antes de apagar o cigarro. — Bem, embaixador, acho melhor tocar a campainha. Tenho a impressão de que está na hora do segundo *round*.

Enquanto o sr. Matthews acompanhava a princesa até o gramado, Becky levava Harry para o lado oposto da embaixada. Ele desceu com ela pela escada dos fundos, passando pela cozinha e saindo pela parte lateral do edifício, destinada a entregas e ao acesso de fornecedores.

— Espero que tenha uma boa viagem de volta para casa, comandante May.

Harry voltou lentamente para o hotel, vários pensamentos conflitando em sua mente. Queria muito telefonar para Emma para dizer que tinha se encontrado com Sebastian e que o garoto estava bem e voltaria para a Inglaterra dentro de alguns dias.

Quando chegou ao hotel, juntou seus poucos pertences, desceu com a mala pronta e dirigiu-se à recepção, onde perguntou ao recepcionista se haveria voos para Londres à noite.

— Lamento dizer que é tarde demais para conseguir uma reserva para o senhor no voo da BOAC desta tarde — respondeu o recepcionista. — Mas eu poderia fazer uma reserva no voo da Pan Am para Nova York com partida à meia-noite e, de lá, o senhor poderia...

— Harry! — disse alguém em voz alta, fazendo Clifton virar-se. — Harry Clifton! Eu sabia que era você. Não se lembra de mim? Nós nos conhecemos quando fizemos uma palestra no Rotary Club de Bristol no ano passado.

— Engano seu, sr. Bolton — disse Harry. — Meu nome é Peter May — acrescentou ele enquanto Annabel passava por ambos carregando sua mala. Sem perda de tempo, Harry foi ao seu encontro, como se tivessem combinado de encontrar-se.

— Deixe-me ajudá-la — ofereceu-se ele, pegando a mala da aeromoça e saindo do hotel na companhia dela.

— Obrigada — agradeceu Annabel, parecendo um tanto surpresa.

— Não é nada — tornou Harry. Logo depois, entregou as malas ao motorista e embarcou atrás dela no ônibus.

— Não sabia que você iria voltar conosco, no mesmo voo, Peter.

"Nem eu", Harry sentiu vontade de dizer a ela.

— Meu irmão teve que voltar — disse, em vez disso. — Um problema com a represa. Mas, graças a você, nos divertimos muito na noite passada.

— Onde vocês foram parar?

— Eu o levei ao Majestic Hotel. Você tinha razão. A comida é sensacional.

— Fale mais a respeito. Sempre quis saborear um bom prato lá.

Durante a viagem para o aeroporto, Harry teve que inventar uma história de presente de aniversário dos 40 anos do irmão (um relógio Ingersoll) e uma refeição com três pratos diferentes — salmão defumado, carne, logicamente, e tortas de limão. Ele não ficou, porém, nem um pouco impressionado com sua imaginação na área da culinária e deu graças ao fato de que Annabel não perguntou nada a respeito de vinhos. Disse a ela também que só fora dormir às três.

— Gostaria de ter seguido seu conselho com relação à banheira também — disse Harry — e ter tomado banho de banheira antes de ir dormir.

— Eu tomei um às quatro. Teria sido bom se você me tivesse acompanhado — disse ela quando o ônibus parou na frente do aeroporto.

Harry procurou não desgrudar da tripulação quando ela passou pela alfândega e depois seguiu para o embarque. Ele voltou a sentar-se na cadeira do canto dos fundos da cabine, perguntando-se se havia tomado a decisão certa ou se não deveria ter ficado por lá mais um pouco. Mas aí se lembrou das palavras de Sir Alan, tantas vezes repetidas. "Se descobrirem o seu disfarce, parta imediatamente, rápido." Depois de ter refletido nisso, achou que estava mesmo fazendo a coisa certa — pois aquele linguarudo deveria estar percorrendo a cidade dizendo a todo mundo: "Acabei de ver Harry Clifton disfarçado de piloto da BOAC."

Assim que os outros passageiros se acomodaram em seus assentos, a aeronave seguiu para a pista de decolagem. Harry fechou os olhos. Agora, a mala estava vazia e os documentos tinham sido destruídos. Ele pôs o cinto de segurança, torcendo para que conseguisse dormir longa e ininterruptamente.

— Aqui é o comandante do avião. Acabei de desligar os avisos de uso do cinto de segurança. Agora, os senhores passageiros poderão movimentar-se pela aeronave conforme necessário.

Harry fechou os olhos novamente. Estava quase pegando no sono quando sentiu alguém sentar-se pesadamente no assento vazio ao lado.

— Agora, entendi tudo — disse o sujeito quando Harry abriu um dos olhos. — Você estava em Buenos Aires fazendo pesquisa para seu próximo livro. Não é isso? Estou certo, não?

SEBASTIAN CLIFTON

1957

39

Dom Pedro foi um dos últimos a ir embora da festa, mas só fez isso depois que finalmente se convenceu de que a princesa não voltaria mais para o jardim.

Sebastian entrou com ele no banco traseiro do Rolls-Royce.

— Este foi um dos dias mais gloriosos de minha vida — repetiu Dom Pedro.

Sebastian permaneceu calado, pois não conseguiu pensar em nada de novo para dizer sobre o assunto. Dom Pedro estava nitidamente bêbado, se não por causa do vinho, com certeza pela inebriante ilusão de que fora essa uma chance para começar a enturmar-se com a realeza. Sebastian ficou surpreso com o fato de que um homem de tanto sucesso como ele pudesse ser tão facilmente lisonjeado. De repente, Martinez resolveu mudar de assunto.

— Quero que saiba, meu rapaz, que, se um dia precisar de emprego, sempre haverá um para você em Buenos Aires. A escolha é sua. Você poderá ser vaqueiro ou banqueiro. Pensando melhor, não existe muita diferença entre os dois — comentou ele, rindo da própria piada.

— Muita generosidade sua, senhor — disse Sebastian.

Embora houvesse tido vontade de dizer ao empresário que, no fim das contas, iria mesmo era juntar-se a Bruno em Cambridge, achou melhor calar-se, pois teria que explicar como havia descoberto que isso seria possível. No entanto, a essa altura, estava começando a se perguntar por que seu pai tinha percorrido quase meio mundo apenas para lhe dizer...

Dom Pedro interrompeu-lhe os pensamentos quando tirou um maço de notas de cinco libras do bolso, separando em seguida noventa libras e dando-as a Sebastian.

— Acredito que é sempre melhor pagar adiantado.

— Mas ainda não fiz o serviço, senhor.

— Sei que você cumprirá sua parte — observou Martinez. Foram palavras que fizeram Sebastian sentir-se mais culpado ainda em relação a seu pequeno segredo e, se o carro não tivesse parado na frente do escritório de Martinez, talvez ele houvesse ignorado o conselho do pai.

— Leve o sr. Clifton de volta para o hotel — ordenou Dom Pedro ao motorista. Em seguida, virando-se para Sebastian, avisou: — Um carro o pegará na quarta-feira à tarde e o levará para o porto. Portanto, não deixe de aproveitar bem seus últimos dias em Buenos Aires, pois esta cidade tem muita coisa a oferecer a um jovem rapaz.

Harry jamais fora uma pessoa de achar necessário recorrer ao uso de palavras de baixo calão na vida, nem mesmo em seus livros. Até porque sua mãe, assídua frequentadora de igreja, condenaria esse tipo de coisa. Contudo, Harry acabou perdendo a paciência depois de uma hora ouvindo o monólogo interminável de Ted Bolton sobre a vida, falando desde responsabilidades da filha na Associação das Bandeirantes, na qual a moça ganhou medalhas por seus trabalhos em bordado e culinária, à função da esposa na Associação de Mães de Bristol, como secretária do departamento de filiação, passando também por histórias sobre oradores convidados para discursar no Rotary Club no outono, sem falar em suas opiniões sobre Marilyn Monroe, Nikita Kruschev, Hugh Gaitskell e Tony Hancock.

De repente, abriu os olhos, aprumou-se na cadeira antes de falar e disparou:

— Senhor Bolton, por que o senhor não cai fora e para de encher o saco?!

Para sua surpresa e alívio, Bolton se levantou e voltou para sua cadeira sem dizer mais uma palavra sequer. Instantes depois, Harry conseguiu finalmente dormir.

Sebastian resolveu seguir o conselho de Dom Pedro e aproveitar ao máximo seus dois últimos dias na cidade antes de chegar a hora de embarcar no *Queen Mary* e voltar para casa.

Depois do café na manhã seguinte, ele trocou quatro de suas notas de cinco libras por trezentos pesos, deixou o hotel e saiu à procura da galeria comercial espanhola, onde esperava achar um presente para a mãe e outro para a irmã. Acabou escolhendo um broche com uma pedra de rodocrosita para a mãe, em um pálido tom de rosa que, segundo o vendedor, não havia em nenhuma outra parte do mundo. Ficou um tanto chocado quando soube do preço, mas aí se lembrou do tanto de coisas ruins pelo qual fizera sua mãe passar nas últimas duas semanas.

Enquanto caminhava pelo calçadão no caminho de volta para o hotel, um quadro em exposição na janela de uma galeria chamou sua atenção, fazendo-o pensar em Jessica. Entrou na galeria para apreciá-lo mais de perto, onde o negociante lhe garantiu que o autor da obra era um artista promissor, argumentando que não se tratava apenas de um belíssimo quadro de natureza-morta, mas de um investimento sagaz. E, sim, claro, ele aceitava libras esterlinas como forma de pagamento. Sebastian saiu da loja esperando que pelo menos Jessica ficasse tão impressionada quanto ele com o *Tigela de Laranjas*, de Fernando Botero.

A única coisa que ele comprou para si mesmo foi um magnífico cinto de couro com fivela de vaqueiro. Não foi barato, mas não pôde resistir.

Parou para almoçar numa cafeteria e comeu uma quantidade enorme de rosbife argentino enquanto lia uma edição antiga do *The Times*. Soube que as autoridades criariam várias áreas de estacionamento proibido em todas as principais cidades britânicas. Não conseguiu acreditar que seu tio Giles tinha votado a favor da instituição dessa medida.

Após o almoço, com a ajuda do guia de viagens, descobriu o único cinema exibindo filmes em inglês em Buenos Aires. Ficou sentado sozinho na última fileira de assento, assistindo a *Um Lugar ao Sol*, apaixonou-se por Elizabeth Taylor e ficou se perguntando o que era necessário fazer para conhecer uma garota como essa.

No caminho de volta para o hotel, Sebastian passou num sebo que tinha uma estante só de romances britânicos. Sorriu quando viu que, ali, o preço do primeiro livro de seu pai havia sido reduzido para meros três pesos e foi embora depois de comprar um exemplar folheadíssimo de *Oficiais e Gentlemen*.

À noite, jantou no restaurante do hotel e, outra vez com a ajuda do guia de viagens, escolheu vários lugares interessantes que ainda esperava visitar se tivesse tempo: a Catedral Metropolitana, o Museo Nacional de Bellas Artes, La Casa Rosada e o Jardim Botânico Carlos Thays, no antigo bairro de Palermo. Viu que Dom Pedro tinha mesmo razão — a cidade oferecia muitas atrações.

Depois que assinou a conta, resolveu voltar para o quarto e prosseguir com a leitura da obra de Evelyn Waugh. De fato, teria feito justamente isso se não tivesse visto a bela jovem sentada num banco do bar. Assim que o viu também, lançou para ele um sorriso sedutor, que o fez paralisar. Já o segundo sorriso funcionou como verdadeiro ímã e, pouco depois, ele estava em pé ao lado dela. A garota parecia ter a mesma idade que Ruby, mas era muito mais atraente.

— Me pagaria um drinque? — perguntou ela.

Sebastian assentiu enquanto se sentava num banco ao lado dela. Ela se virou para o balconista e pediu duas taças de champanhe.

— Meu nome é Gabriella.

— Sebastian — apresentou-se ele, estendendo a mão para ela, que o cumprimentou. Ele nunca tinha imaginado que o toque de uma mulher pudesse causar nele uma sensação tão boa.

— De onde você é?

— Inglaterra — respondeu ele.

— Ainda visitarei a Inglaterra um dia. A Torre de Londres e o Palácio de Buckingham — disse ela enquanto o balconista lhes servia duas taças de champanhe. — *Cheers*! Não é assim que os ingleses brindam?

— *Cheers*! — confirmou Sebastian, levantando a taça. Achou difícil deixar de fitar as pernas esbeltas e graciosas da jovem. Teve vontade de tocá-las.

— Você está hospedado no hotel? — perguntou ela, pondo uma das mãos na coxa dele.

Sebastian ficou feliz da vida com o fato de que a iluminação do bar era tão fraca que ela não podia ver suas faces ruborizadas.

— Sim, estou — respondeu ele.

— E está sozinho? — perguntou ela, sem tirar a mão da coxa dele.

— Sim — disse ele, um tanto hesitante.

— Não gostaria que eu subisse com você para o quarto, Sebastian?

Sebastian quase não conseguiu acreditar em tamanha sorte. Era como se tivesse se encontrado com Ruby em Buenos Aires, mas com o diretor a mais de 11 mil quilômetros de distância dali. E nem precisou responder, pois ela já tinha descido do banco, pegando-o pela mão em seguida e saindo com ele do bar.

Seguiram para a extremidade oposta do saguão, onde havia uma série de elevadores.

— Qual o número de seu quarto, Sebastian?

— É o 1170 — respondeu ele enquanto entravam no elevador.

Quando chegaram ao quarto, no décimo primeiro andar, Sebastian se atrapalhou com a chave, em sua ansiosa tentativa de abrir a porta. A garota começou a beijá-lo antes mesmo que entrassem no quarto e continuou a fazer isso ao mesmo tempo em que tirava rapidamente o paletó e desafivelava o cinto, somente parando quando viu as calças dele caírem no chão.

Assim que abriu os olhos, ele viu que a blusa e a saia dela tinham ido parar no mesmo lugar de suas calças. Teve vontade de manter-se em pé e ficar admirando o corpo dela; porém, mais uma vez, a garota o pegou pela mão, desta vez o levando em direção à cama. Ele tirou a camisa e a gravata, tomado de imenso desespero para acariciar todas as partes do corpo dela. Ela se deixou cair de costas na cama e o puxou para cima de si. Instantes depois, Sebastian soltou um forte suspiro.

Ele permaneceu imóvel por alguns segundos, até que ela lentamente saísse debaixo dele. Gabriella se levantou em seguida, pegou suas roupas e entrou no banheiro. Sebastian cobriu o corpo nu com o lençol e ficou esperando impacientemente que ela voltasse. Estava louco para passar o restante da noite com essa deusa e se perguntou quantas vezes conseguiria fazer amor antes que amanhecesse. Mas, quando a porta se abriu, Gabriella saiu vestida do banheiro e deu a impressão de que estava prestes a ir embora.

— Foi sua primeira vez? — perguntou ela.

— Claro que não.

— Achei que sim — observou ela. — De qualquer forma, são 300 pesos.

Num ímpeto, Sebastian sentou-se aprumado na cama, surpreso, sem ter certeza do que se tratava.

— Você não está achando que foram sua boa aparência e seu charme inglês que me convenceram a subir com você para o quarto?

— Não. Claro que não! — respondeu Sebastian, que se levantou da cama, pegou o paletó do chão e tirou a carteira do bolso. Ficou olhando fixamente, durante alguns segundos, para as notas de cinco libras que lhe restavam.

— São vinte libras — disse ela, dando mostras claras que já tinha enfrentado esse tipo de problema.

Ele tirou quatro notas de cinco libras da carteira e as deu a ela.

A jovem pegou o dinheiro e desapareceu, ainda mais rapidamente do que quando se materializara diante de seus olhos.

Quando o avião finalmente aterrissou no Aeroporto de Londres, Harry se aproveitou do uniforme de comandante que usava e se juntou à tripulação, que passou tranquilamente pela alfândega sem nenhum tipo de impedimento. Recusou o convite de Annabel para que fosse com ela no ônibus para Londres e entrou numa longa fila para pegar um táxi.

Quarenta minutos depois, o táxi parou na frente da casa de Giles na Smith Square. Ansioso para tomar um demorado banho de banheira, fazer uma refeição tipicamente inglesa e desfrutar de uma boa noite de sono, Harry bateu à porta com a aldrava de latão, esperando que o cunhado estivesse em casa.

Alguns instantes depois, Giles abriu a porta e, quando o viu, caiu na gargalhada, assumiu posição de sentido e bateu continência.

— Bem-vindo, comandante.

Assim que Sebastian acordou na manhã seguinte, a primeira coisa que fez foi dar uma olhada na carteira. Viu que lhe restavam apenas dez libras, embora tivesse nutrido a esperança de iniciar a vida de estudante em Cambridge tendo economizado oitenta libras. Quando olhou para as roupas espalhadas pelo chão, sentiu que até mesmo seu novo cinto de couro havia perdido o encanto. Afinal, naquela manhã, ele só poderia visitar lugares cuja entrada fosse gratuita.

Concluiu que seu tio Giles tinha razão quando lhe disse que existem momentos decisivos na vida da pessoa, nos quais ela aprende muita coisa sobre si mesma e passa a depositar esse conhecimento na conta bancária da experiência, de modo que pudesse recorrer a ele quando fosse necessário no futuro.

Depois que terminou de arrumar suas coisas na mala e recolher seus presentes, os pensamentos de Sebastian se voltaram para a Inglaterra e o início de sua vida de estudante universitário. Sentiu que não via a hora de começar logo. Quando, no térreo, saiu do elevador, ficou surpreso ao ver o chofer de Dom Pedro em pé no saguão, com o quepe de motorista debaixo do braço. Ele repôs o quepe na cabeça assim que viu Sebastian e disse:

— O chefe quer falar com você.

Sebastian entrou no banco traseiro do Rolls-Royce, contente com a oportunidade de poder agradecer a Dom Pedro por tudo que tinha feito por ele, embora não fosse confessar que agora só tinha dez libras na carteira. Quando chegaram à Mansão dos Martinez, ele foi levado diretamente para o escritório de Dom Pedro.

— Peço que me desculpe ter mandado que o trouxessem aqui dessa forma, mas surgiu um pequeno problema.

Sebastian sentiu uma ducha de desânimo cair sobre si, pois achava que não seria capaz de se livrar da situação.

— Problema? — perguntou ele.

— Recebi um telefonema do sr. Matthews da embaixada hoje de manhã. Ele nos alertou para o fato de que você entrou no país sem passaporte. Eu disse a ele que você veio em meu navio e que estava aqui em Buenos Aires como meu hóspede, mas, conforme ele explicou, isso não servirá como justificativa ou permissão para que você volte a entrar na Grã-Bretanha.

— Isso significa que não poderei viajar? — perguntou Sebastian, agora sem que conseguisse esconder mesmo o desânimo.

— Claro que não — respondeu Martinez. — Meu motorista o levará à embaixada quando a caminho do porto, e o embaixador me prometeu que deixará um passaporte para você na recepção.

— Obrigado — agradeceu Sebastian.

— Logicamente, tudo fica mais fácil quando se tem um embaixador como amigo íntimo — observou Martinez, sorrindo. Em seguida, entregou um grosso envelope a Sebastian e disse: — Não deixe de entregar isto ao pessoal da alfândega quando desembarcar em Southampton.

— É este o pacote que terei que levar para a Inglaterra? — perguntou Sebastian.

— Não, não — respondeu Martinez, rindo. — São apenas os documentos de exportação para autenticar o que vai no caixote. Tudo que você terá que fazer será apresentá-los na alfândega que depois a Sotheby's cuidará do resto.

Como Sebastian nunca tinha ouvido falar da Sotheby's, procurou gravar o nome na memória.

— E Bruno ligou ontem à noite para dizer que não vê a hora de vê-lo novamente quando você voltar para Londres e espera que fique hospedado com ele na Eaton Square. Afinal de contas, deve ser uma opção melhor do que ficar numa hospedaria em Paddington.

Sebastian se lembrou de Tibby e gostaria de ter dito a Dom Pedro que a hospedaria Safe Haven era tão boa quanto o Majestic Hotel de Buenos Aires.

— Obrigado, senhor — disse em vez disso.

— *Bon voyage* e faça tudo direitinho para que a Sotheby's receba o pacote. Assim que chegar a Londres, informe a Karl que você fez a entrega e reitere que estarei de volta lá na segunda-feira — disse Martinez, que saiu da mesa em seguida, segurou Sebastian firme pelos ombros e o beijou nas bochechas. — Eu o considero meu quarto filho.

O primogênito de Dom Pedro estava em pé próximo à janela de seu escritório no andar de baixo quando Sebastian deixou o edifício, levando consigo um grosso envelope cujo conteúdo valia 8 milhões de libras. Ficou observando Sebastian entrar no banco traseiro do

Rolls-Royce e não saiu dali enquanto não viu o motorista afastar--se lentamente com o carro do meio-fio e misturar-se ao fluxo de veículos matinal.

Pouco depois, Diego subiu a escada correndo para reunir-se com o pai.

— A estátua foi embarcada com segurança no navio? — perguntou Dom Pedro assim que seu filho fechou a porta.

— Fiquei observando baixarem-na com um guindaste no porão do navio horas atrás, agora de manhã. Mas ainda assim não estou convencido.

— De quê?

— É que o senhor tem 8 milhões de libras de seu dinheiro escondidas naquela estátua, mas não há ninguém de nossa equipe a bordo para ficar de olho nela. O senhor encarregou um garoto, que acabou de concluir os estudos, de responsabilizar-se por toda a operação.

— E é justamente por isso que ninguém desconfiará da estátua ou dele — garantiu Dom Pedro. — Os documentos estão em nome de Sebastian Clifton e tudo que ele tem que fazer é apresentar o manifesto ao pessoal da alfândega e assinar o formulário de liberação, pois depois a Sotheby's cuidará do resto, sem que isso levante qualquer suspeita de que estamos envolvidos nisto.

— Vamos torcer para que o senhor esteja certo.

— Aposto que, quando chegarmos ao Aeroporto de Londres, na segunda-feira — comentou Dom Pedro —, teremos pelo menos uma dúzia de funcionários da alfândega examinando e farejando todas as nossas bagagens. Mas tudo que acharão será minha loção pós-barba favorita. A essa altura, a estátua estará em segurança na Sotheby's, aguardando o lance inicial do leilão.

Assim que Sebastian entrou na embaixada para pegar o passaporte, ficou surpreso quando viu Becky em pé perto da recepção.

— Bom dia — disse ela. — O embaixador está ansioso para falar com você — acrescentou e, sem dizer mais nada, virou-se e seguiu pelo corredor em direção ao gabinete do sr. Matthews.

Era a segunda vez que ela havia pedido a Sebastian que a acompanhasse, levando o garoto a se perguntar, no íntimo, se o pai dele estava do outro lado da porta desta vez também, tendo voltado para pegá-lo e retornar para a Inglaterra com ele. Torceu para que fosse o caso. Becky deu uma leve batida na porta, abriu-a e pôs-se de lado.

O embaixador estava olhando fixamente pela janela no momento em que Sebastian entrou no gabinete. Assim que ouviu a porta se abrir, ele se virou, atravessou a sala a passos firmes e cumprimentou Sebastian com um cordial aperto de mãos.

— É um prazer finalmente conhecê-lo — disse ele. — Queria dar isto a você pessoalmente — acrescentou, pegando um passaporte na mesa.

— Obrigado, senhor — agradeceu Sebastian.

— Posso saber também se você não entrará com mais de mil libras na Grã-Bretanha? Eu não iria querer vê-lo infringindo a lei.

— Só me restam dez libras agora, senhor — confessou Sebastian.

— Se isso é tudo que você tem para declarar, passará pela alfândega sem problemas.

— Mas vou entregar uma escultura em nome de Dom Pedro Martinez, que deverá ser retirada da alfândega pela Sotheby's. Não sei nada a respeito da estátua, exceto que, de acordo com o manifesto, o nome dela é *O Pensador* e que pesa duas toneladas.

— Isso não deve impedi-lo de passar — disse o embaixador enquanto o conduzia até a porta. — Aliás, Sebastian, qual é mesmo seu nome do meio?

— Arthur, senhor — respondeu ele enquanto saía para o corredor. — Foi um nome dado em homenagem a meu avô.

— Tenha uma excelente viagem, meu rapaz — foram as últimas palavras do sr. Matthews antes de fechar a porta. Depois disso, voltou para a mesa e anotou três nomes no bloco de anotações.

40

— Recebi este comunicado ontem de Philip Matthews, nosso embaixador na Argentina — informou o chefe de gabinete de ministros, distribuindo cópias entre os sentados ao redor da mesa. Por favor, leiam com atenção.

Depois de ter recebido o comunicado com dezesseis páginas de Buenos Aires, Sir Alan passara o restante da manhã examinando cada parágrafo com o máximo de atenção — sabia que aquilo que estava procurando se achava velado entre as centenas de linhas relatando as futilidades com que a princesa Margarete tivera que lidar em sua visita oficial à cidade.

Ficou intrigado com o motivo pelo qual o embaixador havia convidado Martinez para comparecer à festa ao ar livre no jardim da embaixada e ainda mais surpreso quando soube que ele tinha sido apresentado à Sua Alteza Real. Presumiu que Matthews devia ter tido uma boa razão para quebrar o protocolo dessa forma e torceu para que ninguém tivesse guardado uma fotografia em algum acervo de recortes de jornal para chamar a atenção de muitas pessoas a um fato tão insólito no futuro.

Faltava pouco para o meio-dia quando Sir Alan finalmente se deparou com o parágrafo que ele vinha procurando. Por conta disso, acabou pedindo à secretária que cancelasse um compromisso que teria durante o almoço.

"Sua Alteza Real teve a gentileza de me pôr a par do resultado da primeira partida internacional no Lord", escreveu o embaixador. "Que esforço esplêndido o do capitão Peter May, mas foi uma pena que ele tivesse sido eliminado no último minuto do jogo."

Sir Alan levantou a cabeça e sorriu para Harry Clifton, que estava absorto também na leitura do comunicado.

"Fiquei muito feliz quando soube que Arthur Barrington voltará para Southampton em 23 de junho, no domingo, para participar da segunda partida, pois, com uma média pouco superior a 8 participações em partidas internacionais, isso poderia fazer toda a diferença para a Inglaterra.

Sir Alan tinha sublinhado as palavras Arthur, domingo, Southampton e o número 8 antes que prosseguisse com a leitura.

"Contudo, fiquei intrigado quando Sua Alteza Real me disse que o grande Tate seria para nós uma edição bastante vantajosa como o 5º jogador na ordem das rebatidas, mas, como ela me assegurou que quem afirmou isso foi ninguém menos que John Rothenstein, o diretor do departamento de críquete, isso me deixou pensativo."

O chefe de gabinete de ministros sublinhou Tate, 5º jogador, edição e Rothenstein antes que retomasse a leitura.

"Voltarei para Londres em Augusto, bem a tempo de assistir à última partida internacional em Millbank. Portanto, vamos torcer para que, a essa altura, tenhamos vencido a série de nove partidas. A propósito, esse campo vai precisar de um rolo compressor de duas toneladas para ficar em boas condições."

Desta vez, Sir Alan tinha sublinhado Augusto, Millbank, nove e duas toneladas. O chefe de gabinete estava começando a desejar que tivesse se interessado mais por críquete quando estava em Shrewsbury, mas, na época, seu esporte favorito era o remo, e não o críquete. Sir Giles, que estava sentado numa das extremidades da mesa, tinha jogado críquete pela universidade de Oxford, porém, e o chefe de gabinete tinha certeza que em breve o ex-jogador explicaria a ele toda a complexidade do esporte.

Sir Alan ficou contente quando viu que todos pareciam ter concluído a leitura do comunicado, embora a sra. Clifton ainda estivesse fazendo anotações.

— Acho que decifrei a maior parte do que nosso aliado em Buenos Aires está tentando nos dizer, mas ainda existem uma ou duas sutilezas que não consegui entender. Por exemplo, preciso que alguém me explique a alusão dele a Arthur Barrington, pois até eu sei que o grande rebatedor da seleção nacional é um sujeito chamado Ken.

— O nome do meio de Sebastian é Arthur — observou Harry. — Portanto, acho que posso supor que ele chegará a Southampton em 23 de junho, num domingo, pois as partidas internacionais nunca são jogadas aos domingos e não existe um complexo esportivo de críquete em Southampton.

O chefe de gabinete de ministros assentiu ao ouvir a dedução de Harry, indicando que ele parecia ter razão.

— E oito deve ser uma referência a quantos milhões de libras o embaixador acha que estão envolvidas na operação — aventou Giles da extremidade oposta da mesa —, pois a pontuação média de Ken Barrington em partidas internacionais é superior a cinquenta pontos.

— Muito bom — disse Sir Alan, fazendo uma anotação. — Mas não entendi por que Matthews grafou edição, em vez de adição, e Augusto, em vez de agosto.

— E Tate também, no meu caso — observou Giles. —Maurice Tate costumava ser o nono na ordem de rebatedores e não o quinto. Tenho certeza.

— Isso me deixou confuso também — observou Sir Alan, achando graça em seu momentâneo jogo de palavras. — Mas alguém conseguiria explicar-me a razão dos dois erros propositais de ortografia?

— Acho que consigo — respondeu Emma. — Minha filha Jessica é artista e lembro-me que ela me disse que muitos escultores fazem nove versões ou edições de suas obras, que são depois marcadas e numeradas. Quanto a Augusto, parece uma alusão ao nome de um artista.

— Continuo na mesma — confessou Sir Alan e, a julgar pelas expressões faciais ao redor da mesa, parecia claro que ele não era o único que ainda não tinha entendido a questão.

— Só pode ser uma alusão a Renoir ou Rodin — explicou Emma. — Que se chamam "Auguste". E, como não seria possível esconder 8 milhões de libras esterlinas num quadro a óleo, acho que o senhor descobrirá que elas foram escondidas numa escultura de duas toneladas de Auguste Rodin.

— Então ele está querendo me dizer que Sir John Rothenstein, o diretor da Tate Gallery em Millbank, será capaz de me dizer que escultura é essa? — perguntou o chefe de gabinete.

— Ele já nos disse isso — afirmou Emma triunfalmente. — Essa indicação está numa das palavras que o senhor deixou de sublinhar, Sir Alan — revelou Emma, sem conseguir reprimir um sorriso maroto. — Minha falecida mãe a teria identificado muito antes de mim, talvez até em seu leito de morte.

Harry e Giles sorriram com a observação.

— E qual foi a palavra que deixei de sublinhar, sra. Clifton?

Logo que Emma respondeu à pergunta, o chefe de gabinete pegou o telefone ao lado dele e solicitou:

— Ligue para John Rothenstein, na Tate, e marque uma reunião para hoje à noite, depois que a galeria tiver fechado.

Sir Alan repôs o fone no gancho e sorriu para Emma

— Sempre defendi a ideia de empregar mais mulheres no serviço público.

— Só espero, Sir Alan, que o senhor sublinhe também as palavras "mais" e "mulheres" — observou Emma com certa espirituosidade.

Sebastian debruçava sobre a amurada do convés superior do *Queen Mary* observando Buenos Aires desaparecendo aos poucos a distância, até parecer somente um esboço de projeto na prancheta de desenho de um arquiteto.

Ficou pensando nas muitas coisas que haviam acontecido em um intervalo tão curto, desde a ocasião em que fora suspenso do Beechcroft, embora continuasse intrigado com o fato de que seu pai houvesse feito uma viagem tão longa só para informá-lo de que não tinha perdido a vaga em Cambridge. "Não teria sido muito mais fácil simplesmente telefonar para o embaixador, que deixara claro que conhecia Dom Pedro?", pensou. E por que o embaixador entregara pessoalmente a ele o passaporte, quando Becky poderia ter feito isso na recepção? E, ainda mais estranho, por que o embaixador quisera saber qual era seu nome do meio? Ele ainda não tinha respostas para essas perguntas quando viu que Buenos Aires tinha desaparecido totalmente de vista. Achou que talvez seu pai pudesse respondê-las.

Passou a pensar no futuro. Sabia que, de imediato, sua primeira obrigação, pela qual tinha recebido uma generosa quantia, era providenciar para que a escultura de Dom Pedro passasse sem problemas pela alfândega e, para tanto, havia deliberado que só deixaria a zona portuária depois que a Sotheby's tivesse recolhido a entrega.

Mas concluiu que, até lá, seria melhor relaxar e desfrutar da viagem. Pretendia também ler as últimas páginas de *Oficiais e Gentlemen* e esperava achar o primeiro volume na biblioteca do navio.

Agora que estava a caminho de casa, achou que deveria refletir um pouco no que poderia fazer em seu primeiro ano em Cambridge para impressionar a mãe. Afinal, era o mínimo que poderia fazer depois de todos os problemas que tinha causado

— *O Pensador* — explicou Sir John Rothenstein, o diretor da Tate Gallery — é considerado pela maioria dos críticos um dos trabalhos mais icônicos de Rodin. Foi originalmente concebido para fazer parte de sua *A Porta do Inferno* e primeiramente denominado *O Poeta*, já que, com a obra, o artista desejava fazer uma homenagem a seu ídolo, Dante. E tamanha foi a correlação que se estabeleceu entre a peça e o artista que a criou que os restos mortais do mestre estão enterrados embaixo de uma das versões de bronze fundido em Meudon.

Enquanto isso, Sir Alan continuava a andar ao redor da grande estátua.

— Corrija-me se eu estiver errado, Sir John, mas esta é a quinta versão das nove que foram fundidas inicialmente?

— Isso mesmo, Sir Alan. Os trabalhos de Rodin mais cobiçados são os que foram fundidos durante a vida do artista por Alexis Rudier em sua fundição de Paris. Infelizmente, em minha opinião, desde a morte de Rodin, o governo francês só permitiu que um número limitado das versões da obra fosse reproduzido por outra fundição, mas outros colecionadores sérios acham que elas não têm a mesma autenticidade das que foram fundidas enquanto o artista estava vivo.

— Alguém sabe onde as nove peças fundidas originais estão agora?

— Ah, sim — respondeu o diretor. — Com exceção desta, existem três em Paris: no Louvre, no Musée Rodin e em Meudon. Existe uma também no Metropolitan Museum, em Nova York, e outra no Hermitage, em Leningrado, restando, portanto, outras três, atualmente nas mãos de colecionadores particulares.

— E alguém sabe quais são os donos dessas três?

— Uma delas faz parte da coleção do Barão de Rothschild e a outra pertence a Paul Mellon. O paradeiro da terceira jaz envolto num manto de grande mistério. Tudo que sabemos com certeza é que se trata de uma peça fundida durante a vida do artista e que foi vendida a um colecionador particular pela Marlborough Gallery cerca de dez anos atrás. Contudo, talvez esse mistério seja finalmente desvendado na próxima semana.

— Não sei se estou entendendo, Sir John.

— Uma das peças fundidas em 1902 de *O Pensador* será leiloada pela Sotheby's na segunda-feira à noite.

— E quem é o dono dessa peça? — perguntou Sir Alan ingenuamente.

— Não faço ideia — respondeu Rothenstein. — No catálogo da Sotheby's, a peça está registrada apenas como propriedade de um cavalheiro.

O chefe de gabinete de ministérios sorriu quando imaginou quem poderia ser seu proprietário, satisfeito consigo mesmo.

— E o que isso significa?

— Que o proprietário deseja permanecer anônimo. Geralmente, no fim das contas, acabamos descobrindo que é um aristocrata que não quer admitir que entrou numa fase de vacas magras e está tendo que se desfazer de uma relíquia de família.

— Por quanto acha que a peça será arrematada?

— É difícil saber, pois faz muitos anos que uma obra de Rodin tão importante assim não é posta à venda. Mas eu ficaria surpreso se ela fosse arrematada por menos de 100 mil libras.

— Um leigo seria capaz de saber a diferença entre esta aqui — perguntou Sir Alan, admirando a peça de bronze que tinha diante de si — e a que vai ser leiloada pela Sotheby's?

— Não existe diferença — respondeu o diretor —, a não ser com relação ao número da peça fundida. Em outros aspectos, elas são idênticas.

Antes que lhe ocorresse dar uns tapinhas no enorme monte de bronze sobre o qual o homem em meditação estava sentado, o chefe de gabinete ministerial deu várias outras voltas em torno de *O Pensador*. Agora, não tinha dúvida onde Martinez havia escondido os 8 milhões de libras. Deu um passo atrás e examinou um pouco mais de perto o pedestal de madeira sobre o qual assentava o colosso de bronze fundido.

— As nove peças fundidas teriam sido fixadas no mesmo tipo de pedestal? — perguntou ele.

— Acho que em pedestais idênticos, não, mas parecidos. Afinal, cada galeria ou colecionador deve ter sua própria ideia sobre a melhor forma de exibição da peça. Nós escolhemos um simples pedestal de carvalho que achamos que combinaria com o ambiente.

— E como a estátua é fixada ao pedestal?

— No caso de uma estátua deste tamanho, geralmente se fundem ressaltos de aço na base interna da estátua. Em cada um deles é feito um orifício, onde se fixam parafusos e cavilhas chanfradas em seguida. Depois disso, tudo que ele precisa fazer é abrir quatro orifícios no pedestal e fixá-lo à base da estátua, usando o que chamamos de parafusos com porca de borboleta. Qualquer bom carpinteiro consegue fazer o serviço.

— Então, caso a pessoa quisesse remover o pedestal, tudo que ela teria que fazer seria desatarraxar os parafusos com porca de borboleta que isso o soltaria da estátua?

— Suponho que sim — respondeu Sir John. — Mas por que alguém iria querer fazer isso?

— Realmente, por quê? — questionou, pensativo, o chefe de gabinete, deixando transparecer no semblante algo parecido com um sorriso. Agora, ele sabia não apenas onde Martinez tinha escondido o dinheiro, mas o modo pelo qual ele pretendia fazer com que entrasse clandestinamente na Grã-Bretanha. Porém, ainda mais importante, era a forma pela qual tencionava reaver depois, sem que ninguém soubesse o que vinha tramando, seus 8 milhões de libras em notas de cinco libras falsas.

— Homem esperto — observou o chefe de gabinete quando deu na oca estátua de bronze um último tapinha.

— Um gênio — disse o diretor.

— Bem, eu não diria tanto — retorquiu Sir Alan. Mas, a bem da verdade, eles estavam se referindo a duas pessoas totalmente diferentes.

41

— O motorista do furgão Bedford branco parou em frente da estação do metrô de Green Park, na Piccadilly. Ainda com o motor ligado, piscou os faróis duas vezes.

Nisso, três homens, que nunca se atrasavam, saíram do metrô carregando ferramentas usadas em suas respectivas profissões, dirigindo-se rapidamente para a traseira do furgão, cuja porta sabiam que estaria destrancada. Num trabalho conjunto, puseram um pequeno braseiro, um latão de gasolina, uma bolsa com ferramentas, uma escada, um grosso rolo de cordas e uma caixa de fósforos da marca Swan Vesta na traseira do veículo antes que se juntassem ao comandante.

Se alguém havia olhado para eles com um pouco mais de atenção, e ninguém fazia isso às seis horas da manhã de um domingo, devia ter presumido que se tratava apenas de trabalhadores especializados em serviços e, realmente, era mesmo o que eles haviam sido antes de terem entrado para o SAS: o cabo Crann tinha sido carpinteiro; o sargento Roberts, operário de uma fundição; e o capitão Hartley, engenheiro estrutural.

— Bom dia, cavalheiros — disse o coronel Scott-Hopkins quando os três entraram no furgão.

— Bom dia, coronel — responderam eles em coro quando seu comandante engatava a primeira marcha, fazendo o furgão Bedford iniciar a viagem para Southampton.

Fazia algumas horas que Sebastian tinha ido para o convés quando o *Queen Mary* baixou a prancha de desembarque. Foi um dos primeiros a desembarcar e seguiu rapidamente para o prédio da alfândega, onde apresentou o manifesto de carga a um jovem inspetor aduaneiro, que deu uma rápida examinada nela e depois olhou com mais atenção para Sebastian.

— Por favor, espere aqui — pediu antes de desaparecer num escritório dos fundos. Algum tempo depois, um homem mais velho se apresentou no recinto, ostentando três galões prateados nos punhos do uniforme. Ele pediu que Sebastian apresentasse o passaporte e, assim que verificou a fotografia no documento, assinou imediatamente a ordem de desembaraço aduaneiro.

— Meu colega o acompanhará, sr. Clifton, até o local em que o caixote será desembarcado.

Quando Sebastian e o jovem inspetor aduaneiro saíram do edifício da alfândega, viram um guindaste baixando a grua no porão do *Queen Mary*. Vinte minutos depois, a primeira coisa a ser içada foi uma enorme caixa de madeira que Sebastian nunca tinha visto antes. Ela foi baixada lentamente e acabou sendo descarregada no cais de descarga número seis.

Um grupo de estivadores desprendeu a grua e as correntes do caixote para que ela pudesse voltar ao porão e pegar a carga seguinte; em seguida, o caixote foi transferido por uma empilhadeira para o armazém de número 40. Essa operação tinha durado 43 minutos, ao fim da qual o jovem inspetor solicitou que Sebastian retornasse com ele ao edifício da aduana, informando que ainda havia alguns documentos que precisavam ser preenchidos e assinados.

Os policiais da viatura ligaram a sirene, ultrapassaram o caminhão da Sotheby's na estrada de Londres para Southampton e sinalizaram para que o motorista parasse no acostamento.

Assim que o caminhão parou, dois policiais saíram da viatura. O primeiro deles se dirigiu ao motorista, enquanto seu colega foi para a traseira do veículo. O segundo policial tirou um canivete suíço do bolso, abriu-o e fincou a lâmina com força no pneu esquerdo traseiro. Logo que ele ouviu um sibilo de pneu esvaziando, voltou para a viatura.

O motorista do caminhão abaixou o vidro da cabine e olhou para o policial com cara de quem não estava entendendo nada.

— Acho que não ultrapassei o limite de velocidade, policial.

— Não, claro que não, senhor. Mas achei que o senhor deveria saber que seu pneu esquerdo traseiro está furado.

O motorista desceu do caminhão, foi até a traseira do veículo e ficou olhando espantado para o pneu vazio.

— Sabe de uma coisa, policial, eu não percebi nada.

— É sempre assim com furos suaves — comentou o policial enquanto um furgão Bedford branco passou por eles. Em seguida, ele bateu continência para o motorista e disse: — Foi uma satisfação ter podido ajudar, senhor. — Depois disso, juntou-se ao colega na patrulha e foi embora.

Se o motorista da Sotheby's tivesse solicitado que o policial apresentasse sua credencial, ele teria visto que o agente pertencia à delegacia da Polícia Metropolitana de Rochester Row e que, portanto, estava a quilômetros de sua jurisdição. Mas, por outro lado, conforme Sir Alan ficara sabendo, poucos policiais que tinham servido sob seu comando no SAS estavam trabalhando então para a polícia de Hampshire e tampouco tinham condições de se apresentar imediatamente para tarefas extraordinárias numa manhã de domingo.

Dom Pedro e Diego foram levados de carro para o aeroporto internacional Ministro Pistarini. Suas seis grandes malas passaram pela alfândega sem serem examinadas, e, em seguida, eles embarcaram num avião da BOAC com destino a Londres.

— Prefiro sempre viajar numa companhia aérea britânica — disse Dom Pedro ao comissário de bordo enquanto eram conduzidos a seus assentos na primeira classe.

O Boeing Stratocruiser decolou às 17h43, com apenas alguns minutos de atraso.

O motorista do furgão Bedford branco entrou com o veículo no cais e seguiu direto para o armazém número 40, situado numa das extremidades da doca. Ninguém dentro do furgão ficou surpreso com o fato de que o coronel Scott-Hopkins sabia exatamente para onde estava indo. Afinal de contas, ele tinha realizado uma operação de reconhecimento 48 horas antes. O coronel era um homem detalhista e, portanto, nunca deixava nada nas mãos do destino.

Quando o furgão parou, ele entregou uma chave ao capitão Hartley. Seu subcomandante saiu do veículo e destrancou as portas duplas do armazém. Logo depois, o coronel entrou com o furgão na vasta edificação. Na frente deles, no meio do piso, havia um enorme caixote de madeira.

Enquanto o engenheiro trancava a porta, os outros três se dirigiram à traseira do furgão para pegar seu equipamento.

O carpinteiro escorou a escada num dos lados do caixote, escalou os degraus e começou a remover os pregos da tampa com um martelo. Enquanto ele fazia seu trabalho, o coronel foi até os fundos do armazém e entrou na cabine de um pequeno guindaste que havia sido deixado lá na calada da noite e o conduziu até o local do caixote.

Nesse ínterim, o engenheiro pegou o pesado rolo de cordas na traseira do furgão e fez um laço com nó corrediço numa das pontas antes de colocá-lo nos ombros para carregá-lo até o caixote. Ao chegar lá, manteve-se à distância de alguns passos, esperando a vez de fazer seu trabalho de enlaçador. O carpinteiro levou oito minutos para remover todos os pregos da grossa tampa do caixote e, quando concluiu a tarefa, desceu a escada e pôs a tampa no piso do armazém. Em seguida, foi a vez de o engenheiro subir a escada, o rolo de cordas pendurado num dos ombros. Quando chegou ao último degrau, curvou-se, entrou no caixote e passou a grossa corda por baixo dos braços de *O Pensador*. Ele teria preferido usar uma corrente, mas o coronel havia enfatizado que a escultura não poderia em hipótese alguma sofrer nenhum tipo de dano.

Assim que o engenheiro achou que a corda estava firme no lugar, deu um duplo nó direito nela e levantou o laço para mostrar que estava pronto. O coronel baixou a corrente de aço do guindaste, até que o gancho preso à sua extremidade ficasse a alguns centímetros da parte superior do caixote. O engenheiro pegou o gancho, prendeu o laço nele e fez sinal de positivo com o polegar.

O coronel tratou primeiro de retesar cuidadosamente a corda antes de começar a tirar a estátua devagar, centímetro após centímetro, de dentro do caixote. A primeira parte do colosso a aparecer foi a cabeça inclinada da figura humana, com o queixo apoiado no dorso de uma de suas mãos, seguida pelo tronco, depois por suas pernas musculosas e, por fim, o enorme montículo de bronze em que *O Pensador* se afigurava sentado, absorto em reflexão. A última parte da peça a aparecer foi o pedestal de madeira em que a estátua de bronze estava assentada. Assim que viu que a peça se achava a boa distância do topo do caixote, o coronel começou a baixá-la lentamente, até que ficasse suspensa a alguns centímetros do chão.

Nesse momento, o operário de fundição deitou-se no piso do armazém, arrastou-se para baixo da estátua e deu uma examinada nos quatro parafusos com porca de borboleta. Em seguida, pegou um alicate em sua bolsa de ferramentas.

— Não deixem esse troço se mexer! — solicitou ele.

De pronto, o engenheiro segurou firme os joelhos de *O Pensador*, enquanto o carpinteiro tratou de agarrar-se à parte traseira da estátua, na tentativa de impedirem que a obra se mexesse. O fundidor teve que se esforçar ao máximo para que o primeiro dos parafusos que mantinham o pedestal preso à estátua se desatarraxasse pelo menos um pouco. Logo depois, conseguiu que cedesse mais um pouco, até que, finalmente, saísse totalmente do orifício. Repetiu o esforço mais três vezes e, então, de repente, inesperadamente, o pedestal de madeira caiu em cima dele.

Mas não foi isso o que chamou a atenção de seus três colegas, pois, em seguida, numa fração de segundo, viram milhões de libras, em cédulas de cinco libras novinhas em folha, jorrarem do interior da estátua e o cobrirem como uma avalanche.

— Isto significa que poderei finalmente receber minha pensão de combatente de guerra? — perguntou o carpinteiro enquanto fitava, com um misto de espanto e incredulidade, a montanha de dinheiro.

O coronel esboçou no semblante um sorriso zombeteiro quando viu o fundidor surgir, resmungando, debaixo da montanha de dinheiro.

— Infelizmente, não, Crann. As ordens que recebi não poderiam ter sido mais claras — advertiu ele enquanto saía do guindaste. — Todas estas notas deverão ser destruídas — observou. Mas o fato é que, se algum dia um oficial do SAS se sentiu tentado a desobedecer a ordens, com certeza esse é um deles.

O engenheiro desatarraxou a tampa do latão de gasolina e, ainda que com alguma relutância, espargiu um pouco do combustível sobre as peças de carvão no braseiro. Em seguida, acendeu um fósforo e se afastou quando as chamas começaram a bailar pelos ares. O coronel tomou a iniciativa de começar o processo de destruição das notas, lançando 50 mil libras sobre o braseiro chamejante. Instantes depois, embora um tanto a contragosto, os três se uniram a ele na tarefa, lançando milhares e milhares de libras sobre a fornalha de chamas insaciáveis.

Assim que a última cédula tinha virado cinzas, os quatro homens ficaram em silêncio durante algum tempo, olhando fixamente para os restos e tentando não pensar no que tinham acabado de fazer.

Foi o carpinteiro o que tomou a inciativa de romper o silêncio.

— Isso deu um novo significado à expressão "torrar dinheiro" — observou ele.

A espirituosa observação fez todos gargalharem, exceto o coronel, que disse bruscamente com ar severo:

— Vamos acabar logo com isto.

O fundidor voltou a deitar-se de costas no piso e se arrastou de novo para baixo da estátua. Como um verdadeiro levantador de pesos, ergueu o pedestal e ficou segurando-o no ar, enquanto o engenheiro e o carpinteiro voltavam a enfiar as pequenas cavilhas de aço nos quatro orifícios na base da estátua.

— Segurem firme! — gritou o fundidor, enquanto o engenheiro e o carpinteiro mantinham-se agarrados às bordas laterais do pedestal, quais içadores, esperando que ele repusesse os quatro parafusos com porca de borboleta, primeiro com os dedos, mas depois com o alicate, até que ficassem bem atarraxados. Assim que achou que não era possível apertá-los mais, voltou a arrastar-se para fora da área ocupada pelo pedestal suspenso sobre si e deu ao coronel outro sinal de positivo com o polegar.

Logo que viu o sinal, o coronel puxou a alavanca de içamento na cabine do guindaste e, lentamente, suspendeu bem alto e moveu *O Pensador* com o braço mecânico da máquina, até que ficasse apenas alguns centímetros acima da abertura do caixote. O engenheiro subiu a escada quando o coronel começou a baixar a estátua cuidadosamente, com o capitão Hartley procurando orientá-lo, para que fosse reposta em segurança no interior do caixote. Assim que a corda foi removida dos braços de *O Pensador*, o carpinteiro assumiu o lugar do engenheiro no último degrau da escada, repôs a tampa no lugar e voltou a fixá-la com os pregos.

— Certo, cavalheiros, vamos iniciar a limpeza do local agora, enquanto o cabo prossegue com seu trabalho, para que a operação não tome mais tempo da gente depois.

Os três começaram a jogar água no fogo para apagá-lo, varreram o piso do armazém e repuseram na traseira do furgão todas as coisas que tinham usado na operação.

A escada, o martelo e os três pregos sobressalentes foram as últimas coisas que levaram para o furgão. O coronel tratou de deixar o guindaste no mesmo lugar, exatamente como o encontrara, ao passo que o carpinteiro e o fundidor voltaram a embarcar no furgão. Em seguida, o engenheiro destrancou a porta do armazém, abriu-a e pôs-se de lado para que o coronel saísse com o veículo. Lá fora, o oficial deixou o motor ligado enquanto esperava seu imediato retrancar a porta e se juntar a ele na frente do furgão.

O coronel avançou lentamente com o veículo pela doca até chegar ao edifício da alfândega. Assim que parou o carro, saiu, entrou no escritório e entregou a chave do armazém ao inspetor com três galões prateados na manga.

— Obrigado, Gareth — agradeceu o coronel. — Tenho certeza de que Sir Alan ficará extremamente grato e, certamente, lhe agradecerá pessoalmente quando nos reunirmos no jantar de confraternização anual em outubro. — O inspetor da alfândega bateu continência para o coronel Scott-Hopkins, que deixou o escritório, pôs-se ao volante do furgão Bedford branco, ligou o motor e iniciou a viagem de volta para Londres.

Após a troca do pneu furado, o caminhão da Sotheby's chegou ao porto quarenta minutos atrasado.

Assim que o motorista parou com o veículo na frente do armazém 40, ficou surpreso quando viu uma dúzia de inspetores aduaneiros ao redor do caixote que ele tinha ido pegar.

— Tem alguma coisa errada, Bert — observou ele, virando-se para o colega.

Logo depois que saíram do caminhão, ficaram observando uma empilhadeira pegar o caixote enorme e, com a ajuda de vários inspetores da alfândega — um número excessivo deles, na opinião de Bert —, pô-la na traseira do caminhão. Uma coleta que, normalmente, levaria algumas horas para ser concluída foi feita em vinte minutos, incluindo os documentos.

— O que será que tem nesse caixote? — perguntou Bert enquanto se retiravam da área alfandegária.

— Não faço ideia — respondeu o motorista. — Mas não temos do que nos queixar, pois agora chegaremos a tempo para ouvir o *Henry Hall's Guest Night* na BBC.

Foram uma grande surpresa para Sebastian também a rapidez e a eficiência com que a operação de desembaraço aduaneiro tinha sido realizada. Achou que isso só aconteceu porque a estátua devia ser extremamente valiosa ou porque Dom Pedro usara seu grande poder de influência em Southampton, tal como talvez igualmente fizera em Buenos Aires.

Depois de agradecer ao inspetor dos três galões prateados, voltou para o terminal de desembarque, onde se juntou aos poucos passageiros restantes, aguardando a verificação dos passaportes. A primeira carimbada em seu primeiro passaporte o fez sorrir, mas esse sorriso se transformou em lágrimas quando ele entrou no salão de chegada, onde foi recebido pelos pais. Ali mesmo, disse a eles como estava profundamente arrependido por tudo que fizera e, momentos depois, foi como se ele nunca houvesse ido parar tão longe. E, como não sofreu nenhuma recriminação, nem foi submetido a nenhum tipo de sermão, sentiu-se ainda mais culpado.

Na viagem de volta para Bristol, tinha muita coisa para lhes contar: Tibby, Janice, Bruno, o sr. Martinez, a princesa Margarete, o embaixador e o inspetor da alfândega — todos eles entraram e saíram de cena em seus relatos, exceto Gabriella: essa parte, achou melhor reservar para Bruno.

Quando passaram com o carro pelos portões de Manor House, a primeira coisa que Sebastian viu foi Jessica, correndo eufórica ao encontro deles.

— Nunca imaginei que poderia sentir tanto a sua falta — disse ele enquanto saía do carro e atirava os braços em volta do pescoço da irmã.

O caminhão da Sotheby's entrou na Bond Street pouco depois das sete horas. Desta vez, o motorista não se surpreendeu quando viu meia dúzia de carregadores parados na calçada. Embora estivessem todos fazendo horas extras, ainda assim deviam estar loucos para retornar logo a seus lares.

O senhor Dickens, chefe do departamento de obras impressionistas, supervisionou a transferência do caixote da rua para o depósito da casa de leilões. Esperou pacientemente que retirassem as tábuas do caixote e varressem as raspas de madeira do local, de modo que pudesse verificar se o número constante no catálogo conferia com o número insculpido na estátua. Quando se abaixou para fazer isso, viu o número "6" gravado no bronze da peça, logo abaixo da assinatura de Auguste Rodin. Satisfeito com a conferência, sorriu e ticou o manifesto de carga.

— Muito obrigado, amigos — agradeceu ele. — Vocês podem ir para casa agora. Cuidarei da papelada amanhã de manhã.

Sendo a última pessoa a deixar o edifício nessa noite, o sr. Dickens fechou e trancou tudo antes de partir, caminhando depois em direção à estação de Green Park. Nem viu que havia um homem em pé no outro lado da rua, parado na entrada de uma loja de antiguidades.

Assim que o sr. Dickens desapareceu de vista, o homem emergiu das sombras e caminhou até a cabine telefônica mais próxima da Curzon Street. Tinha quatro *pence* preparados para usar, mas também era uma pessoa que nunca deixava nada nas mãos do destino. Discou um número que sabia de cor. Quando ouviu uma voz no outro lado da linha, apertou o botão A e disse:

— Um pensador vazio vai passar a noite na Bond Street, senhor.

— Obrigado, coronel — respondeu Sir Alan. — Tenho outro serviço que preciso que faça para mim. Entrarei em contato — avisou o chefe de gabinete, desligando logo em seguida.

Depois que, na manhã seguinte, o avião da BOAC, o voo 714, oriundo de Buenos Aires, pousou na pista do Aeroporto de Londres, Dom Pedro não ficou nem um pouco surpreso quando viu todas as suas malas e as de seu filho Diego serem abertas, revistadas e depois reexaminadas por vários inspetores da alfândega extremamente zelosos. Assim que, por fim, os inspetores aduaneiros puseram uma cruz num dos lados da última de suas malas, Martinez percebeu que, enquanto ele e seu filho saíam do aeroporto, sua passagem incólume pela alfândega deixara uma sensação de grande frustração entre os inspetores.

Logo que se sentaram na traseira dos Rolls-Royce e se puseram a caminho da Eaton Square, Dom Pedro se virou para Diego e observou:

— Com relação aos britânicos, a única coisa de que precisamos nos lembrar é que são muito pouco criativos.

42

Embora o primeiro lote só fosse começar a ser leiloado às sete da noite, a casa de leilões ficara abarrotada muito antes da hora marcada, tal como sempre acontecia na primeira noite de venda de obras de arte impressionistas.

Os trezentos assentos estavam cheios de cavalheiros usando traje a rigor, enquanto muitas damas ostentavam custosos vestidos de gala. Seria muito fácil imaginar que eram pessoas na plateia da noite de estreia de uma grande ópera, mas ali também a noite prometia ser tão dramática quanto qualquer obra do gênero encenada no Teatro de Covent Garden. E, embora essa noite de negócios tivesse também um roteiro, nesse caso era sempre o público que protagonizava o espetáculo.

Os convidados eram das mais diversas categorias. Os licitantes mais importantes, que geralmente chegavam tarde, já que tinham lugares reservados e talvez não se interessassem pelas primeiras peças do leilão, as quais, assim como as personagens coadjuvantes nas obras teatrais de Shakespeare, existiam apenas para aquecer os ânimos. Os negociantes e donos de galeria, que preferiam ficar em pé, nos fundos do salão, na companhia de outros colegas de ofício, onde procuravam dividir entre si as migalhas que caíssem das mesas dos ricos, quando um lote de peças não alcançava o preço de reserva exigido pelo dono e tinha que ser retirado do leilão. E havia também os que tratavam a ocasião como um evento social. Não tinham nenhum interesse ou intenção de dar lances, mas gostavam de assistir ao espetáculo da disputa dos super-ricos, levantando as mãos para tentar vencer o rival no braço e na grana.

E, por último, a mais mortal das espécies, com subcategorias próprias: as esposas, que acompanhavam os maridos para ver quanto eles gastariam com objetos pelos quais elas não se interessavam nem um pouco, pois preferiam gastar seu dinheiro em outros estabelecimentos, existentes nessa mesma rua. Desse grupo faziam parte, logicamente, as namoradas dos licitantes, que permaneciam em silêncio o tempo todo, já que alimentavam esperanças de se tornarem esposas. Por fim, havia também as que não tinham nenhuma relação especial com os ofertantes, a não ser o fato de que eram simplesmente lindas e que, portanto, geralmente não tinham nenhum outro objetivo na vida que não fosse tirar as esposas e as namorados dos ricaços do campo de batalha.

Mas, assim como acontece com tudo na vida, essa regra tinha exceções. Uma delas era Sir Alan Redmayne, que participaria do leilão como representante dos interesses de seu país. Ele daria lances no pregão do lote 29, mas ainda não tinha decidido qual o valor máximo de sua oferta.

O ambiente, o funcionamento e as estranhas tradições das casas de leilão do West End, o centro comercial e financeiro de Londres, não eram desconhecidos por Sir Alan. Com o passar dos anos, ele havia montado uma pequena coleção de aquarelas de pintores ingleses do século XVIII e, algumas vezes, atuava em nome do governo, na tentativa de arrematar uma ou outra pintura ou escultura que seus patrões achavam que não podiam deixar que saíssem do país. Todavia, essa era a primeira vez em sua carreira que daria lances numa fingida disputa pelo arremate de uma grande obra de arte, na esperança de induzir um estrangeiro a cobrir sua oferta.

O *The Times* havia previsto naquela manhã que *O Pensador*, de Rodin, talvez fosse arrematado por 100 mil libras — um recorde para qualquer uma das peças do grande mestre. Contudo, algo que o *The Times* não sabia era que Sir Alan pretendia fazer com que as ofertas ultrapassassem as 100 mil libras, pois somente então ele poderia ter certeza de que o único licitante ainda presente no salão seria Dom Pedro Martinez, que acreditava que, no fundo, literalmente falando, o verdadeiro valor da estátua passava dos 8 milhões de libras.

Aliás, Giles havia feito ao chefe de gabinete ministerial uma pergunta que ele vinha tentando evitar responder.

— Se o senhor acabar dando um lance maior do que Martinez e arrematar a escultura, o que farão com ela?

— Daremos a ela um lar na Galeria Nacional de Artes da Escócia — respondera ele — como parte de uma política governamental de aquisição de obras de arte. Você poderá escrever a respeito dela em suas memórias, mas só depois que eu tiver morrido.

— E se, no fim das contas, ficar provado que o senhor tem razão?

— Aí, isso será digno de um capítulo inteiro em *minhas* memórias.

Quando Sir Alan entrou na casa de leilões, sentou-se discretamente num assento no canto esquerdo dos fundos do salão de pregões. Ele tinha telefonado para o sr. Wilson horas antes para informar que daria lances para tentar arrematar o lote 29, sentado em seu lugar de sempre.

Quando o sr. Wilson subiu a escada de cinco degraus que dava acesso à tribuna do leiloeiro, a maioria dos principais ofertantes havia se acomodado em seus lugares. Em cada lado de ambos os flancos do leiloeiro, havia uma fileira de funcionários da Sotheby's. A maior parte deles daria lances em nome de clientes que não poderiam participar pessoalmente do leilão, ou que se achavam desprovidos de firmeza suficiente para não se deixar empolgar pelo entusiasmo do momento, acabando por oferecer lances bem maiores dos que houvessem pretendido dar originalmente. No lado esquerdo do salão, havia uma longa mesa assentada sobre um estrado. Nela, estavam alguns dos mais experientes e graduados membros da equipe de leiloeiros da casa. Havia, em cima da mesa, uma fileira de telefones brancos, os quais seriam usados somente para informarem a seus respectivos clientes, em voz baixa, que o lote em que estavam interessados estava prestes a ser leiloado.

De seu assento nos fundos do salão, Sir Alan pôde ver que quase todos os lugares estavam ocupados. Todavia, ainda havia três cadeiras vazias na terceira fileira, as quais deviam estar reservadas para um importante cliente. Ficou se perguntando quem se sentaria em ambos os lados de Dom Pedro Martinez. Resolveu folhear seu exemplar do catálogo, até que, por fim, conseguiu achar as informações sobre *O Pensador*, de Rodin, lote 29. Viu que haveria tempo mais que suficiente para que Martinez resolvesse finalmente dar as caras na casa de leilões.

Da tribuna, quando o relógio assinalava sete em ponto, o sr. Wilson olhou para os clientes e, tal como o Papa, sorriu afavelmente para eles. Depois que deu uns tapinhas no microfone para testá-lo, disse:

— Boa noite, senhoras e senhores, e bem-vindos ao leilão de obras de arte impressionista da Sotheby's. O lote número um — anunciou ele, olhando de relance para a esquerda, objetivando verificar se o carregador tinha posto o quadro correto no cavalete — é uma encantadora pintura a pastel de Degas, retratando duas bailarinas ensaiando no Trocadero. Abrirei os lances com 5 mil libras. Seis mil. Sete mil. Oito mil... Dou-lhe uma, duas...

Sir Alan ficou assistindo a tudo levado por grande interesse, já que viu que o preço de quase todos os primeiros lotes excedeu as estimativas dos leiloeiros, provando assim, tal como o *The Times* havia assinalado em sua edição matinal, que tinha surgido uma nova geração de colecionadores, os quais haviam feito fortuna desde os tempos da guerra e desejavam mostrar o tamanho de seu sucesso investindo em obras de arte.

Dom Pedro Martinez chegou à casa de leilões somente durante o pregão do décimo segundo lote, entrando no salão acompanhado por dois rapazinhos. Sir Alan reconheceu, num deles, o filho caçula de Martinez, Bruno, e presumiu que o outro devia ser Sebastian Clifton. A presença de Sebastian o deixou convicto de que Martinez devia estar confiante de que o dinheiro ainda se achava dentro da estátua.

A entrada do empresário argentino no salão levou os negociantes e donos de galeria a começar a questionar entre si se era mais provável que Martinez estivesse interessado no lote 28, o *Banco de Pedra no Jardim do Hospital de Saint-Paul em St. Rémy*, de Van Gogh, ou no lote 29, *O Pensador*, de Rodin.

Sir Alan sempre se considerou um homem capaz de permanecer calmo e controlado sob pressão, mas, naquele momento, sentiu que seus batimentos cardíacos aumentavam a cada novo lote exibido. Quando começaram o leilão de o *Banco de Pedra no Jardim do Hospital de Saint-Paul em St. Rémy*, com um lance mínimo de 80 mil libras, e o leiloeiro bateu o martelo, vendendo a peça por 140 mil, um preço recorde para uma obra de Van Gogh, ele pegou o lenço para enxugar as gotas de suor afloradas na testa.

Resolveu virar a página do catálogo para dar mais uma olhada na obra-prima que ele tanto admirava, mas em cujo leilão, paradoxalmente, ele ainda esperava terminar derrotado.

— Lote número 29, *O Pensador*, de Auguste Rodin — anunciou o sr. Wilson. — Se os senhores olharem no catálogo, verão que é uma peça fundida por Alexis Rudier durante a vida do artista. A obra está em exposição na entrada do salão — informou o leiloeiro. Muitos circunstantes se viraram para apreciar a estupenda escultura de bronze. — Como demonstraram muito interesse pela peça, senhores, iniciarei o pregão com um lance mínimo de 40 mil libras. Obrigado, senhor — agradeceu o leiloeiro, apontando para um cavalheiro sentado bem à frente dele, no corredor central. Vários clientes se viraram de novo, desta vez na esperança de saber quem poderia ser o licitante.

Sir Alan deu o lance com um ligeiro abano de cabeça, quase imperceptível.

— Cinquenta mil — apregoou o leiloeiro, logo voltando a atenção para o homem sentado no corredor central, que levantou uma das mãos de novo. — Tenho 60 mil agora. — Em seguida, com uma rápida olhadela na direção de Sir Alan, o sr. Wilson recebeu outro ligeiro abano de cabeça. Virou-se prontamente para o homem no corredor central e propôs 80 mil pela peça, mas sua oferta foi recebida com um semblante carregado de frustração, moldado pela impossibilidade de suplantar o lance, acompanhado por um firme aceno negativo da cabeça.

— Tenho agora setenta mil libras — disse o leiloeiro, voltando a olhar para Sir Alan, que sentia o pensamento sendo invadido por uma dúvida crescente. Mas aí, de repente, o sr. Wilson olhou para a esquerda e disse: — Oitenta mil libras! Acabei de receber um lance por telefone de 80 mil libras — informou, logo voltando a atenção para Sir Alan mais uma vez. — Noventa mil? — disse, prolongando as sílabas, instigante.

Sir Alan assentiu outra vez.

Wilson tornou a olhar para os telefones, onde viu alguém levantar a mão alguns segundos depois.

— Cem mil libras. Será que ouvi 110 mil libras? — perguntou ele, olhando outra vez para Sir Alan e estampando no semblante sua melhor imitação do sorriso do Gato de Cheshire.

Será que deveria arriscar? Pela primeira vez na vida, o chefe de gabinete ministerial resolveu arriscar. E assentiu de novo.

— Acabaram de oferecer 110 mil libras pela peça — anunciou Wilson, olhando em seguida diretamente para o funcionário da Sotheby's que continuava com o fone no ouvido, aguardando instruções.

Martinez se virou para ver se conseguia identificar a pessoa que disputava a peça lance a lance com ele.

A conversa sussurrada ao telefone continuou por mais algum tempo. A cada novo segundo transcorrido, Sir Alan ficava mais e mais nervoso. Tentou não pensar na possibilidade de que Martinez o tivesse enganado e houvesse conseguido entrar clandestinamente com os 8 milhões de libras no país enquanto o SAS queimava apenas as falsificações das falsificações. Tamanha era a tensão que o que lhe pareceu uma hora se mostrou, na verdade, pouco mais de vinte segundos. E então, inesperadamente, o homem que falava ao telefone levantou uma das mãos de novo.

— O lance que me passaram agora por telefone é de 120 mil libras — informou Wilson, tentando não parecer triunfante. Tornou a fixar a atenção em Sir Alan, que não mexeu um músculo sequer. — Tenho uma oferta de 120 mil libras no telefone. É a última chance dos senhores — advertiu, olhando diretamente para Sir Alan, mas o chefe de gabinete de ministérios tinha voltado a assumir seu papel de agente do governo com um semblante de total impassibilidade.

— Vendido por 120 mil libras! — anunciou Wilson, batendo o martelo e tentando transmitir seu sorriso ao ofertante ao telefone.

Sir Alan soltou um suspiro de alívio, ficando ainda mais contente ao ver o sorriso triunfal estampado no rosto de Martinez, fato que o convenceu de que o argentino acreditava que tinha comprado sua própria estátua, com 8 milhões de libras armazenada em seu interior, por meras 120 mil libras. E amanhã, com certeza, recuperaria seu verdadeiro tesouro.

Depois do leilão de mais alguns lotes, Martinez se levantou de seu assento na terceira fileira e forçou passagem pela fileira de pessoas sentadas, sem a menor preocupação com a possibilidade de que talvez ainda estivessem acompanhando os pregões do leilão. Quando ele alcançou o corredor, dirigiu-se para a saída com um sorriso de satisfação, retirando-se do salão logo depois. Os dois rapazinhos que seguiram em sua esteira pelo menos tiveram a educação de demonstrar constrangimento.

Sir Alan achou melhor esperar que mais meia dúzia de lotes fossem leiloados e só depois se retirou discretamente do local. Quando pôs os pés na Bond Street, a noite estava tão agradável que resolveu ir a pé para seu clube na Pall Mall e dar-se de presente uma dúzia de ostras e uma taça de champanhe. Teria dado um mês do próprio salário para ver a cara de Martinez quando descobrisse que, no fim das contas, sua vitória se provaria vazia.

43

Na manhã seguinte, o licitante anônimo que dera os lances por telefone fez outras três ligações, antes de, alguns minutos depois das dez horas, deixar o número 44 da Eaton Square. Fez sinal para um táxi e pediu ao motorista que o levasse ao número 19 da St. James's Street. Quando pararam na frente do Bank Midland, solicitou ao taxista que ficasse esperando.

Ele não se surpreendeu ao ver que o gerente do banco estava preparado para atendê-lo. Afinal de contas, era impossível ter muitos clientes que nunca haviam ficado no vermelho. O gerente o convidou a entrar em seu escritório e, assim que seu cliente especial se sentou, ele perguntou:

— Em nome de quem o senhor gostaria de emitir o cheque administrativo?

— Sotheby's.

O gerente preparou o cheque e o assinou. Em seguida, colocou-o num envelope e o entregou à versão jovem do sr. Martinez, a imagem que ele fazia do rapaz. Diego pôs o envelope num bolso interno do paletó e partiu sem dizer mais nenhuma palavra.

— Sotheby's — disse ele, simplesmente, quando fechou a porta do táxi e se acomodou no banco traseiro.

Quando o táxi parou na frente da casa de leilões na Bond Street, Diego solicitou mais uma vez ao motorista que o aguardasse. Ele saiu do veículo, passou pela porta da frente do estabelecimento e seguiu direto para o balcão de pagamentos.

— Posso ajudá-lo, senhor? — perguntou um jovem em pé no balcão.

— Comprei o lote número 29 no leilão da noite passada — disse Diego — e gostaria de efetuar o pagamento — acrescentou, levando o rapaz a folhear o catálogo.

— Ah, sim. *O Pensador*, de Rodin — tornou o atendente, fazendo Diego perguntar-se quantos arrematantes de peças leiloadas recebiam o tratamento do "Ah, sim". — São 120 mil libras, senhor.

— Claro — concordou Diego. Ele pegou o envelope no bolso, tirou dele o cheque administrativo — uma forma de pagamento que dava ao comprador a garantia de anonimato — e a pôs sobre o balcão.

— Gostaria que entregássemos a peça, senhor, ou o senhor mesmo prefere retirá-la?

— Eu a pegarei dentro de uma hora.

— Não sei se isto será possível, senhor — objetou o rapaz. — Pois, no dia seguinte a uma importante venda de peças, corremos muito, ficando sempre bastante atarefados.

Sem pensar duas vezes, Diego pegou a carteira e pôs uma nota de cinco libras no balcão, provavelmente uma quantia maior do que tudo que o rapaz ganhava em uma semana.

— Pois então faça esses pés correrem em minha direção — disse ele. — E, se a peça estiver embalada esperando por mim, quando, dentro de uma hora, eu tiver voltado, você receberá mais duas iguais a esta.

O rapaz pôs a nota sorrateiramente num bolso traseiro, confirmando que o acordo estava fechado.

Diego voltou para o táxi e, desta vez, passou ao motorista um endereço na área da estação Victoria. Quando o taxista parou na frente do edifício, Diego saiu do carro e se desfez de mais uma cédula de cinco libras de seu pai. Ficou esperando o troco, pôs duas notas genuínas na carteira assim que o recebeu e deu seis *pence* de gorjeta ao motorista. Em seguida, entrou no edifício e foi direto ao encontro do único atendente de vendas desocupado.

— Em que posso ajudá-lo? — perguntou uma jovem usando um uniforme amarelo e marrom.

— Meu nome é Martinez — disse ele. — Telefonei agora de manhã para reservar um caminhão de transporte de carga pesada.

Assim que Diego preencheu o formulário necessário, desfez-se de outra nota de cinco libras falsa e pôs mais três notas verdadeiras na carteira.

— Obrigado, senhor. Seu caminhão está no pátio dos fundos, estacionado na vaga de número 71 — informou o atendente, entregando-lhe uma chave.

Diego se dirigiu ao pátio e, depois de ter identificado o caminhão, destrancou a porta traseira e deu uma olhada no interior do veículo. Concluiu que era perfeito para o serviço. Em seguida, pôs-se ao volante, ligou o motor e partiu na viagem de volta à Sotheby's. Vinte minutos depois, estacionou na frente da entrada dos fundos do estabelecimento, na George Street.

Logo que saiu do caminhão, a porta dos fundos da casa de leilões se abriu e um caixote enorme, com vários adesivos indicando *VENDIDA* colados em toda parte, foi levado para a calçada em cima de um carrinho, acompanhado por seis homens com longos casacos verdes que, a julgar por seus corpos fortes e musculosos, davam a impressão de que haviam sido lutadores de boxe profissionais antes de terem ido trabalhar na Sotheby's.

Assim que Diego abriu a porta traseira do caminhão, homens tiraram o caixote do carrinho a doze mãos, como se ele contivesse um espanador de plumas, e o puseram na traseira do veículo. Diego trancou a porta do veículo e deu em seguida, ao jovem atendente do balcão de pagamentos, mais duas notas de cinco libras.

Logo que se pôs atrás do volante, deu uma olhada no relógio: 11h41. Viu que não teria problema em chegar a Shillingford dentro de algumas horas, embora soubesse que seu pai começaria a andar de um lado para o outro da via de acesso da propriedade muito antes disso.

Quando Sebastian identificou o emblema azul claro da Universidade de Cambridge num envelope em meio à correspondência matinal, ele o pegou e o abriu imediatamente. A primeira coisa que sempre fazia com toda correspondência recebida era verificar a assinatura ao pé da página. Viu que o remetente havia assinalado Dr. Brian Padgett, nome que não lhe era familiar.

Prezado sr. Clifton,

Sebastian estava demorando um pouco a se acostumar com essa forma de tratamento.

Escrevo para lhe parabenizar por ter sido contemplado com a bolsa de estudos integral na Faculdade de Letras da Universidade de Cambridge. Como estou certo de que seja de seu conhecimento, o primeiro período do ano letivo começa no dia 16 de setembro, mas espero que possamos nos encontrar para conversarmos a respeito de alguns assuntos, incluindo sua lista de livros curriculares, antes do início do período letivo.

Gostaria também de lhe passar orientações sobre as matérias do curso e de seu plano de estudos como primeiranista.

Talvez fosse bom que o senhor me escrevesse ou, melhor ainda, telefonasse.

Atenciosamente,

Dr. Brian Padgett
Orientador Sênior

Depois de ter lido a carta pela segunda vez, Sebastian decidiu telefonar para Bruno, a fim de descobrir se ele tinha recebido uma carta parecida, pois achava que, se tivesse, ambos poderiam viajar juntos para Cambridge.

Diego não ficou nem um pouco surpreso ao ver o pai sair correndo pela porta da frente assim que viu o filho passar pelos portões de acesso à mansão. Surpresa mesmo foi ter visto seu irmão Luis vindo em sua direção, acompanhado por todos os membros da equipe de empregados da Mansão Shillingford, alguns passos atrás do patrão. Viu também que Karl vinha à retaguarda da turma, carregando uma bolsa de couro.

— Você pegou a estátua? — perguntou seu pai, antes mesmo que Diego descesse do caminhão.

— Sim — respondeu ele, apertando a mão do irmão antes de seguir para a traseira do caminhão, onde destrancou a porta para mostrar a eles o enorme caixote com mais de uma dúzia de adesivos de *VENDIDA*. Dom Pedro sorriu ao ver a carga. Deu uns tapinhas no caixote, como se ele fosse um de seus cãezinhos de estimação. Depois, pôs-se de lado para que os demais ali presentes tratassem de fazer o trabalho pesado.

Diego ficou supervisionando a equipe, cujos integrantes começaram a puxar e empurrar a embalagem gigantesca para fora do caminhão centímetro após centímetro, até que ficasse a ponto de tombar para fora do veículo. Karl e Luis rapidamente seguraram dois dos cantos do caixote, enquanto Diego e o *chef* agarraram o outro, ao passo que o motorista e o jardineiro firmaram as mãos no meio.

Com grande esforço, os seis carregadores improvisados conseguiram levar o enorme caixote para os fundos da casa, onde o puseram no meio do gramado, para desgosto do jardine.

— Quer que a ponhamos em pé? — perguntou Diego ao pai assim que recuperaram o fôlego.

— Não — respondeu Dom Pedro. — Deixam-na deitada no chão, pois assim será mais fácil tirar o pedestal.

Karl pegou um pé de cabra em sua bolsa de ferramentas e iniciou a tarefa de tirar os pregos encravados com força nos sarrafos de madeira fixados no caixote. Ao mesmo tempo, o *chef*, o jardineiro e o motorista começaram a arrancar as tábuas de madeira das laterais com as próprias mãos.

Assim que o último pedaço de madeira tinha sido removido da embalagem, afastaram-se todos um pouco para observar *O Pensador*, jazendo de costas no gramado. Já Dom Pedro não tirou os olhos do pedestal. Ele se abaixou para examiná-lo mais de perto, mas não viu nada que indicasse que tinham mexido nele. Satisfeito, levantou a cabeça, olhou para Karl e fez um meneio afirmativo.

Logo depois, seu guarda-costas de confiança agachou-se e examinou os quatro parafusos com porca de borboleta. Em seguida, tirou um alicate da bolsa de ferramentas e começou a desatarraxar uma delas, que custou a se desenroscar no início, mas depois foi soltando-se um pouco mais facilmente, até que, por fim, saiu do parafuso e caiu no gramado. Ele repetiu o procedimento mais três vezes, conseguindo tirar todas, enfim, algum tempo depois. Fez uma pausa para descansar, mas apenas por alguns instantes, antes de agarrar firme ambos os lados do pedestal de madeira e, com toda a sua força, o tirar da base da estátua e o deixar numa parte do gramado. Com um sorriso de satisfação, ele se pôs de lado para permitir que o patrão tivesse o prazer de ser o primeiro a dar uma olhada no interior.

Martinez se ajoelhou no gramado e olhou para o interior através da grande abertura na base, enquanto Diego e o restante da equipe ficaram aguardando a ordem seguinte. Seguiu-se um longo silêncio antes que Dom Pedro soltasse, de repente, um grito tão forte e penetrante que talvez houvesse despertado as almas dos que descansavam em paz no jardim do sono eterno da paróquia vizinha. Os seis homens, exibindo no semblante níveis de medo mais ou menos aterrorizado, ficaram olhando fixamente para ele, sem ter certeza do que tinha provocado a explosão de raiva, até que enfim o patrão perguntou aos berros:

— Onde está o meu dinheiro?!

Diego nunca tinha visto o pai com tanta raiva assim. Ele se pôs de joelhos rapidamente ao seu lado, enfiou as mãos no interior da estátua e o vasculhou nervosamente com os braços, à procura dos milhões desaparecidos, mas tudo que conseguiu tirar lá de dentro foi uma nota de cinco libras falsa que ficara presa num de seus recessos de bronze internos.

— Onde diabos foi parar o dinheiro?! — perguntou Diego.

— Alguém deve tê-lo roubado — respondeu Luis.

— Isso é óbvio, porra! — vociferou Dom Pedro.

Ninguém se atreveu a dar mais opinião enquanto o patrão continuou a fitar o interior vazio da estátua, ainda achando difícil acreditar que o único resultado de tanto esforço, depois de um ano de preparativos para aquele momento, era apenas uma única nota de cinco libras falsificada.

Passaram-se vários minutos até Martinez, um tanto sem firmeza, talvez pelo baque sofrido, decidiu pôr fim se levantar. Quando voltou finalmente a falar, parecia incrivelmente calmo.

— Não sei quem foi o responsável por isto — disse ele, apontando para a estátua com hostilidade —, mas, ainda que seja a última coisa que eu faça na vida, descobrirei quem foi e lhe darei meu cartão de visita.

Sem dizer mais nenhuma palavra, Dom Pedro deu as costas para a estátua e saiu caminhando em direção à mansão. Apenas Diego,

Luis e Karl ousaram ir atrás. Ele entrou pela porta da frente, atravessou o saguão, penetrou na sala de estar e parou na frente de um retrato de corpo inteiro de uma amante de Tissot. Em seguida, tirou o quadro da sra. Kathleen Newton da parede e o pôs no parapeito da janela. Depois, girou, várias vezes, um disco numerado em ambos os sentidos; primeiro para a esquerda, depois para a direita, até que, por fim, quando ouviu um clique, abriu a pesada porta de um cofre. Durante algum tempo, Martinez ficou olhando fixamente para as pilhas de notas de cinco libras que, nos últimos dez anos, membros de sua família e empregados de confiança tinham introduzido clandestinamente na Inglaterra, antes que decidisse retirar dali três grandes maços de notas e entregar cada um para Diego, Luis e Karl. Olhou fixamente também para os três antes de voltar a se manifestar.

— Que ninguém descanse enquanto não descobrirmos quem foi o responsável pelo roubo de meu dinheiro. Cada um de vocês deve fazer a sua parte, pois só serão recompensados se mostrarem resultados.

Em seguida, virou-se para Karl.

— Quero que descubra quem informou a Giles Barrington que seu sobrinho estava indo para Southampton e não a caminho do Aeroporto de Londres.

Karl abanou afirmativamente a cabeça enquanto Martinez se virava para encarar Luis.

— Vá a Bristol esta noite procurar saber quem são os inimigos dos Barrington. Afinal, membros do Parlamento sempre têm inimigos. E não esqueça que muitos deles defenderão seus próprios interesses. Enquanto estiver lá, tente obter quaisquer informações que puder sobre a companhia de navegação da família. Será que estão enfrentando dificuldades financeiras? Eles têm algum problema com os sindicatos? Existe alguma discordância em torno de políticas da companhia entre membros da diretoria? Terão eles acionistas manifestando receios com relação a elas? Investigue a fundo, Luis. Lembre-se de que talvez você só ache água depois que tiver chegado a um ponto muito abaixo da superfície.

— Diego — disse ele, concentrando a atenção agora no filho mais velho —, volte à Sotheby's e procure saber quem foi o ofertante que venci na disputa pelo arremate do lote 29, pois eles deviam saber que meu dinheiro não estava mais na estátua; do contrário, não teriam podido arriscar-se a aumentar tanto a oferta pela compra da peça.

Dom Pedro fez uma pequena pausa antes de voltar a falar e, quando fez isso, começou a estocar de leve, com a ponta do dedo indicador, o tórax de Diego.

— Mas sua tarefa mais importante será criar uma equipe que me permita destruir a pessoa responsável pelo roubo. Comece acionando os melhores advogados, pois eles devem conhecer policiais corruptos, bem como os criminosos que nunca são presos, e eles não farão muitas perguntas, desde que não falte dinheiro para pagar por seus serviços. Assim que tivermos respostas para todas essas perguntas e estiver tudo organizado, estarei pronto para fazer a eles o que eles nos fizeram.

44

— Cento e vinte mil libras — disse Harry. — Um lance dado por telefone, mas parece que o *The Times* não sabe quem foi o comprador.

— Apenas uma pessoa poderia ter pago essa dinheirama toda pela peça — observou Emma. — E, a esta altura, o sr. Martinez deve ter descoberto que não recebeu aquilo pelo qual pagou. — Harry levantou a cabeça, interrompendo a leitura do jornal, e viu a mulher estremecer. — E, se tem uma coisa que sabemos a respeito desse homem, é que ele vai querer saber quem foi o responsável pelo roubo de seu dinheiro.

— Mas ele não tem motivos para acreditar que o Seb se envolveu nisso. Estive em Buenos Aires somente por algumas horas, onde ninguém, a não ser o embaixador, sabia o meu nome.

— Com exceção do senhor... qual era o nome dele mesmo?

— Bolton. Mas ele voltou no mesmo avião que eu.

— Se eu fosse Martinez — observou Emma, com a voz trêmula —, a primeira pessoa que eu suporia envolvida nisso seria o Seb.

— Mas por quê, já que não foi mesmo o caso?

— Porque ele foi a última pessoa a ver a estátua antes que ela fosse entregue à Sotheby's.

— Isso não prova nada.

— Acredite: para Martinez, isso será prova suficiente. Acho que não temos escolha. Precisamos alertar Sebastian que...

De repente, a porta se abriu e Jessica entrou correndo no recinto.

— Mamãe, adivinhe aonde o Seb vai amanhã.

— Luis, ponha-me a par do que você descobriu em Bristol.

— Já movi céus e terras para ver se surgia uma pista.

— E surgiu?

— Sim. Descobri que, embora Barrington seja muito respeitado e popular em sua base eleitoral, fez vários inimigos ao longo de sua carreira política, incluindo sua ex-esposa, e...

— Qual o problema?

— Tenho a impressão de que Barrington lhe causou uma grande decepção com relação ao testamento de sua mãe e que ela se ressente muito de ter sido substituída pela filha de um minerador galês.

— Então, talvez não fosse melhor você tentar entrar em contato com ela?

— Já tentei, mas não é tão simples assim. Os membros da classe alta inglesa acham que deve haver sempre alguém que faça a apresentação de um desconhecido. Mas, enquanto eu estava em Bristol, conheci um homem que alega conhecê-la bem.

— Qual o nome dele?

— Major Alex Fisher.

— E qual a ligação dele com Barrington?

— Ele foi candidato dos conservadores na última eleição, quando Barrington o derrotou por uma diferença de quatro votos. Fisher alega que Barrington lhe tirou fraudulentamente a chance de conquistar o assento no Parlamento, e tenho a impressão de que ele faria qualquer coisa para se vingar.

— Então precisamos ajudá-lo nessa causa — disse Dom Pedro.

— Descobri também que, desde que perdeu a eleição, Fisher vem se afundando em dívidas por toda Bristol e está numa busca desesperada por uma corda de salvação.

— Isso quer dizer que vou ter que lançar uma para ele, não? — indagou Dom Pedro. — E o que você teria a dizer da namorada de Barrington?

— Doutora Gwyneth Hughes. Ela leciona matemática na St. Paul, uma escola para meninas em Londres. O diretório do Partido Trabalhista local vem esperando um anúncio do futuro deles como casal desde quando ele conseguiu o divórcio, mas, citando um membro do diretório que a conheceu, ela não é uma pessoa que poderíamos chamar de "dondoca".

— Esqueça essa mulher — ordenou Dom Pedro. — Ela não terá nenhuma utilidade para nós, a menos que seja descartada pelo amante. Concentre-se na ex-mulher dele e, se o major conseguir marcar um encontro, procure saber se ela está interessada em dinheiro ou em vingança. Afinal, todas as ex-esposas querem uma coisa ou outra e, na maioria dos casos, em ambas — observou ele, sorrindo para Luis de que acrescentar: — Parabéns, meu garoto — disse e, virando-se para Diego, perguntou: — E o que você tem para mim?

— Ainda não terminei — respondeu Luis, um tanto ressentido. — Eu conheci uma pessoa também que sabe mais coisas sobre a família Barrington do que seus próprios integrantes.

— E quem é essa pessoa?

— Um detetive particular chamado Derek Mitchell. No passado, trabalhou tanto para os Barrington quanto para os Clifton, mas tenho a impressão de que, por uma boa quantia, eu conseguiria persuadi-lo a...

— Fique longe desse homem — disse Dom Pedro com firmeza. — O que faz você pensar que, se por acaso ele estiver disposto a trair seus antigos clientes, não fará o mesmo conosco quando isso lhe convier? Mas isto não significa que você não deva ficar com os olhos muito atentos nele.

Luis abanou a cabeça, concordando com o pai, embora parecesse desapontado.

— E você, Diego?

— Um piloto da BOAC chamado Peter May ficou hospedado no Hotel Molinga por duas noites, na mesma época em que Sebastian estava em Buenos Aires.

— E daí?

— Esse mesmo homem foi visto saindo pela porta dos fundos da embaixada britânica no dia da festa ao ar livre.

— Poderia ser apenas coincidência.

— Mas o porteiro do Milonga ouviu por acaso alguém que parecia conhecer o tal sujeito chamá-lo de Harry Clifton. Acontece que esse é também o nome do pai de Sebastian.

— Já não parece mais mera coincidência.

— E, assim que descobriram seu disfarce, o homem pegou o primeiro avião com destino a Londres.

— Coincidência uma ova!

— Além do mais, o sr. Clifton deixou o hotel sem pagar a conta, despesa que foi assumida depois pela embaixada britânica, provando assim que pai e filho não apenas estiveram em Buenos Aires ao mesmo tempo, mas também que devem ter trabalhado juntos.

— Então por que não ficaram no mesmo hotel? — perguntou Luis.

— Aposto que porque não queriam que os vissem juntos — aventou Dom Pedro, fazendo uma pausa antes de acrescentar: — Muito bom, Diego. E esse tal de Harry Clifton foi também o ofertante derrotado por mim na disputa pela estátua?

— Acho que não. Quando perguntei ao presidente da Sotheby's quem era o sujeito, ele disse que não fazia ideia. E, apesar de minha indireta, ficou claro que o sr. Wilson não é um homem que se possa induzir a aceitar suborno. E desconfio que, se ele sofresse algum tipo de ameaça, a primeira coisa que faria seria telefonar para a Scotland Yard — advertiu Diego, levando Dom Pedro a fechar a cara. — Mas talvez eu tenha percebido um deslize do sr. Wilson em nossa conversa — prosseguiu Diego. — Quando insinuei que o senhor estava pensando na ideia de pôr *O Pensador* à venda, ele deixou escapar que talvez o governo britânico se interessasse em comprar a estátua.

Dom Pedro explodiu de raiva outra vez, disparando uma torrente de pragas e insultos que teriam deixado um diretor de presídio chocado. Levou algum tempo para que voltasse a se acalmar e, quando isso finalmente aconteceu, ele disse, quase sussurrante:

— Então agora sabemos quem roubou o meu dinheiro. E, a esta altura, eles devem ter destruído as notas ou as entregado ao Banco Central da Inglaterra. Em todo caso — disse ele com veemência raivosa —, nunca veremos um centavo daquele dinheiro novamente.

— Mas até mesmo o governo britânico não poderia ter realizado uma operação como essa sem a cooperação das famílias Clifton e Barrington — observou Diego. — Portanto, nosso alvo continua o mesmo.

— Concordo. Como sua equipe está se saindo? — perguntou Dom Pedro, mudando rapidamente de assunto.

— Montei um pequeno grupo que não gosta de pagar impostos — respondeu Diego, levando os outros três a rir pela primeira vez naquela manhã. — Por enquanto, estou pagando a eles honorários fixos para que estejam prontos para agir assim que você der a ordem.

— Eles fazem ideia de quem é a pessoa para a qual irão trabalhar?

— Não. Acham que sou um estrangeiro com muito dinheiro e, para ser sincero, não fazem muitas perguntas. Presumo que será sempre assim, desde que sejam pagos em dia e com dinheiro vivo.

— Muito bom — disse Dom Pedro, virando-se para Karl. — Você conseguiu descobrir quem disse a Barrington que seu sobrinho estava a caminho de Southampton em vez de para Londres?

— Embora eu não tenha provas — respondeu Karl —, lamento informar que o único na lista de suspeitos é Bruno.

— O maior problema desse garoto é que ele sempre foi honesto demais. A culpa é da mãe dele. Devemos evitar conversar sobre meus planos com ele por perto.

— Mas nenhum de nós tem muita certeza de quais são seus planos — observou Diego.

— Nunca se esqueça — disse Dom Pedro, sorrindo — de que, se você quiser subjugar um império, tem que começar matando o primeiro na linha de sucessão.

45

A campainha da porta da frente tocou quando faltava um minuto para as dez da manhã. Karl foi atender.

— Bom dia, senhor — disse ele. — Em que posso ajudá-lo?

— Tenho um encontro com o sr. Martinez às dez.

Karl cumprimentou o visitante com uma mesura e abriu passagem para que ele entrasse. Em seguida, atravessou com ele o saguão, bateu levemente à porta de um escritório e anunciou:

— Seu convidado chegou, senhor.

Martinez se levantou da mesa e estendeu a mão para o visitante.

— Bom dia. Estava ansioso para lhe conhecer.

Depois que Karl fechou a porta do escritório e foi para a cozinha, passou por Bruno pelo caminho e viu que o rapaz estava conversando ao telefone.

— Meu pai me deu alguns ingressos para a semifinal masculina em Wimbledon amanhã e sugeriu que eu o convidasse.

— Muito legal da parte dele — disse Seb —, mas, como terei uma entrevista com meu orientador em Cambridge na sexta-feira, acho que não poderei ir.

— Não me venha com essa desculpa esfarrapada — disse Bruno. — Pois não existe nada que o impeça de vir a Londres amanhã de manhã. Como a partida só começará às duas da tarde, desde que você chegue aqui até as onze horas, terá tempo mais que suficiente.

— Mas terei que estar em Cambridge até o meio-dia no dia seguinte.

— Então você poderá muito bem passar a noite aqui que Karl o levará depois para a Liverpool Street de manhã cedo, na sexta.

— Quem vai jogar?

— Fraser contra Cooper, numa partida de promete ser emocionante. E, se você se comportar, prometo levá-lo para Wimbledon em meu elegante carro novo.

— Você tem carro? — perguntou Sebastian, admirado.

— Um MGA laranja, um cupê conversível. Papai me deu de presente de aniversário quando fiz 18 anos.

— Seu filho da mãe sortudo! — comentou Sebastian. — Papai me deu a obra completa de Proust no meu — lamentou-se, arrancando uma risada de Bruno.

— E, se você se comportar mesmo, talvez eu até lhe fale a respeito de minha última namorada no caminho.

— Sua última? — zombou Sebastian. — Você teria que ter tido pelo menos uma antes que pudesse ter sua "última".

— Será que isso não é uma pontinha de inveja?

— Eu direi se é mesmo depois que a tiver conhecido.

— Você não terá como fazer isso, pois só a verei de novo na sexta-feira e, então, você estará no trem para Cambridge. Vejo você às onze amanhã.

Assim que Bruno desligou o telefone, estava a caminho do quarto quando viu a porta do escritório se abrir e seu pai aparecer com um dos braços nos ombros de um homem com aparência de militar. Bruno não teria pensado na ideia de escutar a conversa do pai se não tivesse ouvido mencionarem o nome Barrington.

— Nós o faremos voltar para a diretoria em breve — prometeu Martinez enquanto acompanhava o convidado até a porta da frente.

— Isso será para mim uma iguaria que degustarei com muito prazer.

— Contudo, quero que saiba, major, que não estou interessado num ataque momentâneo aos Barrington apenas para humilhar a família. Está nos meus planos de longo prazo assumir o controle da companhia e torná-lo presidente. O que acha disso?

— Se isso servir para acabar com Giles Barrington, nada me deixará mais feliz.

— Mas não apenas com Barrington — observou Martinez. — Minha intenção é destruir, um por um, todos os membros da família.

— Melhor ainda — disse o major.

— Então, a primeira coisa que você tem que fazer é comprar as ações da Barrington quando e sempre que elas forem postas à venda. Assim que eu tiver 7,5% das ações, eu o porei na diretoria de novo como meu representante.

— Obrigado, senhor.

— Não me chame de senhor. Para meus amigos, sou Pedro.

— E eu, Alex.

— Pois não se esqueça, Alex, que, daqui para a frente, somos sócios e temos um único objetivo.

— Melhor do que isso, Pedro, impossível — disse o major enquanto os dois se cumprimentavam com um aperto de mãos. Enquanto o convidado se retirava, Dom Pedro poderia jurar que o ouviu assobiar.

Logo que Dom Pedro tornou a entrar em casa, deparou-se com Karl esperando por ele no corredor.

— Precisamos ter uma conversa, senhor.

— Vamos para o meu escritório.

Nenhum dos dois disse uma palavra sequer enquanto a porta do escritório não foi fechada. Karl repetiu então a conversa que ele tinha ouvido por acaso entre Bruno e seu amigo.

— Eu sabia que ele acharia esses ingressos irresistíveis — observou Martinez, pegando o telefone na mesa em seguida. — Ponha o Diego na linha — ordenou ele, com um tom severo. — E agora vamos ver se conseguimos tentar o garoto com algo ainda mais irresistível — disse ele enquanto ficou esperando seu filho atender.

— O que posso fazer pelo senhor, pai?

— O jovem Clifton mordeu a isca e virá a Londres amanhã para assistir ao jogo em Wimbledon. Caso Bruno conseguisse persuadi-lo a aceitar minha outra oferta, você conseguiria deixar tudo pronto até sexta-feira?

Sebastian teve que pegar emprestado o despertador da mãe para que acordasse a tempo de pegar o trem das 7h23 com destino a Paddington. Emma ficou esperando por ele no saguão e se ofereceu para levá-lo de carro à estação de Temple Meads.

— Você acha que se encontrará com o sr. Martinez quando estiver em Londres?

— É praticamente certo — respondeu Sebastian —, já que foi sugestão dele que eu assistisse ao jogo com Bruno em Wimbledon. Por que está perguntando?

— Por nenhuma razão especial.

Sebastian teve vontade de perguntar à mãe por que ela parecia tão preocupada com o sr. Martinez, mas achou que, se fizesse isso, obteria o mesmo tipo de resposta. Nenhuma razão especial.

— Você terá tempo para se encontrar com sua tia Grace enquanto estiver em Cambridge? — perguntou-lhe a mãe, mudando de assunto de uma forma um tanto óbvia demais.

— Ela me convidou para tomar chá com ela na Newnham no sábado à tarde.

— Não se esqueça de dar um abraço nela por mim — solicitou Emma assim que pararam na frente da estação.

Quando embarcou, Sebastian se sentou num canto do vagão, tentando saber por que seus pais pareciam tão preocupados com um homem que não conheciam. Acabou concluindo que seria melhor perguntar a Bruno se ele sabia de algo. Afinal de contas, Bruno não lhe parecera muito convicto de que fora uma boa ideia ele ir a Buenos Aires.

Assim que o trem chegou a Paddington, Sebastian ainda não se achava nem perto de solucionar o mistério. Ele entregou a passagem ao fiscal na cancela, saiu da estação e atravessou a rua, só parando quando alcançou o número 37, onde bateu à porta.

— Ah, meu Deus! — disse a sra. Tibbet quando viu quem estava em pé diante da porta, lançando imediatamente os braços ao redor do pescoço do jovem Clifton. — Achei que jamais o veria de novo, Seb.

— O estabelecimento fornece café da manhã a calouros pobres?

— Se isto significa que, finalmente, você vai para Cambridge, então verei o que posso fazer — disse ela, entrando com Sebastian na hospedaria. — E feche a porta — acrescentou. — Ou será que deixou as boas maneiras em casa?

Sebastian voltou correndo e fechou a porta antes de descer a escada para reunir-se com Tibby na cozinha.

— Vejam só quem está aqui! — disse Janice logo que o viu, dando-lhe outro abraço apertado, seguido pelo melhor café da manhã que ele havia tomado desde a última vez que estivera naquela cozinha.

— E o que você tem feito desde a última vez que nos vimos? — perguntou a sra. Tibbet.

— Estive na Argentina, onde conheci a princesa Margarete.

— Onde fica a Argentina? — perguntou Janice.

— Muito longe daqui — respondeu a sra. Tibbet.

— E vou estudar em Cambridge em setembro — acrescentou ele enquanto comia. — Graças a você, Tibby.

— Espero que não tenha ficado chateado com o fato de eu ter entrado em contato com seu tio. E o pior é que ele acabou tendo que vir me procurar aqui em Paddington.

— Agradeço a Deus por você ter feito isso — observou Sebastian. — Do contrário, talvez eu ainda estivesse na Argentina.

— E o que fez você vir a Londres desta vez? — perguntou Janice.

— Senti tanta saudade de vocês duas que tive que voltar — respondeu Seb. — Além disso, onde mais eu poderia ter um café da manhã tão bom quanto este?

— Conta outra que essa não colou — disse a sra. Tibbet enquanto punha uma terceira salsicha com o garfo no prato dele.

— Bem, realmente, existe outra razão — admitiu Sebastian. — Bruno me convidou para assistir à semifinal masculina em Wimbledon hoje à tarde entre Fraser e Cooper.

— Estou apaixonada por Ashley Cooper — disse Janice, largando o pano de prato.

— Você se apaixona por qualquer um que chegue à semifinal — caçoou a sra. Tibbet.

— Mentira! Nunca me apaixonei por Neale Fraser.

Sebastian começou a rir. E, como teve motivos para rir por praticamente mais uma hora inteira, só apareceu na Eaton Square quando eram quase onze e meia. Quando Bruno abriu a porta, Seb disse:

— A culpa é minha, mas só me atrasei por causa de duas de minhas namoradas.

— Explique tudinho mais uma vez — pediu Martinez — e não omita nenhum detalhe.

— Uma equipe de três motoristas experientes fez vários ensaios na semana passada — disse Diego. — Ela vai fazer um teste final hoje à tarde.

— E o que pode dar errado?

— Se Clifton não aceitar seu convite, a operação terá que ser cancelada.

— Se eu conheço mesmo esse garoto, ele não conseguirá resistir ao convite. Só peço que você faça tudo para que eu não cruze com ele pelo caminho antes que ele parta para Cambridge de manhã, pois não sei se conseguirei resistir à vontade de esganá-lo.

— Fiz o possível para que seus caminhos não se cruzem. Hoje à noite, você jantará com o major Fisher no Savoy e, amanhã de manhã, terá uma reunião na cidade, na qual será informado por um advogado acerca de seus direitos legais, dos quais passará a usufruir assim que tiver comprado 7,5% das ações da Barrington.

— E à tarde?

— Nós dois iremos a Wimbledon. Não para assistir à final feminina, mas para que você tenha um milhão de álibis.

— E onde Bruno estará?

— Indo para o cinema com a namorada. Como o filme começa pouco depois das duas e termina por volta das cinco, ele só ficará sabendo da triste notícia a respeito de seu amigo à noite, quando tiver voltado.

Quando Sebastian se recolheu à noite, não conseguiu pegar no sono. Relembrou em sua mente, como um filme mudo, tudo que havia acontecido durante o dia, quadro após quadro: o café da manhã com Tibby e Janice; a viagem a Wimbledon no carro do amigo para assistir a uma semifinal eletrizante, em que o quarto *set* acabou sendo vencido por Cooper, por 8 a 6. Pensou também nas últimas cenas do dia, na qual se reviu em uma visita a Madame Jojo's na Brewer Street, onde ficou cercado por uma dúzia de Gabriellas. Mais uma coisa, aliás, que jamais contaria à mãe.

E depois, para coroar o dia, Bruno lhe perguntou, no caminho de casa, se ele não gostaria de ir para Cambridge no dia seguinte dirigindo o carro em vez de pegar um trem.

— Mas seu pai deixaria?

— Foi ideia dele.

Na manhã seguinte, quando desceu para tomar café, Sebastian ficou frustrado — já que queria agradecer a Dom Pedro por tanta gentileza — por descobrir que o anfitrião já tinha saído, levado pela necessidade de participar de uma reunião na cidade. Mas decidiu que lhe enviaria uma carta assim que voltasse para Bristol.

— Que dia incrível tivemos ontem — disse Sebastian enquanto enchia uma tigela de flocos de milho e se sentava ao lado de Bruno.

— Que se dane o dia de ontem — disse o amigo. — Estou muito mais preocupado com o dia de hoje.

— Qual o problema?

— Será que devo contar a Sally o que sinto por ela ou simplesmente presumir que ela sabe?

— Tão grave assim?

— Para você, é fácil. Afinal, você tem muito mais experiência com essas coisas do que eu.

— É verdade — concordou Sebastian.

— E apague esse sorriso debochado idiota do rosto, pois, do contrário, não vou lhe emprestar o carro.

Sebastian tentou ficar sério. Em seguida, Bruno se debruçou sobre a mesa e perguntou:

— Que tipo de roupa acha que eu deveria usar?

— Use um traje informal, mas elegante. Uma echarpe, em vez de gravata — sugeria Sebastian quando o telefone do corredor começou a tocar. — E não se esqueça de que Sally também ficará preocupada com a melhor roupa para a ocasião — acrescentava ele quando Karl entrou na sala.

— Uma tal de srta. Thornton está na linha querendo falar consigo, sr. Bruno.

Sebastian caiu na gargalhada quando viu Bruno sair docilmente da sala para atender o telefone. Ele estava passando geleia de laranja numa segunda torrada quando, alguns minutos depois, seu amigo retornou, queixando-se muito.

— Droga, droga! Mil vezes droga!

— O que aconteceu?

— Sally não poderá ir ao encontro. Disse que está resfriada e com febre.

— Em pleno verão? — indagou Sebastian. — Mais parece que ela está usando uma desculpa para lhe dar o cano.

— Errou de novo. Ela disse que estará melhor amanhã e que não vê a hora de se encontrar comigo.

— Então por que você não vai comigo para Cambridge? Pois não ligo nem um pouco para a roupa que você vai usar.

— Você não chega nem aos pés de Sally — disse Bruno, rindo com ironia —, mas a verdade é que não tenho nada melhor para fazer.

46

O "droga, droga, droga" de Bruno fez com que Karl deixasse a cozinha e fosse procurar saber o que estava acontecendo. No entanto, chegou ao destino somente a tempo de ver os dois garotos desaparecendo de vista pela porta da frente. Ele atravessou o salão correndo e foi até a calçada, mas tudo que pôde fazer foi observar o carro laranja partir com Sebastian ao volante.

— Senhor Bruno! — gritou Karl a plenos pulmões, mas nenhum dos dois se virou para olhar, pois Sebastian tinha ligado o rádio para que ouvissem as últimas notícias de Wimbledon. Karl correu para o meio da rua e agitou os braços desesperadamente, mas o veículo não diminuiu a velocidade. De repente, disparou correndo atrás dos dois, na tentativa de alcançá-los enquanto se aproximavam de um sinal verde no fim da rua.

— Feche, diacho! — gritou ele, e o sinal fechou mesmo, mas depois que Sebastian tinha virado à esquerda e começara a acelerar na direção da Hyde Park Corner. Karl acabou desistindo, tendo que aceitar que eles haviam escapulido. "Mas será que Bruno não tinha pedido que Sebastian o deixasse em algum lugar antes de ele seguir viagem para Cambridge?", pensou. Afinal, ele não tinha combinado de levar a namorada ao cinema à tarde? Concluiu, por fim, que era um risco que ele não podia dar-se o luxo de correr.

Virou-se e voltou correndo para a casa, tentando lembrar-se de onde o sr. Martinez deveria estar naquele dia. Ele sabia que o patrão passaria a tarde assistindo à final feminina em Wimbledon, mas, de repente, lembrou-se de que ele teria um encontro horas antes na cidade e que, portanto, talvez ainda estivesse no escritório. Um homem que não acreditava em Deus rezou para que Dom Pedro ainda não tivesse partido para Wimbledon.

Entrou apressado pela porta da frente, pegou o telefone no corredor e discou para o número do escritório. Alguns instantes depois, a secretária de Dom Pedro atendeu.

— Preciso falar urgente com o chefe, urgente! — disse ele.

— Mas o sr. Martinez e Diego foram para Wimbledon alguns minutos atrás.

— Seb, preciso ter uma conversa com você a respeito de algo que vem me preocupando faz algum tempo.

— Por que acho improvável que Sally irá ao encontro amanhã?

— Não. É algo muito mais sério do que isso — advertiu Bruno. Embora Sebastian houvesse percebido uma mudança no tom de voz do amigo, não pôde virar-se para encará-lo com a devida atenção, concentrado que estava em sua tentativa de passar com o carro pela Hyde Park Corner pela primeira vez.

— Ainda não consegui saber exatamente por que, mas tenho a impressão que, desde que você chegou a Londres, meu pai vem evitando todo tipo de contato com você.

— Mas isso não faz sentido. Afinal, foi ele mesmo que sugeriu que eu fosse a Wimbledon com você — lembrou-o Sebastian enquanto seguiam para a Park Lane.

— Eu sei e foi ideia de papai também que eu lhe emprestasse o carro hoje. Fiquei pensando se, enquanto você esteve em Buenos Aires, talvez não houvesse acontecido alguma coisa que possa tê-lo aborrecido.

— Que eu saiba, não — disse Sebastian quando viu uma placa sinalizando a autoestrada e cruzou a via para entrar na faixa de alta velocidade.

— E eu ainda não consegui entender por que seu pai percorreu meio mundo viajando só para se encontrar com você, quando bastava que ele pegasse o telefone e ligasse.

— Tive vontade de perguntar isso a ele também, mas ele estava muito atarefado, preparando-se para a turnê de promoção de seu último livro nos Estados Unidos. Quando toquei no assunto com minha mãe, ela se fez de boba. E uma coisa posso dizer com certeza: minha mãe não é nada boba.

— E outra coisa que não consigo entender é por que você permaneceu em Buenos Aires quando poderia ter voltado de avião para a Inglaterra com seu pai.

— Porque eu tinha prometido a seu pai que entregaria um grande caixote em Southampton e eu não queria deixá-lo na mão depois de todo o trabalho que ele teve.

— Deve ter sido a estátua que vi jazendo no jardim na Mansão de Shillingford. Mas isso aumenta ainda mais o mistério. Por que meu pai pediria a você que trouxesse uma estátua da Argentina para cá, levando-a a leilão em seguida e comprando-a ele mesmo depois?

— Não tenho ideia. Só sei que assinei os documentos de liberação da carga, tal como ele havia solicitado, e, logo depois que a Sotheby's pegou o caixote, fui para Bristol com meus pais. Por que todo este interrogatório? Fiz apenas o que seu pai pediu que eu fizesse.

— Porque, ontem, um homem fez uma visita a papai lá em casa e, sem querer, eu o ouvi mencionar o nome Barrington.

Sebastian parou no semáforo seguinte.

— Você tem ideia de quem era?

— Não. Nunca o tinha visto na vida, mas ouvi meu pai o chamar de "major".

— Atenção, senhor Martinez — ecoou forte o aviso em meio aos torcedores, que silenciaram, embora a srta. Gibson estivesse prestes a dar o saque no primeiro *set*. — Senhor Martinez, o senhor poderia comparecer, por gentileza, ao escritório da secretaria imediatamente?

Dom Pedro não reagiu ao chamado de imediato e, lentamente, só algum tempo depois se levantou, dizendo em seguida:

— Tem alguma coisa errada.

Sem mais nenhuma palavra, começou a avançar, em direção à saída mais próxima, pelas fileiras de torcedores sentados, com Diego indo logo atrás. Assim que Dom Pedro alcançou a passagem entre as arquibancadas, perguntou a um vendedor de prospectos onde ficava a secretaria do clube.

— É naquele edifício grande com telhado verde, senhor — respondeu o jovem vendedor, apontando para a direita. — Não tem como errar.

Dom Pedro desceu rapidamente a escada e saiu da Quadra Central, mas Diego conseguiu alcançá-lo bem antes que ele chegasse à saída. Diego acelerou o passo, seguindo na frente para o grande edifício, cujo cimo se espraiava imponente pela linha do horizonte. Enquanto avançava, dava olhadelas ocasionais para trás, querendo saber se tinha deixado o pai muito à retaguarda e evitar adiantar-se demais. Quando viu um funcionário uniformizado parado em pé perto de um conjunto de portas de folhas duplas, diminuiu o ritmo e perguntou em voz alta:

— Onde fica a secretaria do clube?

— Na terceira porta à esquerda, senhor.

Diego só voltou a desacelerar o passo quando viu as palavras *Secretaria do Clube* impressas numa porta.

— Meu nome é Martinez — apresentou-se ele assim que entrou no escritório. — O senhor acabou de solicitar pelo sistema de alto-falantes que eu viesse aqui.

— Isso mesmo, senhor. Um tal de sr. Karl Ramirez telefonou pedindo que o senhor ligasse para casa imediatamente. Ele frisou que é assunto de extrema urgência.

Diego pegou o telefone na mesa do chefe de relações públicas e estava discando o número de casa quando seu pai irrompeu pela porta adentro com as bochechas afogueadas pelo esforço.

— Qual é a urgência, afinal? — perguntou ele resfolegante.

— Ainda não sei. Só me disseram que Karl pediu que ligássemos para casa.

Dom Pedro arrebatou o telefone da mão do filho quando ouviu as palavras:

— É o senhor, sr. Martinez?

— Sim, é — respondeu ele e ficou escutando com o máximo de atenção o que Karl tinha a dizer.

— O que aconteceu? — perguntou Diego, tentando permanecer calmo, embora seu pai tivesse ficado pálido como um defunto e passara a segurar com força a borda da mesa do diretor.

— Bruno está no carro.

— Vou pôr esta história em pratos limpos com meu pai hoje à noite, quando eu voltar — disse Bruno. — Afinal, o que será que você fez que o aborreceu tanto, uma vez que tratou apenas de cumprir as instruções dele?

— Não faço a menor ideia — respondeu Sebastian enquanto conduzia o veículo pela primeira saída da rotatória, permitindo que pegasse a autoestrada e se misturasse ao tráfego escorrendo pela rodovia de pistas duplas. Resolveu então pisar um pouco mais no acelerador, buscando experimentar a sensação de sentir o vento fluindo com força pelos cabelos.

— Talvez eu esteja exagerando — observou Bruno —, mas acho melhor esclarecer logo esse mistério.

— Se o major for uma pessoa chamada Fisher — advertiu Sebastian —, então posso lhe assegurar que você não conseguirá desvendar esse mistério.

— Não estou entendendo. Quem diabos é Fisher?

— Ele foi o candidato dos conservadores adversário de meu pai na última disputa eleitoral. Não se lembra? Eu lhe contei tudo a respeito dele.

— Esse foi o cara que tentou tirar seu tio do Parlamento fraudando a eleição?

— Sim, foi. Ele tentou também prejudicar a Barrington Shipping vendendo e comprando ações da companhia toda vez que ela estava enfrentando problemas ou algum tipo de pressão. E, para piorar ainda mais as coisas, quando o presidente da companhia conseguiu finalmente se livrar dele, minha mãe assumiu seu lugar na diretoria.

— Mas por que meu pai se envolveria com um sujeito desprezível como esse?

— Mas é possível também que essa pessoa nem seja Fisher, e, se for mesmo o caso, nós dois estaríamos exagerando.

— Vamos torcer para que você esteja certo. Mas ainda acho que devemos nos manter de olhos e ouvidos bem atentos para que consigamos captar ou identificar algo que ajude a solucionar esse mistério.

— Boa ideia. Uma coisa é certa: não quero ter seu pai como inimigo.

— E, ainda que um de nós dois descubra que, por uma razão qualquer, existe um sentimento de animosidade entre nossas famílias, isto não significa que tenhamos de nos envolver nisso.

— Concordo plenamente — afirmou Sebastian enquanto o indicador no velocímetro se aproximava rapidamente dos cem quilômetros por hora, proporcionando aos garotos mais uma experiência nova. — Quantos livros seu orientador espera que você tenha lido até o início do período letivo como obras curriculares? — perguntou ele enquanto passava para a faixa de alta velocidade, visando ultrapassar três caminhões transportando carvão e que seguiam viagem em comboio.

— Recomendou que eu lesse cerca de uma dúzia, mas acho que não precisarei ter lido todos eles até o primeiro dia do período letivo.

— Acho que não li sequer uma dúzia de livros na vida — disse Sebastian enquanto ultrapassava os dois primeiros caminhões. Mas teve que frear bruscamente quando o motorista do caminhão do meio saiu de repente do comboio e iniciou a tentativa de ultrapassar o da frente. Nesse momento, quando lhe pareceu que o motorista do segundo caminhão ultrapassaria o da frente e depois retornaria para a faixa de tráfego normal, Sebastian olhou de relance para o retrovisor e viu que o terceiro caminhão havia se transferido para a faixa de alta velocidade também.

O motorista do caminhão na frente do carro de Sebastian foi avançando lentamente pela via, mas com velocidade suficiente para permitir que seu veículo emparelhasse com o caminhão que continuava a trafegar pela faixa interna da pista. Sebastian voltou a olhar pelo retrovisor e começou a ficar nervoso quando viu que o caminhão que vinha logo atrás dele parecia aproximar-se cada vez mais.

Aflito, Bruno se virou e começou a agitar os braços desesperadamente para o motorista que vinha no caminhão de trás, pedindo ao mesmo tempo, aos gritos:

— Diminua!

Impassível, o motorista simplesmente continuou um tanto inclinado sobre o volante, enquanto seu caminhão continuava a se aproximar mais e mais do carro deles, apesar do fato de que o caminhão da frente ainda não houvesse ultrapassado o que permanecia na faixa interna da pista.

— Pelo amor de Deus, saia logo da frente! — gritou Sebastian, apertando a buzina firme e demoradamente com a palma da mão, embora soubesse que o motorista do caminhão da frente não conseguiria ouvir sequer uma palavra que ele vinha proferindo aos gritos. Assim que, mais uma vez, olhou pelo retrovisor, ficou horrorizado quando viu que o caminhão da retaguarda estava agora a não mais que uns poucos centímetros de distância de seu para-choque traseiro. Além do mais, o caminhão que seguia na frente de seu veículo ainda não tinha avançado o suficiente para voltar a transitar pela faixa interna, manobra que teria permitido que Sebastian acelerasse, escapando assim do perigo iminente. Enquanto isso, num frenesi de desespero, Bruno agitava os braços impetuosamente para o motorista do caminhão à esquerda, mas o sujeito se manteve sob velocidade constante, indiferente à aflição deles. O sujeito poderia muito bem ter tirado o pé do acelerador para permitir que os garotos buscassem refúgio na faixa interna da pista, mas não lançou uma olhadela sequer na direção deles.

No ápice do desespero, Sebastian se agarrou firme ao volante quando o caminhão de trás bateu com uma força considerável em seu para-choque traseiro e lançou o pequeno carro alguns metros para a frente, arrancando a placa do veículo e atirando-a pelos ares, a grande altura. Sebastian ainda tentou adiantar-se mais alguns metros, mas não tinha como acelerar mais sem que colidisse com o caminhão da frente e acabasse sendo imprensado entre os dois, como se fosse uma sanfona.

Alguns segundos depois, quando o motorista do caminhão de trás investiu contra a traseira do carro com uma força muito maior, os garotos foram atirados violentamente para a frente pela segunda vez, fazendo seu veículo ficar apenas meio metro atrás do caminhão da frente. Somente quando o caminhão da retaguarda os atingiu pela terceira vez, as palavras de Bruno "Tem certeza de que sabe o que está fazendo?" lucilaram no pensamento de Sebastian. Nisso, Sebastian olhou de relance para o banco do carona, onde viu que o amigo, lívido de pavor, se mantinha agarrado com ambas as mãos ao painel, antecipando outros impactos.

— Eles estão tentando nos matar! — gritou Bruno. — Pelo amor de Deus, Seb, faça alguma coisa!

A súplica fez com que Sebastian lançasse um olhar de desespero e impotência para as faixas da pista de rodagem contrária, onde viu um fluxo constante de veículos seguindo na direção oposta.

Quando percebeu que o caminhão da frente começou a reduzir a velocidade, Sebastian concluiu que, se quisessem mesmo ter alguma chance de sobrevivência, ele teria que tomar uma decisão e teria que fazer isso rápido.

Foi ao diretor de admissões da universidade que coube a ingrata responsabilidade de telefonar para o pai do rapaz e informá-lo de que o filho tinha morrido num trágico acidente de carro.

Impresso no Brasil pelo
Sistema Cameron da Divisão Gráfica da
DISTRIBUIDORA RECORD DE SERVIÇOS DE IMPRENSA S.A.
Rua Argentina, 171 – Rio de Janeiro, RJ – 20921-380 – Tel.: (21)2585-2000